孙秀华◎著

先秦诗歌采集文化研究

本专著为贵州省2016年度社科规划课题「先秦诗歌采集文化研究」（16GZYB67）成果

知识产权出版社

全国百佳图书出版单位

图书在版编目（CIP）数据

先秦诗歌采集文化研究 / 孙秀华著 . —北京：知识产权出版社，2018.11
ISBN 978-7-5130-5917-6

Ⅰ . ①先… Ⅱ . ①孙… Ⅲ . ①古典诗歌—诗歌研究—中国—先秦时代 Ⅳ . ① I207.22

中国版本图书馆 CIP 数据核字（2018）第 238838 号

内容提要

本书所研究之先秦采集文化相关诗歌与先民们的衣、食、住、行密切相关，这主要反映了采集文化的物质层面；这些诗歌及其蕴含的采集文化，还进一步涵盖到了先民们的社会生活，这主要反映了采集文化的精神层面。而深入探寻，先秦采集文化相关诗歌或隐或显地含有巫术、宗教方面的意义，反映的是人们的精神生活，这基于先民们的原始思维，即万物有灵的思维，表现为物我的互渗，以及在一些诗歌中所流露出的以植物比附自我的"生命的律动"。从原始思维的角度而言，先秦采集文化相关诗歌所体现出的主要是交感巫术的影响，还有生殖崇拜、祖先崇拜的庄严与神圣。深入探讨这些诗歌深层的文化因素，能使我们更好地感悟其天真烂漫，走进先民们花果芬芳、草木含情的生活，领略他们相对神秘而又美丽的精神世界。从中可见，先秦采集文化相关诗歌深深植根于先民们的精神家园，其文化意蕴绚丽多姿，美不胜收。

责任编辑：宋　云　褚宏霞　　　　　责任校对：潘凤越
文字编辑：杨树坤　　　　　　　　　责任印制：刘译文

先秦诗歌采集文化研究

孙秀华　著

出版发行：	知识产权出版社 有限责任公司	网　　址：	http://www.ipph.cn
社　　址：	北京市海淀区气象路 50 号院	邮　　编：	100081
责编电话：	010-82000860 转 8388	责编邮箱：	songyun@cnipr.com
发行电话：	010-82000860 转 8101/8102	发行传真：	010-82000893/82005070/82000270
印　　刷：	北京建宏印刷有限公司	经　　销：	各大网上书店、新华书店及相关专业书店
开　　本：	720mm×1000mm　1/16	印　　张：	18.25
版　　次：	2018 年 11 月第 1 版	印　　次：	2018 年 11 月第 1 次印刷
字　　数：	316 千字	定　　价：	78.00 元

ISBN 978-7-5130-5917-6

序

古代文学与文化的研究要惟新惟实。

古代文学与文化的研究要惟新。其"新",一是材料要新,二是方法要新。

然而古代文学与文化的"新材料",尤其是先秦两汉阶段的"新材料",实在是少之又少。而出土文献、出土文物对于学术史、文献史研究的价值实在太大,是值得珍视的文学与文化的"新材料"。我所提出的"文学考古"正是借助出土文物、出土文献以解决文学史问题,它源于王国维先生提出的"二重证据法",是该方法在古代文学研究中的集中体现,它要达到的目标包括回到文学原生态,求真求实,也包括解决疑难等。具体而言,针对先秦两汉阶段,"文学考古"可以解决上古神话研究、《诗经》研究、《楚辞》研究、先秦散文研究、《史记》研究、汉代诗赋研究等领域的问题。例如,尹湾汉墓出土讲述一对夫妇鸟故事的《神乌赋》,就证实了汉代已经有纯粹讲述故事的"俗赋"的存在。再比如学术界有个很大的疑难:《老子》的作者,究竟是春秋末期的老聃,还是战国中期的周太史儋?《老子》成书是在春秋末期、还是《庄子》之后甚至《吕氏春秋》之后?战国中期郭店楚墓简本《老子》的出土,就证明了《老子》成书时间不在《庄子》《吕氏春秋》之后。再比如湖南长沙子弹库出土的人物御龙帛画,正可印证《离骚》之"为余驾飞龙兮,杂瑶象以为车"的情景,起码说明《离骚》中升天入地的想象,并非出于屈原的杜撰,而是有楚地民俗文化的原型做基础的,这无疑增加了我们对《离骚》认识的直观性,为进一步了解屈原作品与楚地独特文化间的密切联系提供了重要的参照。由此可知,屈原的艺术想象并非子虚乌有,而是有其文化的母体。还比如江苏仪征胥浦西汉末年墓出土的《先令券书》，其中一妇曾先后事三夫及寡母从长子居的事实，可论证兰芝自杀确属殉情，"夫死从子"是悲剧的重要因素，这为全面解读《孔雀东南飞》提供了新的视角。

古代文学与文化研究的新方法，除"文学考古"之外，文化人类学、接受美学、传播学、叙事学、符号学等也均可补传统文献考据学之短。以传播学为例，有关屈原作品传播的考索限于文献材料的缺乏，一直被学界视为"黑箱"。但仔细考索可以推究，"行吟泽畔"是屈原作品最初的传播途径，而贾谊贬长沙由"侧闻屈原"作《吊屈原赋》及司马迁至长沙想见屈原之为人作《屈原传》，并收录《渔父》和《怀沙》，可证湘江一带有屈原作品的流传，且不同于宋玉所传楚宫廷本。而通过严夫子《哀时命》，阜阳《离骚》《涉江》残简及刘安所作的《离骚传》等可证西汉前期吴、淮南等地都是屈原作品传播的重要地域，并最终形成"世传楚辞"。又如对于汉乐府传播方式，通过对画像石、弹琴俑所展示出来的表演形态的分析，结合《史记》《汉书》《盐铁论》中有关富贵之家讴者的记载，可得出厅堂说唱是汉乐府重要的传播方式之结论。而根据对汉乐府诗歌中出现的"解""艳""趋""乱"等术语，基本可以判定，这些歌曲不是徒歌，也不是简单的自弹自唱，它需要乐队、讴员甚至舞者的配合，而诸多画像石所展示的厅堂说唱场面，都是有人参与伴奏、伴唱、伴舞的。因年代久远，资料有限，很多文学史问题得不到解决，先秦两汉文学与文化的研究必然需要更新视角，寻求研究方法的多样性。关于《诗经》研究，我曾说过，研究向深度和广度发展必须拓展研究领域，传统治学的路数需要继续光大，新的方法也应该"拿来"，势必形成多维的视角。而推广到先秦两汉文学与文化研究，乃至于对于文学与文化的整体研究，亦当偏失无几。这就要求研究者既要培养扎实的功底，又要敞开胸襟接纳新的思路。

古代文学与文化的研究还要惟实。其"实"，一是为学要实，二是为人要实。

为学要实，就是要有一分材料说一分话。我们的师祖高亨先生就从不轻易下结论，其任何说法都是在有证据证明的基础上提出的。尊师董治安先生也是时时提醒为学要扎扎实实，不要说过头话。这必然要求严谨客观，绝不生拉硬扯，而是本着实事求是的精神，能解决什么样的问题就解决什么样的问题，能解决到什么程度就解决到什么程度。比如结合墓葬、岩画、陶绘等，可以揭示神话起源，发掘原生神话，这属于以往据传世文献无法展开的新领域。结合汉画、秦简确定嫦娥奔月属于上古神话；结合铜器铭文等确定《诗经》中《采薇》《出车》《六月》等诗篇的创作时代；结合帛画、阜阳汉简、张家山汉简等可以确定《庄子》的成书年代；结合阜阳《离骚》残简、战国楚墓《人物御龙帛画》、楚国天星观二号墓羽人漆木器等，可排除对屈原创作的怀疑，等等，都属于对文学史事实的新考订。这些都是要立足于坚实的材料基础上的。而有一些则不能如此"断定"，然而也有着积极的拓展意义。比如关于《诗经》学史上《毛诗序》的作时、作者问题，上博简《孔子诗论》的释文虽不能提供解决此问题的直接材料，但通过比较《孔子诗论》与《毛诗序》的论说观点间的差异性，可以证明《毛诗序》"孔子作"说的可能性不大，至于其他说，还难以遽下结论。又如对于楚辞学界来讲极为重要的阜阳汉简《离骚》残句，对于确定《离骚》非刘安所作，基本上属于"一锤定音"式的材料；但对于证明《离骚》属于先秦之作，或《离骚》确为屈原所作，却只能说是辅助材料。

为人要实，"实，诚也"。这要求无论对人对事，均要襟怀坦白，慎独，无欺。《论语·子罕》有曰："苗而不秀者有矣夫，秀而不实者有矣夫。"其中之"秀而不实"即"华而不实"，也是人生之戒。作为学者，一定要扎扎实实，潜心研究，不计较眼前功名得失，排除利禄干扰，板凳坐得十年冷，只计耕耘莫问收。惟其如此，才能乐在其中，所谓不忘初心者，方得始终矣！

孙秀华是我培养的博士中第一位博士毕业生。他自从考取我的博士后，用功极勤。对于我所讲授的文献考据学、文学考古学、文化人类学、文学传播学、文学接受理论等都一一消化吸收；与此同时熟读原典打好基础，广泛涉猎开拓眼界，置身学术盛会浸润提升；并且能围绕问题读书、查资料、写论文。孜孜以求就道，忽忽三年学成，悠悠贵阳就业。然后，作为学校党委宣传部副部长，他的行政事务缠身，但他始终不忘学术，几年来我们几乎每次都是在学术会议上碰面，他每次都带去新的论文。现在，他又终于完成以他博士学位论文为基础的省级社科项目，专著出版，自是可喜可贺，作为导师很为他感到欣慰和高兴。他的研究路数正是尽可能做到惟新惟实。其"新"首先在于选题新，因为先秦诗歌中的采集文化更多的是作为原始遗留，每每而在，却不曾被人专门关注，对这一现象的挖掘本身，就是全新的贡献。其"新"还在于使用多重方法、转由多重角度精耕细作，多有新见。其"实"则在于每出一说，必有坚实的材料以为论证和说明，不枉他这么多年来的辛苦积累和搜求。当然，作为导师不能说自己的学生已经做到了尽善尽美，严格要求，其书稿中不尽如人意之处也是有的，比如在分量上，关于楚辞的研究，相较于《诗经》，就感觉明显不足。又如《雅歌》与《国风》"比较一节，有"下笔不能自休"的缺憾，而对于上古歌谣等材料的运用与分析、演绎与挖掘显然可以更充分一些。

惟新惟实，惟美惟真。巧诈不如拙诚，以此与秀华共勉！

是为序。

廖　群

2018 年 11 月

山东大学中心校区知新楼

目　录

绪　论

第一节　先秦诗歌的文化品性及论题的提出

先秦诗歌是指秦朝统一各国前的诗歌，主要包括《诗经》、楚辞和春秋战国时期的一些传统民歌及部分原始社会歌谣。研究课题为"先秦诗歌采集文化研究"，自然是着眼于对先秦诗歌的文化解读，努力的方向一是对于先秦诗歌中的采集文化进行研究，二是从采集文化的视角解读先秦诗歌。而这一切的最根本的基础就是把先秦诗歌视为文化经典，且可以从文化的角度加以解读。

有学者明确指出："中国古代文学尤其是先秦文学，是中国古代文化的全方位载体，它不但融文、史、哲于一炉，而且还包含有若干自然科学的要素。为此，研究者们便不能只停留在语言文字的训诂和思想内容、艺术特色的分析上，而应该放宽眼界，从整个中国古代文化的高度去进行全面的审视和把握。"❶ 具体到先秦诗歌，显然也应认定其文化品性，进行文化解读。

一、先秦诗歌的文化品性

以《诗经》为例，可以看出先秦诗歌的文化品性是十分鲜明的。"不学诗，无以言"，❷ 孔子非常看重《诗经》的作用。《论语·阳货》又载有"子曰：'小子何莫学夫《诗》？《诗》，可以兴，可以观，可以群，可以怨。迩之事父，远之事君，多识于鸟兽草木之名。'"❸ 这里孔子更加明确地指出了《诗经》的功用，着眼于个人修养，推广至人伦纲常、社会活动乃至于国家政治。现代的学者大都认为《诗经》是经世济用的，是文学的，也是文化的。如宗白华就说："《诗经》中的诗……它们不但是中国文化遗产里的宝贝，而且也是周代

---

❶　钟钰：《读〈楚辞文化探微〉》，《社科纵横》1995 年第 1 期。

❷　（清）阮元校刻：《十三经注疏·论语注疏》（嘉庆刊本），中华书局 2009 年版，第 5480 页。

❸　（清）阮元校刻：《十三经注疏·论语注疏》（嘉庆刊本），中华书局 2009 年版，第 5486 页。

社会政治生活，人们的思想感情全面的、极生动的具体反映。"❶ 赵沛霖认为："从历史发展和文化性质的角度看，可以说《诗经》是保存文化'遗留'最多的典籍之一。"❷

《诗经》收录的三百零五篇诗歌，透露出大量的关于先民生产生活的信息，采集、渔猎、畜牧、纺织、农耕，饥者歌其食，劳者歌其事；巫卜、歌舞、婚姻、祭祀、征战、宴饮，丰富生动，绚丽多姿。《诗经》所反映的时代，尤其是西周时期，在中国文化史上是一个意义重大的时代，诸多文化思想以及礼乐制度就是形成于这个制礼作乐的时期，这一时期所形成和建立的制度和文化，是中国封建制度和文化的基石。因而《诗经》是一部处于中国传统文化源头阶段的诗歌总集，是一部反映社会生活、包罗万象的百科全书。毫无疑问，《诗经》具有文学、史学、民俗学和神话学等多方面的文化价值。

梁启超称："现存先秦古籍，真赝杂糅，几乎无一书无问题；其精金美玉、字字可信可宝者，《诗经》其首也。"❸ 郭沫若认为："《诗经》是我国文献中的一部可靠的古书，这差不多是没有可以怀疑的余地的。"❹《诗经》被认可为圣经、经典，也就意味着它是一种文化的典范，蕴含了某种文化基础和核心的内容，从而具有了不可替代的历史价值和毋庸置疑的示范作用。《诗经》不仅以诗歌特有的审美韵味陶冶人们的情感，而且通过由文学领域向文化的各个层面的辐射，以它丰富的文化内涵感染和启发读者，其独特的文学个性和广博的文化精神已经潜移默化地成为中国文化肌体的有机组成部分。

二、对先秦诗歌的文化解读

《诗经》作为中国古代的第一部诗歌总集，其文化蕴含博大精深，艺术魅力光照千古，吸引着历代学者以不同的方法、从不同的角度对它进行研究和解读。对《诗经》的文化学解读由来已久，如《韩诗外传》以三月上巳节桃花水祓除不祥的习俗来解析《郑风·溱洧》；❺ 班固《汉书·地理志》通过对《诗经》中风诗的审视，总结出秦人尚武、陈人尚巫、齐风多舒缓之体、

---

❶ 宗白华：《中国美学史论集》，安徽教育出版社 2000 年版，第 87 页。
❷ 赵沛霖：《现代学术文化思潮与诗经研究——二十世纪诗经研究史》，学苑出版社 2006 年版，第 230 页。
❸ 梁启超：《梁启超全集·要籍解题及其读法》（第十六卷），北京出版社 1999 年版，第 4657 页。
❹ 郭沫若：《中国古代社会研究》，北京人民出版社 1954 年版，第 77 页。
❺ （清）王先谦：《诗三家义集疏》，中华书局 1987 年版，第 371 页。原文如下："韩说曰：'……郑国之俗，三月上巳之日于两水上招魂续魄，祓除不祥。'"

郑风多聚会之诗的结论。❶ 这样注重发掘诗歌的历史背景与文化习俗等因素，揭示《诗经》风诗的真实面貌，在方法上与现代的民俗学、文化学研究颇有相通之处。

众多的《诗经》研究者中，着眼于文化、致力开拓《诗经》研究领域的不乏其人，尤其是新文化运动前后，西学东渐，《诗经》研究与文化学、民俗学、人类学、精神分析学等结合起来，呈现出完全不同的新面貌。在现代《诗经》学史上，最早运用民俗学阐释《诗经》的是闻一多。他在《风诗类钞》序例提纲中明确主张，用语体文将《诗经》移至读者的时代，用民俗学、考古学、语言学等方法带读者到《诗经》的时代，主张把《诗经》当作社会史料和文化史料来读。❷

20 世纪 80 年代以来，对《诗经》的文化、民俗解读又出现了一批开拓性的专著，对《诗经》的文化、民俗解读又趋向高潮。如徐华龙的《国风与民俗研究》、周蒙的《诗经民俗文化论》、叶舒宪的《诗经的文化阐释》、王巍的《诗经民俗文化阐释》等。《国风与民俗研究》分专题对国风中的生产、交通、居住、饮食、服饰、审美、歌舞、崇拜、祭祀、婚姻、生育等各方面进行了探讨，力图展现立体的先民生活场景，对后来者多有指示方向之功。❸ 周蒙的《〈诗经〉民俗文化论》涉及宗教观念、原始巫术、远古神话、祭祀仪式、图腾信仰、生殖崇拜、灵物崇拜、生活禁忌、先兆迷信、天文星象、人生礼俗、龙凤文化、龟卜文化、酒文化和药文化等。❹ 叶舒宪在研究方法上贯通中西，他运用人类学与考据学更新的"三重证据法"❺完成的《诗经的文化阐释》，在以《诗经》为基础文本来探讨中国上古诗歌的发生与民族文化心理特征方面做出了可贵的尝试。王巍的《诗经民俗文化阐释》注重历史文献资料的运用，比较全面地介绍了《诗经》所反映的系列生活习俗。❻

法国汉学家格拉耐著有《中国古代的祭礼与歌谣》，运用社会学和民俗学的研究方法，论证《诗经》国风中的诗篇与中国古代节庆、歌舞、求爱、劳动等的联系，涉及"田园的主题""村落的恋爱""山川的歌谣""地方的祭礼""圣

---

❶　（汉）班固：《汉书》，中华书局 1962 年版，第 1641~1671 页。
❷　闻一多：《闻一多全集》（第四册），湖北人民出版社 1993 年版，第 457 页。如其《医斋尺牍》以神话学、生物学、社会学、音韵学等解读《芣苢》，主张把《诗经》"认真的""当文艺看"。见《闻一多全集》（第三册），第 198~214 页。
❸　徐华龙：《国风与民俗研究》，中国民间文艺出版社 1988 年版。
❹　周蒙：《〈诗经〉民俗文化论》，黑龙江教育出版社 1994 年版。
❺　叶舒宪：《诗经的文化阐释》，湖北人民出版社 1994 年版，第 1~16 页。
❻　王巍：《诗经民俗文化阐释》，商务印书馆 2004 年版。

地"以及"竞争"等内容，❶描述了一幅中国古代的民俗画卷，探讨了中国古代的社会结构、宗教信仰，并将之与古代希腊、日本、印度支那半岛以及中国西南少数民族的民俗资料进行对照，用以验证他对国风内容和艺术形式的解释。很显然，其研究具有文学、社会学、民俗学、民族学、神话学等综合研究的性质。日本学者白川静认为古代歌谣都有祝告的性质，《诗经》中的采草、采薪都是具有祝告意义的行为，与原始巫术相关，是为了感应远方恋人的心灵精魄。❷这样的研究方法与思路，无疑给人以有益的启示。

哲学阐释学认为，每一时代的文化成就都会不尽相同，"新一代可以用知识与回顾取代老一代的希望、恐惧和模糊的阴影。与此相关，一时代的文化成就在后续时代里显现的不同，会甚于更后的时代"。❸而与哲学阐释相一致，文学、文化的阐释也必然一代有一代的风貌。稍后出现的一些专著，如《先秦两汉文化与文学》《诗经与中国文化》《诗经的文化精神》等，则更为自觉地从文化的角度研究《诗经》，对于《诗经》文化的内涵与外延有着宏观而又精深的认识和体察，这对于当前和今后的《诗经》文化研究，有着理论性的指导和示范性的功用。

王洲明的《先秦两汉文化与文学》"探索了周代礼乐文化与《诗经》的关系，探索了南北不同文化系统所产生的《诗》《骚》艺术表现上的不同"。❹廖群的《诗经与中国文化》明确指出周王朝"是我们中国文化走向特殊发展道路的真正起点，《诗经》正是凝结着那个文化胚胎孕育生长初期各种文化内容的精神结晶"。❺李山的《诗经的文化精神》尤其对于《诗经》中的农事诗、宴饮诗、战争诗及婚恋诗的文化意义加以探讨，认为"农事诗部分讨论人与自然的关系，宴饮诗讨论人和人的关系，战争诗讨论中原人群与其他边地人群的关系，婚恋诗则讨论正统礼法与地域风俗的关系。周代社会是中国文化传统走向定型的时代。一种文化的成形，又必然表现在这个文化人群在对自然与人、人群内部两重重要关系问题上有了成熟而稳定的认证；而人群内部关系的确定，又直接影响着该文化人群对与其他相邻人群关系处理的方式。这一切就基本构成了这个人群可以传承的精神传统。任何文化的形成，绝不会是静态的、风平浪静的。文化传统的创始人群，在遭遇内在的矛盾和外在

---

❶ ［法］格拉耐：《中国古代的祭礼与歌谣》，张铭远译，上海文艺出版社 1989 年版。
❷ ［日］白川静：《〈诗经〉的世界》，杜正胜译，东大图书公司 2001 年版，第 39 页。
❸ ［美］戴维·霍伊：《阐释学与文学》，张弘译，春风文艺出版社 1988 年版，第 58~59 页。
❹ 王洲明：《先秦两汉文化与文学》，山东大学出版社 1996 年版，第 3 页。
❺ 廖群：《诗经与中国文化》，东方红书社 1997 年版，第 3 页。

的困顿时，他们解决困难、克服危机的方式方法，同样是这个文化传统中极其重要的组成部分；或者说，只是在这摆脱困境的过程中，这个文化传统才真正走向了成熟和稳定"。❶ 也就是说，一个民族对人与自然、人与人、人群与异族等诸多关系所获得的稳定认证，大体就应是所谓"文化传统"的最基本的精神内涵。

对于楚辞的文化解读，也有很丰硕的成果。李学勤指出："通过《楚辞》来探索古代历史文化的路子，实际是由王国维先生开辟的"，他评价江林昌的《楚辞与上古历史文化研究》"广泛吸取了文化人类学、神话学等学科的观点、方法……这反映了学术界当前的一种趋势"。❷ 萧兵的《楚辞文化》认为，"楚人（主要是楚王族集团）大概是'西源东流，南下北承'，接受着四方百族文化的洗礼和恩惠，而楚辞更是这种文化冲突交流汇聚在文学上的伟大成果"。❸ 有些著作已经深入探讨了与本专著论题密切相关的植物文化，如张崇琛《楚辞文化探微》列有《楚辞之"兰"辨析》《楚骚咏"兰"之文化意蕴探微》《说"蒲剑"》等"楚辞植物文化研究之一""之二""之三"。❹ 赵辉《楚辞文化背景研究》列有专章探讨《楚辞的文化组合》及《楚辞符号的文化意味》等。❺ 熊良智《楚辞文化研究》有"香草美人"专章研究，其第五章即为"楚辞香草美人传统的民俗学证明"，就"独特的香草美人象征系统""灵巫文化氛围中的香草习俗"和"香草美人传统的远古残留意识"等进行深入探讨。❻ 杨义新近撰有《领悟〈楚辞〉精湛的文化内涵》一文，"把屈原既当成中国上古史上的首席大诗人，又当成杰出的思想者（即'先秦诸子之一子'）来对待"，认为其歌诗"蕴含着跨越原始巫风文化和多重士人文化的创造性思想，显示了其思想创造力博大深邃，浩浩然而地负海涵"。❼

三、论题的提出

从社会生产方式的角度出发加以考察，先贤时俊对于《诗经》与农耕文

---

❶ 李山：《诗经的文化精神》，东方出版社 1997 年版，第 278 页。
❷ 江林昌：《楚辞与上古历史文化研究》，齐鲁书社 1998 年版，第 2~3 页。
❸ 萧兵：《楚辞文化》，中国社会科学出版社 1990 年版，第 534 页。
❹ 张崇琛：《楚辞文化探微》，新华出版社 1993 年版，第 181~209 页。
❺ 赵辉：《楚辞文化背景研究》，湖北教育出版社 1995 年版，第 152~199 页、第 239~276 页。
❻ 熊良智：《楚辞文化研究》，巴蜀书社 2002 年版，第 114~142 页。
❼ 杨义：《领悟〈楚辞〉精湛的文化内涵》，《光明日报》2016 年 5 月 31 日。

化、《诗经》与渔猎文化关注有加，❶而全面研究先秦诗歌与采集文化的论文、专著尚付阙如。然而采集文化又是十分重要的，"采集渔猎是人类原始初民最基本的觅食方式，可视为人类物质文化的开端。对它的了解、研究，无疑对探讨、认识人类早期的生存状态、社会形态、观念意识、科学技术、文化艺术乃至人格、智慧的发展具有极其重要的意义"。❷

尽管《诗经》成书于农耕文明相对发达的周代，《楚辞》在农耕文化昌明的汉代结集，但采集生产毕竟是人类最古老的生产方式，采集文化必然会对先秦时代先民的生产、生活乃至思想、艺术等方面产生一定的影响，也必然会在《诗经》《楚辞》中留有或隐或显的印痕。故而，深入探究先秦诗歌中采集文化的因子，揭示采集文化对于先秦诗歌的影响，从采集文化的独特视角解读其中与采集生产生活相关的诗歌，进一步理解先秦诗歌以及先秦诗歌的时代，是确有必要的。并且，以此为起点更深入理解先秦时代先民的生活与感情，与之共同陶醉于那个草木含情、花果芬芳的采集文化的世界，是笔者向往的目标与研究的动力。正是在对于先秦诗歌进行文化解读的影响下，基于当前先秦诗歌与采集文化研究相对薄弱的现实，在"《诗经》采集文化研究"博士论文基础上，进一步提出了"先秦诗歌采集文化研究"这一论题。

第二节　相关研究成果探讨与研究方法

一、相关研究成果

（一）先秦诗歌与采集文化

具体到"先秦诗歌采集文化研究"这一课题，研究专著仍是空白。以"《诗经》采集文化研究"为主题检讨，只是在个别《诗经》研究者的著作中偶有涉及。如叶舒宪的《诗经的文化阐释》以"爱情咒术说"来认识采摘诗

---

❶ 例如李子伟：《〈诗经〉时代的农业文明》，《贵州文史丛刊》1995 年第 6 期；冯红：《从〈诗经〉看周族先祖的农事活动》，《学术交流》2005 年第 5 期；顾颉刚：《〈诗经〉与渔猎文化》，《中国史研究》1995 年第 1 期；王廷洽：《〈诗经〉与渔猎文化》，《中国史研究》1995 年第 1 期；黄琳斌：《周代狩猎文化述略》，《文史杂志》2000 年第 2 期。

❷ 钟秋：《〈云南物质文化·采集渔猎卷〉评价》，《学术探索》1999 年第 3 期。

的功用；王巍的《诗经民俗文化阐释》从民俗学的角度谈到了《周南·卷耳》《齐风·南山》《邶风·谷风》等几首采摘诗。❶ 樊树云《〈诗经〉宗教文化探微》列有"采撷诗与宗教文化"一章，加以探讨的"采撷诗"有十多首。❷ 而徐华龙的《国风与民俗研究》专章研究"国风中的生产问题"，却只列有"狩猎""农业""丝织""制酒"等，完全没有对于采集生产的研究。❸ 又如王宗石的《诗经分类诠释》专题研究了"狩猎诗"，却不见采集诗研究，而《采蘋》《苤苢》《采蘩》《采苓》等与采集文化有关的诗篇被列入了"其它诗"。❹

近些年来，关于《诗经》与采集文化的研究文章出现了一些，《诗经》采摘诗的研究引起了《诗经》研究者的关注，以"《诗经》采集""《诗经》采摘"作为"篇名""主题""关键词"等不同检索方式检索，中国知网 CNKI 共收录相关文章约 20 篇。发表于 2000 年之前的仅有《〈诗经〉采摘兴象本义之考察》一篇，该文认为采摘行为与巫术思维有关，与祈子相联系，或有祭祀与预祝的意义等。❺《〈诗经〉中的采摘习俗与古礼》❻《从〈诗经〉看商周的采集习俗》❼《〈诗经〉情爱诗与采摘意象关系探微》❽《〈诗经〉采集婚恋诗原因探析》❾ 等论文对这一问题的某些方面如采集习俗、采集与情爱的关系等各有深入探索。比较切题的还有莫玉逢的《〈诗经〉采摘诗研究》，该文指出：

> 笔者把诗中出现"采"字，且"采"字具有摘取、折取之意的诗歌，归类为"采摘诗"，并将这类诗歌的内容分为三类：一类是以"采"字起兴的诗歌，一类是采集某种植物表达思念之情的诗歌，一类是记录采摘的过程来表现国家繁荣昌盛的诗歌。❿

杨敏的《〈诗经〉采摘诗之文化探究》提出："采摘诗，它包括的内容较为广泛，其中既有对采摘行为直接描述的，也有以采摘来比兴生活哲理的，而更多的则是通过对采摘意象和采摘行为的反复咏叹来抒发情感。在 305 篇诗歌

❶ 王巍：《诗经民俗文化阐释》，商务印书馆 2004 年版。
❷ 樊树云：《〈诗经〉宗教文化探微》，南开大学出版社 2001 年版，第 157~163 页。
❸ 徐华龙：《国风与民俗研究》，中国民间文艺出版社 1988 年版，第 1~14 页。
❹ 王宗石：《诗经分类诠释》，湖南教育出版社 2001 年版。
❺ 苏昕：《〈诗经〉采摘兴象本义之考察》，《社会科学辑刊》1997 年第 1 期。
❻ 钟先华：《〈诗经〉中的采摘习俗与古礼》，《聊城大学学报（社会科学版）》2005 年第 3 期。
❼ 王志芳：《从〈诗经〉看商周时期的采集习俗》，《山东社会科学》2006 年第 10 期。
❽ 许鹤：《〈诗经〉情爱诗与采摘意象关系探微》，《喀什师范学院学报》2007 年第 2 期。
❾ 李国英：《〈诗经〉采集婚恋诗原因探析》，《湖北社会科学》2008 年第 6 期。
❿ 莫玉逢：《〈诗经〉采摘诗研究》，《晋中学院学报》2008 年第 2 期。

中，有近三十首诗中都有采摘植物的句子，都可归属于这一类。"❶

学位论文有杨文娟的《〈诗经〉中的采摘意象及采摘诗研究》，其研究的重点在于采摘诗的分类研究；❷ 还有笔者的《〈诗经〉与采集文化》❸《〈诗经〉采集文化研究》，❹ 自觉论述不够深入；再有陈波玲的《先唐采摘诗歌研究》，❺ 规模宏大，可惜对于与《诗经》相关的采摘诗歌没有加以细致分析。

以"楚辞采集文化研究"为主题检索，仅有少数几篇文章略有涉及。如张世磊的《屈原辞文体研究》，❻ 付希亮的《〈楚辞·九歌〉文化人类学分析——〈九歌〉是大禹时代对偶婚文化遗留》，❼ 以及罗文荟的《屈辞楚俗研究》❽ 等。

（二）先秦诗歌与植物文化

"洪荒之世，林木率极茂盛。"❾ 有学者研究指出，夏商周三代时期，我国绝大多数地区仍为亘古以来的森林、草场所覆盖，植被资源是相当丰富的。❿ 而进行《诗经》采集文化的研究，必然要对上古环境、植物等方面的情况加以考释。在这一领域，《中国环境考古学研究综述》⓫《全新世以来中国北方的环境变迁》⓬《华北地区新石器时代早期至商代的植物和人类》⓭《秦汉时期的森林采伐与木材加工》⓮《古汉语植物命名研究》⓯《周秦时期黄河中下游地区植被分布及其变迁》⓰ 等论文是从考古或是植物学发展史角度出发的，但仍启人良多。

---

❶ 杨敏：《〈诗经〉采摘诗之文化探究》，《赤峰学院学报（汉文哲学社会科学版）》2009 年第 10 期。

❷ 杨文娟：《〈诗经〉中的采摘意象及采摘诗研究》，山西大学硕士学位论文，2003 年。

❸ 孙秀华：《〈诗经〉与采集文化》，曲阜师范大学硕士学位论文，2009 年。

❹ 孙秀华：《〈诗经〉采集文化研究》，山东大学大学博士学位论文，2012 年。

❺ 陈波玲：《先唐采摘诗歌研究》，上海师范大学硕士学位论文，2011 年。

❻ 张世磊：《屈原辞文体研究》，山东大学博士学位论文，2017 年。

❼ 付希亮：《〈楚辞·九歌〉文化人类学分析——〈九歌〉是大禹时代对偶婚文化遗留》，《华夏文化论坛》2017 年第 2 期。

❽ 罗文荟：《屈辞楚俗研究》，中央民族大学博士学位论文，2013 年。

❾ 吕思勉：《先秦史》，上海古籍出版社 1982 年版，第 380 页。

❿ 李修松：《夏商周时期的动植物资源及森林、草场》，《安徽大学学报（自然科学版）》1998 年第 4 期。

⓫ 杨晓燕、夏正楷：《中国环境考古学研究综述》，《地球科学进展》2001 年第 6 期。

⓬ 薛志强：《全新世以来中国北方的环境变迁》，《昭乌达蒙族师专学报（北方民族文化）》1998 年第 4 期。

⓭ 李昃娥、盖瑞·克劳福德、刘莉、陈星灿：《华北地区新石器时代早期至商代的植物和人类》，葛人译，《南方文物》2008 年第 1 期。

⓮ 王子今：《秦汉时期的森林采伐与木材加工》，《古今农业》1994 年第 4 期。

⓯ 谭宏姣：《古汉语植物命名研究》，浙江大学博士学位论文，2004 年。

⓰ 王华梅：《周秦时期黄河中下游地区植被分布及其变迁》，陕西师范大学硕士学位论文，2007 年。

而刘毓庆的《〈诗经〉地理生态背景之考察》立足于文献，考察了《诗经》时代的"河流""湖泊与隰地""州与丘"以及"生态环境"，对《诗经》研究的针对性更强。❶萧兵的《赠遗之风》较早涉及"花草之贻"。❷

苏昕的《〈诗经〉植物母题的文化人类学阐释》，❸胡相峰、华栋的《〈诗经〉与植物》，❹孟庆茹的《山有扶苏，隰有荷华——〈诗经〉与植物》，❺则反映了周代先民对植物资源的开发和利用，再现了周代的经济文化生活状况。学位论文也较为集中地关注了"《诗经》与植物"这一主题。齐慎的《〈诗经〉植物与周人礼俗研究》关注了周人礼俗中的祭祀、丧葬与婚嫁三个方面；❻胡青的《〈诗经〉植物起兴研究》，❼较为详细地论述了植物起兴的文化意义；邱美的《〈诗经〉中的植物意象及其影响》着重从德之物化、情之媒介、福之喻体三个方面论述了《诗经》植物的意象群。❽常苏美有《〈诗经〉中植物意象的想象方式》，集中探讨了植物意象引发的想象与联想以及其审美意蕴。❾

楚辞植物文化的研究也较受关注，上文已指明的如张崇琛《楚辞文化探微》列有《楚辞之"兰"辨析》《楚骚咏"兰"之文化意蕴探微》《说"蒲剑"》等"楚辞植物文化研究之一""之二""之三"。❿赵辉《楚辞文化背景研究》列有专章探讨《楚辞的文化组合》及《楚辞符号的文化意味》等。⓫熊良智《楚辞文化研究》其中就"香草美人"专章研究，其第五章即为《楚辞香草美人传统的民俗学证明》，就"独特的香草美人象征系统""灵巫文化氛围中的香草习俗"和"香草美人传统的远古残留意识"等进行深入探讨。⓬学位论文有张秋丽的《屈赋植物文化研究》⓭与李拓的《〈楚辞〉植物意象实证研究》。⓮期刊论文以"楚辞植物文化"作"篇名"检索，可得到两篇，常荣的《〈楚辞〉植物

❶　刘毓庆：《〈诗经〉地理生态背景之考察》，《南京师大学报（社会科学版）》2004 年第 2 期。
❷　萧兵：《赠遗之风》，《华东师范大学学报》1981 年第 3 期。
❸　苏昕：《〈诗经〉植物母题的文化人类学阐释》，《山西大学学报》2003 年第 5 期。
❹　胡相峰、华栋：《〈诗经〉与植物》，《徐州师范学院学报》1985 年第 2 期。
❺　孟庆茹：《山有扶苏，隰有荷华——〈诗经〉与植物》，《长春师范学院学报》2001 年第 4 期。
❻　齐慎：《〈诗经〉植物与周人礼俗研究》，苏州大学硕士学位论文，2006 年。
❼　胡青：《〈诗经〉植物起兴研究》，华中师范大学硕士学位论文，2007 年。
❽　邱美：《〈诗经〉中的植物意象及影响》，苏州大学硕士学位论文，2008 年。
❾　常苏美：《〈诗经〉中植物意象的想象方式》，华侨大学硕士学位论文，2011 年。
❿　张崇琛：《楚辞文化探微》，新华出版社 1993 年版，第 181~209 页。
⓫　赵辉：《楚辞文化背景研究》，湖北教育出版社 1995 年版，第 152~199 页、第 239~276 页。
⓬　熊良智：《楚辞文化研究》，巴蜀书社 2002 年版，第 114~142 页。
⓭　张秋丽：《屈赋植物文化研究》，延边大学硕士学位论文，2008 年。
⓮　李拓：《〈楚辞〉植物意象实证研究》，河南大学硕士学位论文，2010 年。

文化试析》❶和文斌等人的《楚辞植物文化及园林应用》。❷

（三）先秦诗歌与植物名物

先说《诗经》与名物考证。名物考证一向是《诗经》研究的重要内容，孔子认为学诗可以"多识于鸟兽草木之名"。古人以治名物而博见闻，通诗旨，所以关于《诗经》的名物考证类著作多以广洽多识为务，考辨详细。历代经学家注诗虽不以"名物"为旨，其实训诂多离不开名物。《诗经》名物研究对于诗旨解说、诗情体察、诗艺把握以及诗美品鉴都是具有先决性的意义的，解读《诗经》而忽视名物是不能想象的。

最早解说《诗经》名物的是《毛诗故训传》，在阐述诗义的同时，用扼要的言语对其中的一些名物加以训释，如在解释《周南·关雎》的"参差荇菜，左右流之"时说："荇，接余也。"❸《尔雅》也多有对《诗经》中名物的解说，其解说主要见于"释草""释木""释虫""释鱼""释鸟""释兽"等各部分。之后三国时期吴国陆玑的《毛诗草木鸟兽虫鱼疏》更加注重植物形态描述，并对前人解释植物的误说加以订正，开启了考证《诗经》植物的研究方向。

《毛诗草木鸟兽虫鱼疏》之后重要的《诗经》名物研究著作有：

宋代蔡卞《毛诗名物解》二十卷；

元代许谦《诗集传名物钞》八卷；

明代冯复京《六家诗名物疏》五十四卷；

明代毛晋《毛诗草木鸟兽虫鱼疏广要》四卷；

清代姚炳《诗识名解》十五卷；

清代陈大章《诗传名物集览》十二卷；

清代牟应震《毛诗物名考》七卷；

清代毛奇龄《续诗传鸟名》三卷；

清代陈奂《毛诗九谷考》一卷；

清代徐士俊《三百篇鸟兽草木记》一卷；

清代俞樾《诗名物证古》一卷；

清代许瀚《辨尹畹阶毛诗名物辨》一卷；

民国李遵义《毛诗草名今释》《毛诗鱼名今考》各一卷。

除上述著作之外，救荒植物研究如《救荒本草》《野菜谱》等，以及以李

---

❶ 常荣：《〈楚辞〉植物文化试析》，《华夏文化》2009 年第 4 期。

❷ 文斌、杨立彬、甘德欣、何丽波：《楚辞植物文化及园林应用》，《中国园艺文摘》2018 年第 1 期。

❸ （清）阮元校刻：《十三经注疏·毛诗正义》（嘉庆刊本），中华书局 2009 年版，第 571 页。

时珍的《本草纲目》为代表的本草植物考据之作均往往涉及《诗经》所歌咏之植物，在解说时也往往引述前人《诗经》名物研究成果。清代吴其浚的《植物名实图考长编》和《植物名实图考》突破了本草、农学、史学、方志以及地方游记等的界限，注重名物的统一和历史文献的考证，并采集植物，绘制图版，是植物考据研究极为重要的著作。如《植物名实图考》解说"白茅"时有："诗所谓'手如柔荑'。荑，秀也，汝南儿语，本古训矣。"❶ 其中"诗"指《诗经》，所引诗句出自《卫风·硕人》。又如《植物名实图考长编》解说"藻"时，尽引"陆玑诗疏""毛晋诗疏广要"条目❷，也列有《救荒本草》和《本草纲目》对于藻的解说。"陆玑诗疏"是指陆玑的《毛诗草木鸟兽虫鱼疏》，"毛晋诗疏广要"是指明代毛晋的《毛诗草木鸟兽虫鱼疏广要》。

　　然而，包含《诗经》植物名物解说在内的古代植物考据研究虽然内容丰富，但是却往往缺乏实证与科学的精神，证据也大多是以文字证文字，植物形态描述失于简单，两千多年来一直没有形成统一的植物名称标准，本草、农书和文学作品中植物名称混乱现象没有明显的改变。比如，《郑风·溱洧》有："维士与女，伊其相谑，赠之以勺药。"毛《传》解释"勺药"说："勺药，香草。"❸ 香草何其多也，这样的解释，除非亲自得见芍药者方可知其形态。

　　此外，关于《诗经》名物训释，还有图文并茂的著作，如清代徐鼎的《毛诗名物图说》，❹ 以及日本冈元凤的《毛诗品物图考》。❺ 而上述《诗经》"博物学"的研究，学者们在"多识"方面用力至深，但一般都将对诗义的阐释和诗旨的探求置于从属地位，在物、诗、史、文化的有机结合上似显不足。

　　当今的《诗经》名物研究，具体到《诗经》植物研究，则力求以科学的方法和精神多加考订。如陆文郁的《诗草木今释》，❻ 此书用现代植物学来诠释《诗经》中的植物，开创了利用现代方法研究《诗经》植物的新思路，属于诗经研究里程碑式的著作。后又有高明干等的《诗经植物释诂》，❼ 在对每一种植物进行释诂时，首先列出《诗经》中的植物名，然后分别写出它的现代汉名、

---

❶ （清）吴其浚：《植物名实图考长编》，商务印书馆 1957 年版，第 177 页。

❷ （清）吴其浚：《植物名实图考长编》，商务印书馆 1959 年版，第 750~751 页。

❸ （清）阮元校刻：《十三经注疏·毛诗正义》（嘉庆刊本），中华书局 2009 年版，第 732 页。

❹ （清）徐鼎：《毛诗名物图说》，王承略点校解说，清华大学出版社 2006 年版，第 209~428 页。

❺ ［日］冈元凤：《毛诗品物图考》，王承略点校，山东画报出版社 2002 年版。该书有北京市中国书店 1985 年版，是"根据清光绪丙戌上海积山书局版影印"而成的，更保有原作风貌。

❻ 陆文郁：《诗草木今释》，天津人民出版社 1957 年版。

❼ 高明干、佟玉华、刘坤：《诗经植物释诂》，三秦出版社 2003 年版。

科名、拉丁名，以及该植物的别名、拉丁名释义、形态描述（根、茎、叶、花、果实、种子）、产地和简要用途。而且，每种植物都绘制了一幅植物形态图，可以更加直观地识别这种植物。而"再现《诗经》植物风华"的则当属《诗经植物图鉴》，有感于"古典诗歌中的草木，印证人与自然永恒的缠绵"，运用彩色图片，训诂并加以植物学解说，"完整呈现《诗经》中所有的植物"，解说"135 种主题植物引用诗篇"。❶

与《诗经》名物研究的蔚为大观不同，楚辞名物考证相对薄弱。除却《楚辞章句》《楚辞补注》等注释中的名物考证，古代楚辞名物专书仅有宋代吴仁杰《离骚草木疏》、宋代林至《楚辞草木疏》、宋代谢翱《楚辞芳草谱》、明代屠本畯《离骚草木疏补》、清代周拱辰《离骚草木史》、清代祝德麟《离骚草木疏辨证》等数本。

今人较为重要的楚辞名物著作有饶宗颐的《楚辞地理考》、姜亮夫的《楚辞通故》第三辑、周秉高的《楚辞原物》等。潘富俊的《楚辞植物图鉴》❷ 及赵倩的《〈诗经〉〈楚辞〉植物考》与本专著论题较为相关。直接相关的论文有包蕾的《〈诗经〉〈楚辞〉本草名物训诂研究》，对于《诗经》《楚辞》的名物考证也有大致梳理。❸

（四）先秦诗歌与考古

近年来，不断有学者结合现代科学和一系列重大考古发现对《诗经》名物进行形象具体的解释，以此来扩展读诗的视野，开拓《诗经》研究新门径。其中，扬之水的《诗经名物新证》借助考古学、古文字学、生物学等多种学科的资料来考释《诗经》中的草木、鸟兽、虫鱼以及宫室、车服、官制、祭祀等各方面的名物，在近距离内考察《诗经》并因此使物与诗互为映照、互见光彩，对《诗经》做高于名物的诗学把握，试图将读者引入一个更形象、更深邃的世界。❹

廖群的《先秦两汉文学考古研究》以近 150 页的篇幅考察了"文学考古"与《诗经》研究，除就甲骨、金石资料加以研究外，还就上博简《孔子诗论》所涉及的一些问题进行了考察整理。❺刘立志、赵沛霖均有总论性的考

---

❶ 潘富俊：《诗经植物图鉴》，上海书店出版社 2003 年版。
❷ 潘富俊：《楚辞植物图鉴》，上海书店出版社 2003 年版。
❸ 包蕾：《〈诗经〉〈楚辞〉本草名物训诂研究》，北京中医药大学硕士学位论文，2017 年。
❹ 扬之水：《诗经名物新证》，天津教育出版社 2007 年版。
❺ 廖群：《先秦两汉文学考古研究》，学习出版社 2007 年版，第 68~216 页。

古与《诗经》研究的论文发表，❶而邵炳军则注重史与诗的结合，先后就"周'二王'并立"以及晋国诸公等史实的考辨，发表系列《诗经》研究作品达 23 篇。❷日本的白川静是把金文与《诗经》研究相结合的先行者。他尤其重视金文在《诗经》研究中的重要作用，认为西周金文与《雅》《颂》同时代，金文中丰富的历史、社会资料以及语言、文字、音韵资料，具有实证价值，通过两者的比照研究可能会有新的发现。❸

楚辞的"文学考古"同样富有建设性成效。周建忠的《屈原考古新证》、徐广才的《考古发现与〈楚辞〉校读》、代生的《考古发现与楚辞研究》❹三篇博士学位论文整体推进了楚辞与考古研究的密切融合。重要的论文还有石川三佐男的《从考古资料看〈诗经〉的"君子"和《楚辞》的"美人"》，以及陈桐生的《二十世纪考古文献与楚辞研究》。❺相关著作有过常宝的《楚辞与原始宗教》❻等。专注于楚辞与出土文献等成就较为突出的是黄灵庚的《楚辞与简帛文献》，该书将《离骚》《九歌》《天问》《九章》等与简帛文献互校对参，多有发明。❼

此外，民族植物学的专著《民族植物与文化》、陈文华的《农业考古》也对于更好地理解先秦时代先民的生活，从不同角度给出了研究的思路，提供了可资借鉴的资料。

❶ 刘立志：《二十世纪考古发现与〈诗经〉研究》，《南京师范大学文学院学报》2004 年第 6 期；赵沛霖：《20 世纪考古发现与〈诗经〉研究》，《陕西师范大学学报》2006 年第 7 期。赵文亦见其专著《现代学术文化思潮与诗经研究——二十世纪诗经研究史》，学苑出版社 2006 年版，第 271~306 页。

❷ 主要有"周'二王'并立时期诗歌创作历史文化背景研究""西周末年至春秋时期晋国夺邑系年辑证""春秋晋国诗歌创作历史文化背景研究"等系列。

❸ ［日］白川静：《金文的世界：殷周社会史》，温天河、蔡哲茂译，台湾联经出版事业公司 1989 年版。另可参看［日］白川静：《中国古代文化》，加地伸行、范月娇译，台湾文津出版社 1983 年版。

❹ 周建忠：《屈原考古新证》，上海师范大学博士学位论文，2004 年；徐广才：《考古发现与〈楚辞〉校读》，吉林大学博士学位论文，2008 年；代生：《考古发现与楚辞研究》，南京大学博士学位论文，2011 年。

❺ ［日］石川三佐男：《从考古资料看〈诗经〉的"君子"和〈楚辞〉的"美人"》，《中国诗经学会·第四届诗经国际学术研讨会论文集》，中国诗经学会 1999 年；陈桐生：《二十世纪考古文献与楚辞研究》，《文献》1998 年第 1 期。

❻ 过常宝：《楚辞与原始宗教》，中国人民大学出版社 2014 年版。

❼ 黄灵庚：《楚辞与简帛文献》，人民出版社 2011 年版。

二、研究方法

上文对于相关研究成果详加探讨，其意义也在于对于相关研究方法的借鉴、参考和学习，而"先秦诗歌采集文化研究"所要运用的研究方法也正应该与这些成果取得所运用的研究方法一致。总体而言，先秦诗歌采集文化研究需要以文学研究为立足点，在文化学、考古学、文献学、名物学基础上进行相对全面深入、系统条理的研究，通过这种跨学科、交叉式、多角度的探讨，来发现和开拓先秦诗歌研究的新方法和新途径。

故而本专著在借鉴前人研究成果的基础上，拟运用翔实的文献资料和丰富的考古发现，综合运用民俗学、人类学、植物考古学、民族植物学的方法，对先秦诗歌中与采集文化相关的先秦时代先民生产生活的方方面面如饮食、服饰、婚恋、祭祀、居住、交通等进行综合考察分析，并通过探求其中蕴含的生态条件、经济方式、社会制度、民族心理、宗教信仰、文化素质等多种因素，走进质朴、粗犷、烂漫的远古世界，体察先秦时代先民们的内心情感，将对先秦诗歌中植物的相关名物研究、意象探求、文化考察统摄到采集文化的高度来体悟先秦时代先民们的生产生活，从而试图厘清我们民族的某些传统观念和文化特质。

第三节　研究范围

一、先秦诗歌与先秦时代

（一）先秦诗歌的文本含义

本书所研究之"先秦诗歌"主要有三个部分组成：一是《诗经》，二是楚辞，三是"上古歌谣与逸诗等"。

对于《诗经》，文学史的一般说法是，《诗经》是我国第一部诗歌总集，原名《诗》，或称'诗三百'，共有305篇，另有6篇笙诗，有目无辞。全书主要收集了周初至春秋中叶五百多年间的作品。最后编定成书，大约在公元前6

世纪"❶。这样的看法，当然是严谨而又周全的。本书所说"《诗经》"，也明确的指向《诗经》的文本，但在严格的意义上，《诗》的最早结集是与音乐、舞蹈密不可分的。也就是说，最早形成的那个"诗三百"，其实是诗、乐、舞三位一体的作品，不会仅仅是文献而已。《礼记·乐记》有载："诗，言其志也。歌，咏其声也。舞，动其容也。三者本于心，然后乐器从之。"❷可见诗、歌和舞是紧密结合的。而且《诗》结集的目的虽不一定完全就是为了制礼作乐、崇尚礼乐或是政治教化，但肯定不会是明确的、有目的的为了存留文献而让后世加以文学的研究。从绘声绘形、声情并茂的"诗"到今天读到的文字的《诗经》文本，两千多年来流失的文化密码似乎让人无从追寻。然而对于文本的详加勘察还是能够揭示出一些有意义的东西。

其实，诗歌与音乐二者紧密结合是与生俱来、不可分割的，非但中国的《诗经》如此，西方也应是这样，有学者就从词源上指出了二者的关系：

> 希腊语中的 psalter 是英语中"诗篇"一词。psalm 的词源，是一种弦乐器的名字。这种乐器大概最早源于腓尼基人，曾在西亚流行一时。它被通用于一些节日场合，用拨片演奏，为唱圣歌的人伴唱用，就类似现代的曼陀林。
>
> 它只有 10 个音符，没有宽阔的音域，但它却有一个不错的效果。
>
> 它在适合的高音上拥有各种组合形式，就像一件现代乐器。❸

因此，本书在探讨《诗经》文本时，不免要注意到《诗经》文本在结集时的音乐、舞蹈表演与流传的情况，结集后用诗的情况，引诗赋诗的情况，礼乐教化的解说阐释以及尽可能推测体察到的诗歌原作的用意，乃至诗中起兴的部分或许隐含的原始的文化意义，等等。所有这些，有的内容或许超越了《诗经》文本，但又无不是基于《诗经》文本的。

《楚辞》是最早的浪漫主义诗歌总集及浪漫主义文学源头。而"楚辞"之名首见于《史记·酷吏列传》，当在汉武帝时期。可见至迟在汉代前期已有"楚辞"这一名称。其本义是泛指楚地的歌辞，以后才成为专称，指以战国时楚国屈原的创作为代表的新诗体。西汉末年，刘向将屈原、宋玉的作品以及汉代淮南小山、东方朔、王褒、刘向等人承袭模仿屈原、宋玉的作品汇编成集，

---

❶ 袁行霈：《中国文学史》（第一卷），高等教育出版社 2005 年版，第 51 页。
❷ （清）阮元校刻：《十三经注疏·礼记正义》（嘉庆刊本），中华书局 2009 年版，第 3330 页。
❸ ［美］房龙：《圣经的故事》，晏榕译，光明日报出版社 2008 年版，第 176 页。

计十六篇，定名为《楚辞》，是为总集之祖。后东汉王逸增入己作《九思》，成十七篇，分别是：《离骚》《九歌》《天问》《九章》《远游》《卜居》《渔父》《九辩》《招魂》《大招》《惜誓》《招隐士》《七谏》《哀时命》《九怀》《九叹》《九思》。这个十七篇的篇章结构，遂成为后世通行本。❶今人汤炳正依据《楚辞释文》的目录篇次，在其《屈赋新探》的《〈楚辞〉成书之探索》一文中提出楚辞结集成书的五个阶段论：第一个阶段，只有屈原《离骚》、宋玉《九辩》二篇的合集，凡二卷。纂成时间，当在先秦。其纂辑者或即为宋玉。第二个阶段，是在屈、宋合集基础上增加《九歌》《天问》《九章》《远游》《卜居》《渔父》《招隐士》七篇，凡九卷。增纂时间，当在西汉武帝时。增纂者为淮南王宾客淮南小山辈，或即为淮南王刘安本人。第三个阶段，是在九卷本的基础上增加《招魂》《九怀》《七谏》《九叹》四篇，凡十三卷。增辑的时间，当在西汉元、成之世。增辑者即为刘向。第四个阶段，是在十三卷本的基础上增益《哀时命》《惜誓》《大招》三篇，凡十六卷。增辑时期当在班固以后、王逸以前。增辑者不是一人一时，而是在较长的时间里由不同的人一篇一篇地增辑起来的，增辑者已不可考。第五个阶段，"就是后世流传的王逸《楚辞章句》十七卷。把《九思》附入《楚辞章句》的，乃王逸自己；其叙及注文，乃后人所为"。❷

因本书研究时限定位于"先秦"，故而本书楚辞研究对象为《楚辞章句》书中认定为屈原、宋玉作品的《离骚》《九歌》《天问》《九章》《远游》《卜居》《渔父》《九辩》《招魂》《大招》。王逸指出或为贾谊所作《惜誓》及以下之《招隐士》《七谏》《哀时命》《九怀》《九叹》《九思》等皆不做考察。因此，本书下文所指称之"楚辞"，除特别注明者，其含括则是指《楚辞章句》中的屈原、宋玉的作品。

上古歌谣与逸诗等，以逯钦立的《先秦汉魏晋南北朝诗》中的《先秦诗》部分收罗尤为完备，列有"歌""谣"（附"吟""诵"）、"杂辞""诗""逸诗""古谚语"等共七卷，❸本书下文将以专章加以探讨。另外，本书还尽可能搜罗考古成果，尤其对新近出土之先秦文献加以关注，对其中的与采集文化相关的内容进行探析。

---

❶ 袁行霈：《中国文学史》（第一卷），高等教育出版社 2005 年版，第 109~127 页。

❷ 汤炳正：《屈赋新探》，齐鲁书社 1984 年版。

❸ 逯钦立：《先秦汉魏晋南北朝诗》（上），中华书局 1983 年版。

（二）先秦时代

先秦是指秦朝（公元前 21 世纪—公元前 221 年）建立之前的历史时代，从传说中的三皇五帝到秦的统一，经历了夏、商、西周，以及春秋、战国等历史阶段。本书所指的"先秦时代"与先秦诗歌密切相关。

就研究《诗经》而言，尽管《诗经》中诸诗篇所反映的时代生活相对明晰，而且《诗经》的汇编成书年代也看法较为一致，但"《诗经》时代"所涵盖的时间跨度，则远远大于诗歌本身的结集时长。《诗经》中的诗篇主要是"周初至春秋中叶五百多年间的作品"，但其中有些诗篇所反映的现实内容却会远远早于这一个特定的时期，尤其是那些追述祖先功绩的雅颂篇章。例如《商颂·玄鸟》《大雅·生民》等，所歌咏的"玄鸟生商"之类传说的发生，其实远在商朝建立之前。而且，《诗经》中所蕴含的文化的信息不会局限于诗歌所产生的时期，而是包含此前的人类文化积淀，这早经一些学者指出。杨公骥认为《诗经》中的种种起兴，有可能保留了来自上古的生产生活的模糊印痕。他说："当时使用的歌调很多是属于劳动诗的，因此周诗中的兴句（诗的前二句）大多是劳动诗的残留句。也正因为很多'兴'诗是劳动诗原句，所以草木鸟兽之名也大多保留在'兴'诗中。"❶ 因此，《诗经》中也必然会有着一些对于上古、远古的记忆。当然，无限制、无节制地往上追溯，也是没有道理的，毕竟《诗经》中的诗歌主要是"周初至春秋中叶五百多年间的作品"，因此，上引杨公骥论述《诗经》起兴的材料中，就直接称为"周诗"。所以，必须坚持的一点就是，《诗经》时代是以西周至春秋中叶为基点的。所以，从"劳动诗的残留句"或者"文化'遗留'"的角度而言，"《诗经》时代"则不仅仅指《诗经》中诗歌所对应的"公元前 11 世纪至公元前 6 世纪前后五百余年"，而是理应涵盖由此阶段上溯达到的殷商、夏朝时期。

同样的道理，综合考虑《诗经》、楚辞、上古歌谣与逸诗等，"先秦时代"一词就是从先秦诗歌蕴含着长久文化宝藏这个意义上考虑的。而正是因为认识到先秦诗歌蕴藏着如此古老而又丰富的文化，才使得深入探讨先秦时代的采集生产与采集文化成为可能。而这种探讨，是立足于对先秦诗歌，尤其是《诗经》、楚辞中某些具体内容进行辨析的，而又会有一些对史前、夏代、商代文化的追溯。

---

❶　杨若木：《杨公骥文集》，东北师范大学出版社 1998 年版，第 192~193 页。

二、采集与采集文化

采集的历史相当漫长，宽泛地说，采集的历史甚至可以追溯到人类（智人）出现之前。现在活化石一般的例证就是如今生活在非洲高原国家埃塞俄比亚境内的狮尾狒，它们是现知的唯一几乎完全依赖植物性食物而生存的灵长类动物，它们每天白天的大多数时间最重要的活动就是成群结伙的在高原草地上采食各种植物的根、茎、叶、花、果。有学者指出："在人类的发展进化过程中，最初的物质资料的生产就是原始采集。采集活动在原始初民生活中的重要地位是现在人类所无法想象的。"❶

诚然，采集的历史如此漫长，农业文明以来的时间仅仅是采集时代的1%。还有人推测说："人类历史发展过程中，大约90%的时期一直以小规模的狩猎采集群体而存在……据推测，公元前1万年左右，世界人口约1000万，全部为狩猎采集者……已经在地球上生活过的80亿人口中，大约90%的人以狩猎采集为生，6%的人从事农业，剩下的4%的人生活于工业社会中。"❷

《韩非子·五蠹》有云："古者丈夫不耕，草木之实足食也；妇人不织，禽兽之皮足衣也。"❸可以想见，采集与渔猎是远古先民赖以生存的两种最古老也是最重要的生产方式，与之相对应，必然会产生采集与渔猎的文化。《逸周书》里说，神农"作陶冶斧斤，破木为耜、锄、耨，以垦草莽，然后五谷兴，以助果蓏之实"。❹这是指出当时五谷为果蓏之助。可见，在特定的历史阶段，人们以采集生产为主，原始农业悄然兴起，而原始农业最初竟然是采集经济的补充！"即使到了原始农业的初期，人们还不可能生产充足的谷物，还得依靠渔猎和采集补充。"❺这也在考古学上得到了证明。研究者对济南大辛庄商代遗址考察后，认为："野生草本植物为人们提供更多的食物选择和保障，他们可能会在不同季节选择采集豆科、藜科、蓼科、苋科、十字花科、马齿苋属等植物的嫩叶、茎秆、种子或地下茎，这些野生草木植物也为畜养动物提供了饲料来源。"❻所以说，尽管《诗经》所反映的商、周时代，农耕、畜牧已经比较发

---

❶ 杨玲：《从〈诗经〉"草木起兴"看我国古代的植物崇拜》，《中山大学学报论丛》2004年第2期。
❷ 崔明昆：《论狩猎采集文化的生态适应》，《思想战线》2002年第3期。
❸ （清）王先慎：《韩非子集解》，中华书局1954年版，第339页。
❹ （清）张英等：《御定渊鉴类函》卷三九五，四库全书文渊阁本，上海人民出版社1999年版。
❺ 陈文华：《农业考古》，文物出版社2002年版，第34页。
❻ 陈雪香：《海岱地区新石器时代晚期至青铜时代农业稳定性考察——植物考古学个案分析》，山东大学博士学位论文，2007年，第105页。

达，但采集劳动仍然是物质生产中占重要地位的一种生产方式，采集仍旧相对重要。饥者歌其食，劳者歌其事，《诗经》里便依然充溢着关乎采集的诗歌。

当然，有了人类的生产生活，才意味着相应的文化的形成与不断地积累丰富，多姿多彩。而采集作为一种生产活动甚至生存方式，并不自动升华出采集文化。采集文化是指经过人类不断积累而形成的与采集活动相关的现实生产生活以及精神思想等方面的综合。也就是说，采集的时机、工具、方式，采集物的用途等具体的内容与关于采集的传统、风俗、禁忌以及这些规范性的要求对于社会的深刻而长远的影响才是采集文化的全部。具体到先秦诗歌采集文化，透过相关诗歌，详细考察先秦时代先民们的采集活动，包括采集的季节、对象、形式、方法、工具、加工，等等，这是先秦采集文化的物质层面；而进一步分析采集活动的风俗、目的及其对社会生活和社会生活中的人的影响，包括衣食住行、祭祀禁忌、征战徭役、恋爱婚姻，等等，这是先秦采集文化的精神层面。这二者的综合形成本书所要研究的先秦采集文化。当然，在行文中，这两个层面的分析并不是截然分开的，而是力求融通一体的。

追究起来，"文化"一词到底何指，确有厘清的必要。广义的文化，是人类所创造的一切文明的表现形式，"上至风俗、礼仪，下至工具、财物，似乎都可以包容在这个范畴之中"；狭义的文化，有学者将其界定为"介于社会存在和社会意识之间"。如陈炎指出："对于客观的物质存在来说，文化属于社会意识方面的东西……对于主观的社会意识来讲，文化似乎又属于社会存在方面的东西。因为它既不是偶然的思想观点，又不以个人的主观意志为转移；相反，它是决定具体观点、影响个人意志的一种相对稳定的社会存在。"因此，他定义"文化"为"一种非物质形态的社会存在"，这也就使得"介于'道''器'之间的文化形态"的认识更加贴近文化这一概念的本质。❶而对文化加以体察理解的路径，梁漱溟认为：文化不外精神生活、社会生活、物质生活三个方面，与人类生活相一致，可从这三个方面加以考察。❷这一看法的精要，在于肯定了绝不能脱离"人类生活"而妄谈对于"文化"的解读。

由对采集文化的理解出发，本书所着力研究的就是那些先秦诗歌中直接反映采集生产与习俗的诗歌；集中而突出的以采摘意象起兴，反映广阔社会生活并且充分表达那些与采摘兴象相关联的细腻委婉感情的诗歌；那些与原始

---

❶ 陈炎：《中国审美文化史》，山东画报出版社 2000 年版，第 1~3 页。
❷ 梁漱溟：《梁漱溟学术精华录》，北京师范学院出版社 1988 年版，第 7 页。

先民的思维水平相适应，以纷繁丰富的花草果蔬寄予感情、托付思念、带有强烈生存体验的植物意象诗歌。而从"采集"这一具体活动来看，这些诗歌必然涉及采集活动本身，即采集者、采集的时令季节、采集的工具、采集的方式方法等；也会歌咏被采集的对象——主要指各种被采集的植物，会体现出其生态的特点以及经过长期采集生产人们认识到的关于这些植物的其他特性。自然而然，由于采集行动本身与采集对象的密切关系及长期的生产实践，二者共同形成的文化现象，比如关于采集的信仰、风俗、礼节等，以及凝结在特定植物上的特定感情、具体表达的方式等，也会在相关的诗歌中得以展现。

之所以把研究对象加以上述区分，是缘于对先秦诗歌中相关诗歌的总体统观。以《诗经》中涉及"葛"的诗歌为例，笔者认为，有的诗歌是对采集生产的真实反映，也即实写采集，《周南·葛覃》里就写道"是刈是濩，为絺为绤"，可称为采葛之歌；《王风·采葛》则表意重心在于"一日不见，如三月兮"，显然是采葛起兴之诗，以抒写对爱人的思念情长；还有直接对葛吟唱咏叹的《邶风·旄丘》和《唐风·葛生》，主人公所表露出的对亲人的牵挂、悼念之情委婉缠绵、凄楚悱恻，恰与诗中绵延不绝、缠络纠结的葛的形象韵味相生。葛为柔软的藤条状，绵延纠结，这是葛和柔情、思念相关联的基础，这一形象、直观的思维链接无疑来自于长期的采集生产，尽管这隐藏在被直接吟咏描摹的葛的植物意象的背后。故而，实写采集的、采集起兴的、表现采集植物意象的诗歌，这三者是统一在采集文化的范畴之内的，笔者称为先秦采集文化相关诗歌。

三、先秦采集文化相关诗歌与植物名目

《诗经》中出现"采"字而且明言采摘的诗共有 26 首，其中以"采"字名篇的有《召南·采蘩》《召南·采蘋》《王风·采葛》《唐风·采苓》《小雅·采薇》《小雅·采芑》《小雅·采菽》《小雅·采绿》8 首。这 26 首明言采摘的诗歌分布的情况如下，风诗中 13 首：《周南·关雎》《周南·卷耳》《周南·芣苢》《召南·采蘩》《召南·草虫》《召南·采蘋》《邶风·谷风》《鄘风·桑中》《鄘风·载驰》《王风·采葛》《魏风·汾沮洳》《唐风·采苓》《豳风·七月》；雅诗中 12 首：《小雅·采薇》《小雅·出车》《小雅·杕杜》《小雅·采芑》《小雅·我行其野》《小雅·小宛》《小雅·北山》《小雅·小明》《小雅·采菽》《小雅·采绿》《小雅·瓠叶》《大雅·桑柔》；颂诗中 1 首：《鲁颂·泮水》。研

究《诗经》与采集文化，这 26 首"采摘诗"❶ 无疑是重要的内容，但显然不应该成为仅有的内容。至少，在《诗经》里还有些词语也具有采摘的含义，比如"捋"字，在《诗经》里首次出现于《周南·芣苢》，"采采芣苢，薄言捋之。"毛《传》认为，"捋，取也。"❷ 而《豳风·鸱鸮》有曰："予手拮据，予所捋荼。"那么，如果以出现表达采摘之意的动词为标准而言，《豳风·鸱鸮》显然也是可以列入"采摘诗"的。

采集活动所要面对的正是形形色色、丰富多彩的植物。从植物意象的角度来思考，《诗经》中还有一些诗歌虽未明言采摘，但其所运用的兴象、所反映的文化思维是与上述"采摘诗"相通的。这类诗歌，至少包括采果的《召南·摽有梅》《魏风·园有桃》，采薪的《周南·汉广》《小雅·车舝》等篇目，而以往的研究者并没有将其纳入"采摘诗"的考察范围。但实际上，采果与采薪，正是《诗经》时代采集生活的重要内容，这些相关的诗歌，理应列入采集诗歌进行研究。准此，《诗经》"采摘诗"所涉及的植物意象主要包括水菜、野菜、花、草、桑、麻、葛、树木、柴薪，等等。

然而，采集的对象并非只有植物，采集并非专指对植物的采集。比如可以涉及昆虫食物，有学者在评述《云南物质文化·采集渔猎卷》时就称，"第三节昆虫类的采集，生动描写了各民族对喜食的 6 种主要昆虫的捕捉和食用有蚂蚱、蝉、竹虫、蟋蟀、白蚁及卵和各种蜂类，如七里蜂、白脚蜂、黄腰蜂、土蜂等等"。❸ 从根本上说，对昆虫食物的采集实属人类采集生产的应有之义："早先人类对植物的采集是现采现食的，以后才发展到贮藏加工，继而扩大到对昆虫食物的采集。"❹《诗经》里描写到的昆虫也有多种，虽然从文字上看往往不涉及采集活动，但对于这些小动物的观察如此细致，而且这些昆虫往往是可食用的美味，相信必然是经过长时间采集活动积累的经验，糅合了对于这种采集生活的情感而产生了这些诗歌。而且这样的诗歌并不少，其数量是超乎人们的想象的。据徐鼎《毛诗名物图说》，《诗经》中共写到"虫"如螽斯、蜂等 27 种，涉及诗歌《周南·螽斯》《周颂·小毖》等 15 篇。❺ 所以，尽管诸诗篇没有明写对于昆虫的采集，本书还是要对于这些相关诗歌加以考察。

---

❶　详见杨文娟：《〈诗经〉采摘意象与采摘诗研究》，山西大学硕士学位论文，2003 年。该文提出"采摘诗"的说法，且认定"采摘诗"仅此 26 首。

❷　（清）阮元校刻：《十三经注疏·毛诗正义》（嘉庆刊本），中华书局 2009 年版，第 591 页。

❸　钟秋：《〈云南物质文化·采集渔猎卷〉评价》，《学术探索》1999 年第 3 期。

❹　罗钰、钟秋：《云南少数民族采集渔猎活动的研究意义》，《思想战线》1997 年第 2 期。

❺　详参（清）徐鼎：《毛诗名物图说》，王承略点校解说，清华大学出版社 2006 年版，第 127~169 页。

而对于矿物的勘探、发掘至今仍被叫作"采矿"，这种采集活动对于人类先祖至关重要，因为矿物的采集往往是高效地采集渔猎生产工具的来源，获得高效的生产工具给整个种族带来的是兴旺繁盛。最早的矿物采集当然是石器、玉器，之后金属矿物的采集加工带来了更为发达的金属文明时代。落实到《诗经》里，留下些微印痕的就是"采玉"。按照考古材料的印证，早在四五千年前的红山文化、良渚文化就有了成熟的玉器加工，技艺精湛，《诗经》呈现出的玉文化更是流光溢彩。不过，《诗经》里并没有具体写到"采玉"，而是仅仅以"比"的方式出现过加工玉的句子，见于《卫风·淇奥》以及《小雅·鹤鸣》。《小雅·鹤鸣》里有"他山之石，可以为错""他山之石，可以攻玉"。《卫风·淇奥》里明显有比德如玉的意味，写到君子的修养与玉的关系："有匪君子，如切如磋，如琢如磨""有匪君子，充耳琇莹，会弁如星""有匪君子，如金如锡，如圭如璧"。很遗憾，先民们或许并非没有对于采玉活动的歌咏，但并没有把歌颂采玉生活的诗篇留存在《诗经》里，因而我们无法对于那个时代的采玉活动由诗歌的描绘而加以理解与揣摩。

所以，《诗经》采集文化所集中而深入研究的采集对象必然是各种植物，而《诗经》中所写到的植物种类很多。据牟应震的《毛诗物名考》，计有木 60 种、草 91 种、谷 33 种。❶ 徐鼎《毛诗名物图说》认为，草计有 88 种，木 54 种。❷ 据称清人顾栋高《毛诗类释》认为有谷类 24 种、蔬菜 38 种、药物 17 种、草 37 种、花果 15 种、木 43 种。❸ 而夏传才则指出："全部《诗经》中，有草名一百零五，木名七十五。"❹ 出现这种人各为言、各个不同情况的原因很多，方言、古今语言的差异，分类的不同，理解有别等都可能造成这种结果。比如《郑风·萚兮》《豳风·七月》和《小雅·鹤鸣》均提到"萚"，《毛传》皆训为落、槁，《鹤鸣》"其下维萚"，《疏》解为"恶木"，❺ 而今人王宗石《诗经分类诠释》认为"可能是荛苕，一种多年生草本药用植物"。❻ 仅就这个例子来说，审之慎之，综合理解那三首诗，"萚"十月而陨，与檀树对举，与"谷"似乎连类，又有女子呕之歌之，故而"萚"当是一种植物，但到底是"恶木"

---

❶ （清）牟应震：《毛诗质疑》，袁梅校点，齐鲁书社 1991 年版，第 333~366 页。

❷ （清）徐鼎：《毛诗名物图说》，王承略点校解说，清华大学出版社 2006 年版，第 209~428 页。

❸ 布莉华、刘传：《〈诗经〉中的植物文化》，《承德民族师专学报》2005 年第 1 期。

❹ 夏传才：《〈诗经〉研究史概要》，中州书画出版社 1982 年版，第 96 页。

❺ （清）阮元校刻：《十三经注疏·毛诗正义》（嘉庆刊本），中华书局 2009 年版，第 927 页。

❻ 王宗石：《〈诗经〉分类诠释》，湖南教育出版社 2001 年版，第 29 页。

还是"荓苍"却不敢断言。而高亨认为择是"木名，质坚硬，落叶晚"。❶

又如，《小雅·大东》第三章诗曰：

> 有冽氿泉，无浸获薪。契契寤叹，哀我惮人。薪是获薪，尚可载也。哀我惮人，亦可息也。

这里，理解的难点是"获"字。"获，艾也。……笺云：获，落，木名也。既伐而折之以为薪，不欲使氿泉浸之。浸之则将湿腐，不中用也。"又"笺云：'薪是获薪'者，析是获薪也。尚，庶几也。庶几析是获薪，可载而归，蓄之以为家用。哀我劳人，亦可休息，养之以待国事"。❷其中，"获，艾也"是毛《传》的观点，"艾"字是指"刈"，也就是割取、砍取的意思。而郑《笺》认为"获"字为一种树木之名。这样，就产生了理解上的分歧。孔颖达是认可郑玄的意见的，他认为："郑唯获为木名……是薪可载归，犹人可休息，直文比事，于义为通，故不从毛。余同。"又说："'檴，落'，《释木》文。文在《释木》，故为木名。某氏曰：'可作杯圈，皮韧，绕物不解。'郭璞曰：'檴音获，可为杯器素也。'陆玑《疏》云：'今柳榆也。其叶如榆，其皮坚韧，剥之长数尺，可为绠索，又可为甑带。其材可为杯器是也。'易传者，以诸言薪者皆谓木也，而言刈，于理不安，故易之。"❸

就字形来说，依阮元的见解，则"获"为正字，"非此经有作'檴'之本也"。❹然而，马瑞辰引作"无浸获薪"，❺用禾木旁字，高亨《诗经今注》、陈子展《诗经直解》皆同。潘富俊《诗经植物图鉴》则写作"无浸檴薪"，用木字旁字。今人高亨解释"获薪"为："砍下的柴草。木柴被水浸湿，就不易燃烧了。比喻人民不堪再受剥削。"❻高亨显然是秉承了毛《传》对"获"字的理解。陈子展翻译"无浸获薪"成："莫浸透干枯了的柴棍。"翻译"薪是获薪"为："劈这干枯了的柴棍。"❼这又似乎是对"获"字没做解释，没有翻译。而据陆玑的看法，所谓"檴"，是指"柳榆"，今人潘富俊认

---

❶　高亨：《诗经今注》，上海古籍出版社 1980 年版，第 118 页。

❷　（清）阮元校刻：《十三经注疏·毛诗正义》（嘉庆刊本），中华书局 2009 年版，第 989 页。

❸　（清）阮元校刻：《十三经注疏·毛诗正义》（嘉庆刊本），中华书局 2009 年版，第 989 页。

❹　详参（清）阮元校刻：《十三经注疏·毛诗正义》（嘉庆刊本），中华书局 2009 年版，第 989 页。

❺　（清）马瑞辰：《毛诗传笺通释》，中华书局 1989 年版，第 675 页。

❻　高亨：《诗经今注》，上海古籍出版社 1980 年版，第 311 页。

❼　陈子展：《诗经直解》，复旦大学出版社 1983 年版，第 723 页。

为就是指"白桦"。❶

那么，首先，"获""穫""樗"三字到底哪个字为《小雅·大东》第三章的正字？其次，该字究竟是"刈取"之意，还是对某一种特定植物的指称？最后，如果是以《尔雅·释木》为正解，具体又是指哪种植物呢，"柳榆"，还是"白桦"，又或者"樗""柳榆""白桦"即为同一种植物？笔者的理解是倾向于毛《传》、高亨的解释，认为"获薪"就是指"所砍到的柴草"。然而，另一种见解也许自有它的道理，无论陆玑所云"柳榆"还是潘富俊所说的"白桦"，都是树皮纤维发达可供专门利用的，浸坏了则树皮纤维不堪利用，所以诗里所说"无浸"很有着落，因此也未可轻易否定。

这样逐一进行考辨，笔者对《诗经》中呈现的所有植物名目及相关篇数进行了汇总，又参取融通数家的释义❷对其中的一些进行了简单解释，整理成绪表1。

绪表1 《诗经》中的植物名目及相关诗篇数目汇总

部分	篇数	植物名目
周南	8	荇菜、葛、卷耳、樛木、葛藟、桃、芣苢（车前草，可食）、乔木、楚、蒌（柳蒿，可喂马。一说为蒌蒿，一种湿地生植物，嫩芽可食）
召南	8	蘩、蕨、薇、莩、藻、甘棠（棠梨树）、梅、白茅、朴樕、唐棣（即"棠棣"，又名郁李）、李、葭（芦苇）、蓬
邶风	4	柏、棘（酸枣树）、匏（葫芦，古人将其系在腰间，借助其浮力渡水）、荠、菲、荼、荑（初生的柔嫩茅草）
鄘风	4	茨（蒺藜）、唐（女萝，一说为蒙菜，一种野菜）、麦、荠、榛、栗、椅、桐、梓、漆、桑、蝱（贝母，一种中草药）
卫风	8	竹、莪、瓠、葭、菼（荻苇）、桑、桑葚、桧、松、芄兰、苇、飞蓬、谖草（即"萱草"，古人认为这种草能使人忘记忧愁）、木瓜、木桃、木李
王风	6	黍、稷、楚、蒲（蒲柳）、莪（益母草）、葛藟、葛、萧、艾、麻、麦、李
郑风	8	杞（杞柳，柳树的一种）、桑、檀、舜华（木槿花）、荷华（荷花）、乔松、游龙（荭草，也叫马蓼，生于近水处）、蕑、茹藘（茜草，可用来染制红色）、楚、蔓草、蕳（兰草）、勺药（芍药）

---

❶ 潘富俊：《诗经植物图鉴》，上海书店出版社2003年版，第249页。

❷ 主要包括：高亨：《诗经今注》，上海古籍出版社1980年版；袁梅：《诗经译注》，齐鲁书社（国风部分1980年版，雅颂部分1981年版）；陈子展：《诗经直解》，复旦大学出版社1983年版；聂石樵：《诗经新注》，齐鲁书社2000年版；杜若明：《诗经》，华夏出版社2001年版。

部分	篇数	植物名目
齐风	3	柳、麻、莠（狗尾草）
魏风	5	葛、莫（一种野菜）、桑、英、蕡（泽泻，草本植物，可食，也可入药）、桃、棘、檀、禾、黍、麦、苗
唐风	8	枢（刺榆，榆树的一种）、榆、栲、杻、漆、栗、椒、薪、刍、楚、杕杜、苞栩（丛生柞树）、稷、黍、棘、桑、稻、粱、葛、蘝（也叫五爪龙，多年生蔓草植物）、苓（甘草）、苦、葑
秦风	5	漆、栗、桑、杨、蒹葭、条、梅、棘、桑、楚、苞栎、驳（梓榆，一种常绿乔木）、棣（郁李树）、檖（山梨树）
陈风	6	枌（白榆树）、栩、麻、茇（锦葵，多年生草本植物，花朵艳丽）、椒、麻、纻、菅、杨、棘、梅、苕（紫云英，豆科植物，嫩叶可食）、鷊（通"虉"，绶草。）、蒲、荷、蕑、菡萏（荷花）
桧风	1	苌楚（杨桃树，中华猕猴桃的古称）
曹风	2	桑、梅、棘、榛、稂（稂草）、蓍（多年生草本植物，古人用来占卜）、黍苗
豳风	4	桑、蘩、葽（一种多年生蔓草，也叫野甜瓜）、莎、郁、薁（一种野葡萄）、葵、菽、枣、稻、瓜、壶（葫芦）、苴（麻子）、荼、樗（臭椿树）、黍、稷、重（同"種"，早种晚熟的谷类）、穋（晚种早熟的谷类）、禾、麻、菽、麦、茅、百谷、韭、果蓏（瓜蒌，一种攀援植物，可入药）、瓜苦、柯
小雅	44	苹、蒿、芩、苞栩、苞杞、华（花）、常棣（棠棣）、乔木、松、柏、薇、杨、柳、黍、稷、卉木、蘩、杕杜、檖木、甘瓠、臺（莎草）、菜（草名，也叫蕨，嫩叶可食）、桑、杞、李、栲（山樗，一种落叶乔木）、杻、枸（一种落叶乔木，果实如鸡爪，可食）、楰（苦楸）、蓼、萧、丰草、杞、棘、桐、椅、菉（菉蒿，多年生草本植物，生长在水边，嫩叶可食）、芑（一种野菜，味苦）、甫草、檀、蒋、榖（一种落叶乔木，也叫构或楮，树皮纤维很发达）、场苗、藿、生刍、粟、粱、栩、楰、蓬（羊蹄菜，一种野菜，可食，但味道不佳）、葍（一种多年生蔓草，又名小旋花、面根藤儿，其地下茎可蒸食，有甜味）、竹、松、莞（蒲草）、薪（粗草、老草；粗柴禾）、蒸（细草、嫩草；细柴禾）、有菀其特（特出挺立的禾苗）、菽、木、茂草、梓、萑、苇、坏木、柔木、蔚（牡蒿，一种多年生草本植物，菊科，全草入药）、葛、获薪、百卉、嘉卉、粟、梅、蕨、樆（苦槠树，一种常绿乔木，木质坚硬，可作车辀）、茨（蒺藜）、棘（刺）、百谷、瓜、稼、稻、稂（稗草）、莠（狗尾草）、茑（一种攀援寄生植物，枝茎可入药）、女萝（松萝，一种寄生植物，悬垂如丝状）、柞薪、棘（酸枣树）、榛、藻、蒲、芹（水芹，多年生草本植物，茎叶可食）、绿（荩草，可用于染绿色）、蓝（蓼蓝，一年生草本植物，叶子含蓝汁，可以做蓝色染料）、黍苗、白华（巴茅，茅草的一种）、白茅、桑薪、林、瓜叶、苕（凌霄，一种攀援蔓生植物，其花黄色，入药）、草、幽草

部分	篇数	植 物 名 目
大雅	11	瓜瓞、菫（苦菫，一种野菜，可食，味苦）、荼（苦菜，一种野菜，可食，味苦）、柞、棫（也叫白桵，一种小树，丛生，果实紫红色，可以吃）、朴（朴树，落叶乔木，叶子卵形或长椭圆形，花小，淡黄色，果实圆形，黑色，有核，木材可制器具）、榛、楛（楛树，形似荆条，丛生，茎可制箭杆）、葛藟、条枚、菑（枯死未倒的树木）、翳（通"殪"，枯死倒地的树木）、灌、栵、柽（柽树，也叫三春柳或红柳，一种落叶小乔木）、椐（椐树，也叫灵寿木，枝干多肿结，古人用它做手杖）、檿（檿桑一种落叶小乔木，叶可养蚕，木质坚硬）、柘（柘树，落叶灌木或乔木，叶可养蚕，木材中心为黄色，质坚而致密，是贵重的木材）、松、柏、平林、荏菽、禾、麻、麦、丰草、黄茂、秬（黑黍，古代的一种良种黍）、秠（古代的一种良种黍，一个壳里有两粒米）、穈（一种良种黍）、芑（一种良种黍，也叫白粱粟）、萧、苇、梧桐、枝叶、桃、李、柔木、桑柔、笋、蒲、苴、苙（枯草）
周颂	3	黍、稌（稻子）、蓼、荼、稷
鲁颂	2	芹（水芹，多年生草本植物，茎叶可食）、藻、茆（莼菜，一种水生植物，嫩叶可食）、桑黮（桑葚，桑树的果实，可食）、黍、稷、重（同"穜"，早种晚熟的谷类）、穋（晚种早熟的谷类）、稙（早种早熟的谷类）、稚（晚种晚熟的谷类）、菽、麦、稻、柜、松、柏
商颂	2	苞（树根）、蘗（树木倒下或砍去后新生的枝芽）、松、柏

　　上表所列，计有植物名目 355 种，去其重复，仍得 179 种。如此众多的植物种类，作为采集文化所要考察的并不是它的全部，这里的谷物显然是指人工栽培的农作物，收获庄稼不作为采集活动对待。从根本上说，采集与农耕生产方式有着明显的区别，采集往往是以自然生长的植物为对象的，农耕则是以人工的方式栽培植物来达到生产的目的。在时间上，前者出现远早于后者；在发展上，后者以前者为基础；最关键的是，采集往往依靠个体完成，而农耕生产常常需要集体协作。因而，作为二者反映的诗歌是本就应该区别开来的。而蔬菜则作为采集文化所要考察的植物意象，尽管当时已经有了蔬菜的人工种植，但像"采葑采菲，无以下体"（《邶风·谷风》）很难说就是指从园圃里收获种植的蔬菜，而且《鄘风·桑中》有"爰采葑矣？沬之东矣"，《唐风·采苓》有"采葑采葑，首阳之东"，故而将"采葑采菲"理解为表达某种含义的采集兴象应该更贴近诗作的时代与生活体验。至于树木，好像与"采摘"无关，实际上树木正是采集活动的重要对象，除了木本的果品采摘以及柴薪的采集外，即便是高大的乔木也被采伐以备大用，比如建造宫室、舟船、战车等。所以，树木的意象也是《诗经》采集文化考察的内容。因此，从采集活动的对象出发，从

植物意象的角度来考察，本书的研究对象是除黍、稻等农作物外的《诗经》中所呈现的所有植物意象。这涉及诗歌达 136 首之多，本书关照的重点是上述所指出的包含采果、采薪的"采摘诗"与采集意象，但"采摘诗"研究仅仅是采集文化研究的突破口，论文力争涵盖《诗经》中所有采集文化相关诗歌。

以上文对《诗经》文本的考察为范例，楚辞的相关情况统计见绪表 2。

绪表 2　楚辞植物名目及相关诗篇数目汇总表

篇章		植物名目
离骚		江离（蘼芜，芎䓖）、辟芷（白芷）、秋兰（泽兰）、木兰、宿莽（卷施草）、草木、秒（百草为稼穑秒）、众芳、申椒、菌桂、蕙（燕草，零陵香）、茝（白芷）、荃（苏，菖蒲）、兰（泽兰）、留夷、揭车、杜衡、芳芷（白芷）、枝叶、秋菊、落英、木根、薜荔、落蕊、胡（大蒜）、绳（蛇床）、椒、芰（菱角）、荷、芙蓉、蕡（蕨蕖）、菉（王刍，荩草）、葹（菜耳，苍耳）、茹蕙、扶桑（神木，日所从出）、若木（神木，日所从入）、琼枝（神木。南方有鸟，其名为凤，天为生树，名曰琼枝，高百二十仞，大三十围，以琳琅为宝）、荣华（繁花）、琼芳（灵草；一曰蘦，旋复花）、筳篿（折竹以卜）、芳草、艾、幽兰、百草、茅、萧、众芳、椴（茉荑）
九歌	东皇太一	琼芳（持琼枝以为芳香）、蕙肴、兰藉、桂酒、椒浆
	云中君	兰汤、若英（杜若之英）
	湘君	桂舟、薜荔、蕙、苏、兰、桂棹、兰枻、芙蓉、木末、芳洲（香草聚生水中之处）、杜若
	湘夫人	木叶、白薠、蘋、木、茝、兰、荷、苏、紫（紫草，一曰紫贝）、芳椒、桂栋、兰橑、辛夷、药房、薜荔、蕙、石兰、芷、杜衡、百草、杜若
	大司命	疏麻（神麻也）、瑶华（麻花也）、桂枝
	少司命	秋兰、麋芜、绿叶、素华、苏、紫茎、荷衣、蕙带
	东君	扶桑、桂浆
	河伯	荷盖
	山鬼	薜荔、女萝、辛夷、桂旗、石兰、杜衡、幽篁、三秀（灵芝）、葛蔓蔓、杜若、松、柏、木萧萧
	国殇	
	礼魂	芭（巫所持香草名也；一曰巴焦，即芭蕉）、春兰、秋菊
天问		若（若木，神木，日所从入）、蘼蓱（蓱草，生于水上无根，乃蔓衍于九交之道。神异植物）、枲华（麻花）、秬黍（黑黍）、莆、蕾、棘（酸枣树）、水滨之木（指"空桑"，神木也，伊尹所从生）、采薇

续表

篇章		植物名目
九章	惜诵	木兰、蕙、申椒、江离、菊
	涉江	方林、深林、露申（瑞香花）、辛夷、林薄（丛木曰林，草木交错曰薄）、芳（芳草香木，喻指贤者）
	哀郢	长楸（大梓，高大的梓树，桑梓喻指家乡故土）
	抽思	荪（荃，菖蒲）
	怀沙	草木莽莽（莽莽，盛茂）
	思美人	大薄（丛薄也，草木交错曰薄）、芳茝、宿莽、芳草、萹薄（萹蓄之成丛者）、杂菜、芳与泽、芳华、薜荔、缘木、芙蓉
	惜往日	芳草、蔽幽（草木积聚之处，近山近泽皆得称蔽）、芳与泽、蕙
	橘颂	嘉树、橘、绿叶、素荣、曾枝、剡棘、圆果
	悲回风	蕙、草、苴（生曰草，枯曰苴）、茶、荠、兰、茝、若椒（若，一作芳）、若木（神木，日所从入）、蘋、蘅、芬芒芒（草木弥望，容貌盛也）、黄棘（棘剌也）
远游		芳草、遗芳、桂树、冬荣
卜居		筮（蓍也。蓍草，多年生草本植物，古人以其茎占卦）、草、芳
渔父		
九辩		草、木、百草、梧、楸、叶、枝、柯、蒴（梢）、蕙华、华、实、蕙、众芳、粱（五臣云：粱，米）、藻（五臣云：藻，水草）、芬芬（草盛）、野草、荷、芜秽（指田地野草丛生貌）
招魂		芜秽（不治曰芜。多草曰秽）、五谷、藜（柴棘为藜）、菅（茅也）、木、蕙、兰、蒻（蒲也，可以为席）、兰膏（以兰香炼膏也）、芙蓉、芰、荷、紫茎、屏风（水葵也）、兰、薄（木丛生曰薄）、木蓠、稻、粢、穱、麦、黄粱、大苦（苓，大苦也，可为干菜）、柘浆（柘，一作蔗，即甘蔗）、采菱、扬荷、梓、兰芳（以喻贤人也）、蒉（"芳草也"；又认为可写为"篦"，释为"竹名"）、菉、蘋、齐叶、白芷、皋兰、枫
大招		山林、五谷（稻、稷、麦、豆、麻也）、荪、粱、芳（谓椒姜也）、苴蓴（襄荷也。《本草》：襄荷，叶似初生甘蔗，根似姜芽）、蒿（繁草也）、蒌（香草也）、白蘋、茝、兰、桂树

注：表中括号中注解主要依据（宋）洪兴祖：《楚辞补注》，中华书局1983年版。

　　上表列有植物名目246个，去其重，得105种。与潘富俊《楚辞植物图鉴》❶等相比，多出的是"百草""众芳""草木""叶""枝""柯""蒴（梢）"等

❶ 潘富俊：《楚辞植物图鉴》，上海书店出版社2003年版。潘富俊认为楚辞中有植物100种，其考察范围包括汉代以后的楚辞作品，与本书仅取"先秦"时屈、宋作品范围不一致。

集合、集体称谓，以及"林薄""芜秽"等较为特殊的名目。

楚辞写到采集，直接的动作较《诗经》的"采""撷"还丰富。大致有"搴""揽""集""折""索""采""解"等，动作均有采集意味。示例如下：

《离骚》："朝搴阰之木兰兮，夕揽洲之宿莽。"

《离骚》："揽茹蕙以掩涕兮，沾余襟之浪浪。"

《离骚》："擘木根以结茝兮，贯薜荔之落蕊。矫菌桂以纫蕙兮，索胡绳之纚纚。"

《离骚》："制芰荷以为衣兮，集芙蓉以为裳。"

《九歌·湘君》："采薜荔兮水中，搴芙蓉兮木末。"

《九歌·大司命》："折疏麻兮瑶华，将以遗兮离居。"

《九章·思美人》："揽大薄之芳茝兮，搴长洲之宿莽。"

《九章·思美人》："解萹薄与杂菜兮，备以为交佩。"

又，《昭明文选》收录之《风赋》《高唐赋》《神女赋》《登徒子好色赋》《对楚王问》可以基本认定为宋玉所作。虽然这些作品被认为属于"赋"与"对"，并非"诗歌"，但其与"楚辞"立意、遣词十分相近，故而也加以考察，以此对比理解楚辞描摹植物、运用植物意象等情况（见绪表 3）。

绪表 3 《昭明文选》收录宋玉作品植物名目汇总

篇章	植物名目
风赋	枳、青蘋、松、柏、木、林莽、华叶、桂、椒、芙蓉、蕙草、秦蘅、新夷（辛夷）、萯杨、众芳
高唐赋	松、玄木、冬荣、榛林、葩华、双椅、垂房、纠枝、绿叶、紫裹、丹茎、白蒂、纤条、芳草、秋兰、芷、蕙、江离、青荃、射干、揭车、薄草
神女赋	兰泽、若芳（杜若的芳香）、兰
登徒子好色赋	桑、芳华、鲜荣
对楚王问	蕹

注：依据《昭明文选译注》，吉林文史出版社 1988 年版。第一册第 626~627 页，第二册第243~245 页、第 255~256 页、第 262~263 页，第五册第 213~214 页。

宋玉赋对作品中，有名目 44 个，所称引、描摹植物种类范围与楚辞基本一致，使用上也有香草美人的使用意象，但从整体看，香草香木与恶草恶木的对比明显减弱了。

再者，以上文对《诗经》文本的考察为范例，逯钦立辑校《先秦汉魏晋南北朝诗》之《先秦诗》植物名目情况统计（见绪表 4）。

绪表 4 《先秦汉魏晋南北朝诗》之《先秦诗》植物名目汇总表

篇章	植物名目
弹歌	竹
麦秀歌	麦秀、禾、黍
采薇歌	薇
曳杖歌	梁木
穗歌	穗
岁莫歌	禾、稷（刈谷也）
采芑歌	采芑
松柏歌	松、柏
暇豫歌	菀（草木茂盛）、枯（草木枯萎）
鼓琴歌	苕之荣
邺民歌	稻、梁
楚人为诸御己歌	薪、菜
忼慨歌	负薪
越人歌	木、枝
丘陵歌	枳、棘
琴歌（附）	柴、黄蘖
渔父歌	芦
申包胥歌	草泽
采葛妇歌	葛、蔓
赵民谣	毛（草木）
楚童谣	萍实
蜡辞	草木
祭辞	庶卉百物（种种作物）
禳田辞	五谷、穰穰
浑良夫噪	绵绵生之瓜
成相杂辞	五谷殖
石鼓诗	杨、柳、漆、栗、柞、槭、椶（棕榈）、楮、嘉树
左传引逸诗	丝麻、菅蒯、
论语引逸诗	棠棣、华
庄子引逸诗	青青之麦
战国策引逸诗	木、实繁、枝
左传引周谚	木
国语引谚	黍、稷、荣
商子引谚	木
史记引谚	蓬、麻

注：依据逯钦立辑校：《先秦汉魏晋南北朝诗》，中华书局 1983 年版，第 1~85 页。

表中所列，"樱""楮"之外，几无超出《诗经》、楚辞范围。可见此《先秦诗》直接写到采集的只有《采芑歌》《采薇歌》《采葛妇歌》等，但反映的植物文化、采集因素也是比较丰富的，下文将以专门章节分析。

而从部分与整体的关系而言，部分的特点必然是包容于整体的特点之中的，所以，未必整体的特点完全符合每一个部分，但完美的诠释即便仅仅很小的一个部分也必须重视全部的整体。在这个意义上思考，解读先秦采集文化相关诗歌必须考虑到全部的诗歌文本，乃至尽可能地参考所有的相关的后人的解说，即便有些诗歌中没有呈现植物名目，也要加以关注。这便决定了分析探讨必须面对先秦诗歌这一个浑融的整体，而不能，也不应该对文本进行机械的条条框框的分割，尽管又要时刻注意自己的研究方向和侧重点。由这一思路生发，就能更好地理解"不融通它经则难治一经"的道理。虽然不敢妄谈对于经典的通治，但至少这样触类旁通的思路要求是必须要遵循的。因而，解读先秦采集文化相关诗歌，则必然要在对于整个先秦诗歌文本的考察基础上，旁涉其他经典，尤其是《尔雅》《春秋》《尚书》《论语》，以及《礼记》《周礼》《国语》《战国策》等。

第一章　采集文化与先秦时代

章学诚有言："六经皆史也。古人不著书，古人未尝离事而言理，六经皆先王之政典也。"❶ 这是认为包括《诗经》在内的六经（《易》《诗》《书》《礼》《乐》《春秋》）皆有理有据，都是研究中国古代社会的重要史料。从这一认识出发，则先秦采集文化相关诗歌的具体内容与先秦时代的社会生产生活息息相关，二者可以相互发明。

这里将"采集文化"与"先秦时代"相提并论，当然不是指采集文化发源于先秦时代。而是指由于人类文明的发展，随着人类活动能力与范围的扩大，以及生产工具的改进，采集经验的积累与传承，先秦时代的采集文化肯定会较以往更为丰富，这也是文化发展的必然。而且，因为先秦时代较上古比较接近，先秦诗歌中蕴含的采集文化信息自当较后代的典籍更为丰富。

第一节　采集文化

采集文化的历史十分悠久，甚至可以说是伴随着人类的出现便有了采集文化，人类学比较认可的是，人类是从古猿逐渐过渡来的，这个过渡期可能长达一两千万年以上。有学者指出，"从真正的人类产生到现在大概只有两三百万年"❷。关于古猿到人的进化，说法不一，但比较公认的是"腊玛古猿和南方古猿（阿法种）都是人类的远祖，亦即人类早期的直系祖先。他们正处在从猿到人的过渡阶段，叫作正在形成中的人或原始的蒙昧人"❸。被命名的南方古猿阿法种的个体女性"露西"，生活于距今大约三百五十万年前❹，可以理解的是，露西的时代已然是采集比较成熟的时期，如果把"文化"一词限定用于人类，

---

❶　（清）章学诚：《文史通义》，上海书店 1988 年版，第 1 页。

❷　王玉哲：《中华远古史》，上海人民出版社 1999 年版，第 10 页。

❸　林耀华：《原始社会史》，中华书局 1984 年版，第 42 页。

❹　《人类文明史图鉴·人类的黎明》，赵沛林译，美国时代生活公司授权，吉林人民出版社、吉林美术出版社 2000 年版，第 26 页。

露西的先祖们则并不是在偶尔地、随意地进行采集活动，而是把这种获取生存必需品的技能代代相传，并包含有社会性的规范内容在内，这当然就已经上升到了狭义的采集文化的层面。

一、以采集经济为中心

采集活动、采集生产、采集经济、采集文化，这些都是相互关联的概念。一般而言，并非所有的采集活动都是采集生产，例如猎人外出打猎时为了过夜升起篝火而捡取枯树枝，这显然不能定义为采集生产。不过，同样的采集活动也可能就是采集生产，二者界限也不可能十分分明，我们仍举"捡取枯树枝"的例子，当聚群而居的人们为了生活用火而去捡取枯树枝，这当然就是一种采集生产。采集经济是建立在采集生产基础上的，仅有采集活动而没有形成采集生产，采集经济自然无从谈起。

有专业的工具书定义"采集经济"时指出，采集经济是：

> 人类以采集自然界中天然植物为生的经济。发生在人类社会早期。当时，生产力极端落后，劳动工具仅是简陋的石块和木棍，人类只能靠采集自然界中现成的植物的果实、根茎来维持生存。采集经济是当时人类谋取生活资料的主要方式之一。在弓箭没有发明之前的原始生产中，因捕获猎物经常没有保证，采集经济占据主要地位，狩猎经济居于次要地位。人类经过长期的采集实践与观察，逐步认识到植物的生长规律并开始栽培植物，创造出原始农业，从此摆脱了采集经济。❶

原始人类最早的生活来源是采集和渔猎，其中采集占有更为重要的地位，而这一点似乎尚未引起人们足够的重视。宋兆麟在阐述原始社会生产状况时就提到了这种情况，"采集是一种重要的攫取经济。关于采集经济的固有地位往往被忽略，事实上它有自己的兴盛时代"❷。而对于采集经济的地位与时间跨度，有学者曾作过十分直观形象的比较："如果我们把现在的时间设定为星期一中午 12 点，那么……南方古猿的出现是在星期五上午 6 点，而解剖学意义上的现代人，即科学家所称的晚期之人则是刚刚出现在 11 分钟以前，更晚近

---

❶ 刘炳瑛主编：《马克思主义原理词典》，浙江人民出版社 1988 年版，第 506 页。
❷ 宋兆麟：《中国风俗通史·原始社会卷》，上海文艺出版社 2001 年版，第 306 页。

的是，仅在 1 分钟之前，农业才得以产生……"❶ 综合来看，人类，首先是作为食物采集者而存在的❷，采集经济有着"作为整个社会经济"的历史，且这个历史是悠久的，漫长的。

由对于现代采集渔猎民族的观察可以明确地知道采集相对于狩猎的重要性和优越性。因此，大致看来，在农业发明之前，人们更为注重容易采集到的植物果实及昆虫，以及容易捕获的动物和鱼类，原始氏族部落都聚居在野生动物和植物资源丰富的地方。如果一个地区的野生植物资源不那么丰富了，或者成群的动物跑掉了，人们便会从这一地区迁徙到另一个地区去。人们采集和狩猎的生产技术简单，都习惯使用打制的刮削器、尖状器、雕刻器（中石器时代则流行细石器），人们的生产工具或武器比较少，因为他们必须把工具和财产限制在便于携带的范围内，以适应不断迁徙的生活。

在这一经济时代的后期，人们已经积累了丰富的植物学知识，一旦出现某种需要，农业就会应运而生。针对中国的情况，有著者指出："原始时代的社会经济在中石器时代以前，一直是狩猎和采集经济；中石器时代是狩猎（渔猎）、采集和萌芽的农业、畜牧业经济；新石器时代是以农业为主，狩猎、采集、家畜饲养、手工业为辅；以畜牧业为主，狩猎（渔猎）、采集为辅和渔猎、采集等经济类型。……旧石器、中石器时代是仰赖于自然的攫取性经济，新石器时代是以农业产生为起点，这是人类社会的一个伟大的'飞跃'。农业、畜牧业的发明，开始了人类对自然界真正的改造。"❸ 一般认为，定居、人口增长的压力、气候的变化等，都有可能迫使人类发展形成原始农业。但原始农业的出现在当时的人们看来，一定是自然而然的事情，是在不知不觉中发生的，而在我们看来则是伟大的奇迹！

当然，这个奇迹仍然有些未解之谜，或者说有些复杂和例外的情况。比如采集渔猎民族大都过着定期迁徙的生活，但非迁徙或"定居"未必就一定与"农业经济"相关。就我国一些民族而言，早已定居，但采集经济仍然是他们支柱经济。据民族学材料介绍，"过去鄂伦春人也大量采集野菜和野果。采集最多的野菜是'昆毕'（柳蒿菜），采来晒干，以备冬季食用。可以用柳蒿菜烤野兽肉，缺乏食物时也可熬柳蒿菜充饥。还大量采集野果，其中采集较多的

---

❶ 《人类文明史图鉴·人类的黎明》，赵沛林译，美国时代生活公司授权，吉林人民出版社、吉林美术出版社 2000 年版，第 18~19 页。

❷ ［美］L.S. 斯塔夫里阿诺斯：《全球通史——1500 年以前的世界》，吴象婴、梁赤民译，吴象婴校订，上海社会科学院出版社 1988 年版，第 63~81 页。详参该书第二章"人类——食物采集者"。

❸ 张维煜：《中国原始社会史略》，兰州大学出版社 1994 年版，第 609~610 页。

有稠李子，可以用它和米放在一起熬粥。采集的榛子、松籽很多，以备缺乏食物时食用。"❶"今天云南少数民族中仍保持着一些古老的采集方法和食用方法，可看作人类生活中的'活化石'。云南省境内有的少数民族的采集经济仍占其经济生活的一半；有的采集种类多达百余种；有的尽管经济生活比较发达了，但平常在生活和祭祀中，仍沿袭着古老的传统，保留了一些采集活动。"❷

这就要求我们在考察采集经济、采集文化时应该放开视野，考虑到种种复杂因素。

二、采集文化与农业起源

一般认为，随着采集生产经验的积累，农业的出现是自然而然的事情。然而，审慎地加以思考辨析，农业的起源问题并非如此简单明了。但是，可以明确的是，农业生产与采集生产并不具有直接的承继关系，也就是说，采集不会完全或马上被农业取代。

而对于农业起源详加探讨的意义在于，进一步明确采集的文化自足性、独立性。采集是可以自主、独立地存在于农业时代之中的，并不是农业的时代到来了，采集文化就自觉地消退其光芒，隐遁于无形之中了。

（一）农业起源问题的反思

有学者认为，"随着氏族制度的发展，妇女在长期经营采集经济的实践中，经过反复观察，逐渐掌握了一些野生植物的生长规律，发现某些植物的种子在一定的土地、水分、季节条件下，可以发芽、开花、结果。她们有意无意地在住地附近撒些吃剩下来的种子，以待其生长，这就是最简单、最原始的农业"。❸ 很显然，这样的看法可能是偏于"简单和原始"的农业起源理论，有意的种植也未必就能摆脱仅仅是种植而已，而农业的对象是农作物，只有当有意种植的是经过有意选育的种子时，才开始了农业的生产。农作物的驯化和培育则是一个非同寻常的复杂而又漫长的过程。所以，把这样的植物栽培称之为农业，并不是严谨的表达。夏纬瑛曾指出："选种是农业上的一个重要环节，

---

❶ 马树山：《鄂伦春族风俗习惯》，鄂伦春自治旗人民政府网，http://www.elc.gov.cn/zjelc5/html/835.html。

❷ 崔景明：《试论云南采集渔猎经济》，《乡镇经济》2000 年第 2 期。

❸ 王玉哲：《中华远古史》，上海人民出版社 1999 年版，第 63~64 页。

没有选种就没有农作物的存在，也就谈不上农业生产了。"❶ 当然，"她们有意无意地在住地附近撒些吃剩下来的种子"也有可能是在选育品种，或者会起到选育品种的作用，但是，即便这就算是农业的起源，这个起源距离真正农业的到来还会有一段漫长的岁月。

而实际的情况是，从最早的植物栽培到农业的形成，有一个"原始农业"的阶段。美国学者所作的《全球通史》指出：

> 从最早的植物栽培过渡到农业革命，是一个渐进的、漫长的过程，称之为"原始农业"阶段。在中东，这一阶段从约公元前 9500 年起，至公元前 7500 年止。在美洲大陆，这一阶段似乎更长。墨西哥的特瓦坎山谷是美洲大陆最早的植物栽培中心之一，那里的原始农业从公元前 7000 年前后开始，据估计，2000 年后，当地印第安人从以玉米为主的植物栽培中得到的食物，仅占他们食物来源的 10%；到公元前 1500 年前后，由于玉米和其它植物杂交，使产量大大提高，才成为当地人食物来源的主要部分，从而完成了从原始农业到农业革命的过渡。❷

也就是说，从这一材料看，"原始农业"或者叫作农业的"原始"阶段至少要长达 2000 年，而极端的例子是需要经过 5500 年的发展才完成"从原始农业到农业革命的过渡"。

中国的研究者们也注意到了这一"过渡阶段"，或者叫作"似农非农"阶段。有材料表明，在采集渔猎与农业这两种经济形态之间就存在着一个"过渡阶段"，舞阳贾湖稻谷栽培的早期阶段就应属于这一过渡阶段❸。也有学者指出，距今 9000 年至 7000 年间属于"似农非农"阶段，当时社会经济逐渐地由采集狩猎（或采集渔猎）向稻作农业转变。❹

"原始农业""过渡阶段"和"似农非农"阶段等各种说法也就引发出了这样一个思考，即最初的作物栽培和农业生产是不是一回事？农作物栽培最初的形态只是指人们选育作物的试验，而这一试验的过程至少应当有两个阶段：其一是栽培对象的选择；其二是对这些植物进行驯化，使其变为真正的人工培育

---

❶ 夏纬瑛：《〈诗经〉中有关农事章句的解释》，农业出版社 1981 年版，第 7 页。

❷ ［美］L.S. 斯塔夫里阿诺斯：《全球通史——1500 年以前的世界》，吴象婴、梁赤民译，吴象婴校订，上海社会科学院出版社 1988 年版，第 86 页。

❸ 解华顶、沈薇：《淮河流域新石器时代采集经济的史学观察》，《安徽农业科学》2009 年第 5 期。

❹ 赵志军：《有关农业起源和文明起源的植物考古学研究》，《社会科学管理与评论》2005 年第 2 期。

植物。而只有当一种植物经人工驯化后进行大面积种植，这才称得上是进入了农业的初步发展阶段。

侯旭东对于目前我国农业起源研究的现状有这样的反思：

> 关于中国早期农业研究，目前趋势是将农业起源越推越早。农耕出现甚早不错，问题是某一遗址发现的栽培作物与农具究竟能代表多大范围内的情况？此外，农具所反映的究竟是何种形式的田作，也有必要深究。在野生食用资源容易获取、铁农具尚未大量使用的情况下，利用石制、木制农具从事农耕，究竟在多大程度上决定农耕发展程度与水平？遗址中大量发现的铲、镰与刀反映的农耕内涵，颇有仔细分析的必要。❶

而所谓农业社会，则应当是指农业经济占主导地位以后才确立的一种基于社会生产类型的社会模式，其"农业经济占主导地位"也应有一个具体的量化指标，但这样的思考，就现今的社会发展史研究状况而言，并没有引起足够的重视。

总结来看，实则在农业起源的时期及以后的长期发展过程中，"野生食用资源"都是"容易获取"的，采集生产的发展与农业的起源与发展并行不悖。

（二）认为农业起源于采集是不全面的

从对于现代狩猎采集民族的观察来看，其食物来源的稳定性，食物的种类，维生素、无机物、蛋白质等的摄取均比农耕民要优越得多。有学者即认为，"不难看出，'史前'的狩猎民与如今的狩猎采集民一样，维持着相当高的生活水准。也就是说，'史前'的狩猎采集民比起同时代的初期农耕民来，其生活要舒适得多"。❷

可既然如此，为什么人们舍弃相对舒适的采集渔猎生活而开始艰苦的农耕生活呢？其实，农业的起源一直是争论不断的热门话题，学者们对于农业起源的时间、时机、原因、方式以及农业的传播等都有种种不同见解，其中又尤以原因问题更为众说纷纭。

刘易斯·宾福德认为，在农业的起源问题上，达尔文的见识"只称得上一般"，"他认为农业的产生是人类认识到在地上播上一粒种子，就会长出一棵植

---

❶ 侯旭东：《渔采狩猎与秦汉北方民众生计——兼论以农立国传统的形成与农民的普遍化》，《历史研究》2010 年第 5 期。

❷ ［日］森本和男：《农耕起源论谱系（上）》，宋小凡译，《农业考古》1989 年第 1 期。

物的这一知识的不可避免的结果"。这是一种错误的观点。而著名的关于农业起源的"近处理论"（Propinquity Theory）或"绿洲理论"（Oasis Theory），"比较有意思但是有点幼稚"。而"伊甸园命题"（Garden of Eden Proposition），"也就是说，如果人们生活在非常富饶的环境中，他们是不会采用农业的：这里是食物丰足的小小伊甸园"。再加上"懒汉原理"："一个人不会去做事谋生，除非他不得不去做。"这二者的结合可能会"渐进式"地导致农业的起源。❶ 其理论的原理是很复杂的，但非常明晰，可以确知的是，他认为，农业并不起源于采集，农业的起源另有其深刻而又复杂的机制。

张维黑对于农业的起源有这样的推测，"在几百万年的漫长的原始社会中，原始人积累了狩猎、采集经验，提高了狩猎、采集技术，把狩猎、采集发展到高峰，在高峰的基础上产生了农业和畜牧业。……采集的植物辨识、采集方法、认识植物生长的规律等，都是不断提高的。……从认识少数植物—认识多种植物—发现禾本科植物—发现粟、稻—种植"。❷ 其实，这样的说法是一种高度的规律性介绍，具体的情况则可能要复杂很多。采集经验的丰富并不必然带来原始农业的萌动，甚至相反，采集越发达，采集经济的地位越高，则生活的压力越小，农业产生的可能性也就越小。

而采集与农业，也可能并不具有直接的相承接的关系。有学者就指出，"采集是获取现成的天然产物，而农业是生产、是创造物质生活资料。生产工具是完成这一发展飞跃的关键之一。农具是采集不到的。因此，无论单纯采集怎样发展，它自身都无法孕育出农业。所以，认为农业起源于采集是不全面的"。❸

不过，漫长的采集经济的历史积累了宝贵而丰富的生产经验，类如"神农"之"相土地宜、燥湿肥垮高下，尝百草之滋味、水泉之甘苦，令民知所辟就"。❹ 学者们认为，"谷物的种植是从谷物的采食逐步发展来的，采食谷物这是走向农业的第一步"❺。"栽培植物的起源是从古代原始人群采集野生植物开始的……不难推断，由本能的采集逐渐发展成为带思维的采集，这就是选择的开始。"❻ 也就是说，除了土壤、水源、气候等方面的必要知识储备，采集还不断筛

❶ ［美］刘易斯·宾福德：《追寻人类的过去——解释考古材料》，陈胜前译，上海三联书店 2009 年版，详参第八章"研究农业的起源"，第 199~220 页。
❷ 张维黑：《中国原始社会史略》，兰州大学出版社 1994 年版，第 623~624 页。
❸ 王治功：《中国农业的起源及其经济地位问题》，《汕头大学学报（人文社会科学版）》1986 年第 4 期。
❹ （汉）刘安等：《淮南子全译》，许匡一译注，贵州人民出版社 1993 年版，第 1132 页。
❺ 李根蟠、崇岳、卢勋：《再论我国原始农业的起源》，《中国农史》1981 年第 1 期。
❻ 李潘：《中国栽培植物起源与发展简论》，《农业考古》1993 年第 1 期。

选出可供栽培的作物，这些都是原始农业产生、发展的必要基础与关键因素。

第二节　先秦时代的生产生活状况

以下是马来半岛的奥朗塞芒人（Orang Semang）的"一支广为流传的歌曲"：

枝头上，我们的果实累累，

枝头上，我们割下果实。

枝头上，鸟儿（？）肥美，

枝头上，小松鼠很肥。❶

"这首歌说的是供人们食用的植物和动物。"❷ 不受饥饿恐惧的人们无法理解庆祝丰收的欢天喜地的歌舞；没有饥饿经历的读者会觉得歌里唱着的"鸟儿肥美""小松鼠很肥"有些滑稽，而且"割下果实"也有些大煞风景，根本不像是诗歌；而"鸟儿肥美""小松鼠很肥"这样的句子在今天的动物保护主义者看来，简直就是犯罪！然而，这样的歌唱，对于奥朗塞芒人来说，就是最美妙的诗篇，甚至是寄寓着种族希望的圣歌。

所以，阅读类如《诗经》、楚辞这样年代久远的经典，往往会产生与这些诗歌的情感理解与沟通上的隔膜，这是因为相隔了太久的时代，深入体会诗歌的内蕴常常是一件很困难的事情。实际上，想感同身受几乎是不可能实现的愿望，我们不处于那个时代，而那个时代才是理解那些诗篇最好的背景。这样的思考或许在一定程度上是悲观的否定，但悲观的否定之后，正是朝向理解和沟通的努力——努力去理解诗歌的时代。

那么，先秦时代人们的生产生活状况大致是怎样的呢？

一、农业种植相对发达

对于夏商周三代而言，农业是第一社会经济，这是没有什么疑问的。有学者就谈道，"夏、商时代是一个农业社会，农业成为生产的主要部门，即人们

---

❶ 原注：W.W. 斯基特和 C.O. 布莱格登：《马来半岛的异教种族》（*Pagan Races of the Malay Peninsula*）第 I 卷，1906 年，第 627 页。见于［美］弗朗兹·博厄斯：《原始艺术》，金辉译，刘乃元校，上海译文出版社 1989 年版，第 307 页。

❷ ［美］弗朗兹·博厄斯：《原始艺术》，金辉译，刘乃元校，上海译文出版社 1989 年版，第 307 页。

生活资料的主要来源是农业"。❶ 夏、商尚且如此，周代的农业更有一些长足的进步，这在《诗经》里，尤其是颂、雅诗篇里就有着很生动的歌咏。

依据夏纬瑛《〈诗经〉中有关农事章句的解释》一书，《诗经》中关于农业种植的诗歌有《大雅·绵》《大雅·生民》《小雅·大田》《小雅·甫田》《小雅·信南山》《周颂·思文》《周颂·臣工》《周颂·噫嘻》《周颂·丰年》《周颂·载芟》《周颂·良耜》《豳风·七月》《王风·黍离》《魏风·伐檀》《魏风·硕鼠》❷ 等共 15 首，实则至少《小雅·楚茨》也涉及农业种植❸，还有《鲁颂·閟宫》也言及一些农作物，且隐含有以农业立国兴邦的意味。这些诗歌的内容十分丰富，反映了周代，尤其是西周时期的农业生产活动的各个方面，往往关乎当时农业种植的选种、播种、栽培、收获、加工等情况，全方位地展示了当时的农业生产水平。

《大雅·生民》云："诞降嘉种，维秬维秠，维穈维芑。恒之秬秠，是获是亩。恒之穈芑，是任是负。"这是周人把选育优良品种归功于始祖后稷。《鲁颂·閟宫》有云："是生后稷，降之百福。黍稷重穋，稙稚菽麦。奄有下国，俾民稼穑。有稷有黍，有稻有秬。"其用意，大略与《大雅·生民》所云相同，不过更进一步指出选育良种、发展农业，与"奄有下国"、立国兴邦关系密切。综合来看，周人所种的粮食作物主要有粟、黍、稷、麦、菽、稻等。

《小雅·大田》言及农田害虫的防治，"去其螟螣，及其蟊贼，无害我田稚"。毛《传》解释说："食心曰螟，食叶曰螣，食根曰蟊，食节曰贼。"❹ 虽然毛《传》的解说未可尽信，但从诗句中的"及"字来看，周人对于田间害虫有所分类是可信的。而对于害虫的分类，是建立在长期的虫害防治实践经验基础之上的成就，这表明周人擅长于农业生产，积累有丰富的农业生产经验。

而当时的农业生产规模是很宏大的，《周颂·噫嘻》有曰："骏发尔私，终三十里。亦服尔耕，十千维耦。"《周颂·载芟》也有"千耦其耘，徂隰徂畛"的诗句。虽然未必就真的有两万人或者两千人在同时耕作，但从"十千维耦""千耦其耘"这样的诗句判断，耕种实则为邦国大事，农业生产的丰收

---

❶ 阎万英、尹英华：《中国农业发展史》，天津科学技术出版社 1992 年版，第 40 页。

❷ 夏纬瑛：《〈诗经〉中有关农事章句的解释》，农业出版社 1981 年版。

❸ 该诗首章曰："楚楚者茨，言抽其棘，自昔何为？我艺黍稷。我黍与与，我稷翼翼。我仓既盈，我庾维亿。以为酒食，以享以祀，以妥以侑，以介景福。"虽无细致描绘，但毕竟言及农业种植。

❹ （清）阮元校刻：《十三经注疏·毛诗正义》（嘉庆刊本），中华书局 2009 年版，第 1023 页。

能带来国家的兴盛，统治者必然十分重视，因而会形成全民参与的场面。而以下两诗中就可能表明了妇女、儿童也为农业劳动服务，参与到农业生产中来。

《豳风·七月》：同我妇子，馌彼南亩。田畯至喜。

《小雅·甫田》：曾孙来止，以其妇子。馌彼南亩，田畯至喜。

　　于是，在一些诗篇里歌咏的丰收景象也是十分可观的。《周颂·良耜》："获之挃挃，积之栗栗。其崇如墉，其比如栉。以开百室，百室盈止，妇子宁止。杀时犉牡，有捄其角。以似以续，续古之人。"《周颂·丰年》："丰年多黍多稌，亦有高廪，万亿及秭。为酒为醴，烝畀祖妣。以洽百礼，降福孔皆。"《小雅·甫田》："曾孙之稼，如茨如梁。曾孙之庾，如坻如京。乃求千斯仓，乃求万斯箱。黍稷稻粱，农夫之庆。报以介福，万寿无疆。"《小雅·楚茨》："我仓既盈，我庾维亿。以为酒食，以享以祀，以妥以侑，以介景福。"虽然粮食收获具体的数目并不容易厘清，但诗歌所用的数词多有千、万、亿、万亿等，所渲染的必然是仓廪丰实的景象。而值得注意的是，这些诗歌无不在歌唱丰收之后接着赞美先祖，以虔敬的祭祀来表达对于祖先神灵的感恩。而这种祭祀以及祭祀之后的宴饮，酒的仪礼使用以及饮用是必不可少的，酿酒需要大量的粮食，《诗经》中言及"酒""醴"的诗歌达 38 首之多，这也可见当时粮食大规模用以酿酒的事实。而这种大规模的酿酒，无疑建立在粮食丰产丰收的基础之上。

　　不过，如此丰收的粮食，社会的分配则是极为不公平的。《周颂·良耜》诗曰："或来瞻女，载筐及筥。其饟伊黍。其笠伊纠，其镈斯赵，以薅荼蓼。"《笺》云："丰年之时，虽贱者犹食黍。"❶ 依照郑玄的理解，则如果不是"丰年"，一般情况下"贱者"是不可能吃到黍的。《小雅·大田》诗曰："彼有不获稚，此有不敛穧，彼有遗秉，此有滞穗，伊寡妇之利。"假若没有其他的生活保障，单纯依靠"遗秉""滞穗"，则"寡妇"的生存必然极其艰难。而《魏风·伐檀》里有"不稼不穑，胡取禾三百廛兮？""不稼不穑，胡取禾三百亿兮？""不稼不穑，胡取禾三百囷兮？"这样的诗句，不满的情绪是很明显的，可见当时贵族阶层占有大量粮食，而下层民众对此难免怨声载道。

　　还有学者早就指出："从西周的生产工具看，土地的大量开发和深耕细作

---

❶ （清）阮元校刻：《十三经注疏·毛诗正义》（嘉庆刊本），中华书局 2009 年版，第 1299 页。

都还是不可能的。骨制生产工具的流行和骨角镞的大量发现，也反映了农业生产水平不高的情况下，狩猎依然是当时生活资料的一个来源。迟至西周，狩猎在生活来源上仍占相当的比重，也反映当时农作物系统，无论从生产量或营养的观点，都不能十分自给自足。"❶ 当然，这是针对西周时期而言的，春秋时代，农业应该有进一步的发展。

因此，实事求是的说，西周至春秋中叶，农业技术的提高是显然的，种植农业的生产规模与产量也必定有较大幅度的提高，但相对于战国以后，则还是明显落后的。有学者就指出："战国时期是土壤精耕细作体系的起始时期。"❷这是学界比较公认的观点。

二、与采集相关的因素与状况

先秦时代是农业的时代，但并不是说采集的生产方式就此销声匿迹，与渔猎类似，采集也是当时重要的经济补充形式。尤其是当灾荒、战乱、饥馑对人们的威胁比较严重的时期，采集对于人们的生存来说就显得尤为重要了。

（一）灾荒与战乱

总体来看，中国古代灾荒、战乱不断，罕有和平安定时期。邓拓指出，"我国灾荒之多，世界罕有，就文献可靠的记载来看，从公元前十八世纪，直到公元二十世纪的今日，将近四千年间，几乎无年无灾，也几乎无年不荒；西欧学者甚至称我国为'饥荒的国度'（The Land of Famine）"。❸ 与《诗经》直接相关的商周时期，灾害也是十分严重的，"自成汤十八年至二十四年（约当公元前一七六六至一七六○年间），曾有连续七年的大旱；自仲丁元年至盘庚十四年（约当公元前一五六二至一三八八年间），有五次河决之灾；而帝辛四十三年（约当公元前一一一二年），则有一次大地震"。"两周八百六十七年间，最显著的灾害有八十九次。其中频数最多的是旱灾，达三十次；次为水灾，有十六次；再次为蝗螟蚤蟓的灾害，有十三次。此外记载有地震九次；大歉致饥八次；霜雪七次；雹五次；疫一次。"❹

---

❶ 何炳棣：《黄土与中国农业的起源》，香港中文大学出版社 1969 年版，第 170 页。
❷ 阎万英、尹英华：《中国农业发展史》，天津科学技术出版社 1992 年版，第 210 页。
❸ 邓拓：《中国救荒史》，北京出版社 1998 年版，第 1 页。
❹ 邓拓：《中国救荒史》，北京出版社 1998 年版，第 6 页。这一问题，亦可看看刘继刚：《中国灾害通史·先秦卷》，郑州大学出版社 2008 年版。

春秋时期，战争非常频繁，乃至《左传·桓公二年》有这样的记载："宋殇公立，十年十一战，民不堪命。"❶《诗经》中《卫风·伯兮》《邶风·旄丘》《曹风·下泉》《豳风·东山》《小雅·出车》《小雅·车攻》《小雅·小明》等都是反映征战徭役的诗歌。楚国自成王时代便积极北进，与晋国争霸。在屈原生活的怀王、顷襄王时期，楚国内忧外困，与秦、齐、韩、魏等国多有战争，甚至楚国国都郢都被秦国攻陷，《九章·哀郢》"民离散而相失兮，方仲春而东迁"即为楚辞中的明证。《九歌·国殇》之壮怀激烈，"谓死于国事者"❷，更是直接的印证。其诗曰：

> 操吴戈兮被犀甲，车错毂兮短兵接。
> 旌蔽日兮敌若云，矢交坠兮士争先。
> 凌余阵兮躐余行，左骖殪兮右刃伤。
> 霾两轮兮絷四马，援玉枹兮击鸣鼓。
> 天时坠兮威灵怒，严杀尽兮弃原野。
> 出不入兮往不反，平原忽兮路超远。
> 带长剑兮挟秦弓，首身离兮心不惩。
> 诚既勇兮又以武，终刚强兮不可凌。
> 身既死兮神以灵，子魂魄兮为鬼雄！

解说《小雅·何草不黄》时，《诗序》说：当时"四夷交侵，中国背叛，用兵不息，视民如禽兽"❸。《诗经》时代，战乱频仍，兵役、徭役繁重，百姓难得安居乐业。西周灭于外族的史实以及《后汉书·西羌传》载周厉王时，"戎狄寇掠，乃入犬丘，杀秦仲之族"❹等都说明，整个周朝时期，戎狄、猃狁对中原地区的侵掠战争，庶几从未停歇过。《小雅·六月》中也有"猃狁匪茹，整居焦获。侵镐及方，至于泾阳"的诗句为证，《小雅·采薇》也与此相关，而且周室也常常发动对淮夷、徐夷、荆蛮等东方、南方地区的征战。

《唐风·鸨羽》三呼"悠悠苍天"，哀叹"王事靡盬"而"父母何怙（何食、何尝）"。《诗序》认为："《鸨羽》，刺时也。昭公之后，大乱五世，君子下从征役，不得养其父母，而作是诗也。"对于诗之起兴"肃肃鸨羽，集于苞

❶ （清）阮元校刻：《十三经注疏·春秋左传正义》（嘉庆刊本），中华书局 2009 年版，第 3779 页。
❷ （宋）洪兴祖：《楚辞补注》，中华书局 1983 年版，第 83 页。
❸ （清）阮元校刻：《十三经注疏·毛诗正义》（嘉庆刊本），中华书局 2009 年版，第 1077 页。
❹ （南朝·宋）范晔：《后汉书·西羌传》，中华书局 1965 年版，第 2871 页。

栩",《正义》曰："言肃肃之为声者,是鸨鸟之羽飞而集于苞栩之上,以兴君子之人,乃下从于征役之事。然鸨之性不树止,今乃集于苞栩之上,极为危苦,喻君子之人当居平安之处,今乃下从征役,亦甚为危苦。"❶ 这一分析,突出了全诗"危苦"的特点。而其痛彻心扉的"危苦",是孝子对于父母无依无靠的牵挂,是征夫对于父母不能吃上饱饭的伤心!

(二)饥馑的侵袭

先秦时代社会生产力比较低下,农业生产的真实情况或许会令现今的人们大吃一惊。有学者指出:"由此可见,不论从文献还是运用现代科学的预测手段,我们均可大致断定夏、商、周的亩产量当分别在 40 斤 / 亩、61 斤 / 亩、83.10 斤 / 亩左右。"❷ 号称农业昌明发达的周代,粮食亩产量尚不足百斤!这样的生产状况,如果再受到灾害、战争的干扰破坏,非但奴隶、平民,有时即便贵族也难以保证生活,甚至连生存都会受到威胁。这在《诗经》里多有反映,《秦风·权舆》就是这样一首"每食不饱"的哀叹:

> 於我乎! 夏屋渠渠,今也每食无余。于嗟乎! 不承权舆!
> 於我乎! 每食四簋,今也每食不饱。于嗟乎! 不承权舆!

从原先的"夏屋渠渠"及"每食四簋"来看,这是一首贵族的歌吟,但今非昔比,现在则"每食不饱",也只能慨叹"不承权舆"了。这样抒写饥饿困苦的,还有《小雅·苕之华》:

> 苕之华,芸其黄矣。心之忧矣,维其伤矣!
> 苕之华,其叶青青。知我如此,不如无生!
> 牂羊坟首,三星在罶。人可以食,鲜可以饱!

《诗序》曰:"《苕之华》,大夫闵时也。"❸ 从诗中的忧伤情绪来看,或是可

---

❶ (清)阮元校刻:《十三经注疏·毛诗正义》(嘉庆刊本),中华书局 2009 年版,第 775 页。

❷ 杨贵:《对夏商周亩产量的推测》,《中国农史》1988 年第 2 期。对于商代粮食亩产量,刘兴林认为约是 61.28 斤。参见刘兴林:《论商代农业的发展》,《中国农史》1995 年第 4 期。关于这一内容的讨论可参看余也非:《中国历代粮食平均亩产量考略》,《重庆师范学院学报(哲学社会科学版)》1980 年第 3 期;韩铁铮:《历代口粮、亩产量初探》,《历史教学》1985 年第 2 期;吴慧:《中国历代粮食亩产研究》,农业出版社 1985 年版。

❸ (清)阮元校刻:《十三经注疏·毛诗正义》(嘉庆刊本),中华书局 2009 年版,第 1076 页。

信的。对于"人可以食，鲜可以饱"，《笺》云："今者，士卒人人于晏早皆可以食矣。时饥馑，军兴乏少，无可以饱之者。"❶

而饥馑则是《诗经》中难以抑制的伤痛，《小雅·雨无正》诗曰：

> 浩浩昊天，不骏其德。降丧饥馑，斩伐四国。旻天疾威，弗虑弗图。舍彼有罪，既伏其辜。若此无罪，沦胥以铺。
>
> 周宗既灭，靡所止戾。正大夫离居，莫知我勩。三事大夫，莫肯夙夜。邦君诸侯，莫肯朝夕。庶曰式臧，覆出为恶。
>
> 如何昊天，辟言不信。如彼行迈，则靡所臻。凡百君子，各敬尔身。胡不相畏，不畏于天？
>
> 戎成不退，饥成不遂。曾我暬御，惨惨日瘁。凡百君子，莫肯用讯。听言则答，谮言则退。
>
> 哀哉不能言，匪舌是出，维躬是瘁。哿矣能言，巧言如流，俾躬处休！
>
> 维曰予仕，孔棘且殆。云不可使，得罪于天子；亦云可使，怨及朋友。
>
> 谓尔迁于王都。曰予未有室家。鼠思泣血，无言不疾。昔尔出居，谁从作尔室？

这是很明白的悲吟，诗人认为，造成"周宗既灭，靡所止戾"之恶果的首要原因是"降丧饥馑"。再加上"戎成不退，饥成不遂"，终于"谓尔迁于王都，曰予未有室家"。结合史实可以知道，这是西周既灭、东周建立后的诗歌，应该是一首寄寓着贵族阶层沉痛反思的诗歌，而诗里强调了"饥馑"的灾难后果，一发不可收拾，因为是时人的诗作，应自有其理由，大约是可信的。

毛《传》解释"饥馑"说："谷不熟曰饥，蔬不熟曰馑。"正义曰："《释天》文。李巡曰：'五谷不熟曰饥，可食之菜皆不熟为馑。'郭璞曰：'凡草木可食者通名为蔬。'襄二十四年《谷梁传》曰：'一谷不升谓之嗛，二谷不升谓之饥，三谷不升谓之馑，四谷不升谓之康，五谷不升谓之大饥。'又谓之'大侵'。彼以五谷熟之多少立差等之名，其实五者皆是饥也。三谷不升，于民之困，盖与蔬不熟同，故俱名为馑也。"❷古人的这些解释或许有些道理，但如此

---

❶（清）阮元校刻：《十三经注疏·毛诗正义》（嘉庆刊本），中华书局 2009 年版，第 1077 页。

❷（清）阮元校刻：《十三经注疏·毛诗正义》（嘉庆刊本），中华书局 2009 年版，第 959~960 页。

区分详细，对于饥民而言，是毫无意义的。所能救急的，对于饥民来说，仍是采集的营生，可能"凡草木可食者"之"蔬"是最后的希望，也就是所谓的"荒年菜食"，吃糠咽菜。

而《诗经》中明白写到"饥馑"的还有两首：《大雅·云汉》首章云，"倬彼云汉，昭回于天。王曰：于乎！何辜今之人？天降丧乱，饥馑荐臻。靡神不举，靡爱斯牲。圭璧既卒，宁莫我听？"这首诗里的"饥馑"或许与旱灾有关，因为下边接连五章首句皆云"旱既太甚"。另一首诗是《大雅·召旻》写饥馑迫使民众流亡，"民卒流亡"，带来"此邦""溃止"且"今也日蹙国百里"的严重后果，不过，诗人是站在统治者的地位上哀叹"维今之人，不尚有旧"，对于民众的苦难并没有深入的体会和更为深切的同情。

除上述三首诗之外，《诗序》或毛《传》指出以下四首诗歌均有饥馑之灾：

> 《王风·中谷有蓷》，闵周也。夫妇日以衰薄，凶年饥馑，室家相弃尔。
>
> 《小雅·楚茨》，刺幽王也。政烦赋重，田莱多荒，饥馑降丧，民卒流亡，祭祀不飨，故君子思古焉。
>
> 《小雅·大田》，刺幽王也。言矜寡不能自存焉。幽王之时，政烦赋重，而不务农事，虫灾害谷，风雨不时，万民饥馑，矜寡无所取活，故时臣思古以刺之。
>
> 《小雅·苕之华》，大夫闵时也。幽王之时，西戎东夷交侵中国，师旅并起，因之以饥馑。君子闵周室之将亡，伤己逢之，故作是诗也。❶

《小雅·小弁》云："相彼投兔，尚或先之。行有死人，尚或墐之。"《传》："墐，路冢也。"《音义》："墐音觐，《说文》作'殣'，云：'道中死人，人所覆也。'"《正义》曰："墐者，埋藏之名耳。此言行有死人，是于路傍，故曰路冢。《左传》曰：'道墐相望。'是也。"❷这样的情景大约类似后人所吟咏的"出门无所见，白骨蔽平原""白骨露于野，千里无鸡鸣"。

而"道墐相望"出自《左传·昭公三年》，叔向与晏子谈论"季世"，叔向曰："然。虽吾公室，今亦季世也。戎马不驾，卿无军行，公乘无人，卒列无长。庶民罢敝，而宫室滋侈。道殣相望，而女富溢尤。民闻公命，如逃寇雠。

---

❶ （清）阮元校刻：《十三经注疏·毛诗正义》（嘉庆刊本），中华书局 2009 年版，第 700、1003、1022、1076 页。

❷ （清）阮元校刻：《十三经注疏·毛诗正义》（嘉庆刊本），中华书局 2009 年版，第 972 页。

栾、郤、胥、原、狐、续、庆、伯，降在皂隶。政在家门，民无所依。君日不悛，以乐慆忧。公室之卑，其何日之有？《谗鼎》之铭曰：'昧旦丕显，后世犹怠。'况日不悛，其能久乎？"❶ 自然，断言先秦时代全都是这样类似的"季世"是不公允的，可是，"道殣相望"毕竟让人怵目惊心，而且这样的情景还有了专门的说法"路冢"，由此可以推想"行有死人"大约并非个别现象。《谷梁传·襄公二十四年》"大饥"释曰："五谷不升为大饥。"❷《公羊传·襄公二十四年》则有何休注曰："有死伤曰大饥，无死伤曰饥。"❸ 这样的"道殣相望""行有死人"，当然是"大饥"了。

三、采集生产相对重要

先秦时代，至少是到了西周时期，一致认可的是中国社会已经进入了发达的农业文明时代。不过，学者们也都同意采集和渔猎的存在，而对于实际情况的详加考察能让我们知道，在先秦时代，采集和渔猎不仅仅是存在而已，这样的生产与生活方式对于先民们来说，依然相当重要。

《尚书·无逸》载周公曰："呜呼！君子所其无逸。先知稼穑之艰难，乃逸，则知小人之依。相小人，厥父母勤劳稼穑，厥子乃不知稼穑之艰难，乃逸乃谚。既诞，否则侮厥父母曰：'昔之人无闻知。'"❹ 文段中，周公一再强调"稼穑之艰难"，蕴含着以农业立国的理念。周代是农业社会大概是个不争的事实，但周代是个饥馑的农业社会，也应该是个允当的判断。

承上文而言，先秦时代低下的生产力状况以及多灾多难的现实必然使得采集生产依然是人们生存的重要依靠。生活在这样饥馑的农业时代，采集野菜之外，采集野果也是自然而然的选择。现代的民俗学资料说："采集野果亦为民间古俗。民谚云：'七月榛子八月梨，九月核桃不用褪皮。'辽宁各地野果种类较多，如桃、杏、李子、海棠、花红、山枣、梨、核桃、板栗、松子、榛子、山楂、山里红、樱桃、野生猕猴桃（俗名圆枣子）等，其中采摘榛子、山里红较为普遍，亦较有情趣。"❺ 不过，这里讲究起了"情趣"，似乎是改善生活的采集，而非仅仅是生活所迫的采集了，这是现代人远比先秦时代的先民幸运、

❶（清）阮元校刻：《十三经注疏·春秋左传正义》（嘉庆刊本），中华书局 2009 年版，第 4411 页。
❷（清）阮元校刻：《十三经注疏·春秋谷梁传注疏》（嘉庆刊本），中华书局 2009 年版，第 5278 页。
❸（清）阮元校刻：《十三经注疏·春秋公羊传注疏》（嘉庆刊本），中华书局 2009 年版，第 5015 页。
❹（清）阮元校刻：《十三经注疏·尚书正义》（嘉庆刊本），中华书局 2009 年版，第 470 页。
❺ 韩雪峰：《辽宁民俗》，甘肃人民出版社 2004 年版，第 56~57 页。

幸福的表现。而《诗经》里的采集则往往流露出的是艰辛,尤以《豳风·七月》的第六章为最:

> 六月食郁及薁,七月亨葵及菽。八月剥枣,十月获稻。为此春酒,以介眉寿。七月食瓜,八月断壶,九月叔苴,采荼薪樗。食我农夫。

周振甫对此的译诗为:

> 六月吃李和葡萄,
> 七月煮豆和葵苗。
> 八月打枣,
> 十月收稻。
> 做这个春酒,
> 来祝贺长寿。
> 七月吃瓜,
> 八月割断葫芦,
> 九月拣起麻子啰,
> 采苦菜打些柴,
> 养活我们农夫。❶

　　诚然,这样的诗句,也不能就证明在先民们的生活里采集经济占怎样重要的地位,但看起来他们的采集生产不像是一种个人口味的嗜好,或者是偶尔的行为,而是浸透在民风民俗里的动情歌唱,是他们人生岁月里的感人旋律,这让人不得不承认采集对于先秦时代的先民而言,是依然重要的。正如有学者指出的,"野生植物的采集是先秦时代人们生活资料的来源之一,特别是对贫苦人民来说更是如此……在灾荒年月,采集野生蔬菜和果实可以充饥,其重要性就显得更大些"❷。

---

❶ 周振甫:《诗经选译》,徐名翚编选,中华书局 2005 年版,第 148 页。
❷ 陈文华:《中国农业通史·夏商西周春秋卷》,中国农业出版社 2007 年版,第 43 页。

第三节　采集生产存留在先秦诗歌中的旁证与内证

由于采集经济自身的特点以及早期农业的发展规律，从妇女的社会地位、早期的就食定居生活以及土地的开垦、轮作制度等几个方面，我们就可以感受到采集生产的存留，先秦诗歌中对这些方面的反映和涉及，正可以对此给以旁证和内证。

一、妇女地位

王玉哲在解说"妇女成为氏族公社中心的原因"时指出：

> 根据当时人类简单的劳动分工，妇女是主管采集经济的，原始农业就是那时妇女从采集实践中逐渐发明的。由于农业逐渐成为人类维持生活的必要的经济部门，原始农业的产生和发展，使妇女在经济上起着重要的作用和占有崇高的地位；另一方面，在当时的群婚制下，人们只知其母，不知其父。所以，社会上便逐渐形成了以女子为中心的母系氏族公社。❶

这可以引发两个方面的思考，一是采集经济的主力是妇女，这在《诗经》里还能体现出来吗？体现得集中突出吗？二是采集经济时代妇女的社会地位很高，在《诗经》里这种倾向还能表现出来吗？表现得集中突出吗？如果回答都是肯定的，则很可能就是采集生产在《诗经》中的体现。当然，具体考察《诗经》文本，文明的进程早已使得"母系氏族公社"变为模糊的记忆，采集经济早已不再是当时社会的主要经济。然而，不是主要的，却可以是次要的，采集经济可以是农业经济的补充，这在《诗经》里还是留下了很多印痕，除了有些直接描写采集生产的诗歌外，《诗经》中还有大量以采集起兴的诗歌，起兴的内容历史悠久，这更是长期采集生产的反映与积淀。

《诗经》在对于采集的大量描写中，大都明确指明了是女子在进行采集活

---

❶　王玉哲：《中华远古史》，上海人民出版社 1999 年版，第 54 页。

动。譬如《召南·草虫》："陟彼南山，言采其蕨。未见君子，忧心惙惙。亦既见止，亦既觏止，我心则说。"《鄘风·载驰》："陟彼阿丘，言采其蝱。女子善怀，亦各有行。"《豳风·七月》："女执懿筐，遵彼微行，爰求柔桑。春日迟迟，采蘩祁祁。女心伤悲，殆及公子同归。"又比如《诗经》首篇《周南·关雎》里有"参差荇菜，左右流之"一句，毛《传》云："荇，接余也。流，求也。后妃有关雎之德，乃能共荇菜，备庶物，以事宗庙也。"❶对其"后妃"云云不做妄评，但这明显是解经者对于女子从事采集活动的认定。

而对比于后世，《诗经》时代女子的社会地位较高，这应该与采集经济的文化遗留有关。在当时，女神以及女性先妣的崇拜可能还是很有影响的，有关于女娲造人、补天等的传说，有太阳的生母羲和以及女神西王母的神话等，这反映了母系氏族时代女性在社会中至高无上的地位。

在《诗经》里，相对来说，女子与男子还是比较平等的。对于女子，也多有跟男子一样称为"子"的例证。如《豳风·七月》："春日迟迟，采蘩祁祁。女心伤悲，殆及公子同归。"而《论语·公冶长》记载："子谓公冶长：'可妻也，虽在缧绁之中，非其罪也！'以其子妻之。"《论语·先进》有："南容三复白圭，孔子以其兄之子妻之。"❷这里所记的孔子之"子"和其兄之"子"，当然是指孔子的女儿和侄女。

《论语·泰伯》曰：

> 舜有臣五人而天下治。武王曰："予有乱臣十人。"孔子曰："才难，不其然乎？唐虞之际，于斯为盛。有妇人焉，九人而已。三分天下有其二，以服事殷。周之德，其可谓至德也已矣。"❸

这条材料很值得重视，说是武王有十位治国大臣，孔子言之凿凿，指出其中的一个是妇女。这说明在周初应该有贵族妇女直接参政，处理国家大事。《尚书·牧誓》载武王曰："古人有言曰：'牝鸡无晨；牝鸡之晨，惟家之索。'今商王受惟妇言是用，昏弃厥肆祀弗答，昏弃厥遗王父母弟不迪，乃惟四方之多罪逋逃，是崇是长，是信是使，是以为大夫卿士。俾暴虐于百姓，以奸宄于商邑。今予发惟恭行天之罚。"❹这是武王对于"商王受惟妇言是用"的谴责，

---

❶ （清）阮元校刻：《十三经注疏·毛诗正义》（嘉庆刊本），中华书局 2009 年版，第 571 页。
❷ （清）阮元校刻：《十三经注疏·论语注疏》（嘉庆刊本），中华书局 2009 年版，第 5426 页。
❸ （清）阮元校刻：《十三经注疏·论语注疏》（嘉庆刊本），中华书局 2009 年版，第 5402~5403 页。
❹ （清）阮元校刻：《十三经注疏·尚书正义》（嘉庆刊本），中华书局 2009 年版，第 388~389 页。

因此，上溯到商代，贵族妇女则应享有更高的政治权利，可以参与一定的宗法、经济、军事、政治等方面的事务，例如妇好。随着妇好墓的考古发掘，人们对于这一论断的疑问早已冰融雪解。

可是，周武王明明在牧野大战之前谴责商王"惟妇言是用"，又为什么在他自矜的"乱臣十人"中有一位是妇女呢？看来，妇女参政不是问题，"受惟妇言是用"才是罪责。然而，后来，似乎周人不喜欢妇女参政，《小雅·正月》有"具曰予圣，谁知乌之雌雄"，语含讽刺；又有"赫赫宗周，褒姒灭之"，把西周的覆灭归罪于褒姒。《大雅·瞻卬》则更是极尽对于参政妇女的辱骂之能事，其第三章诗曰："哲夫成城，哲妇倾城。懿厥哲妇，为枭为鸱。妇有长舌，维厉之阶。乱匪降自天，生自妇人。匪教匪诲，时维妇寺。"不过，从这些反对者的诗歌里，也倒正可以从反面证实周代妇女参与政事。

在经济上，周代贵族妇女也有相当的支配权，据虢国贵族墓地考古发掘，多有虢国贵族女子自作用青铜器的出土，如"虢侄□乍宝盘，子子孙孙永宝用。"虢姜作旅鼎、旅鬲、旅壶、旅甗、旅盘等。❶ 而在青铜礼器的制作、使用以及祭祀中的作用与地位等方面，周代妇女还是很受尊崇的。❷

从礼制上讲，商、周时代也应该是注重"敬其妻"的，并且认为，这关乎国家的兴盛强大，蕴含着治国之道。《礼记·哀公问》云："昔三代明王之政，必敬其妻、子也，有道。妻也者，亲之主也，敢不敬与？子也者，亲之后也，敢不敬与？君子无不敬也，敬身为大。身也者，亲之枝也，敢不敬与？不能敬其身，是伤其亲。伤其亲，是伤其本。伤其本，枝从而亡。三者，百姓之象也。身以及身，子以及子，妃以及妃。君行此三者，则忾乎天下矣，大王之道也。如此，国家顺矣。"《正义》曰："'妻也者，亲之主也'，言妻所以供粢盛祭祀，与亲为主，故云'亲之主'也。"❸

因此，从礼制、政治、经济、宗教地位以及在采集生产中的作用等情况看，据《诗经》可知，妇女社会地位较高，这有可能暗示着当时妇女在经济生产活动中的作用不容忽视，而她们擅长的采集生产应该也仍然是社会生产的重要组成部分。

---

❶ 李清丽、乔红伟：《从金文看虢国女贵族的称谓》，《三门峡职业技术学院学报》2011 年第 3 期。
❷ 详参陈昭容：《周代妇女在祭祀中的地位——青铜器铭文中的性别、身份与角色研究（之一）》，见李贞德、梁其姿主编：《妇女与社会》，中国大百科全书出版社 2005 年版，第 1~45 页。
❸ （清）阮元校刻：《十三经注疏·礼记正义》（嘉庆刊本），中华书局 2009 年版，第 3497~3498 页。

二、"就食定居"

一般而言，研究者会认为定居生活与农业生产是直接相关的，然而，二者之间是不能简单画等号的，定居的人群未必就从事农业，而非农业的部族也未尝不可以有定居的生活。以下的材料认为，定居是循序渐进地发生的，可能发生在采集渔猎部族的以迁徙为主的时代，《世界原始社会史》就描述了这种情况：

> 如果我们将农业发生底过程在其发展上来观察，那末，就是立于流浪的狩猎和采集之上的经济底胎内，亦已不仅渐渐地为着向定住移行，即为着农业底开始，这些前提亦正在成熟着；假若向定住移行是农业发生底基本条件之一，那末，对于采集底复杂化和趋向流浪的生活形态内的农业之各种前提底出现，亦可以认为强烈地助长了人类底群之定住化。
> ……
> 各种群底境界，明晰地决定了，相应于各种植物或树木、动物或鱼类底存在，而在一定的地方多少继续的居住地发生了。例如马莱半岛内地流浪的土人群，当果实成熟之秋初，就到出产那种果实的地方去；例如北美洲底野生稻之产地，亦屡屡成为多少继续的流浪群底住居之发生地。所以，依于女子之采集底意义强化了，同时定住底要素渐渐产生于流浪的经济之中。❶

文段中所举的马来半岛及北美洲的例子，说是"流浪人群"因食物集中而会在某地居住一段时间，这可以有一个很直截了当的说法，叫作周期性就食定居。自然，这个周期往往就是植物生长成熟的周期，而他们在此居住就是为了就食。

此类情况在《诗经》里隐约还可以寻觅到踪迹。《小雅·信南山》有："中田有庐，疆场有瓜。"《笺》云："中田，田中也。农人作庐焉，以便其田事。"《正义》曰："古者宅在都邑，田于外野，农时则出而就田，须有庐舍，故言中田，谓农人于田中作庐，以便其田事。"❷《正义》的解说可信，所谓"古者"

---

❶ ［苏］波克洛夫斯基：《世界原始社会史》，卢哲夫编，辛垦书店 1935 年版，第 200~201 页。

❷ （清）阮元校刻：《十三经注疏·毛诗正义》（嘉庆刊本），中华书局 2009 年版，第 1022 页。关于"庐"，也有学者认为是指"葫芦"的果实。比如潘富俊认为："匏、瓠、壶、庐：此四者在植物分类上均为葫芦瓜，前二者指的是同一种植物不同的品种，后二者指的是匏的果实。"参见潘富俊：《诗经植物图鉴》，上海书店出版社 2003 年版，第 8 页。

云云，当有所据。不过，未必农人都能"宅在都邑"。《豳风·七月》有"穹窒熏鼠，塞向墐户。嗟我妇子，曰为改岁，入此室处。"可见，此处只在"改岁"时才"入此室处"的意思。那么，不是严寒的日子，大约是住在"中田有庐"一类的处所了。当然，这不是说"中田"之"庐"就与原始的采集部落的暂时居所一致，但从功能上看，其承担的作用还是有一定的相似之处的。而且，在农田耕作之余，借此"中田"之"庐"，人们也是可以很方便地进行一些采集生产的。

《诗经》中反映出的与"定居"有关的内容，还有部族的迁徙。《商颂·殷武》诗曰：

> 挞彼殷武，奋伐荆楚。罙入其阻，裒荆之旅。有截其所，汤孙之绪。
> 维女荆楚，居国南乡。昔有成汤，自彼氐羌，莫敢不来享，莫敢不来王。曰商是常。
> 天命多辟，设都于禹之绩。岁事来辟，勿予祸适，稼穑匪解。
> 天命降监，下民有严。不僭不滥，不敢怠遑。命于下国，封建厥福。
> 商邑翼翼，四方之极。赫赫厥声，濯濯厥灵。寿考且宁，以保我后生。
> 陟彼景山，松伯丸丸。是断是迁，方斫是虔。松桷有梴，旅楹有闲，寝成孔安。

对于"商邑翼翼，四方之极。赫赫厥声，濯濯厥灵。寿考且宁，以保我后生。"《传》曰："商邑，京师也。"《笺》云："极，中也。商邑之礼俗翼翼然可则效，乃四方之中正也。赫赫乎其出政教也，濯濯乎其见尊敬也，王乃寿考且安，以此全守我子孙。"按照毛《传》、郑《笺》的理解，则该诗的最后一章是赞美殷王武丁大兴土木，修建宗庙。"陟彼景山，松伯丸丸。是断是迁，方斫是虔。松桷有梴，旅楹有闲，寝成孔安。"这是多么充满豪情的诗篇！而这种自豪之情，也当与"商邑翼翼，四方之极"有关。为什么呢？因为商人迁都很频繁，这里的定都禹绩，或许令国人十分欣喜，更何况"商邑翼翼"而且"寝成孔安"呢！

而商人的迁都的确很频繁，乃至后人有"前八后五"之说，张衡《西京赋》有"殷人屡迁，前八后五，居相圮耿，不常厥土"的话，王玉哲列举《尚书序》《史记·殷本纪》《古本竹书纪年》《尚书·盘庚》等文献对于这一问题详加探讨，认为其迁都原因的"止奢说""河患说""游牧说"皆有疑问，他认可傅筑夫的观点：迁都是"为了改换耕地"，大约此时，商尚处于"粗耕农业"的阶段。❶其实，这是很有道理的见解，不过，联系上文的"周期性就食定居"，盘庚迁殷之前商人的频繁迁都，其实质就是频繁迁居，而且也有从某地迁出又迁回故居的情况，这应该就反映出此时的商人保留有这种富含采集文化意味的"周期性就食定居"风俗。

而与此次类似的是周先民的迁居。周族早期曾经多次迁徙，《白虎通义·封公侯篇》有"周家五迁"之说，谭戒甫则进一步考证指出："周家迁徙，从'初民'到武王实有九迁，不过上举五迁较为显著罢了。"❷周民族的迁徙在《诗经》里也有记载。

《大雅·生民》说周人始祖后稷"即有邰家室"，在史实上的推测应是指后稷在"邰"地开发农业，即"诞后稷之穑，有相之道。茀厥丰草，种之黄茂。实方实苞，实种实褎。实发实秀，实坚实好。实颖实栗。"

《大雅·公刘》诗里有"豳居允荒""于豳斯馆"的话，这是公刘迁豳。值得注意的是，迁居豳地，则要"相其阴阳，观其流泉""度其隰原。彻田为粮"，显然是注重此地的宜农环境的。

反映周部族迁徙的另一首诗歌是《大雅·绵》，写古公亶父率民迁至"岐下"，相较于公刘迁豳，这次更为气派了，有"司空""司徒"，且"作庙翼翼""乃立冢土"。这次迁徙，才很有迁都的实质。而《周颂·天作》诗曰："天作高山，大王荒之。彼作矣，文王康之。彼徂矣，岐有夷之行。子孙保之。"《鲁颂·閟宫》有"后稷之孙，实维大王。居岐之阳，实始翦商。"这是说"大王"之世，定居岐山之阳，最终开始实施翦商大业。

《新石器时代》一书提到"周期性农业"的情形指出：

> 在某些情况下，人们发现了一种所谓周期性的农业。在捷克的比拉尼（Bylany），居民先住在一个地方，然后迁往第二个地方，再去第三个地方，根据土壤的衰竭和恢复的情况再回到第一个地方。这些土地的层系可以由暂时的荒弃、向邻地的转移来解释。❸

据此，商、周部族的频繁迁徙，尤其是商、周部族早期的频繁迁徙，透露

---

❶ 详参王玉哲：《中华远古史》，上海人民出版社 1999 年版，第 228~240 页。即该书第六章之第一节"盘庚迁殷及其社会意义"。

❷ 谭戒甫：《先周族与周族的迁徙及其社会发展》，《文史》1979 年第 6 期。

❸ ［法］卢布坦：《新石器时代——世界最早的农民》，张容译，上海书店出版社 2001 年版，第 28 页。

出早期农业发展受到耕地、耕作技术、人口规模等因素的制约。而这种迁徙本身，也可能是长期采集经济下形成的社会传统的遗留与回响。而即便商、周部族的早期阶段已经跨入了"周期性农业"的阶段，采集生产、采集经济也一定会在他们的生产生活中占据十分重要的地位。

三、土地开垦与轮作

人类最初的土地使用，大约是直接利用植物天然落下的种子，拔除杂草，借由拔草带起的泥土覆盖种子。而后可能是主动撒下收集到的种子，再这样操作，以获取收成。这当然是远落后于"刀耕火种"的种作技术。

先秦时代，面对林莽丛生的环境，由于劳动工具、劳动力等方面的限制，开垦农田也十分艰难，往往要倾全部族之力才能做到对于一处适宜之地的农业开发。《小雅·信南山》就是这样的例证，其首章曰："信彼南山，维禹甸之。畇畇原隰，曾孙田之。我疆我理，南东其亩。"诗里有一种对于土地的热爱之情，对于"曾孙田之"之功业，也满怀崇敬，而这种感情的背后，自然是筚路蓝缕的艰辛。

《齐风·甫田》还留有关于开垦土地的内容，其诗曰：

> 无田甫田，维莠骄骄。无思远人，劳心忉忉。
> 无田甫田，维莠桀桀。无思远人，劳心怛怛。
> 婉兮娈兮，总角丱兮。未几见兮，突而弁兮！

诗中前两章的起兴句是指不要垦荒耕种"甫田"，因为那里即便开垦也总是杂草丛生。就现实的情况而言，而即便开垦后的土地，耕种也有很大困难。《小雅·采芑》有"薄言采芑，于彼新田，于此菑亩"的诗句，对于"新田""菑亩"，毛《传》引用《尔雅·释地》做了解释，《正义》进一步申明说：

> "一岁曰菑，二岁曰新田，三岁曰畬"，《释地》文。菑者，灾也。畬，和柔之意。故孙炎曰："菑，始灾杀其草木也。新田，新成柔田也。畬，和也，田舒缓也。"郭璞曰："今江东呼初耕地反草为菑。"是也。《臣工》传及《易》注皆与此同。唯《坊记》注云："二岁曰畬，三岁曰新田。"《坊记》引《易》之文，其注理不异，当是转写误也。田耕二岁，新成柔田。采必于新田者，新美其菜，然后采之，故以喻宣王新美天下

之士，然后用之也。笺解菜之新田，耕其田土，所以得其新美者，正谓
和治其家，救其饥乏，养育其身，不妄征役也。二岁曰新田，可言美。
菑始一岁，亦言"于此菑亩"者，菑对未耕，亦为新也。且菑，杀草之
名，虽二岁之后，耕而杀草，亦名为菑也。郑谓炽菑南亩为耕田，是柔
田之耕，亦为菑也。于此菑亩文在新田之下，未必一岁之田也。❶

从解说来看，古人见解不一，但开垦土地要"始灾杀其草木"，而且，结
合当时林莽丛生的自然环境看，"虽二岁之后，耕而杀草，亦名为菑也"也是
很有可能的。再者，如果"于彼新田，于此菑亩"二句是同义的复指句，那么
"新田"也就是"菑亩"，这样的田地里，还是可以采芑菜的。"芑，苦菜也。
青白色，摘其叶有白汁出，肥可生食，亦可蒸为茹，即今苦荬菜。宜马食。军
行采之，人马皆可食也。"❷ 如果按照朱熹的理解，则"采芑"可供士兵与战马
食用，是需要大量采摘的，那么，这样新开垦的田地还是承担了一定程度上的
原先采集生产的功能。而且，在很长的时期，至少在先周时代，解经者所赞美
的"柔田"，也并不能连续耕作，因为地力有限，所以必须有一定的休耕期，
然后才能再种作物。而这样的土地轮作，也给采集生产的存在提供了更好的场
所，处于休耕期的土地，应该能出产更为肥美的野菜。

陈文华认为，先民们的土地使用，经过了这样一个"土地从撂荒到连年种
植的发展"的过程：撂荒耕作制—菑、新、畬休闲耕作制—田莱制—"不易之
地"连年种植制。❸ 实则中国的早期农业与埃及相比，并没有类似尼罗河那样
的大的河流定期泛滥为农田带来肥沃土壤，失却这一条件，土地的肥力问题肯
定长期困扰着后稷、神农那样的部族首领。而《小雅·采芑》所涉及的"新
田""菑亩""畬田"这样的土地轮作，在商、周部族的早期历史上，或许并没
有真正的形成。于是，我们能够看到在文献上记载的大规模部族迁徙的情况。
而且，甚至有学者持这样的观点："我国固定农田的定型时间不可能早于汉代。
这一结论不同于前人认定我国'精耕细作'农业发端于先秦时代的看法。"❹

从生产方式上看，我国早期农业确信采用了刀耕火种以及"火耕水耨"的
手段，这正是"斯威顿经济"❺ 的特征。关于刀耕火种，"神农传说中曾提到神

---

❶ （清）阮元校刻：《十三经注疏·毛诗正义》（嘉庆刊本），中华书局 2009 年版，第 911 页。
❷ （宋）朱熹：《诗集传》，中华书局 1958 年版，第 116 页。
❸ 陈文华：《中国农业通史·夏商西周春秋卷》，中国农业出版社 2007 年版，第 77~83 页。
❹ 杨成：《释"薅"》，《古今农业》2010 年第 1 期。
❺ 杨庭硕、罗康隆、潘盛之：《民族、文化与生境》，贵州人民出版社 1992 年版，第 92 页。

农又名'烈山氏'，炎帝又称'历山氏'，'历山'即'烈山'，也就是放火烧山。炎帝之炎，是原始氏族对火的崇拜，'烈山'的含义如果予以今译，就是所称的刀耕火种"❶。有研究者认为："火耕水耨实源于原始水稻种植自身所特有的水耕水耨方式。"❷那么，所谓的"火耕水耨方式"，也正符合斯威顿经济的特征。也就是说，认可斯威顿经济的存在，针对中国的状况，即在采集渔猎经济时代与农业文明之间，承认有一个游耕的、农田不固定化的较长的时代。而认可这一时代的存在，才能理解商、周部族早期频繁迁徙的历史。

而山东即墨北阡遗址炭化植物遗存的考古研究表明，采集渔猎经济时代十分漫长，原始的农业的出现，并不立刻宣布新时代的到来，这从客观上为"斯威顿经济"这一经济类型的存在提供了例证：

> 渔猎采集经济在北阡遗址大汶口文化时期居民的生活中占有主要地位，粟作农业在当时已经产生，但显然不是当时人类赖以生存的经济来源，即农业在北阡遗址大汶口文化时期并不占主要地位。到了周代，农业经济成为北阡居民生活的主要来源，出土了粟、黍、小麦、大麦、水稻和大豆六种农作物。粟和小麦与人类的关系非常密切，是人们日常生活的主要消费品。❸

这条材料就明确地告诉我们，进入周代之前，采集与农业并行，采集占有主要地位。直到周代以后，农业才成为居民生活的主要来源。

四、"采集的农业"

所谓"采集的农业"，当然不是说采集的规模扩大而发展成了农业，而是指采集延伸到农业昌明的时代，是指农业沿用采集生产的工具、方式方法，侧重点在于表明先秦时代采集生产与农业生产不易区分的情景，而这样的混同而不易区分，是很普遍的现象。

---

❶ 游修龄：《中国农业通史·原始社会卷》，中国农业出版社 2008 年版，第 66 页。
❷ 陈国灿：《"火耕水耨"新探——兼谈六朝以前江南地区的水稻耕作技术》，《中国农史》1999 年第 1 期。
❸ 赵敏：《山东即墨北阡遗址炭化植物遗存研究》，山东大学硕士学位论文，2009 年，第 83 页。

（一）野生粮食的采集长期存在

野生稻或叫作自生稻，在殷商甲骨卜辞里就有记载："丁酉卜，争，贞呼甫秜于女自受有年。"（《合集》13505）其中的"秜"即是野生稻。《说文》曰："稻今季落，来季自生，谓之秜。"❶ 于省吾认为："秜，稻今年落来年自生，谓之秜，从禾尼声，是野生稻的专名。"❷ 而段玉裁注解说：

> 稻今年落来年自生，谓之秜。《淮南书》："离先稻孰，而农夫耨之，不以小利伤大获也"。注云："'离'与'稻'相似，耨之为其少实，疑'离'即'秜'"。《玉篇》《广韵》"秜"皆力脂切，则音同也，他书皆作"稆"，力与切。《埤苍》稆，自生也，亦作"穭"。《后汉书·献帝纪》：尚书郎以下，自出采稆，古作旅，史汉皆云：胥鹠，主葆旅事。晋灼曰：葆，采也。野生曰旅，今之饥民采旅生，按离秜旅一声之转，皆谓不种而自生者也。❸

通过段注可以知道，除了"秜"外，还有"离""稆"的说法，并且此类野生稻被采集用的历史甚至见于《后汉书》，而"晋灼曰"云云，是晋灼《汉书集注》里的内容，那么"今之饥民"之"今"则是指晋灼所生活的西晋时代，也就是说，仅据段注即可知道，晚至西晋，野生稻仍被人们采集食用。自殷商至西晋，此类野生稻的采集食用就是这样游走在采集生产与农业生产二者之间的一种状况。

而在澳大利亚、印度、非洲和南美洲，野生稻的采集居然也是如此长久和普遍：

> 在北澳大利亚，野生稻曾一度成为大规模采集的对象："Carpenteria沼泽地的野生稻……是澳大利亚最重要的禾谷食物，并不亚于栽培的水稻。野生稻长约1.8米，即使在墨尔本这样的地方，产量也很可观。谷粒黑色，有长芒，需要放在一个木槽里摩擦，以去掉那些麻烦的谷壳。"（Bancroft，1884）
> 印度种植水稻虽然有4000余年历史，但至今仍然在一些地方采集野

---

❶ （汉）许慎：《说文解字》，九州出版社2001年版，第399页。
❷ 于省吾：《商代的谷类作物》，《东北人民大学人文科学学报》1957年第1期。
❸ （汉）许慎：《说文解字注》，（清）段玉裁注，上海古籍出版社1981年版，第323页。

生稻："印度中央各省的 Gonds 人和 Dhimars 人，收割野生稻时，先将它们捆扎成一把把，以防谷粒掉落。野生稻在这一带的市场上，专门供应虔诚的教徒在斋戒日（fast day）食用。此外，也卖给贫穷的人。"（Roy，1921）野生稻是穷人的粮食，Burkill（1935）也有类似记载："穷人很重视野生稻，他们在野生稻成熟之前，把稻穗的芒缚起来，以留待他们自己来收割，或者去拾取掉下的谷粒，因为稻谷的芒长，拾起来也很容易。"

在非洲有两种野生稻谷 O.bathii 和 O.longistaminata，也属采集之列，并常在市场上大量出售。南美洲乌拉圭 Madeira 河上游的 Tupi-Cawahib 人，采集一种森林里的野生禾草（学名未鉴定），为了便于收获，他们也是在禾草未成熟之前，先将若干株的茎秆缚在一起，到成熟时，种子便集中掉落成一小堆，很便于收获。❶

采集生产与农业生产的这种不易区分之处，正是采集文化的"顽固"存留，《诗经》里也有明确的例证。譬如《小雅·小宛》有"中原有菽，庶民采之"之语，毛《传》："中原，原中也。菽，藿也，力采者则得之。"《笺》云："藿生原中，非有主也，以喻王位无常家也，勤于德者则得之。"《正义》曰："菽者大豆，故《礼记》称'啜菽饮水'。菽叶谓之藿。《公食礼》云'铏羹牛用藿'，是也。此经言有菽，笺、传皆以为藿者，以言'采之'，明采取其叶，故言藿也。"❷ 这里解经者皆以为诗中之"菽"为"原中""无主"的大豆，也就是野生大豆，当有所据，是可信的。而实际上，跟野生稻的情景类似，后世关于野生大豆的记载也有很多，乃至现今仍分布广泛，据调查，到 20 世纪 90 年代，中国境内除青海、新疆与海南外，其他省区均有分布，分布种群多、密度大，类型丰富。❸

再如《礼记·月令》，被视为对于农业节令物候的记载，但也包含有与采集相关的内容：

---

❶ 游修龄：《中国农业通史·原始社会卷》，中国农业出版社 2008 年版，第 308~309 页。

❷ （清）阮元校刻：《十三经注疏·毛诗正义》（嘉庆刊本），中华书局 2009 年版，第 969 页。

❸ 侯旭东：《渔采狩猎与秦汉北方民众生计——兼论以农立国传统的形成与农民的普遍化》，《历史研究》2010 年第 5 期。亦可参考李福山：《中国野生大豆资源的地理分布及生态分化研究》，《中国农业科学》1993 年第 2 期；李福山：《大豆起源及其演化研究》，《大豆科学》1994 年第 1 期；杨光宇、纪锋：《中国野生大豆资源的研究与利用综述》，《吉林农业科学》1999 年第 1 期；曹永生、张贤珍、白建军、龚高法：《中国主要粮食作物野生种质资源地理分布》，《作物学报》1999 年第 4 期；胡小梅等：《野生大豆资源的研究与利用》，《安徽农业科学》2011 年第 22 期。

　　孟夏之月，……蝼蝈鸣，蚯蚓出，王瓜生，苦菜秀……是月也，聚
畜百药……

　　仲夏之月，……令民毋艾蓝以染……鹿角解，蝉始鸣，半夏生，木
堇荣……

　　仲秋之月，……乃命有司趣民收敛，务畜菜，多积聚……

　　仲冬之月，……农有不收藏积聚者，马牛畜兽有放佚者，取之不诘。
山林薮泽，有能取疏食、田猎禽兽者，野虞教道之……❶

　　从所选内容看，《礼记·月令》与采集相关的有野菜，如"苦菜""务畜
（蓄积）菜""取疏（菜蔬）食"；又有药草，"聚畜百药""半夏"等；还有染
料，"艾蓝以染"，总之是很丰富的。

　　（二）西周时期的农具以木、石为主

　　从生产工具上考察，用于采集的工具，尤其是石器的使用历时之长，往往
超出人们的想象。吉笃学指出，原先把石磨盘和磨棒作为农业产生与发展的标
志是不恰当的：

　　过去许多考古学者都认为石磨盘和磨棒是加工植物籽实的重要工具，
因而将其作为农业产生与发展的重要标志。然而，在现代澳洲土著人的
民族学研究表明，磨盘并不是用于栽培植物种子的研磨，而是主要用于
野外采集植物的加工……石刀迅速取代磨盘与磨棒可能与农业经济替代
采集经济有关。❷

　　然而，这里的疑问是，上述引文中的"石刀"就一定与农业有关吗？有没
有可能是用来收获野生谷物的用具呢？甚至有的材料就已经证明了这种收获用
的石器可能用来采集野生谷物：

　　舞阳贾湖遗址发现有大量的采集工具如骨锥、角锥、骨匕等，它们
是挖掘植物块根的适手工具。野生谷物采集是采集经济的高级阶段，舞

---

❶ （清）阮元校刻：《十三经注疏·礼记正义》（嘉庆刊本），中华书局 2009 年版，第 2955~2956 页、
　第 2966~2967 页、第 2975 页、第 2994~2995 页。

❷ 吉笃学：《中国西北地区采集经济向农业经济过渡的可能动因》，《考古与文物》2009 年第 4 期。

阳贾湖时期已经进入采集经济的高级阶段。遗址出土了可用于收割的工具石镰45件，另外，在淮河上游裴李岗文化的一些遗址中还发现了大量的石磨盘和石磨棒以及石杵和研磨器。❶

那么，具体到了什么朝代这样的石质工具仍在大规模使用呢？以现有的考古发掘资料来看，居然是西周时期！

> 从质地上分析，西周时期比较多的遗址中出土石质农具（在38个遗址中出土有石质农具），部分遗址同时出土骨器、蚌器和青铜器，在2个遗址还出土了铁器。……从工具的类别上看，西周时期遗址中出土的农具以刀、镰、铲为主，部分遗址也出土了锸、犁等……
>
> 总之，周代农具从质地上看，西周时期以石器为主，春秋时期呈现出多样化，到战国时期则变成以铁器为主……❷

这些西周时期仍大规模使用的"石质农具"，在被转化用于农业生产的同时，也有可能还在被用于采集生产，尤其是其中的那些用于收获谷物的工具。而且，这些石刀、石镰用于农业生产时，也与采集时代的使用方法并没有什么两样，大都只是用来割取谷物的穗子，而不会连同秸秆一起收获，因为那样太费时费力。因此，有学者指出："秦汉时期气候环境较为温润，北方地区植被广袤，水域众多，野生食用动植物资源丰饶，加上渔采狩猎本作为更为古老的谋生方式，较之农耕，投入少、产出快，无论灾年还是平时，山林湖泽附近的民众均可一定程度上仰此或兼此维持生活，汉代常见的流民亦不乏以此为生者。"❸ 秦汉时期尚且可以依赖"渔采狩猎"谋生，那么，更不必说环境条件可能更为优越的先秦时代了。所以，先秦时期采集生产与农业生产的共生共存是毋庸置疑的。

（三）"百谷"之说为采集文化孑遗

《诗经》中有诸多"农事诗"诗篇里写到了"百谷"，这也应该是采集生产、采集文化在农业生产、农业文化中的不经意留存。具体列举如下：

---

❶ 解华顶、沈薇：《淮河流域新石器时代采集经济的史学观察》，《安徽农业科学》2009年第5期。
❷ 赵敏：《山东即墨北阡遗址炭化植物遗存研究》，山东大学硕士学位论文，2009年，第16页。
❸ 侯旭东：《渔采狩猎与秦汉北方民众生计——兼论以农立国传统的形成与农民的普遍化》，《历史研究》2010年第5期。

《豳风·七月》：九月筑场圃，十月纳禾稼。黍稷重穋，禾麻菽麦。
嗟我农夫，我稼既同，上入执宫功。昼尔于茅，宵尔索绹，亟其乘屋，
其始播百谷。

《小雅·信南山》：上天同云。雨雪雰雰，益之以霡霂。既优既渥，
既沾既足。生我百谷。

《小雅·大田》：大田多稼，既种既戒，既备乃事。以我覃耜，俶载
南亩。播厥百谷，既庭且硕，曾孙是若。

《周颂·噫嘻》：噫嘻成王，既昭假尔。率时农夫，播厥百谷。骏发
尔私，终三十里。亦服尔耕，十千维耦。

《周颂·载芟》：有略其耜，俶载南亩，播厥百谷。实函斯活，驿
驿其达。有厌其杰，厌厌其苗，绵绵其麃。载获济济，有实其积，万亿
及秭。

《周颂·良耜》：畟畟良耜，俶载南亩。播厥百谷，实函斯活。或来
瞻女，载筐及筥，其饟伊黍。其笠伊纠，其镈斯赵，以薅荼蓼。荼蓼朽
止，黍稷茂止。

其中，"播厥百谷"为典型的套语，出现在四首诗里，且三首均出现在
"俶载南亩"之后，三首诗是作时较早的颂诗。另两首出现"百谷"的诗歌为
《豳风·七月》和《小雅·信南山》，也应视为《诗经》中早期的诗歌，而其他
全部风诗中均没有出现"百谷"的说法。这些情况表明"播厥百谷"大约是较
为古老的习语，而这一约定俗成的说法，显然有着从采集到农业的积淀。

众所周知，"百谷"之称是与神农不可分割的。关于神农，《搜神记》有这
样的记载："神农以赭鞭鞭百草，尽知其平毒寒温之性，臭味所主。以播百谷。
故天下号神农也。"❶显而易见，所谓"百谷"正来自神农所鞭之"百草"，在
某种意义上可以说百谷就是百草！有学者也指出，"我国有关神农尝百草的远
古传说，间接反映了远古时期采集的野生植物种类是很多的"❷。

"神农鞭百草"这样的神话传说反映的就是采集生产的经验积累，以及可
供食用植物的选育与栽培。而即便对于周人而言，这种由采集到农业的文化延
续也是很久远的往事，于是，这样的文化积淀，在《诗经》里并没有很突出的
彰显。而且，随着农业的发达，"百谷"之说渐趋消失，其实质当是人们对于

---

❶ （晋）干宝：《搜神记》，汪绍楹校注，中华书局1979年版，第1页。
❷ 宋兆麟等：《中国原始社会史》，文物出版社1983年版，第436页。

谷物栽培的再选择，农业种植渐趋集中到为数不多的谷物品类上来。而这一发展过程，相比较而言是很迅速的，在《诗经》结集后不久孔子生活的时代，就有了"五谷"的说法。语见《论语·微子》："子路从而后，遇丈人，以杖荷莜。子路问曰：'子见夫子乎？'丈人曰：'四体不勤，五谷不分，孰为夫子？'植其杖而芸。子路拱而立。"❶ 值得注意的是，此"丈人""以杖荷莜"，与子路对话之后又"植其杖而芸"，则其"芸"所用之器具当为"莜"。"芸"是指中耕除草，又有了"莜"作为专门农具，那么，从这个奚落孔子的丈人的农田劳作中，我们可以明确地知道，孔子的时代，农田种植作物已趋向集约的数种，农业的精耕细作业已确立。当然，仅就这条材料而言，精耕细作农业是在《诗经》的结集之后。

楚辞中明确出现了"五谷"的说法。《招魂》："西方之害……五谷不生，蓁菅是食些。"注解说："言西极之地，不生五谷。"❷《大招》："五谷六仞，设菰粱只。"王逸对五谷注解曰："五谷，稻、稷、麦、豆、麻也。"又解释说："言楚国土地肥美，堪用种植五谷。"❸ 楚人颇以自矜的作物实则可以总结出来，《招魂》中明言"稻粢穱麦，挐黄粱些"❹，《大招》也有"设菰粱只"。则见于楚辞原文中的楚地主要农作物可以罗列如下，即稻、粢、穱、麦、黄粱、菰粱。

❶ （清）阮元校刻：《十三经注疏·论语注疏》（嘉庆刊本），中华书局 2009 年版，第 5469 页。
❷ （宋）洪兴祖：《楚辞补注》，中华书局 1983 年版，第 200 页。
❸ （宋）洪兴祖：《楚辞补注》，中华书局 1983 年版，第 219 页。
❹ （宋）洪兴祖：《楚辞补注》，中华书局 1983 年版，第 207 页。

第二章　个体生存：先秦采集文化 相关诗歌的物质追求

"采"字的甲骨、金文字形（如左所示，左一，甲骨文字形；左二，金文字形）❶均像手从树上摘取果实，《说文》释义为"捋取也"，罗振玉《增订殷虚书契考释》说"从爪、果，或省果从木"❷。所以，从"采"字的本义来看，"采"就与植物直接相关，是指对于可资利用的植物或植物的根、茎、叶、花、果实等部分的收集。

《诗经》中也多次出现"集"字，所用多为本义，即"群鸟栖止在树上"❸。比如以下四例，《鲁颂·泮水》："翩彼飞鸮，集于泮林。"《大雅·卷阿》："凤凰于飞，翙翙其羽，亦集爰止。"《小雅·四牡》："翩翩者雏，载飞载下，集于苞栩。"《周南·葛覃》："黄鸟于飞，集于灌木，其鸣喈喈。"又如楚辞中也有这样的例句，《九章·惜诵》："欲高飞而远集兮，君罔谓汝何之？"《九章·抽思》："有鸟自南兮，来集汉北。"《九辩》："众鸟皆有所登栖兮，凤独遑遑而无所集。"

语言学的常识告诉我们，如果一种语言里没有描绘某种东西的词语，那么使用这种语言的人们对于这种东西，也就不会有着基于理性的认识和理解。因为实际的指称都有困难，单独的思考和集体的交流便因此而陷入困境，其结果就是对于那种事物的困惑，因而无知往往会导致神秘与扭曲的解说。比如"采集"一词，看起来，它的出现简直就是自然而然的，仿佛"采"的目的就是"集"；或许直观地理解"采集"的意义就是"采取、收集、聚集"，但这样的解释太过随意，因为这并不符合中国古代文献用语的实际情况。至少在先秦的文献里，"采集"二字的连用是没有的。之后的"采集"一语，也往往是用于

❶ 汉典·字源字形，http://www.zdic.net/zd/zi/ZdicE9Zdic87Zdic87.htm。
❷ 李格非：《汉语大字典（简编本）》，四川辞书出版社、湖北辞书出版社 2000 年版，第 1757~1758 页。
❸ 李格非：《汉语大字典（简编本）》，四川辞书出版社、湖北辞书出版社 2000 年版，第 4092 页。

对于文献、典籍、注解、典故等的收集与整理。所以，上古汉语里到底哪些词语具有现代汉语之"采摘""采取""摘取""掘取""收集""搜集""聚集"等与"采集"相关的含义，是较难厘清的。然而，采集的对象主要是植物，抓住了这个关键点，对于关乎"采集"的文献查阅以及展开研究，都有重要的方向指导作用。

先秦时代的人们，可能早已不再主要依赖采集而生存，但也一定不会完全舍弃采集而生活，先秦采集文化相关诗歌的存在就是明证。解析这些诗歌所吟咏的关于采集的内容，感受其背后的采集生活体验，首先要关注的就是这些诗歌所表现出的采集文化的物质层面的追求，具体地说就是这些诗歌的采集文化内容关乎先民们的衣、食、住、行等生活的各个方面。

第一节　衣

服饰的起源众说纷纭，适应环境说、安全保护说、遮羞说、炫耀说、美饰说、巫术说、伦理说、图腾说等，不一而足。❶ 但可以肯定的是，人类经过了漫长的裸体时代，或许长达二三百万年之久，相比较而言，人类穿上衣服至今，加以装饰，仿佛仅仅一瞬间的事情。当然，这一瞬间是尤为重要的，值得深入研究。根据《圣经·创世纪》的说法，亚当和夏娃吃了禁果之后，最早穿在身上的是无花果的叶子所编制的裙子（Gen 3：7），之所以选择的是"无花果"树叶，可能与故事产生地的地理环境、植被状况等有关。

我国的典籍也对于住、衣、食等的产生与发展有过类似的推测，《礼记·礼运》就借孔子之口推测说：

> 昔者先王未有宫室，冬则居营窟，夏则居橧巢。未有火化，食草木之实，鸟兽之肉，饮其血，茹其毛，未有麻丝，衣其羽皮。后圣有作，然后修火之利，范金，合土。以为台榭、宫室、牖户。以炮，以燔，以亨，以炙，以为醴酪。治其麻丝，以为布帛，以养生送死，以事鬼神上帝，皆从其朔。❷

---

❶　朱和平：《中国服饰史稿》，中州古籍出版社 2001 年版，第 11~12 页。并参阅张志春、张影舒：《服饰源于图腾说》，《宝鸡文理学院学报（社会科学版）》2010 年第 3 期。

❷　（清）阮元校刻：《十三经注疏·礼记正义》（嘉庆刊本），中华书局 2009 年版，第 3066 页。

从中可见古人认为"昔者",人们食用"草木之实",当然要靠采集生产了,而穿的是鸟兽的羽毛和兽皮,主要靠的应该是狩猎。圣人出现之后,则穿的是布帛了,因为这时可以"治其麻丝"了。细心体会,文中麻和丝二者,先说麻,后列丝,应当是麻更为重要,更为普遍。丝则因为出产少,丝织品耗费大量人工,加工、染色工艺复杂等因素,在当时往往仅为贵族所享用。而在先秦诗歌里,有些诗写到了动物皮毛的穿着,除了丝、麻之外,提供纤维用以纺织制作衣物的植物还有葛。

一、皮毛

《诗经》中所涉及的动物皮毛衣物,主要有"羔裘""狐裘"等。其中"羔裘"很突出,有三首同题的风诗:《郑风·羔裘》《唐风·羔裘》和《桧风·羔裘》,还有《召南·羔羊》,其诗所吟咏的其实也是羔裘:

> 羔羊之皮,素丝五纰。退食自公,委蛇委蛇。
> 羔羊之革,素丝五緎。委蛇委蛇,自公退食。
> 羔羊之缝,素丝五总。委蛇委蛇,退食自公。

在解说《郑风·羔裘》时,郑玄《笺》云:"缁衣、羔裘,诸侯之朝服也。"《正义》曰:"经云羔裘,知缁衣者,《玉藻》云'羔裘缁衣以裼之',《论语》云'缁衣羔裘',是羔裘必缁衣也。《士冠礼》云:'主人玄冠朝服,缁带素韠。'注云:'衣不言色者,衣与冠同也。'是缁衣为朝服也。《玉藻》云'诸侯朝服,以日视朝',故知缁衣羔裘是诸侯之朝服也。"❶ 这是明确指出羔裘为贵族服装,且为承担礼制意义的朝服。

《诗经》言及狐裘的诗歌也有多篇:《邶风·旄丘》《秦风·终南》《桧风·羔裘》《豳风·七月》《小雅·都人士》。狐裘也具有丰富的文化内涵,详可参拙文《〈诗经〉狐意象发微》❷。此外,《小雅·大东》提到了熊、罴之裘:"西人之子,粲粲衣服。舟人之子,熊罴是裘。"楚辞中,唯《九辩》之"无衣裘以御冬兮,恐溘死不得见乎阳春",提到"裘",仅此,或者因为楚地较北方湿热,故而楚地贵族不重视裘服。

❶ (清)阮元校刻:《十三经注疏·毛诗正义》(嘉庆刊本),中华书局 2009 年版,第 718 页。
❷ 孙秀华、杨龙:《〈诗经〉狐意象发微》,《甘肃理论学刊》2008 年第 5 期。

结合《尚书·禹贡》《周礼》《礼记》《仪礼》等典籍的记载以及后人的解说可以知道，当时人们的冠冕、蔽膝、舄、屦等也多选用毛皮制作。比如《卫风·淇奥》写到了"弁"，"有匪君子，充耳琇莹，会弁如星"。毛《传》："弁，皮弁，所以会发。"《正义》曰："《弁师》云：'王之皮弁，会五采玉璂。'注云：'会，缝中也。皮弁之缝中，每贯结五采玉十二以为饰，谓之綦。《诗》云会弁如星，又曰其弁伊綦，是也。'……此皮弁，天子视朝之服，《玉藻》云'天子皮弁，以日视朝'，是也。在朝君臣同服，故言天子之朝也。诸侯亦皮弁以视朝，以序云'入相于周'，故为在王朝之服。"❶《仪礼·士冠礼》云："皮弁服，素积，缁带，素韠。"郑注曰："皮弁者，以白鹿皮为冠，象上古也。"❷《诗经》中写到"弁"的诗歌还有《齐风·甫田》《曹风·鸤鸠》《小雅·小弁》《小雅·頍弁》《小雅·宾之初筵》《周颂·丝衣》等。楚辞中，《离骚》"高余冠之岌岌兮"、《九章·涉江》"冠切云之崔嵬"之"冠"，也或者为皮质。另外，《九歌·国殇》中写到"犀甲"，洪兴祖补注引《荀子》曰："楚人鲛革犀兕以为甲，鞈如金石。"❸

皮毛衣物也与植物采集密切相关，使用动物皮毛的前提是要对生皮进行鞣制，先民们所用的鞣质，据信主要来自栎、栩、栲、栗等山毛榉科植物。有学者指出："山毛榉科植物的橡子、壳斗、树叶、树皮中均含有鞣质，但以壳斗含量最高，尤其是壳斗上的针刺含量最丰，因此采收时以果实即将成熟但壳斗仍青黄色时质量最佳。如上所述，橡子在中国史前遗址中有大量的出土，除用作食物外，鞣革应该是最重要的用途之一。"❹《诗经》里言及栎、栩、栲、栗等山毛榉科树木的诗歌不下十数篇，这些树木果实的壳斗是可用以鞣制生皮的。

二、葛

《诗经》、楚辞里均提到"葛"。楚辞写葛，仅见于《九歌·山鬼》"石磊磊兮葛蔓蔓"，注解说："言石、葛者，喻所在深也。"❺这实则是把葛描写为环境植物，并不着眼于葛的功用，与《诗经》明显不同。

---

❶　（清）阮元校刻：《十三经注疏·毛诗正义》（嘉庆刊本），中华书局 2009 年版，第 677~678 页。
❷　（清）阮元校刻：《十三经注疏·仪礼注疏》（嘉庆刊本），中华书局 2009 年版，第 2051 页。
❸　（宋）洪兴祖：《楚辞补注》，中华书局 1983 年版，第 82 页。
❹　俞为洁：《中国史前植物考古——史前人文植物散论》，社会科学文献出版社 2010 年版，第 141 页。
❺　（宋）洪兴祖：《楚辞补注》，中华书局 1983 年版，第 81 页。

《诗经》里写到"葛"这种植物的，共有四篇，出现九次。❶综合起来考虑，葛的生长环境是"葛之覃兮，施于中谷"(《周南·葛覃》）以及"葛生蒙楚，蔹蔓于野（域）"(《唐风·葛生》），也就是生长于山谷中、生长于野外，由此可以推测，《诗经》时代所利用的葛，应为野生或稍加管理的半野生状态，人工栽培的可能性不大。又因为这几首诗均为女性口吻，可知葛的采集加工主要由女性承担。而当然，葛也与女子的情感世界紧密相关，《唐风·葛生》"予美亡此"，是悼念亡夫；《王风·采葛》"一日不见，如三月兮"，写思念爱人。《邶风·旄丘》也是如此，其诗曰：

> 旄丘之葛兮，何诞之节兮。叔兮伯兮，何多日也？
> 何其处也？必有与也！何其久也？必有以也！
> 狐裘蒙戎，匪车不东。叔兮伯兮，靡所与同。
> 琐兮尾兮，流离之子。叔兮伯兮，褎如充耳。

这首诗的起兴很有意味，分明是责怪"叔兮伯兮"为什么久久在外不能如约回来，却抱怨旄丘之葛，抱怨葛另生枝节！那么，葛另生枝节为什么就会被抱怨呢？那是因为，就治葛而言，当然是不枝不节好，不枝不节的话可以得到较长的纤维，而且剥取、纺织都比较容易。从这样的生产经验出发，回过头来理解这首诗，或许会让人想象到一位美丽勤劳的女子，她可能是登高远眺，心有所思，面对所熟知的葛，想到那迟回家的人，难免生些怨气。而又只好自宽，希望他在外"有与""有以"，最终只是想到他的才貌出众。全诗所表现的女子的情感，也不免像旄丘之葛一样，有些纠结。

那么葛又是怎样加工的呢？《周南·葛覃》的第二章就明确给出了答复："葛之覃兮，施于中谷，维叶莫莫。是刈是濩，为絺为绤，服之无斁。"也就是说，葛纤维要经过水煮以去其胶质，然后再纺织成葛布。至于絺、绤，《正义》曰："《曲礼》云：'为天子削瓜巾以絺，诸侯巾以绤。'《玉藻》云：'浴用二巾，上絺下绤。'皆贵絺而贱绤，是絺精而绤粗，故云精曰絺，粗曰绤。"❷由此也可得知，贵为天子也会使用葛布。还有"绉絺"，也是为贵族所用，《鄘风·君子偕老》有"蒙彼绉絺，是绁袢也"。毛《传》："絺之靡者为绉。"郑《笺》："绉絺，絺之蹙蹙者。"《正义》："其精尤细靡者，绉也。言细而缕

---

❶ 这是把"葛""葛藟"和"葛屦"三者区分的结果。关于"葛藟"，可参拙文《〈诗经〉'葛藟'考辨》，《船山学刊》2011 年第 3 期。"葛屦"，详见下文。

❷ （清）阮元校刻：《十三经注疏·毛诗正义》(嘉庆刊本)，中华书局 2009 年版，第 581 页。

绤，故笺申之云：'绉绤，绤之蹙蹙者。'"❶ 而《周礼·地官·司徒》设"掌葛"，"掌以时征绤绤之才于山农。"❷

葛除了织成绤、绤、绉绤等葛布外，还可以制作"葛屦"。《诗经》里有三首诗写到葛屦：

> 《齐风·南山》：葛屦五两，冠緌双止。鲁道有荡，齐子庸止。既曰庸止，曷又从止？
>
> 《魏风·葛屦》：纠纠葛屦，可以履霜？掺掺女手，可以缝裳？要之襋之，好人服之。
>
> 《小雅·大东》：小东大东，杼柚其空。纠纠葛屦，可以履霜。佻佻公子，行彼周行。既往既来，使我心疚。

毛《传》注解《齐风·南山》之"葛屦五两"说："葛屦，服之贱者。"其实不然，马瑞辰以为这与古代结婚时的"亲迎"之礼相关，"诗盖因古亲迎有送屦之礼，故取葛屦五两为喻"❸，联系该诗下文歌咏"伐柯""娶妻"看，这种解释应更为准确。而且《周礼·天官·冢宰》设有"屦人"，"掌王及后服屦。为赤舄、黑舄、赤繶、黄繶；青句、素屦，葛屦"。❹ 据此可知，葛屦可为王、后所穿用，何贱之有呢？《魏风·葛屦》和《小雅·大东》两诗则都有"纠纠葛屦，可以履霜"的诗句，大致是表示辛苦劳瘁之意，而且颇含怨气，这应该是来源于劳动歌谣，属于"套语"模式，而其具体所指早已掩盖于历史的风尘之下，已难以说清道明。

三、麻

我国麻纺织的起源很早，在仰韶文化中已有麻线纹和麻布纹的遗存，对于半坡和姜寨氏族来说，"采集在经济生活中也很重要，不仅采集野果、野菜以供食用，而且还可能采集野麻一类的植物，以供纺织缝纫衣物之用。"❺ 商代"台西遗址 T10 中发现一卷麻布，经舒展已断裂成 26 片，……经上海纺院鉴

---

❶ （清）阮元校刻：《十三经注疏·毛诗正义》（嘉庆刊本），中华书局 2009 年版，第 662 页。
❷ （清）阮元校刻：《十三经注疏·周礼注疏》（嘉庆刊本），中华书局 2009 年版，第 1613 页。
❸ （清）马瑞辰：《毛诗传笺通释》，中华书局 1989 年版，第 303~304 页。
❹ （清）阮元校刻：《十三经注疏·周礼注疏》（嘉庆刊本），中华书局 2009 年版，第 1493 页。
❺ 王锋钧：《西安地区先秦时期农业的产生与发展》，《农业考古》2011 年第 1 期。

定，是属于平纹组织的大麻纤维"❶。据《文物》1972 年第 7 期中发表的《泾阳高家堡早周墓葬发掘记》记载："从西周墓中挖掘出来的麻布散片，其组织比较紧密，反映周代纺织麻的技术达到了很高的水平。"❷

楚地也是确信有麻的种植，楚辞中明确写到麻的有两篇。《九歌·大司命》有："折疏麻兮瑶华，将以遗兮离居。"所描绘应是"折芳遗远"的浪漫情事，且是由神灵折下美丽的麻花，这无疑就赋予了麻花灵异的色彩。《天问》有"靡蓱九衢，枲华安居"之语，其中"枲华"，即麻花，注引《尔雅》"麻有子曰枲"。❸而"枲华"与神异植物"靡蓱"对举，也当有神异意味，并非仅仅是普通的雌麻之花。

《诗经》中共出现了两种麻，即大麻科的大麻和荨麻科的苎麻。《王风·丘中有麻》《齐风·南山》《陈风·东门之枌》《陈风·东门之池》等篇均有对于麻的种植、绩麻、沤泡等方面内容的反映。《陈风·东门之池》诗曰：

> 东门之池，可以沤麻。彼美淑姬，可与晤歌。
> 东门之池，可以沤纻。彼美淑姬，可与晤语。
> 东门之池，可以沤菅。彼美淑姬，可与晤言。

麻收割之后也要经过加工才可用以纺织，往往是带秆入池，经长时间沤泡，之后才剥取，清洗，晾晒，纺织。诗中二章之"纻"，即苎麻，为多年生纤维植物，现在南方仍有种植。❹而三章之"菅"，则是指采集收割用以制草绳的茅草。麻、纻、菅等植物可利用的部分均含有大量胶质以及其他杂质，直接剥取使用会又硬又脆，效果不好。而自然脱胶的方法就是沤渍法，把这些植物直接放入阳光照射的池塘里，用石块等重物压好。这样，因为水温高，水中的微生物繁殖快，在水的作用以及微生物的分解下，很快就可以脱胶。而或许因为沤治的这些植物要经常地察看、翻动，所以美丽贤淑的女子会有意无意地到这里来走动，于是才有了让小伙子回味不已的那些甜蜜的"晤歌""晤语"和"晤言"。

---

❶ 唐云明：《河北商代农业考古概述》，《农业考古》1982 年第 1 期。

❷ 徐华龙：《国风与民俗研究》，中国民间文艺出版社 1988 年版，第 73~74 页。

❸ （宋）洪兴祖：《楚辞补注》，中华书局 1983 年版，第 95 页。

❹ 今湖南、江西、四川等均有栽培或野生苎麻。可参阅以下论文，刘国军等：《从我区苎麻生产历史现状、问题试论恢复发展对策》，《中国麻作》1995 年第 2 期；孙学兵：《江西苎麻育种历史、现状与发展分析》，《江西棉花》2003 年第 4 期；毛炜坤、华坚：《不同脱胶方法对野生苎麻纤维性能的影响》，《纺织科技进展》2010 年第 2 期。

麻在当时是普遍种植的作物，这在以下这几首诗里可以得知：《大雅·生民》有"禾役穟穟，麻麦幪幪，瓜瓞唪唪"。《豳风·七月》列举说"十月纳禾稼，黍稷重穋，禾麻菽麦"。《王风·丘中有麻》之"丘中有麻"与"丘中有麦"是对举的，而《齐风·南山》里有"蓺麻如之何？衡从其亩"。然而，《豳风·七月》里有"九月叔苴"一语，毛《传》："叔，拾也。苴，麻子也。"❶ 这透露出一些信息，"叔"字之"又"旁实为"扌"字，因而在"叔苴"一词里保留了"拾取"的原意，所以"叔苴"也属于采集生产。但麻籽细小，如果是麻籽散落于地，则很难捡取干净。可麻籽是聚生在一个个荚果里的，"苴"当是指这种荚果，所谓"叔苴"应该是采摘麻籽已成熟的荚果，而不应是指捡取一粒粒麻籽。而后世仿佛并没有"叔苴"这样的生产活动了，这有可能是当时麻的品种尚不能完全驯化，故而麻籽不能集中在一个时段成熟，而经过长时间的选择培育，麻籽已经能够在一定的时间集中成熟，这样的情况便不再出现了。

织麻为女子职事。《豳风·七月》有"八月载绩"，毛《传》指为"麻事"❷，未知何据。《陈风·东门之枌》歌咏"子仲之子"在那东门外宛丘上的树下翩翩起舞，第二章为："谷旦于差，南方之原。不绩其麻，市也婆娑。"在这"国之交会，男女之所聚"❸ 的场合，女子"不绩其麻"而翩翩舞蹈，虽为讲经者不齿，却未必不可想见其仪态万方，风姿绰约，这也就难怪"视尔如荍"让人着迷了。

用麻布做成的衣服《诗经》里也有歌咏。比如《曹风·蜉蝣》：

> 蜉蝣之羽，衣裳楚楚。心之忧矣，于我归处。
> 蜉蝣之翼，采采衣服。心之忧矣，于我归息。
> 蜉蝣掘阅，麻衣如雪。心之忧矣，于我归说。

其"麻衣如雪"，《正义》说："麻衣者，白布衣。如雪，言甚鲜洁也。"❹《卫风·硕人》和《郑风·丰》均有"衣锦褧衣"的诗句。《音义》曰："褧，苦迥反，徐又孔颖反，《说文》作'檾'，枲属也。"❺ 而"枲"，即为雄麻。麻

❶（清）阮元校刻：《十三经注疏·毛诗正义》（嘉庆刊本），中华书局 2009 年版，第 835 页。
❷（清）阮元校刻：《十三经注疏·毛诗正义》（嘉庆刊本），中华书局 2009 年版，第 832 页。
❸（清）阮元校刻：《十三经注疏·毛诗正义》（嘉庆刊本），中华书局 2009 年版，第 801 页。
❹（清）阮元校刻：《十三经注疏·毛诗正义》（嘉庆刊本），中华书局 2009 年版，第 819 页。
❺（清）阮元校刻：《十三经注疏·毛诗正义》（嘉庆刊本），中华书局 2009 年版，第 679 页。

是雌雄异株的植物，枲不结麻子而纤维质量高于结籽的雌麻。这两首诗里的"裳"衣，也就是一种上乘的麻衣，而且还是出嫁所穿的婚庆礼服之一。

四、蚕、桑（柘、柞）、丝

丝由蚕吐，蚕由桑养，蚕、桑、丝三者自然密不可分。植桑养蚕、缫丝纺织在我国历史悠久，出土文物的证明也有多处。❶有学者指出："我国现存的最早的文字甲骨文中，蚕、桑、丝、帛的象形字累见。在众多的甲骨卜辞中，经诸家鉴定确认为蚕字的有十一片，已确认为桑字的是六片。"❷古人尤为重视蚕桑，《礼记·祭义》载有：

> 古者天子、诸侯必有公桑蚕室，近川为之，筑宫仞有三尺，棘墙而外闭之。及大昕之朝，君皮弁素积，卜三宫之夫人、世妇之吉者，使入蚕于蚕室，奉种浴于川，桑于公桑，风戾以食之。岁既单矣，世妇卒蚕，奉茧以示于君，遂献茧于夫人。夫人曰："此所以为君服与！"遂副、袆而受之，因少牢以礼之。古之献茧者，其率用此与？及良日，夫人缫，三盆手，遂布于三宫夫人、世妇之吉者，使缫。遂朱绿之，玄黄之，以为黼黻文章。服既成，君服之以祀先王先公，敬之至也。❸

《白虎通》："王者所以亲耕后亲桑何？以率天下农蚕也。天子亲耕以供郊庙之祭，后之亲桑以供祭服。"❹除却其中的神圣意味，这也就是垂范天下，是男耕女织的最高榜样了。

楚辞中几乎不见对蚕、桑、丝的歌咏。《离骚》里有"饮余马于咸池兮，总余辔乎扶桑"，《九歌·东君》"暾将出兮东方，照吾槛兮扶桑"，《九歌·大司命》有"君回翔兮以下，逾空桑兮从女"，《大招》"魂乎归来！定空桑只"，其中的"扶桑""空桑"皆为神异植物，并非对现实生活中桑树的描写。另有两处，有"桑"字，但并非直接写桑树，《天问》"焉得彼涂山女，而通之於

---

❶ 如浙江吴兴钱山漾新石器时代遗址出土有绸片、丝线和丝带；河南荥阳青台村仰韶文化遗址发现有丝织品，"除平纹织物外，还有浅绛色罗"。其他文物还有"山西芮城出土的陶制蚕蛹"等。详可参朱新予：《中国丝绸史》（通论），纺织工业出版社1992年版，第4~6页。
❷ 周匡明：《桑考》，《农业考古》1981年第1期。
❸ （清）阮元校刻：《十三经注疏·礼记正义》（嘉庆刊本），中华书局2009年版，第3467页。
❹ （汉）班固：《白虎通义》卷上，四库全书文渊阁本，上海人民出版社1999年版。

台桑"，这里的"台桑"似是地名；再有《九章·惜诵》"接舆髡首兮，桑扈
羸行"，"桑扈"则为人名。屈原、宋玉之楚辞作品中，完全没有明确提到蚕
和丝。

　　而蚕、桑、丝三者作为一个整体在《诗经》里的呈现很是引人注目。"蚕"
在《诗经》里凡两见，一是《豳风·七月》："蚕月条桑，取彼斧斨。以伐远
扬，猗彼女桑。"二是《大雅·瞻卬》之"妇无公事，休其蚕织"。忙于采桑养
蚕的月份，有了专称"蚕月"，足可见当时蚕桑经济的发达；而蚕织为妇女职
事，古人一再申明。

　　有学者指出："桑是《诗经》中出现篇数最多的植物，共有二十首、
三十一句之多，涵盖《国风》各篇以及《小雅》《大雅》《颂》，各体裁均有
之。"❶ 具体篇目如下：《鄘风·桑中》《鄘风·定之方中》《卫风·氓》《郑风·将
仲子》《魏风·汾沮洳》《魏风·十亩之间》《唐风·鸨羽》《秦风·车邻》《秦
风·黄鸟》《曹风·鸤鸠》《豳风·七月》《豳风·鸱鸮》《豳风·东山》《小
雅·南山有台》《小雅·黄鸟》《小雅·小弁》《小雅·隰桑》《小雅·白华》《大
雅·桑柔》《鲁颂·泮水》。

　　其中，明确写到采桑的当属《豳风·七月》："春日载阳，有鸣仓庚。女
执懿筐，遵彼微行，爰求柔桑。"此外还有《魏风·汾沮洳》之"彼汾一方，
言采其桑"，但这是用以起兴，未必是真实采集生产的描述。而关于"采桑"，
《左传·僖公八年》有这样的记载：

　　　　晋里克帅师，梁由靡御。虢射为右，以败狄于采桑。梁由靡曰："狄
　　无耻，从之必大克。"里克曰："拒之而已，无速众狄。"虢射曰："期年，
　　狄必至，示之弱矣。"
　　　　夏，狄伐晋，报采桑之役也。❷

　　很显然，文中有"采桑""采桑之役"的说法，其"采桑"为一重要地名
无疑。以"采桑"为名，这从侧面可以反映出当时、当地的蚕桑经济的发达。

　　而细致考察，从《诗经》中这些言及"桑"的诸多诗篇里还可以了解到当
时桑树的分布、栽植等状况。从大的分布看，鄘、卫、魏、秦、豳、曹、鲁等
相关古国涵盖了黄河中下游流域。从具体诗歌反映的相关内容而言，当时桑树

---

❶　潘富俊：《诗经植物图鉴》，上海书店出版社 2003 年版，第 83 页。
❷　（清）阮元校刻：《十三经注疏·春秋左传正义》（嘉庆刊本），中华书局 2009 年版，第 2905~2906 页。

或生长于山坡:《秦风·车邻》"阪有桑",又《小雅·南山有台》"南山有桑";或生长于湿地:《小雅·隰桑》"隰桑有阿,其叶有难(有沃、有幽)"。再者,当时既有《豳风·东山》这样"烝在桑野"之野外的桑林,也有了人工栽植管理的桑园,《郑风·将仲子》:"将仲子兮,无逾我墙,无折我树桑。"又《魏风·十亩之间》诗曰:

> 十亩之间兮,桑者闲闲兮,行与子还兮。
> 十亩之外兮,桑者泄泄兮,行与子逝兮。

诗里所咏"十亩之间"当属桑园无疑,"闲闲""泄泄",悠哉悠哉。还有,从这些相关诗歌里还可以看到当时的桑树品种也不一样,《郑风·将仲子》里的是"树桑",且与"树杞""树檀"对举,此"树桑"当为高大乔木。而《唐风·鸨羽》里的则是"苞桑",与之对应的是"苞栩""苞棘",毛《传》曰:"苞,稹。"《正义》释曰:"'苞,稹',《释言》文。孙炎曰:'物丛生曰苞,齐人名曰稹。'郭璞曰:'今人呼物丛致者为稹。'笺云:稹者,根相迫连捆致貌,亦谓丛生也。"❶ 那么,这首诗里的桑树为丛生灌木树形,应属于低干桑,也就是后世农书所说的"地桑"❷。

然而,并非只有桑叶可以养蚕。《大雅·皇矣》有"攘之剔之,其檿其柘"。毛《传》:"檿,山桑也。"《正义》:"……'檿,山桑',皆《释木》文。……郭璞曰:'檿桑,柘属,材中为弓。'《冬官·考工记》云:'弓人取干柘为上,檿桑次之。'"❸ 柘及柘属之檿是均可养蚕的,后世也是桑柘并称的,如《礼记·月令》曰:"是月也,命野虞无伐桑柘。"❹《尚书·禹贡》曰:"海、岱惟青州……厥篚檿丝。"《正义》释曰:"'檿丝',是蚕食檿桑,所得丝韧,中琴瑟弦也。"❺ 这是明证,但《诗经》中没有明确说柘叶养蚕。而其实,《诗经》中六首诗里写到了柞树,❻ 柞树叶也可养蚕,称为柞蚕,这是常识,❼ 惜

---

❶ (清)阮元校刻:《十三经注疏·毛诗正义》(嘉庆刊本),中华书局 2009 年版,第 775 页。
❷ 此判断可参考周匡明:《桑考》,《农业考古》1981 年第 1 期。
❸ (清)阮元校刻:《十三经注疏·毛诗正义》(嘉庆刊本),中华书局 2009 年版,第 2020 页。
❹ (清)阮元校刻:《十三经注疏·礼记正义》(嘉庆刊本),中华书局 2009 年版,第 2953 页。
❺ (清)阮元校刻:《十三经注疏·尚书正义》(嘉庆刊本),中华书局 2009 年版,第 311 页。
❻ 篇目、诗句如下:《小雅·车舝》"析其柞薪"(出现 2 次),《小雅·采菽》"维柞之枝",《大雅·绵》"柞棫拔矣",《大雅·旱麓》"瑟彼柞棫",《大雅·皇矣》"柞棫斯拔",《商颂·载芟》"载芟载柞"。
❼ 华德公:《柞蚕放养的起源、发展和技术成就》,见朱新予:《中国丝绸史》(专论),纺织工业出版社 1992 年版,第 44~60 页。

解读《诗经》植物文化之众学者说到"柞"时皆不曾提及柞树叶可以养蚕。❶
《诗经》里也没有明确说柞树叶养蚕，但在表达上，提到柞树的诗歌和提到桑
树的诗歌还是有一个相通之处：其中四首提到柞树的诗歌也写到了"君子"，
有"既见君子"之喜悦，比如《小雅·车辖》有"鲜我觏尔，我心写兮"，《小
雅·采菽》反复申说"乐只君子"，《大雅·旱麓》屡次提及"岂弟君子"；这
与《曹风·鸤鸠》《秦风·车邻》《小雅·南山有台》《小雅·隰桑》等几首提到
桑树的诗歌里的"既见君子"，"其乐如何""云何不乐"的主题一致。这或许
可以透露出先民们认为桑与柞性质近似的些微信息。

《诗经》里有九首诗出现"丝"字：《召南·羔羊》"羔羊之皮（革、缝），
素丝五纰（緎、緫）"，《召南·何彼襛矣》"其钓维何？维丝伊缗"，《邶
风·绿衣》"绿兮丝兮，女所治兮"，《鄘风·干旄》"素丝纰（组、祝）之，良
马四（五、六）之"，《卫风·氓》"氓之蚩蚩，抱布贸丝。匪来贸丝，来即我
谋"，《曹风·鸤鸠》"淑人君子，其带伊丝"，《小雅·皇皇者华》"我马维骐，
六辔如丝"，《大雅·抑》"荏染柔木，言缗之丝"，《周颂·丝衣》"丝衣其紑，
载弁俅俅"。

这些诗歌产生的顺序，按照一般理解是先颂诗再雅诗后风诗，则《周
颂·丝衣》最早，全诗如下：

> 丝衣其紑，载弁俅俅。自堂徂基，自羊徂牛；鼐鼎及鼒，兕觥其觩。
> 旨酒思柔。不吴不敖，胡考之休。

毛《传》："丝衣，祭服也。紑，洁鲜貌。"❷这是庙堂乐歌，祭祀诗歌，在
开头先说明所穿为丝衣，以示郑重典雅，故而丝衣为祭祀礼服是可信的。这也
恰好印证了《礼记·祭义》的相关记载："夫人曰：此所以为君服……服既成，
君服之以祀先王先公，敬之至也。"❸《召南·羔羊》和《鄘风·干旄》两首诗
里出现的是"素丝"，也即未经染色的，而《邶风·绿衣》有"绿兮丝兮"，题
目为"绿衣"，诗里还有"绿衣黄里""绿衣黄裳"，可知是染色丝衣。而《卫
风·硕人》和《郑风·丰》均有"衣锦褧衣"的诗句。其中的"锦"衣，郑

---

❶ 可供野蚕食用的甚至还有臭椿树叶，其树即《豳风·七月》"采荼薪樗"之"樗"，又见于《小
　雅·我行其野》"蔽芾其樗"。

❷ （清）阮元校刻：《十三经注疏·毛诗正义》（嘉庆刊本），中华书局 2009 年版，第 1301 页。

❸ （清）阮元校刻：《十三经注疏·礼记正义》（嘉庆刊本），中华书局 2009 年版，第 3467 页。

《笺》认为"在涂之所服也"❶，这是婚礼所穿的色彩斑斓的高级丝织衣物。《郑风·出其东门》有"缟衣綦巾""缟衣茹藘"，《正义》曰：《广雅》云：'缟，细缯也。'《战国策》云：'强弩之馀，不能穿鲁缟。'然则缟是薄缯，不染，故色白也。""缟衣"则为未染色的丝织衣物。

而加工后的丝往往是用来贸易的，《鄘风·干旄》里"素丝"与"良马"相对歌咏，且有"彼姝者子，何以予之"的话语，正与《卫风·氓》里明言"抱布贸丝"用意相同。缫丝、练丝、染丝、纺织皆为女子所为，后世诗歌里"丝"字谐音思念之"思"，"成匹"往往是婚配的隐语，这无不饱含着女子的勤劳、聪慧与深情。而日本《万叶集》里有一首和歌《寄丝》："婀娜河内女，手染千缕丝；虽只为单股，不断似相思。"❷这倒是中外皆同了。

《周礼·地官·掌染草》云："掌染草，掌以春秋敛染草之物，以权量受之，以待时而颁之。"据注疏，染草有茅搜、橐芦、豕首、紫莀、蓝皂、象斗，等等。❸《诗经》中多有写到染草的诗歌，比如《小雅·采绿》中写到了"采绿""采蓝"，虽然没有明确其用途，但应该是用以染色的。《邶风·绿衣》中写到"绿衣黄里"，又说"绿兮丝兮，女所治兮"，即是明证。其他染草如茅搜，也即茹藘，在《诗经》中凡两见，《郑风·东门之墠》有"茹藘在阪"之句，朱熹释曰："茹藘，茅搜也。一名茜，可以染绛。"❹《郑风·出其东门》又有"缟衣茹藘"，朱熹解说为："茹藘可以染绛，故以名衣服之色。"❺《唐风·鸨羽》写到了"栩"，"肃肃鸨羽，集于苞栩"，《正义》解说时引"陆玑《疏》"云："今柞栎也……其子为皂，或言皂斗。其壳为斗，可以染。"❻《诗经》中共有四首诗写到了"栩"，足可见其对于人们生活的重要性，以之作为染料，当是可信的。

总之，《诗经》服饰文化十分引人注目，《诗经服饰文化》一文即对此做出了总结："《诗经》中言及服饰之篇章，经统计共有六十三首……其中言及服装者有二十九首。""服饰名物，除衣裳、衣服等通名外，专有名词约七十种。"❼而尽管对于蚕、桑、丝、染的描摹似乎漫不经心，楚辞中的服饰文化却不输《诗经》，也是丰富多彩，绚烂光华，其衣物以丝质为多，呈现出不同于北方的

---

❶ （清）阮元校刻：《十三经注疏·毛诗正义》（嘉庆刊本），中华书局 2009 年版，第 679 页。
❷ ［日］大伴家持：《万叶集选》，李芒译，人民文学出版社 1998 年版，第 317 页。
❸ （清）阮元校刻：《十三经注疏·周礼注疏》（嘉庆刊本），中华书局 2009 年版，第 1613 页。
❹ （宋）朱熹：《诗集传》，中华书局 1958 年版，第 54 页。
❺ （宋）朱熹：《诗集传》，中华书局 1958 年版，第 55 页。
❻ （清）阮元校刻：《十三经注疏·毛诗正义》（嘉庆刊本），中华书局 2009 年版，第 775 页。
❼ 陆景琳：《〈诗经〉服饰研究》，台湾师范大学硕士学位论文，1999 年。

"奢华美""装饰美" ❶。

上述所有用于服饰加工、制作的植物，其中有相当的部分就是需要采集而来的，由此可见采集与当时人们服饰需求的密切关系。

第二节　食

"民之质矣，日用饮食。"（《小雅·天保》）先秦时代的先民，即便在丰收的年景，也会从事一些采集渔猎活动，这是可以理解的。《豳风·七月》等诗歌对此也多有歌咏，譬如"八月其获，十月陨箨。一之日于貉，取彼狐狸，为公子裘。二之日其同，载缵武功。言私其豵，献豜于公。"再有："六月食郁及薁，七月亨葵及菽。八月剥枣，十月获稻。为此春酒，以介眉寿。七月食瓜，八月断壶，九月叔苴，采荼薪樗。食我农夫。"而关乎食用，从采集的对象来考虑，除了上文所述之采集野生稻、野生大豆等作为食物外，可能最重要的是采集野菜，还有就是采集各种果实、果品。

一、菜

菜，《说文》释曰："艸之可食者。" ❷ 从这样的解说可以做以下推断：当时的园圃种菜业并不发达，已经驯化供大规模种植的菜蔬种类不会太多，而且，或许民众食用蔬菜主要依靠采集野生植物。《吕氏春秋·本味》说"菜之美者"曰：

> 菜之美者，昆仑之蘋；寿木之华；指姑之东，中容之国，有赤木玄木之叶焉；馀瞀之南，南极之崖，有菜，其名曰嘉树，其色若碧；阳华之芸；云梦之芹；具区之菁；浸渊之草，名曰土英。 ❸

此类列举，颇有铺排的风气，不过，所列举的这些天下美菜，也大都应该是野菜。值得注意的是，其中的"云梦之芹"，正是楚地的美菜。然而尽管楚辞中也写到一些野菜，直接反映采集野菜的诗句却不多。仅《天问》有曰：

---

❶　张璐：《〈楚辞〉服饰文化研究》，西北师范大学硕士学位论文，2013 年。

❷　（汉）许慎：《说文解字》，九州出版社 2001 年版，第 49 页。

❸　（战国）吕不韦著，陈奇猷校释：《吕氏春秋新校释》，上海古籍出版社 2002 年版，第 745~746 页。

"惊女采薇，鹿何佑？"其神话故事不详，但"采薇"可以确信为采集薇菜❶，即野豌豆嫩苗、嫩叶。此外，《招魂》说："西方之害……五谷不生，丛菅是食些。"也即指西方之地，不生五谷，此处之人，只得以野菜甚至"野草"之类为生。而《九章·思美人》写道："解萹薄与杂菜兮，备以为交佩。"这里虽然不是写明食用"萹薄与杂菜"，而是以之"为交佩"，但此处也表明，萹蓄等野生杂菜，是为当时人们所熟知的生活日常。

《礼记·月令》载有仲秋之月，"乃命有司趣民收敛，务畜菜，多积聚"❷。这是指官方倡导民众备好菜蔬，"为御冬之备"。而其来源，主要是依赖野生资源，正可印证上述之推断。《邶风·谷风》有"我有旨蓄，亦以御冬"之语，《笺》云："蓄聚美菜者，以御冬月乏无时也。"❸这与《礼记·月令》记载相合。

《礼记·内则》云："羹食，自诸侯以下至于庶人，无等。"郑玄注曰："羹食，食之主也。"❹由此可见，"羹"在当时人们的饮食中有着重要的地位。但是，庶人所食的羹大多是以野菜之类烹煮而成的藜藿之羹，《战国策·韩策一·张仪为秦连横说韩王章》明言："民之所食，大抵豆饭，藿羹；一岁不收，民不餍糟糠。"❺虽然原文仅指韩国的情景，但此类情景大约不仅仅在当时的韩国发生，而是具有普遍的意义。《国语·楚语下·观射夫论祀牲》云："庶人食菜，祀以鱼。上下有序，民则不慢。"❻这些材料表明，普通民众很难吃到肉食，肉类是上层阶级才能经常享用的——贵族们所吃的羹则高级多了，不仅有牛、羊、豕、鸡、犬、兔等肉食，还有各种飞禽以及鱼类，可参见《仪礼·公食大夫礼》，其中有："铏芼，牛藿，羊苦，豕薇，皆有滑。"❼这是说，贵族食用这些肉食，非常讲究口味，要使用各种菜蔬作为佐料。而这种种的"滑"，显然是指植物性食材。所以说，当时贵族的饮食中，除了肉类外，蔬菜食品也占有很重要的地位。但对于平民来说，菜却是他们饮食的主要组成部分，正如《国语·楚语》中所说的"庶人食菜"，而庶民所食用的"菜"，主要的应该是指通过野外采摘所得来的菜，即现代所说的野菜，或即上文提到《九章·思美人》中的"萹薄与杂菜"。

---

❶ （宋）洪兴祖：《楚辞补注》，中华书局 1983 年版，第 116 页。
❷ （清）阮元校刻：《十三经注疏·礼记正义》（嘉庆刊本），中华书局 2009 年版，第 2975 页。
❸ （清）阮元校刻：《十三经注疏·毛诗正义》（嘉庆刊本），中华书局 2009 年版，第 643 页。
❹ （清）阮元校刻：《十三经注疏·礼记正义》（嘉庆刊本），中华书局 2009 年版，第 3177 页。
❺ 何建章注释：《战国策注释》，中华书局 1990 年版，第 974 页。
❻ 上海师范大学古籍整理组校点：《国语》，上海古籍出版社 1978 年版，第 565 页。
❼ （清）阮元校刻：《十三经注疏·仪礼注疏》（嘉庆刊本），中华书局 2009 年版，第 2350 页。

　　与楚辞中仅《天问》"惊女采薇"一例不同，《诗经》采集文化相关诗歌就大量写到采摘野菜以为食用。有研究者指出，"在《诗经》305 篇中涉及可食性野生植物的多达 43 篇"❶。这些野菜，按其生长环境，可大略分为水生与陆生两类。

　　《诗经》中所提到的水生菜有荇菜、蘩、蘋、藻、芹、茆、蒲、荷等。

　　《周南·关雎》中写道"参差荇菜"可以"流之""采之""芼之"。《召南·采蘩》和《召南·采蘋》分别写道："于以采蘩？于沼于沚""于以采蘩？于涧之中。"以及"于以采蘋？南涧之滨。于以采藻？于彼行潦。"采摘地点是沼、沚、涧中、南涧之滨和行潦，皆为水边或水中，且均采之用以祭祀，可见所采之蘩、蘋、藻皆为水生可食的植物。

　　芹，首见于《小雅·采菽》中的"觱沸槛泉，言采其芹"，芹即是现在所说的水芹菜，常在水田沟渠畔和潮湿处生长，嫩茎及叶柄可供食用。上文所引《吕氏春秋》"菜之美者"即有"云梦之芹"。

　　《鲁颂·泮水》也写到了芹，诗曰："思乐泮水，薄采其芹。"又有"思乐泮水，薄采其藻"和"思乐泮水，薄采其茆"，其中的茆与芹、藻并举，则亦为水生菜无疑。

　　《小雅·鱼藻》有："鱼在在藻，依于其蒲。"菜用之蒲，即香蒲，根茎可食。

　　《陈风·泽陂》有"彼泽之陂，有蒲与荷"，除了莲子可食，荷之可食用作为蔬菜的，是其根茎，就是藕，至今仍为重要蔬菜。

　　《诗经》中写到的陆生野菜品类丰富，举其要者如下：

　　《周南·卷耳》："采采卷耳，不盈顷筐。"卷耳，即今苍耳，幼苗嫩叶炒熟可食。种子炒成微黄后，去皮磨面，可食用。

　　《周南·汉广》："翘翘错薪，言刈其蒌，之子于归，言秣其驹。"蒌，今名蒌蒿，嫩芽可生食，味香而脆，叶又可蒸煮做菜。

　　《召南·草虫》："陟彼南山，言采其蕨。""陟彼南山，言采其薇。"而《小雅·四月》也写到了蕨与薇这两种野菜："山有蕨薇，隰有杞桋。"蕨、薇，即

---

❶ 张良：《〈诗经〉与野菜》，《食品与生活》2000 年第 2 期，第 36 页。其文以"地卷皮"为卷耳，与现在大都认可的卷耳为"苍耳"说不同。关于《诗经》中的菜、果等问题，也可参考易志文：《〈诗经〉与周代饮食文化》，《萍乡高等专科学校学报》1996 年第 3 期；刘道锋：《〈诗经〉中的农作物、野菜、野果与古人的饮食生活》，《农业考古》2008 年第 6 期；张维：《〈诗经〉中的蔬菜谱》，《文史杂志》2009 年第 2 期；李华：《闲话〈诗经〉中的几种野菜》，《安徽文学》2011 年第 3 期。

蕨菜和薇菜。蕨嫩叶、叶柄均可入菜，有"山珍之王"的美誉。薇菜即今天的野豌豆苗，又名大巢菜，味美。《小雅·采薇》提到了薇："采薇采薇，薇亦作止""采薇采薇，薇亦柔止""采薇采薇，薇亦刚止"。

《邶风·匏有苦叶》："匏有苦叶，济有深涉。"瓠，冬瓜、葫芦的总称，果实鲜嫩者可为蔬菜。其他提到葫芦类菜蔬的还有以下几首，《豳风·东山》："有敦瓜苦，烝在栗薪。"《小雅·南有嘉鱼》："南有樛木，甘瓠累之。"《小雅·瓠叶》："幡幡瓠叶，采之亨之。"《大雅·绵》："绵绵瓜瓞，民之初生。"

《邶风·谷风》："采葑采菲，无以下体。"葑，即蔓菁，俗称大头菜。菲，就是萝卜。《鄘风·桑中》也写到了采集葑菜："爰采葑矣？沬之东矣。"《唐风·采苓》则曰："采葑采葑，首阳之东。"

《邶风·谷风》还有一句："谁谓荼苦，其甘如荠。"《豳风·鸱鸮》："予手拮据，予所捋荼。"荠，即今天的荠菜。而荼与荠相对，是一种苦菜。

《邶风·简兮》："山有榛，隰有苓。"苓即现今的甘草，嫩芽可食。《唐风·采苓》："采苓采苓，首阳之巅。"

《卫风·伯兮》："焉得谖草？言树之背。愿言思伯。使我心痗。"谖草，即萱草，其未开放花苞采收沸水浸煮后晒干可食，即黄花菜。

《王风·采葛》："彼采萧兮，一日不见，如三秋兮""彼采艾兮，一日不见，如三岁兮"。艾，今名艾草，根芽可生食，香而脆美，煮熟亦可做菜肴。萧与艾食法一样，但直接生食最为常见。

《魏风·汾沮洳》："彼汾沮洳，言采其莫。"莫，莫菜，味酸，一种可吃的野菜，也可入药。又有"彼汾一曲，言采其藚"。藚菜，可食，不过味苦。

《唐风·采苓》："采苓采苓，首阳之巅""采苦采苦，首阳之下""采葑采葑，首阳之东"。全诗三章，均以采摘野菜起兴。苦，苦菜，又名苦苣菜，自古供做菜蔬，至今仍受到人们的喜爱。

《陈风·防有鹊巢》："防有鹊巢，邛有旨苕""中唐有甓，邛有旨鹝"。苕，属豆科，可食。

《豳风·七月》："七月亨葵及菽。"葵是当时的一种主要蔬菜。这里的"菽"，指豆叶，即藿，为古人最重要的菜蔬之一。

《小雅·鹿鸣》："呦呦鹿鸣，食野之苹""呦呦鹿鸣，食野之蒿""呦呦鹿鸣，食野之芩"。苹、蒿、芩均为野菜，有独特香气。

《小雅·杕杜》："陟彼北山，言采其杞。"《小雅·北山》："陟彼北山，言采其杞。"杞，枸杞，嫩苗可食。

《小雅·南山有台》："南山有台，北山有莱。"莱，即藜，嫩叶及幼苗是古代主要的一种蔬菜，而所谓"黎民"，或即由此得名。因其背后有颗粒，也称为灰菜。

《小雅·采芑》："薄言采芑，于彼新田。"芑，芑菜，茎叶含有白汁，可生食，也可熟食，味苦回甜，自古就被认为是野蔬中的佳品。

《小雅·白驹》："皎皎白驹，食我场藿。"《小雅·小宛》："中原有菽，庶民采之。"《小雅·小明》："岁聿云莫，采萧获菽。"《小雅·采菽》："采菽采菽，筐之筥之。"藿，即豆叶。

《小雅·我行其野》："我行其野，言采其蓫。"蓫，今名羊蹄草，古人采嫩叶为菜，味苦。"我行其野，言采其葍。"葍，也是一种野菜，味苦。

《大雅·绵》："周原膴膴，堇荼如饴。"堇、荼，为两种野菜，味苦，可食。

《大雅·韩奕》："其蔌维何？维笋及蒲。"笋，即竹笋，味道鲜美，营养丰富，现仍为重要蔬菜。

《周颂·小毖》："未堪家多难，予又集于蓼。"蓼，味道辛辣，为古人重要的调味用蔬菜。《礼记·内则》有云："濡豚包苦实蓼，濡鸡醢酱实蓼，濡鱼卵酱实蓼，濡鳖醢酱实蓼。"❶

以上所列，均为草本。其实多种树木、灌木的嫩叶、花朵等都可以采集作为菜蔬。譬如花椒的嫩芽、榆树的嫩叶以及花朵"榆钱"等均堪称美味。

当然，除了野生的蔬菜以外，《诗经》表明，当时也有园圃种植的瓜菜。《小雅·信南山》："中田有庐，疆场有瓜。"《齐风·东方未明》："折柳樊圃，狂夫瞿瞿。"《豳风·七月》："九月筑场圃，十月纳禾稼。"场圃，毛《传》曰："春夏为圃，秋冬为场。"郑玄《笺》云："场圃同地耳，物生之时，耕治之以种菜茹，至物尽成熟，筑坚以为场。"❷可见，圃即菜园，平时种菜，收获季节夯实做打谷场，"场"与"圃"一地两用。而这样的一地两用，也就说明了当时菜蔬的季节性生产不能保证全年蔬菜供应，尤其是冬季的蔬菜来源，可能靠的是《邶风·谷风》所云之"我有旨蓄"一类的储备。这大约也就是《礼记·月令》在仲秋之月即倡导百姓多多采集野菜的原因了。

从以上对当时人们所食菜蔬的列举来看，《诗经》时代人们所食的菜蔬种类丰富，口味多样，并且可以断定，人们食用野菜的比例要大大高于人工培植的蔬菜，而这些野菜，当然要靠采集所得。靠采集吃菜是完全可信的，而且，

---

❶ （清）阮元校刻：《十三经注疏·礼记正义》（嘉庆刊本），中华书局 2009 年版，第 3177 页。

❷ （清）阮元校刻：《十三经注疏·毛诗正义》（嘉庆刊本），中华书局 2009 年版，第 835 页。

靠采集吃菜甚至可以延续到现代，有研究者即指出："我在自然环境非常接近于东南亚地区的云南省西双版纳考察时发现，50 年代以前傣族的蔬菜几乎靠野外采集，直到 80 年代他们还很少栽种蔬菜。"❶

但是，必须要指明的是，"《诗经》时代正处于奴隶社会，生产力极其低下，人们生活艰苦，要用大量的野菜来补充食物；采野菜、吃野菜已成为人们生活中不可缺少的一部分"❷。也就是说，先民们的这种采野菜，往往是仰赖其为生度日的，这种情况下，野菜维系着生命，其重要意义，完全不同于现今人们餐桌上偶尔兴致所至的尝尝野菜风味的行为。

菜蔬在《诗经》时代是和谷类一样处于同等重要地位的，《尔雅·释天》说"谷不熟为饥，蔬不熟为馑，果不熟为荒，仍饥为荐。灾。"注解说："郭云：'凡草菜可食者，通名蔬。'李巡曰：'可食之菜皆不熟为馑。'《周礼·天官·大宰职》云：'以九职任万民，八曰臣妾聚敛疏材。'郑玄云：'疏材，百草根实可食者。'"❸民以食为天，饥馑则无疑是令先民们极为恐慌的天大灾难。而依靠野菜可以活命，这也就是所谓的"荒年菜食"。而并非荒年，孔子"在陈绝粮"也给我们留下了野菜救命的事例。现将关于这一事件的部分文献胪列如下：

> 《论语·卫灵公》：明日遂行。在陈绝粮，从者病，莫能兴。子路愠见曰："君子亦有穷乎？"子曰："君子固穷，小人穷斯滥矣。"❹
>
> 《庄子·让王》：孔子穷于陈蔡之间，七日不火食，藜羹不糁，颜色甚惫，而弦歌于室。颜回择菜……❺
>
> 《荀子·宥坐》：孔子南适楚，厄于陈、蔡之间，七日不火食，藜羹不糁，弟子皆有饥色。❻
>
> 《吕氏春秋·任数》：孔子穷乎陈蔡之间，藜羹不斟，七日不尝粒。❼

按照后三条材料的说法，孔子及其弟子活命，靠的是"藜羹"。无论这些

---

❶ 王锦秀：《〈植物名实图考〉中一些百合科植物考证兼论茄子在中国的栽培起源和传播——植物考据学个例研究》，中国科学院博士学位论文，2005 年，第 104 页。

❷ 张维：《〈诗经〉中的蔬菜谱》，《文史杂志》2009 年第 2 期。

❸ （清）阮元校刻：《十三经注疏·尔雅注疏》（嘉庆刊本），中华书局 2009 年版，第 5672 页。

❹ （清）阮元校刻：《十三经注疏·论语注疏》（嘉庆刊本），中华书局 2009 年版，第 5467 页。

❺ （清）郭庆藩：《庄子集释》，王孝鱼点校，中华书局 1961 年版，第 981 页。

❻ （清）王先谦：《荀子集解》，沈啸寰、王星贤点校，中华书局 1989 年版，第 526 页。

❼ （战国）吕不韦著，陈奇猷校释：《吕氏春秋新校释》，上海古籍出版社 2002 年版，第 1076 页。

文献要以"在陈绝粮"的故事阐发什么道理与主张，其基本的事实则是菜食活命，渡过难关。而由此引申，可能孔子"多识"的诗学主张就是与诸如此类的现实困境有关，饥饿时认得可以食用的草木，这毕竟是最直接的诗学功用，虽不能说孔子诗学的识见就囿于诸如此类的日常之用，但至少并不排除这样实用的目的。

如果承认孔子认识草木之名的"多识"诗学与现实需要有关，并进一步从"救荒"这一层面出发考察，则凡《诗经》中所提到的草木，几乎都可以采集用来直接食用或经某些特定的加工手段处理后食用。比如《唐风·山有枢》提到了枢、榆、栲、杻、漆、栗等六种树木，今人看来，是用以起兴，且山、隰对举，或有男女情爱的意味。但仔细考察这六种树木，枢就是山榆树，和榆树类似，都是树叶、树皮可以救荒活命的植物；栲与杻也是二者相似，大约都是可以"以其叶为茗"❶的；而漆树为重要经济树种，栗树之果实可食且比较丰产。也就是说，这些树木，对于古人而言，都是极其重要的，以这些树木起兴，于歌者，于听者，都应该不是随意而为的。

另一个比较极端的例子是蒺藜。蒺藜在《诗经》里见于《鄘风·墙有茨》，其诗曰：

> 墙有茨，不可扫也。中冓之言，不可道也。所可道也，言之丑也。
> 墙有茨，不可襄也。中冓之言，不可详也。所可详也，言之长也。
> 墙有茨，不可束也。中冓之言，不可读也。所可读也，言之辱也。

毛《传》曰："茨，蒺藜也。"❷郑、孔皆无异议。此诗明显具有讽刺意义，所刺为何，今不具论。但该诗以"墙有茨"起兴，应该是基于生活的，也就是说，墙头上长着蒺藜，应该是真实的情况，且为歌者所熟知！墙本就是为了安全、防护而设，正如同现在的高墙之上倒插上碎玻璃或是拦上几道带刺的铁丝，古人有意识地在墙头上种植蒺藜也是极有可能的。而更为出人意料的是，蒺藜还是一种很重要的救荒植物。《救荒本草》说蒺藜"救饥：收子炒微黄，捣去刺，磨面作烧饼或蒸食皆可"。❸《救荒本草》所载仅草部救荒植物就达245种，这样食用蒺藜的救荒办法，今人何曾想到，虽然是明朝的一位王爷记录下来的，但《诗经》时代的先民未尝不知道蒺藜子可食。推广开来，可以

---

❶ （清）阮元校刻：《十三经注疏·毛诗正义》（嘉庆刊本），中华书局2009年版，第768页。
❷ （清）阮元校刻：《十三经注疏·毛诗正义》（嘉庆刊本），中华书局2009年版，第660页。
❸ （明）朱橚：《救荒本草》卷四，四库全书文渊阁本，上海人民出版社1999年版。

感知,《诗经》中几乎所有的草木都有实用的价值,绝大多数可供食用。明乎此,在当时的时代背景下,许慎为"菜"定义为"艸(草)之可食者",则确属允当。

二、果

《礼记·内则》记有"人君燕食所加庶羞"31 种,其中果品有:"芝栭、菱、椇、枣、栗、榛、柿、瓜、桃、李、梅、杏、楂、梨"❶共 14 种,十分丰富,可见果品在古人的生活中也占有非常重要的地位。

(一)概说

有研究者指出:"瓜果本是人类的古老食品。周代,单是《诗经》记载的果品就有十多种。如木瓜、梅、苌楚(猕猴桃)、桃、梨类(唐棣、甘棠、杕杜和檖)、榛、栗、桑葚、郁(山楂)、蘡(山葡萄)、李、枸枳、板栗、枣、棘(酸枣)等。"❷但其中把"郁"解释为"山楂",未知何据。另,"栗"与"板栗"当为一种。"枸枳"或即是枸杞,也或指枸椇,一种"实如鸡爪,味甜可食"的果品。而"枣"与"棘"在先秦时代,二者的辨别很是模糊。从字形上看,"枣"字原本写作"棗",可视为与"棘"字完全同形,也可见二字同源,所指原本无异,但野生酸枣历经自然选择或是人工培育,结籽更大更甜,也便成了枣。而在《诗经》里,"枣"与"棘"无辨,"棘"所指向的也可能是"枣",白川静即认为"园有棘"之"棘"就是指"枣"❸。见于《魏风·园有桃》:

> 园有桃,其实之殽。心之忧矣,我歌且谣。不知我者,谓我士也骄。彼人是哉,子曰何其?心之忧矣,其谁知之?其谁知之,盖亦勿思!
> 园有棘,其实之食。心之忧矣,聊以行国。不知我者,谓我士也罔极。彼人是哉,子曰何其?心之忧矣,其谁知之?其谁知之,盖亦勿思!

诗中说桃可以为"殽",棘可以为"食",是明言二者可供食用的,且皆为

---

❶ (清)阮元校刻:《十三经注疏·礼记正义》(嘉庆刊本),中华书局 2009 年版,第 3177 页。

❷ 易志文:《〈诗经〉与周代饮食文化》,《萍乡高等专科学校学报》1996 年第 3 期。

❸ [日]白川静:《中国古代文化》,加地伸行、范月娇译,台湾文津出版社 1983 年版,第 154 页。

园中所有，人工栽培的可能性极大。《豳风·七月》中有"八月剥枣，十月获稻"，这里把枣和"稻"放在一起歌咏，可知枣在当时的日常生活中占有极为重要的地位。

也有人认为，"《诗经》中所载录的野果有：桃、甘棠、梅、唐棣、李、榛、桑葚、木瓜、栗、椒、杜、苌楚、郁、薁、枣、常棣、枸、茑"❶。这比前说多了两种："椒"与"茑"。"椒"出自《唐风·椒聊》"椒聊之实，蕃衍盈升"，然而毛《传》以为："椒聊，椒木名。聊，辞也。"《笺》与《正义》皆无异议，而且陆玑《疏》曰："椒聊，聊，语助也。"❷因此可以明确认为"椒"字为语气词，并不是一种植物名称，更不会结籽"蕃衍盈升"。"茑"出自《小雅·颊弁》"茑与女萝，施于松柏"。毛《传》指明"茑"为"寄生也"。孔颖达《正义》引"陆玑《疏》云：'茑，一名寄生，叶似当卢子，如覆盆，子赤黑，恬美。'"❸所以，"茑"为一种野果，可信。

而《诗经》中明确言及食用果品的诗句少之又少，除《魏风·园有桃》提到"桃"和"棘"可食外，直接说到食用果品的只有郁、薁以及桑葚等。《豳风·七月》中有"六月食郁及薁"，这是没有任何疑问的。《鲁颂·泮水》："食我桑葚，怀我好音。"《卫风·氓》："于嗟鸠兮，无食桑葚。"这两首诗里所说的食桑葚的都是鸟儿在吃，都是比兴的用法。其实，对于《诗经》中可食果品的研究，大都是在文本基础的提示下所进行的合理推测，当然，我们看到《周南·桃夭》里有"桃之夭夭，有蕡其实"的句子，自然可以想见桃子是可供食用的。

楚辞写到果品的情况也比较复杂，原文并无直接描写果品食用的语句，所提到的有芭蕉、橘子、棘、菱角等。此外，《招魂》有"胹鳖炮羔，有柘浆些"，其中之"柘浆"注释认为是"藷蔗之汁，为浆饮也"❹，也即甘蔗汁。这被认为是甘蔗在文献中的最早记录❺。对比分析，楚辞果品的地域特色得到彰显，其中的芭蕉、橘子、菱角等显然为南方特产，为《诗经》所不曾言及。

（二）列举

现将《诗经》中提及果品、果树、果实的情况详列如下：

---

❶ 刘道峰：《〈诗经〉中的农作物、野菜、野果与古人的饮食生活》，《农业考古》2008 年第 6 期。
❷ （清）阮元校刻：《十三经注疏·毛诗正义》（嘉庆刊本），中华书局 2009 年版，第 769 页。
❸ （清）阮元校刻：《十三经注疏·毛诗正义》（嘉庆刊本），中华书局 2009 年版，第 1033 页。
❹ （宋）洪兴祖：《楚辞补注》，中华书局 1983 年版，第 208 页。
❺ 潘富俊：《草木缘情：中国古典文学中的植物世界》，商务印书馆 2016 年版，第 89~90 页。

桃。《周南·桃夭》："桃之夭夭，有蕡其实。"《卫风·木瓜》："投我以木桃，报之以琼瑶。"《魏风·园有桃》："园有桃，其实之殽。"《大雅·抑》："投我以桃，报之以李。"

木瓜。《卫风·木瓜》："投我以木瓜，报之以琼琚。"

李。《卫风·木瓜》："投我以木李，报之以琼玖。"《王风·丘中有麻》："丘中有李，彼留之子。"《小雅·南山有台》："南山有杞，北山有李。"《大雅·抑》："投我以桃，报之以李。"

梅。《召南·摽有梅》："摽有梅，其实七兮。""摽有梅，其实三兮。""摽有梅，顷筐塈之。"《秦风·终南》："终南何有？有条有梅。"《陈风·墓门》："墓门有梅，有鸮萃止。"《曹风·鸤鸠》："鸤鸠在桑，其子在梅。"《小雅·四月》："山有嘉卉，侯栗侯梅。"

唐棣，棣，常棣。《召南·何彼襛矣》："何彼襛矣，唐棣之华。"《秦风·晨风》："山有苞棣，隰有树檖。"《小雅·常棣》："常棣之华，鄂不韡韡。"

甘棠。《召南·甘棠》："蔽芾甘棠，勿翦勿伐。""蔽芾甘棠，勿翦勿败。""蔽芾甘棠，勿翦勿拜。"

棘，枣。《邶风·凯风》："凯风自南，吹彼棘心。棘心夭夭，母氏劬劳。""凯风自南，吹彼棘薪。"《魏风·园有桃》："园有棘，其实之食。"《唐风·鸨羽》："肃肃鸨翼，集于苞棘。"《唐风·葛生》："葛生蒙棘，蔹蔓于域。"《秦风·黄鸟》："交交黄鸟，止于棘。"《陈风·墓门》："墓门有棘，斧以斯之。"《曹风·鸤鸠》："鸤鸠在桑，其子在棘。"《小雅·湛露》："湛湛露斯，在彼杞棘。"《小雅·青蝇》："营营青蝇，止于棘。"《豳风·七月》："八月剥枣，十月获稻。"

榛。《邶风·简兮》："山有榛，隰有苓。"《鄘风·定之方中》："树之榛栗，椅桐梓漆，爰伐琴瑟。"《曹风·鸤鸠》："鸤鸠在桑，其子在榛。"《小雅·青蝇》："营营青蝇，止于榛。"《大雅·旱麓》："瞻彼旱麓，榛楛济济。"

栗。《鄘风·定之方中》："树之榛栗，椅桐梓漆，爰伐琴瑟。"《郑风·东门之墠》："东门之栗，有践家室。"《唐风·山有枢》："山有漆，隰有栗。"《秦风·车邻》："阪有漆，隰有栗。"《豳风·东山》："有敦瓜苦，烝在栗薪。"《小雅·四月》："山有嘉卉，侯栗侯梅。"

椅，桐。《鄘风·定之方中》："树之榛栗，椅桐梓漆，爰伐琴瑟。"《小雅·湛露》："其桐其椅，其实离离。"

梓。《鄘风·定之方中》："树之榛栗，椅桐梓漆，爰伐琴瑟。"《小雅·小弁》："维桑与梓，必恭敬止。"

漆。《鄘风·定之方中》："树之榛栗，椅桐梓漆，爰伐琴瑟。"《唐风·山有枢》："山有漆，隰有栗。"《秦风·车邻》："阪有漆，隰有栗。"

桑葚，檿，柘。《卫风·氓》："于嗟鸠兮，无食桑葚。"《鲁颂·泮水》："食我桑葚，怀我好音。"《大雅·皇矣》："攘之剔之，其檿其柘。"

杞。《郑风·将仲子》："将仲子兮，无逾我里，无折我树杞。"《小雅·四牡》："翩翩者鵻，载飞载止，集于苞杞。"《小雅·杕杜》："陟彼北山，言采其杞。"《小雅·南山有台》："南山有杞，北山有李。"《小雅·湛露》："湛湛露斯，在彼杞棘。"《小雅·四月》："山有蕨薇，隰有杞桋。"《小雅·北山》："陟彼北山，言采其杞。"

椒。《唐风·椒聊》："椒聊之实，蕃衍盈升。彼其之子，硕大无朋。椒聊且，远条且。""椒聊之实，蕃衍盈匊。彼其之子，硕大且笃。椒聊且，远条且。"《陈风·东门之枌》："视尔如荍，贻我握椒。"《周颂·载芟》："有椒其馨，胡考之宁。"

杜。《唐风·杕杜》："有杕之杜，其叶湑湑。""有杕之杜，其叶菁菁。"《唐风·有杕之杜》："有杕之杜，生于道左。""有杕之杜，生于道周。"《小雅·杕杜》："有杕之杜，有睆其实。""有杕之杜，其叶萋萋。"

栩（橡实）。《唐风·鸨羽》："肃肃鸨羽，集于苞栩。"《陈风·东门之枌》："东门之枌，宛丘之栩。"《小雅·四牡》："翩翩者鵻，载飞载下，集于苞栩。"《小雅·黄鸟》："黄鸟黄鸟，无集于栩，无啄我黍。"

栎（橡实）。《秦风·晨风》："山有苞栎，隰有六驳。"

柞（橡实）。《小雅·车舝》："陟彼高冈，析其柞薪。析其柞薪，其叶湑兮。"《小雅·采菽》："维柞之枝，其叶蓬蓬。"《大雅·绵》："柞棫拔矣，行道兑矣。"《周颂·载芟》："载芟载柞，其耕泽泽。"

檖。《秦风·晨风》："山有苞棣，隰有树檖。"

苌楚。《桧风·隰有苌楚》："隰有苌楚，猗傩其枝。""隰有苌楚，猗傩其华。""隰有苌楚，猗傩其实。"

郁，薁。《豳风·七月》："六月食郁及薁。"

枸。《小雅·南山有台》："南山有枸，北山有楰。"

茑。《小雅·頍弁》："茑与女萝，施于松柏。""茑与女萝，施于松上。"

棫。《大雅·绵》："柞棫拔矣，行道兑矣。"《大雅·棫朴》："芃芃棫朴，薪之槱之。"《大雅·旱麓》："瑟彼柞棫，民所燎矣。"《大雅·皇矣》："帝省其山，柞棫斯拔，松柏斯兑。"

枥。《大雅皇矣》："修之平之，其灌其枥。"

（三）申说

上文列举果树时没有把出现"桑"的一一罗列，省文。之所以把结橡子的三种树列举出来，是因为橡子可食，且壳斗可用于染色，也可用以鞣革，所以先民应该会一直加以采集。

上文之所以列有"檖"，是因为孔颖达《正义》引《疏》云："檖一名赤罗，一名山梨，今人谓之杨檖，实如梨但小耳。一名鹿梨，一名鼠梨。今人亦种之，极有脆美者，亦如梨之美者。"❶"棫"的列入则是依据《尔雅·释木》："棫，白桵。"郭璞注曰："桵，小木丛生有刺，实如耳珰，紫赤可啖。"❷列有"栵"也是据《尔雅·释木》："栵，栭。"注解说"子如细栗，可食。今江东亦呼为栭栗。"❸

除此之外，尚有三种果实可以申明：

一是葛藟。《周南·樛木》："南有樛木，葛藟累之。""南有樛木，葛藟荒之。""南有樛木，葛藟萦之。"《王风·葛藟》："绵绵葛藟，在河之浒。""绵绵葛藟，在河之涘。""绵绵葛藟，在河之漘。"《大雅·旱麓》："莫莫葛藟，施于条枚。"

葛藟应为葛藟葡萄，并非葛藤，也不是指葛和藟两种植物，辨说详下文，亦可参看拙作《〈诗经〉"葛藟"考辨》❹。

二是朴树子。《召南·野有死麕》："林有朴樕，野有死鹿。"《大雅·棫朴》："芃芃棫朴，薪之槱之。"

朴树结子，可食。这往往为《诗经》研究者忽视。而实际上，朴树果实的采集有着明确的考古学上的证据。考古发掘表明，在距今 7000 多年前的河北武安磁山遗址，即发现过两座堆积有朴树子的窖穴，朴树子在窖穴中集中堆积，正是采集贮藏的明证。❺另外，小叶朴的果实出现在赤峰市兴隆洼遗址，甚至在周口店北京人遗址灰坑中也出土了大量被定名为巴氏朴（C, barboeri）的果核，其中至少一部分小粒的似是小叶朴。据推测，先民们可能采集并食用

---

❶（清）阮元校刻：《十三经注疏·毛诗正义》（嘉庆刊本），中华书局 2009 年版，第 794 页。
❷（清）阮元校刻：《十三经注疏·尔雅注疏》（嘉庆刊本），中华书局 2009 年版，第 5737 页。
❸（清）阮元校刻：《十三经注疏·尔雅注疏》（嘉庆刊本），中华书局 2009 年版，第 5734 页。
❹ 孙秀华、廖群：《〈诗经〉"葛藟"考辨》，《船山学刊》2011 年第 3 期。
❺ 俞为洁：《中国史前植物考古——史前人文植物散论》，社会科学文献出版社 2010 年版，第 30 页。

朴树子略有甜味的肉质外果皮，或食用其富有营养价值的油质果仁。❶

　　三是松子。《郑风·山有扶苏》："山有乔松，隰有游龙。"《小雅·斯干》："如竹苞矣，如松茂矣。"《小雅·頍弁》："茑与女萝，施于松上。"《鲁颂·閟宫》："徂徕之松，新甫之柏。"

　　松子，营养价值很高，风味绝佳。虽然《诗经》中没有明确说道食用松子，但先民们不可能错过这样的美味，半坡遗址就出土有松子，❷ "松（Pinus spp.）。作为一种林木被提到；其坚果可能被食用。"❸

　　综合来看，先秦时代，桑树早已多有人工栽植；《魏风·园有桃》说到了桃和棘在园中，应有栽培品种；还有《鄘风·定之方中》明言栽种榛、栗、椅、桐、梓、漆等。其余，应该都是野生果树，而且即便上述之栽培品种，可能也远远比不上它们的野生品种的比例。比如榛树，栽培的就不可能形成什么规模，而野生的在有些地区则满山遍谷。《吕氏春秋》也写到了"果之美者"，即"沙棠之实；常山之北，投渊之上，有百果焉，群帝所食；箕山之东，青鸟之所，有甘栌焉；江浦之橘；云梦之柚；汉上石耳"❹。见其所记，自然是靠采集而得的野生果品为多。这样的情况下，可能贵族阶层能够食用品质上佳的栽培果品，而广大民众，还是要依靠在山野间的采集。也大约正是因为如此，才会有《礼记·月令》中官方关于多多采集的倡导，《礼记·月令》载有仲秋之月："乃命有司趣民收敛，务畜菜，多积聚。"❺

　　（四）《诗经》葛藟考辨

　　《诗经》中《周南·樛木》《王风·葛藟》和《大雅·旱麓》三首诗里共出现"葛藟"七次。对于"葛藟"的解说，历来歧见纷纭，未有定论。现代的学者也是各说各话，共有三见：如李家声认为"葛藟"是"葛和藟，均为蔓生植物"；❻ 程俊英释为"野葡萄"，又认为"葛和藟是两种草名，亦通"；❼ 周振甫把

---

❶　刘长江、靳桂云、孔昭宸：《植物考古：种子和果实研究》，科学出版社 2008 年版，第 70、108 页。这一问题，也可参阅王仁湘：《中国史前饮食史》，青岛出版社 1997 年版，第 68 页。
❷　林乃燊：《中国饮食文化》，上海人民出版社 1989 年版，第 24 页。
❸　［美］尤金·N. 安德森：《中国食物》，马孆、刘东译，刘东审校，江苏人民出版社 2002 年版，第 27 页。
❹　（战国）吕不韦著，陈奇猷校释：《吕氏春秋新校释》，上海古籍出版社 2002 年版，第 746 页。
❺　（清）阮元校刻：《十三经注疏·礼记正义》（嘉庆刊本），中华书局 2009 年版，第 2975 页。
❻　李家声：《诗经全译全评》，华文出版社 2002 年版，第 8 页。
❼　程俊英：《诗经译注》，上海古籍出版社 1985 年版，第 9 页。

"葛藟" 翻译成 "野葛茎"❶，王宗石则译为 "葛藤"❷。要之，即 "葛和藟两种植物" 说、"葛藤" 说和 "野葡萄" 说。排除让人莫衷一是的 "亦通" 之论，参考经典，融通诗意，我们认为 "野葡萄" 说更为妥当。

毛《传》《尔雅》均不释 "葛藟"，这或许说明时人对于葛藟的认知明确，毫无异议。释 "葛藟" 自郑《笺》起，郑玄解说为 "葛也藟也❸，即是指葛和藟两种植物。马瑞辰认为："窃疑葛藟为藟之别名，以其似葛，故称葛藟。犹拔之似葛，因呼芃葛。郑分葛藟为二，戴震谓葛藟犹言葛藤，皆非也。"❹ 虽为推断之言，而又审慎异常，确是卓识。

也就是说，从语法上分析，"葛藟" 为偏义复合词，语义重心是 "藟"，其 "葛" 字为类词。这种情景在《诗经》中的内证还有 "树×" 和 "苞×"。其中 "树×" 如《郑风·将仲子》里的 "树杞""树桑""树檀"；《秦风·晨风》里的 "树檖"；《小雅·鹤鸣》里的 "树檀" 等。"苞×" 则有《唐风·鸨羽》里的 "苞栩""苞棘""苞桑"；《秦风·晨风》里的 "苞栎""苞棣"；《曹风·下泉》里的 "苞稂""苞萧""苞蓍"；《小雅·四牡》里的 "苞栩""苞杞" 等。

显而易见，先民之所以选用葛、树、苞等为类词，是因为它们与先民们的生产生活息息相关。其中的葛是豆科纤维作物，嫩叶可食；块根含淀粉，可食用；茎皮纤维可织葛布。葛原本是野生植物，但早已被利用，江苏省吴县草鞋山遗址就出土过 6000 多年前的葛纤维纺织品残片。"很可能，史前先民已经有意识地保护利用它，从而成为半野生状态的纤维植物，商周以后就逐渐被培育成为栽培植物了。"❺ 所以，毛《传》《尔雅》《说文》均指出葛可以 "为绤绤"，但这种解说或许只是缙绅士大夫之言，葛对于先民们的重要性还远不止于此。因为在《诗经》里除了 "为绤为绤"（《周南·葛覃》）外还再三出现了 "葛屦"（《齐风·南山》《魏风·葛屦》《小雅·大东》）一词，而且至少葛的嫩叶和葛根还可以食用，葛花、葛粉还具有很高的药用价值。所以，以如此重要的 "葛" 为类词称呼长得相似的植物，自然是可以理解的了。

葛藟的 "葛藤说" 出现于晋代。《尔雅·释木》有云："诸虑，山櫐。" 郭璞注曰："今江东呼櫐为藤，似葛而粗大。"❻ 是为肇始。然时越数百载，地隔

---

❶ 周振甫：《诗经选译》，中华书局 2005 年版，第 74 页。
❷ 王宗石：《诗经分类诠释》，湖南教育出版社 2001 年版，第 320~321 页。
❸ （清）阮元校刻：《十三经注疏·毛诗正义》（嘉庆刊本），中华书局 2009 年版，第 702 页。
❹ （清）马瑞辰：《毛诗传笺通释》，中华书局 1989 年版，第 48~49 页。
❺ 陈文华：《农业考古》，文物出版社 2002 年版，第 63~64 页。
❻ （清）阮元校刻：《十三经注疏·尔雅注疏》（嘉庆刊本），中华书局 2009 年版，第 5735 页。

几千里，以"今江东"来解说古中原一带的名物，难免让人心存疑虑。而仔细推敲，郭璞明言蔂"似葛而粗大"，也就是说蔂只是像葛藤而不是葛藤，以此为据指葛藟为葛藤，又岂能让人信服？何况"葛藟"指的是藟，并不是指葛，当然绝非葛藤。

从字源上分析，葛藟的"藟"字从"畾"，而从"畾"的同音字还有"蔂、虆、儡、罍、鑸、壨、轠、㙍、櫑、鐳、蠝、𡎰、擂、讄、蘲、靁、礧、灅"等。"畾"不仅是声符，且有表意的功能，是指膨大或繁多的东西。作为酒器出土的青铜罍是大腹的果实形状，而郭沫若写石榴就信手用"金罍"来做比喻。❶ "蔂"和"虆"与"果"在字形上的近似寓目可知。故而葛藟的"藟"字本初的意义指向果实而非藤蔓。

葛藟指向果实，在《诗经》中也有内证。《小雅·南有嘉鱼》诗曰："南有樛木，甘瓠累之。"朱熹理解为"樛木下垂而美实累之"❷。《周南·樛木》首章关乎葛藟的诗句与此完全一致："南有樛木，葛藟累之。"两相对照，"葛藟"与"甘瓠"在诗句中所处位置完全相同，而这两首诗均表达了祝福赞美之情，主旨一致，所以两诗中的"葛藟"与"甘瓠"所指自当皆为"美实"，而并非指向藤蔓。

再者，《诗经》中多有以描写瓜果繁富表现多子多福、子嗣绵绵的诗句，比如《周南·桃夭》同时写到桃花的繁盛和桃子果实累累，桃树在"灼灼其华"的前提下"有蕡其实"；又如《唐风·椒聊》里的"椒聊之实，蕃衍盈升"；又如《小雅·湛露》里的"其桐其椅，其实离离"；再如《大雅·绵》里的"绵绵瓜瓞，民之初生"，等等。《周南·樛木》和《大雅·旱麓》两诗明显具有祝福君子的用意，而《王风·葛藟》或被理解为"哭嫁歌"❸，与祈求子嗣密切相关，故而这三首诗里的葛藟应该指向结籽繁多的果实。而葛藟与子嗣的密切相关也见证于其他典籍，《左传·文公七年》载："昭公将去群公子，乐豫曰：'不可。公族，公室之枝叶也。若去之，则本根无所庇荫矣。葛藟犹能庇其本根，故君子以为比，况国君乎？'"❹

对《诗经》名物的专门解说始于三国时代吴国陆玑的《毛诗鸟兽草木虫鱼疏》，其"莫莫葛藟"条原文如下："藟，一名巨苽，似燕薁，亦延蔓生。叶

❶ 郭沫若：《郭沫若全集·文学编（第十卷）·石榴》，人民文学出版社 1985 年版，第 309 页。
❷ （宋）朱熹：《诗集传》，中华书局 1958 年版，第 110 页。
❸ 黄新荣：《中国最早的"哭嫁歌"——〈诗经·王风·葛藟〉》，《华南农业大学学报（社会科学版）》2007 年第 2 期。
❹ （清）阮元校刻：《十三经注疏·春秋左传正义》（嘉庆刊本），中华书局 2009 年版，第 4005 页。

如艾，白色。其子赤，可食，酢而不美。幽州谓之'推蘽'。"❶ 而《毛诗传笺通释》说："《易释文》引《草木疏》作'葛藟，一名巨荒'，以'葛藟'二字连读。《毛诗题纲》亦云：'葛藟，一名燕薁。'宋代《开宝本草注》云：'蘡薁是山葡萄。'则葛藟盖亦野葡萄之类。"❷ 值得注意的是，陆玑认为藟是巨苽，但巨苽"叶如艾"，而葛藟显然是应该叶如葛才对，故而"推蘽"并不是葛藟。但陆玑指出了藟与燕薁相似，都是蔓生植物，这为后人得出"葛藟盖亦野葡萄之类"的结论指明了方向，也是难能可贵的。

可是远在两千多年前我们的先民就开始了对葡萄的利用和开发吗？回答是肯定的！《豳风·七月》明言"六月食郁及薁"，其中的"薁"就是一种野葡萄。有学者指出"南有樛木，葛藟累之"（《周南·樛木》）、"绵绵葛藟，在河之浒"（《王风·葛藟》），所说的葛藟"在先秦时期是以果品的姿态而出现的，否则，人们不可能如此了解它的生活习性（在河之浒），和注意观察它的形态（累之，即缠绕的样子）的"❸。而在考古发掘中，已有龙山文化时期葡萄果酒的发现，先秦时期葡萄属种籽出土也有多处，研究者认为葛藟就应当是其中的一种；❹ 北阡遗址大汶口文化时期"果实类只出土了1粒葡萄属……种子呈倒宽卵形，顶部圆钝，基端有短喙，钝尖。腹面中央有两条纵沟，约占粒长的1/3。长约为3毫米"❺。而《山海经·中山经》中记有"又东四十里，曰卑山，其上多桃李苴梓，多纍"❻。这里的"纍"即"藟"，以其上文而言，所列举就有桃、李等果树，故而此"纍"也应就是野葡萄。

台湾地区学者潘富俊认为葛藟今名"野葡萄、光叶葡萄"，别称"千岁纍"，学名"Vitis flexuosa Thunb"，并提供葛藟的彩色照片4帧，指出其植物学特征为"木质藤本，嫩枝有绒毛。叶卵形至三角状卵形，长4~10厘米，宽3~8厘米，先端渐尖，基部心形或近截形，表面光滑，背面沿叶脉长有柔毛；叶缘为不规则状牙缘；圆锥花序，花轴被白色丝状毛；花黄绿色；浆果球形，径0.6~0.7厘米，黑色。从韩国、日本、中国（华北、长江流域）以至中南半

---

❶（三国·吴）陆玑：《毛诗鸟兽草木虫鱼疏（卷上）》，四库全书文渊阁本，上海人民出版社1992年版。

❷（清）马瑞辰：《毛诗传笺通释》，中华书局1989年版，第48~49页。

❸ 徐华龙：《国风与民俗研究》，中国民间文艺出版社1988年版，第58页。

❹ 陈雪香：《海岱地区新石器时代晚期至青铜时代农业稳定性考察——植物考古学个案分析》，山东大学博士学位论文2007年，第77~78页。

❺ 赵敏：《山东省即墨北阡遗址炭化植物遗存研究》，山东大学硕士学位论文，2009年，第33页。

❻ 袁珂：《山海经校译》，上海古籍出版社1985年版，第140页。

岛均有分布"❶。他的解说是可信的，但是"野葡萄、光叶葡萄""千岁藟"等说法并非严格意义上的植物学名称。

按照王发松等对中国葡萄属（Vitis L.）的系统研究，"中国葡萄属共分 42 种 1 亚种 12 变种，归属于 1 亚属 5 组 4 系"，而以"Vitis flexuosa Thunb"检索，葡萄科→葡萄属→葡萄亚属→（组 3）葡萄组→（系 1）疏柔毛系，赫然就有"葛藟葡萄（V.flexuosa Thunb.）"，位列第 14 种。❷这里所列出的葛藟葡萄以葛藟命名，且现今分布涵盖《诗经》故国，无疑就是葛藟。"Baranov 认为，葡萄的远祖是生活在阳光充足地带上的灌木。随后，随着森林的扩张，为了获得对阳光的需求，在进化过程中葡萄的花序突变为卷须，并且获得了攀援习性。"❸而葛藟葡萄所属的"葡萄组"被认为"可能是原始的葡萄种类向林栖方向发展起来的又一个类群，植株亦普遍高大"❹，这与《周南·樛木》里的诗句"南有樛木，葛藟累之"表现的生长习性相合，而《王风·葛藟》里的"在河之浒"，《大雅·旱麓》里"榛楛济济"的"旱麓"恰符合葛藟葡萄的生长环境。

当然，中国葡萄属也有蘡薁葡萄（V.thunbergii Sieb.），但葛藟不是蘡薁。对此，马瑞辰辨之明矣："陆《疏》所云'藟似燕薁'者，非即燕薁也。"❺

综上，《诗经》中的葛藟即应是葡萄科葡萄属的葛藟葡萄（V.flexuosa Thunb.）。

三、虫

先秦时代可以确信食用的昆虫类有很多，但往往不见于文献记载，《诗经》、楚辞中实则只是提到了一些昆虫的名称，却并没有明言昆虫可食的例子。然而，结合其他文献及考古发掘材料，审慎地加以思考，还是可以有一些发现。

蚕蛹在当时必然是被食用的。其实，最早关于蚕茧的考古材料是 1926 年于"山西夏县西阴村新石器时代遗址中，发现一个半割的蚕茧"。❻虽然不能

---

❶ 潘富俊：《诗经植物图鉴》，上海书店出版社 2003 年版，第 22~23 页。

❷ 王发松等：《中国葡萄属（Vitis L.）的系统研究》，《热带亚热带植物学报》2000 年第 1 期。

❸ 温鹏飞：《葡萄的起源与传播》，《农产品加工》2008 年第 10 期。

❹ 王发松等：《中国葡萄属（Vitis L.）的系统研究》，《热带亚热带植物学报》2000 年第 1 期。

❺ （清）马瑞辰：《毛诗传笺通释》，中华书局 1989 年版，第 462 页。

❻ 邹树文：《中国昆虫学史》，科学出版社 1981 年版，第 16 页。

完全断定，但这个半割蚕茧为采集所得之野生蚕茧的可能性更大，而且关键的是，把纺丝的历史据此孤证上推到新石器时代，未必是很严谨的。这个材料所表明的是，先民们可能采集蚕蛹食用，也就是说，即便蚕茧有可能被用来加工或者纺织成衣物用来穿着，可那仅仅是当时食用蚕蛹的副产品。当然，到了《诗经》里所歌咏的采桑养蚕的时期，食用蚕蛹成了缫丝纺织的副产品了，并一直延续到今天。

《礼记·内则》记有"人君燕食所加庶羞"31种，其中有"蜩、范"两种，注解说："蜩，蝉也。范，蜂也。"❶这是明确说到蝉、蜂的食用。然而蝉与蜂的种类都很多，《尔雅·释虫》就多有介绍，蝉有"蟪蛄""蜻蜻""茅蜩""马蜩""寒蜩"等，蜂有"土蜂""木蜂"❷。

《诗经》中提到蝉的有以下四首诗歌：

《卫风·硕人》："领如蝤蛴，齿如瓠犀，螓首蛾眉。"其中的"螓"，即《尔雅·释虫》所云之"蜻蜻"，是蝉的一种，《笺》云："螓谓蜻蜻也。"❸

《豳风·七月》："四月秀葽，五月鸣蜩。"蜩，《正义》认为："《方言》曰：'楚谓蝉为蜩，宋、卫谓之螗蜩，陈、郑谓之蜋蜩，秦、晋谓之蝉。'是蜩、蝉一物，方俗异名耳。"❹

《小雅·小弁》："菀彼柳斯，鸣蜩嘒嘒。"

《大雅·荡》："如蜩如螗，如沸如羹。"

《诗经》中写到蜂的有以下两首诗歌：

《周颂·小毖》："予其惩而毖后患！莫予荓蜂，自求辛螫。"

《小雅·小宛》："螟蛉有子，蜾蠃负之。"蜾蠃，毛《传》："蜾蠃，蒲卢也。"陆德明《音义》："蜾音果。蠃，力果反，即细腰蜂，俗呼蠮螉，是也。"❺

古人食蜂，可能是食用其尚未发育完全的成虫及其幼虫，即蜂蛹。郭璞注解"土蜂"曰："今江东呼大蜂在地中作房者为土蜂，啖其子，即马蜂。"注解"木蜂"说："似土蜂而小，在树上作房，江东亦呼为木蜂，又食其子。"❻现今的一些资料也有这样的说法，比如高黎贡山地区的傈僳族、彝族、傣族等少数民族采获蜂巢后，"将蜂蛹从巢中取出，加适量的食盐及少量的蒜或姜丝等佐

❶ （清）阮元校刻：《十三经注疏·礼记正义》（嘉庆刊本），中华书局 2009 年版，第 3171 页。
❷ （清）阮元校刻：《十三经注疏·尔雅注疏》（嘉庆刊本），中华书局 2009 年版，第 5738、5740 页。
❸ （清）阮元校刻：《十三经注疏·毛诗正义》（嘉庆刊本），中华书局 2009 年版，第 679 页。
❹ （清）阮元校刻：《十三经注疏·毛诗正义》（嘉庆刊本），中华书局 2009 年版，第 833~834 页。
❺ （清）阮元校刻：《十三经注疏·毛诗正义》（嘉庆刊本），中华书局 2009 年版，第 969 页。
❻ （清）阮元校刻：《十三经注疏·尔雅注疏》（嘉庆刊本），中华书局 2009 年版，第 5740 页。

料后用油煎熟即可食用。"❶

先秦时代的人们，食用蝗虫、蚂蚱类昆虫的可能性很大。"人们在饥荒年代也吃些昆虫，尤其是炸蜢和毛毛虫。"❷此类昆虫，以"螽"为名，也见于《春秋》，文公三年，有"雨螽于宋"❸的记载，可见当时蝗虫之多，而《春秋》经文中也有关于"螽"的记载，共多达六次。《诗经》里写到"螽"的诗歌有以下四首：

《周南·螽斯》："螽斯羽，诜诜兮。""螽斯羽，薨薨兮。""螽斯羽，揖揖兮。"

《召南·草虫》："喓喓草虫，趯趯阜螽。"

《豳风·七月》："五月斯螽动股，六月莎鸡振羽。"

《小雅·出车》："喓喓草虫，趯趯阜螽。"

楚辞中也提到了"虫"，《远游》有"玄螭虫象并出进兮"一句。楚辞写到的昆虫，有蜂、蛾、蝉、蟋蟀、蚁等，出处如下：

《天问》："蜂蛾微命，力何固？"

《卜居》："蝉翼为重，千钧为轻。"

《九辩》："燕翩翩其辞归兮，蝉寂漠而无声。"

《九辩》："独申旦而不寐兮，哀蟋蟀之宵征。"

《招魂》："赤蚁若象，玄蜂若壶些。"

而吴永章依据古文献发现，南方山区的人"举凡山鳖、竹鼠、蛇、鼠、蝙蝠、蛤蚧、蝗虫、土蜂、麻虫、鳅、蜻蜓、蝲、蚁、蛙、蚁卵、山百脚、木蠹、水鸡、龙虱、灶虫、泥笋、狐、炸蜢、螽斯、蚯蚓、蜈蚣、蝴蝶、蝉、蜂蛹、沙虫等等，可谓'不问鸟兽虫蛇，无不食之'"❹。这是大致而言，泛"古代"而论，但具体到先秦时代，大约也是可信从的，即楚国民众对昆虫的采集食用也是较多的。

除了上述可食的昆虫外，先秦时代的人们也极有可能采集野禽卵食用，尤其是在野禽集中交配产卵的春季。《礼记·月令》载"孟春之月"有"毋覆巢……毋卵"❺的要求，这从反面印证采集野禽卵的事实存在。而这种采集活

❶ 艾怀森：《高黎贡山地区的采集活动及其对生物多样性保护的影响研究》，《云南地理环境研究》2002 年第 1 期。

❷ ［英］约翰·安东尼·乔治·罗伯茨：《东食西渐：西方人眼中的中国饮食文化》，杨东平译，当代中国出版社 2008 年版，第 7 页。

❸ （清）阮元校刻：《十三经注疏·春秋左传正义》（嘉庆刊本），中华书局 2009 年版，第 3994 页。

❹ 吴永章：《中国南方民族文化源流史》，广西教育出版社 1991 年版，第 183 页。

❺ （清）阮元校刻：《十三经注疏·毛诗正义》（嘉庆刊本），中华书局 2009 年版，第 2938 页。

动,是一直延续下来的。就在东北地区,20世纪"到了60年代中叶,山村居民春季到草泽中捡野鸭蛋……还不乏其人"❶。

第三节　住与行

一、住

《周易·系辞下》说:"上古穴居而野处,后世圣人易之以宫室,上栋下宇,以待风雨,盖取诸大壮。"❷郭沫若列举《周易》经文,认为穴居而野处是可信的。

当时穴居野处的习惯还未被完全废掉,证据是:

> "需于血,出自穴。"(《需》六四)
> "入于穴,有不速之客三人来。"(《需》上六)
> "来之坎坎,险且枕,入于坎窞。"(《坎》六三)
> "困于株木,入于幽谷。"(《困》初六)
> "困于石,据于蒺藜,入于其宫,不见其妻。"(《困》六三)

这明明是穴居和构巢等原始的习俗。原始家屋的进化一般是由平穴而竖坑而构巢而石累。❸

《诗经》中也有类似的记载,《大雅·绵》:"古公亶父,陶复陶穴,未有家室。"毛《传》认为"陶复陶穴"即"陶其土而复之,陶其壤而穴之。"郑《笺》:"复者,复于土上,凿地曰穴,皆如陶然。"❹这说明穴居或半穴居的居住方式被先民长期沿用,进入文明时代以后还依然存在。

《墨子·辞过》云:"古之民,未知为宫室时,就陵阜而居,穴而处,下润

---

❶ 赵荣光:《中国古代庶民饮食生活》,商务印书馆国际有限公司1997年版,第39页。
❷ (清)阮元校刻:《十三经注疏·周易正义》(嘉庆刊本),中华书局2009年版,第181页。
❸ 郭沫若:《中国古代社会研究》,见《郭沫若全集·历史编》(第一卷),人民出版社1982年版,第42~43页。
❹ (清)阮元校刻:《十三经注疏·毛诗正义》(嘉庆刊本),中华书局2009年版,第1095页。

湿伤民，故圣王作为宫室。为宫室之法，曰：'室高足以辟湿润，边足以圉风寒，上足以待雪霜雨露，宫墙之高足以别男女之礼。'"❶ 按照墨子的标准，古公亶父应该称得上"圣王"，《大雅·绵》也描写了古公亶父率领民众迁至周原后，"筑室于兹"的景象：

> 周原膴膴，堇荼如饴。爰始爰谋，爰契我龟，曰止曰时，筑室于兹。
> 乃慰乃止，乃左乃右，乃疆乃理，乃宣乃亩。自西徂东，周爰执事。
> 乃召司空，乃召司徒，俾立室家。其绳则直，缩版以载，作庙翼翼。
> 捄之陾陾，度之薨薨，筑之登登，削屡冯冯。百堵皆兴，鼛鼓弗胜。
> 乃立皋门，皋门有伉。乃立应门，应门将将。乃立冢土，戎丑攸行。

诗里除了歌唱"俾立室家"外，重点突出了"作庙翼翼"以及"皋门""应门"与"乃立冢土（即神社）"。与之类似的是《商颂·殷武》："商邑翼翼，四方之极。"《鲁颂·闷宫》："路寝孔硕，新庙奕奕。"其实，这三者强调的都是宫室的礼制、教化、团结宗族、展示力量等意义，已经不仅仅是居住的问题，还浸润了政治文明的意味。

提到宫室的还有《周南·汝坟》和《鄘风·定之方中》。《周南·汝坟》："鲂鱼赪尾，王室如燬。虽则如燬，父母孔迩。"《鄘风·定之方中》有云："定之方中，作于楚宫。揆之以日，作于楚室。树之榛栗，椅桐梓漆，爰伐琴瑟。升彼虚矣，以望楚矣。望楚与堂，景山与京。降观于桑，卜云其吉，终然允臧。"这里有两点是历史悠久的风俗，一是"揆之以日""卜云其吉"，现在农家盖房子甚至城里的房地产开发商在破土动工前也都要"算算"，挑选良辰吉日，而一些社会重大项目的"奠基"或"剪彩"仪式，当是这种风俗的孑遗；二是庭院前后、房前屋后遍植树木，至今依然，而《诗经》里也有内证，《郑风·将仲子》有"无逾我墙，无折我树桑"和"无逾我园，无折我树檀"即是明证。

《小雅·斯干》里写到了"君子"的住处，其兴建的情景是：

> 似续妣祖，筑室百堵，西南其户。爰居爰处，爰笑爰语。
> 约之阁阁，椓之橐橐。风雨攸除，鸟鼠攸去，君子攸芋。
> 如跂斯翼，如矢斯棘，如鸟斯革，如翚斯飞，君子攸跻。

❶ （清）孙诒让：《墨子闲诂》，孙启治点校，中华书局 2001 年版，第 30~31 页。

殖殖其庭，有觉其楹。哙哙其正，哕哕其冥。君子攸宁。

诗明言"君子"，三反复，当为赞美高级贵族用语。此住处，规模宏大，房屋气势非凡，庭院整洁静谧。而耐人寻味的是"鸟鼠攸去"一句，这暗示出虽为高级贵族住所，这一时代，覆盖屋顶的可能仍然以茅草之类的植物茎叶等为主。《召南·行露》有"谁谓雀无角？何以穿我屋？""谁谓鼠无牙？何以穿我墉？"的说法，这说明当时雀鸟和鼠是被认为有害于房屋的墙墉的。"西周时期的房屋建筑已经使用瓦，瓦的出现标志着我国古代建筑进入了瓦与茅茨并存的新阶段……瓦的普遍采用始于春秋中期，战国时期非常兴盛……" ❶

至于平民的住所，《诗经》中也多有涉及。《小雅·信南山》："中田有庐，疆场有瓜。"《笺》云："中田，田中也。农人作庐焉，以便其田事。"《正义》曰："古者宅在都邑，田于外野，农时则出而就田，须有庐舍，故言中田，谓农人于田中作庐，以便其田事。" ❷ 田庐之制，验之《豳风·七月》，应是可信的。《豳风·七月》有曰："穹窒熏鼠，塞向墐户。嗟我妇子，曰为改岁，入此室处。"这是冬季天寒地冻之时农人及家小的住处，要经过一定的修整才能入住。而开春时则要忙着修缮庐舍："昼尔于茅，宵尔索绹，亟其乘屋，其始播百谷。"这里明确说出是采集历经风霜雨雪之后的茅草修缮房屋，这种茅草是能耐得夏季连绵阴雨的。

《豳风·鸱鸮》也有关于修缮房屋的诗句："迨天之未阴雨，彻彼桑土，绸缪牖户。"这应该就是成语"未雨绸缪"的出处了。其中的"桑土"有两解。毛《传》："桑土，桑根也。"陆德明《音义》："土音杜，注同，小雅同；《韩诗》作'杜'，义同。"毛释"桑土"为"桑根"，可"桑根"何以能"绸缪牖户"？未知其依据。"土"训"杜"，或然，也就是说，或者本就是"杜"字。那么，修缮房屋，未雨绸缪，除采集茅草外，还有可能要采集桑树及杜树的树枝、树叶、树皮等备用了。有学者指出，"新石器中期的单体建筑"，"椽间填塞茅草和树叶，地板和墙壁抹草泥，屋顶盖茅草或涂草泥……门口采用不固定的掩闭设置，芦苇编的帘席或枝桑编的门笆之类"。 ❸ 《豳风》为《诗经》中早

---

❶ 王志芳：《〈诗经〉中生活习俗研究——文献记载与考古发现的综合考察分析》，山东大学博士学位论文，2007年，第173页。

❷ （清）阮元校刻：《十三经注疏·毛诗正义》（嘉庆刊本），中华书局2009年版，第1011页。关于"庐"，也有学者认为是指"葫芦"的果实。比如潘富俊认为："匏、瓠、壶、庐：此四者在植物分类上均为葫芦瓜，前二者指的是同一种植物不同的品种，后二者指的是匏的果实。"参见潘富俊：《诗经植物图鉴》，上海书店出版社2003年版，第8页。

❸ 丁俊清：《中国居住文化》，同济大学出版社1997年版，第33页。

期的诗歌作品，其《鸱鸮》一诗为托寓鸱鸮之言的悲苦歌吟，"未雨绸缪"，因陋就简沿用自行采集所得的桑树枝叶等材料也是很有可能的。

楚辞"住"的文化十分丰富。《离骚》写到"盈室""闺闼""春宫""瑶台""故都"。《九歌·东皇太一》有"芳菲菲兮满堂"，《九歌·湘君》有"鸟次兮屋上，水周兮堂下"，《九歌·少司命》有"秋兰兮麋芜，罗生兮堂下"，《九歌·河伯》有"鱼鳞兮龙堂，紫贝阙兮朱宫"。《九辩》有"西堂""都房"。《大招》描写居处，多有名目，如"夏屋广大，沙堂秀只。南房小坛，观绝溜只。曲屋步壛，宜扰畜只。腾驾步游，猎春囿只……孔雀盈园，畜鸾皇只。室家盈庭，爵禄盛只。魂乎归徕，居室定只。三公穆穆，登降堂只。"《招魂》则尤为铺张扬厉：

> 像设君室，静闲安些。
> 高堂邃宇，槛层轩些。
> 层台累榭，临高山些。
> 网户朱缀，刻方连些。
> 冬有突厦，夏室寒些。
> 川谷径复，流潺湲些。
> 光风转蕙，氾崇兰些。
> 经堂入奥，朱尘筵些。
> 砥室翠翘，挂曲琼些。
> 翡翠珠被，烂齐光些。
> 蒻阿拂壁，罗帱张些。
> 纂组绮缟，结琦璜些。
> 室中之观，多珍怪些。
> ……
> 悲帷翠帐，饰高堂些。
> 红壁沙版，玄玉梁些。
> 仰观刻桷，画龙蛇些。
> 坐堂伏槛，临曲池些。
> ……
> 魂兮归来！反故居些。

《九歌·湘夫人》中则比较唯美，亦真亦幻地"合百草兮实庭，建芳馨兮庑门"，呈现出芳菲菲兮满堂的景象。其诗句如下：

> 筑室兮水中，葺之兮荷盖；
>
> 荪壁兮紫坛，播芳椒兮成堂；
>
> 桂栋兮兰橑，辛夷楣兮药房；
>
> 罔薜荔兮为帷，擗蕙櫋兮既张；
>
> 白玉兮为镇，疏石兰兮为芳；
>
> 芷葺兮荷屋，缭之兮杜衡；
>
> 合百草兮实庭，建芳馨兮庑门。

二、行

提到行，大禹有"四载"之说，《尚书·益稷》："予乘四载，随山刊木。"孔安国注解说："所载者四，谓水乘舟，陆乘车，泥乘辐，山乘樏。随行九州岛之山林，刊樏其木，开通道路以治水也。"❶ 这样的记载告诉我们古人的交通手段是多样化的，遇到不同的情况会有不同的对策。而古代的交通发达程度，是很出乎人们的想象的：殷墟出土的咸水贝，可能来自东海；❷1978 年，浙江余姚河姆渡遗址出土的木桨，距今在七千年以上；❸ "李学勤先生曾在英国剑桥大学见到该校收藏的一片武丁卜甲，经不列颠博物院研究，龟的产地是在缅甸以南"❹。

甲骨文中就有了舟和帆两个字，《诗经》中出现的"舟"，按照建造的材质，也有"柏舟""松舟""杨舟"等多种说法：

> 《邶风·柏舟》："泛彼柏舟，亦泛其流。"
>
> 《鄘风·柏舟》："泛彼柏舟，在彼中河。""泛彼柏舟，在彼河侧。"

---

❶ （清）阮元校刻：《十三经注疏·尚书正义》（嘉庆刊本），中华书局 2009 年版，第 296 页。

❷ 白寿彝：《中国交通史》，团结出版社 2006 年版，第 8~9 页。又见［美］戴尔·布朗：《古代中国：尘封的王朝》，贺慧宇译，华夏出版社 2002 年版，第 2 页。其文认为出土于妇好墓的贝壳来自东海和南海，原文说："约 7000 件来自中国东海和南海的贝壳制品，这些贝壳在当时有可能被收集起来当作流通的货币。"

❸ 汶江：《古代中国与亚非地区的海上交通》，四川省社会科学院出版社 1989 年版，第 5 页。也有"6000 年前"的说法，参见马洪路、刘凤书：《古道悠悠——中国交通考古录》，四川教育出版社 1998 年版，第 193 页。

❹ 段渝：《中国西南早期对外交通——先秦两汉的南方丝绸之路》，《历史研究》2009 年第 1 期。

《卫风·竹竿》："淇水瀺瀺，桧楫松舟。"

《小雅·菁菁者莪》："泛泛杨舟，载沉载浮。"

《小雅·采菽》："泛泛杨舟，绋缡维之。"

除了乘舟渡水外，《诗经》里还写到了"方"，大致就是指小一些的筏子。《周南·汉广》："汉之广矣，不可泳思。江之永矣，不可方思。"毛《传》："方，泭也。"《正义》曰："'方，泭'，《释言》文。孙炎曰：'方，水中为泭筏也。'《论语》曰：'乘桴浮于海。'注云：'桴，编竹木，大曰筏，小曰桴。'是也。"❶《邶风·谷风》也提到了"方"："就其深矣，方之舟之。就其浅矣，泳之游之。"然而这两首诗都没有说明制作筏子的材料，而《卫风·河广》有"谁谓河广，一苇行之"的诗句，"河"指黄河，当然是"深"的了，要"方之舟之"，或许"一苇行之"隐约有表明凭借芦苇可以为筏渡河的意味。

《诗经》中还留有凭借葫芦渡水的古风遗韵。《邶风·匏有苦叶》云："匏有苦叶，济有深涉。深则厉，浅则揭。"对此，《正义》引《外传·鲁语》曰：

诸侯伐秦，及泾不济。叔向见叔孙穆子。穆子曰："豹之业及匏有苦叶矣。"叔向曰："苦叶不材，于人供济而已。"韦昭注云："不材，于人言不可食，供济而已，佩匏可以渡水也。"彼云取匏供济，与此传不同者，赋《诗》断章也。❷

其实，虽然被孔颖达认为是断章取义，但韦昭注解《国语·鲁语》的见解是正确的。诗中"苦"当为"枯"字，也即匏叶干枯，暗示匏瓜成熟，可以用来渡水，继而才言及"济有深涉"。不然的话，匏叶味道发苦与"济有深涉"实在没什么联系，古人起兴虽往往有深意，但也往往有隐约的比附、联想等思路可循。郑《笺》云："瓠叶苦而渡处深，谓八月之时，阴阳交会，始可以为昏礼，纳采、问名。"❸这样的说法有些牵强。而匏瓜渡水，除《国语·鲁语》外，《庄子·逍遥游》也曾言及，"今子有五石之瓠，何不虑以为大樽而浮乎江湖，而忧其瓠落无所容？"❹"用葫芦渡水，古籍和民族学资料中都有记载，亦称葫芦舟或腰舟……《续修台湾府志》记台湾土著'制葫芦为行具，大者容数

❶（清）阮元校刻：《十三经注疏·毛诗正义》（嘉庆刊本），中华书局 2009 年版，第 592 页。
❷（清）阮元校刻：《十三经注疏·毛诗正义》（嘉庆刊本），中华书局 2009 年版，第 637 页。
❸（清）阮元校刻：《十三经注疏·毛诗正义》（嘉庆刊本），中华书局 2009 年版，第 637 页。
❹（清）郭庆藩：《庄子集释》，王孝鱼点校，中华书局 1961 年版，第 37 页。

斗。出则随身，旨蓄、毳衣悉纳其中；遇雨不濡，遇水则浮'。海南的黎族下海捕鱼或者横渡江河时，必须抱一个大葫芦以协助渡。" ❶

《诗经》中车的名目很多，有大车、役车、辅车、栈车、檀车、田车、戎车、路车等。

> 《王风·大车》："大车槛槛，毳衣如菼。"
>
> 《小雅·无将大车》："无将大车，祇自尘矣。"
>
> 《唐风·蟋蟀》："蟋蟀在堂，役车其休。"
>
> 《秦风·驷驖》："辅车鸾镳，载猃歇骄。"
>
> 《小雅·何草不黄》："有栈之车，行彼周道。"
>
> 《小雅·杕杜》："檀车幝幝，四牡痯痯，征夫不远！"
>
> 《大雅·大明》："牧野洋洋，檀车煌煌，驷騵彭彭。"
>
> 《小雅·车攻》《小雅·吉日》："田车既好，四牡孔阜。"
>
> 《小雅·采薇》："彼路斯何？君子之车。戎车既驾，四牡业业。"
>
> 《小雅·六月》："六月栖栖，戎车既饬。""戎车既安，如轾如轩。"
>
> 《秦风·渭阳》："何以赠之？路车乘黄。"
>
> 《小雅·采芑》："路车有奭，簟茀鱼服，钩膺鞗革。"
>
> 《大雅·韩奕》："其赠维何？乘马路车。"

另外，《诗经》中还写到了婚车，而且还讲究排场，往往是豪华的车队。《召南·鹊巢》："之子于归，百两御之。"《召南·何彼襛矣》："曷不肃雍？王姬之车。"《大雅·韩奕》："百两彭彭，八鸾锵锵，不显其光。"

《魏风·伐檀》有"坎坎伐檀兮""坎坎伐辐兮""坎坎伐轮兮"的诗句，虽为起兴之语，但显然基于为造车而砍伐檀树的现实生活体验。古人往往选择坚硬耐磨的上乘檀木制作车辐、车轮，《小雅·杕杜》和《大雅·大明》都提到了"檀车"，正与《魏风·伐檀》相互印证。

楚辞中描写战车可在《九歌·国殇》中看到，"车错毂兮短兵接"，又写"霾两轮兮絷四马"。其他如《离骚》《九章·涉江》之"回朕车以复路兮""屯余车其千乘兮""邸余车兮方林"，等等，皆是写到驾车而行。值得注意的是，楚辞神采飞扬，奇幻异常，多有驾驶龙车的描述。《离骚》有"驾八龙之婉婉兮"，《九歌·东君》曰："驾龙辀兮乘雷。"《九章·涉江》云："驾青虬兮骖白

---

❶ 俞为洁：《中国史前植物考古——史前人文植物散论》，社会科学文献出版社 2010 年版，第 196 页。

蟧。""驾"本为驾车的中央夹辕之两马，现均描述为御龙飞驰。甚或御龙飞升。然而，其神异想象的现实基础，则仍是驾驶马车而行进。而《九章·涉江》之"乘舲船余上沅兮。齐吴榜以击汰。船容与而不进兮，淹回水而疑滞。"《九章·哀郢》之"遵江夏以流亡……楫齐扬以容与兮"等，则都是对舟船水行的描写。

而总结来说，先秦时代的采集十分重要，采集范围是很广的。《周礼·地官·委人》云："委人，掌敛野之赋，敛薪刍，凡疏材、木材，凡畜聚之物。"郑玄注解说："所敛野之赋，谓野之园圃、山泽之赋也。凡疏材，草木有实者也。凡畜聚之物，瓜瓠葵芋，御冬之具也。野之农赋，旅师敛之。工商嫔妇，遂师以入玉府。其牧，则遂师又以共野牲。"贾公彦疏解曰："云'所敛野之赋，谓野之园圃山泽之赋也'者，此则九职所出贡，贡赋通言之，九职之中有园圃毓草木，又有虞衡作山泽之材，故以园圃山泽言之也。云'凡疏材草木有实者也'者，疏是草之实，材是木之实，故郑并言之。九职中有臣妾聚敛疏材，郑彼注云：'疏材，百草根实。'不以木解材，文略也。彼臣妾聚敛，虽无贡法，要知此疏材亦是草木有根实者。郑不言根，亦略言之也。云'凡畜聚之物，瓜瓠葵芋，御冬之具也'者，《七月》诗有'八月断壶'，壶，瓠也，有甘可食者。《信南山》诗'疆埸有瓜'，《士丧礼》又有'葵菹芋'，故知畜聚物中有瓜瓠葵芋之等。但《士丧礼》笾豆差之，葵菹芋，芋为长菹，不得为芋子；其南方有芋子堪食，与《士丧礼》芋别也。云'野之农赋，旅师敛之'者，即上《旅师》所云'聚野之锄粟'之等是也。"❶ 从这些解说可以知道，凡所有用，皆在采集之列，必欲其用，必尽其用。

而《诗经》中《豳风·七月》是一首反映"农夫"们一年四季辛苦劳作的诗，采集意象倾向于写实，如实而集中的描写了"农夫"们赖以生存的采摘活动。诗中写采桑（爰求柔桑）、"采蘩""萑苇""条桑"、采食"郁""薁""葵""菽""剥枣""获稻""食瓜""断壶""叔苴""采荼薪樗""于茅""索绹"，一一道来，可谓风情如画，岁月如歌！

---

❶ （清）阮元校刻：《十三经注疏·周礼注疏》（嘉庆刊本），中华书局 2009 年版，第 1607 页。

第三章　社会生活：先秦采集文化
相关诗歌的文化底蕴

　　吟咏品味先秦采集文化相关诗歌，追根溯源，最终可以追溯到原始文化的层面。除了满足衣食住行的生活需要外，还有一些采集文化相关诗歌或隐或显地含有巫术、宗教方面的意义，反映的是人们的精神生活。深入探讨这些诗歌所含有的深层文化因素，能使我们更好地理解这些绚烂的诗歌，走进先民们花草芬芳、林木含情的生活，领略他们相对神秘而又美丽的精神世界。

第一节　原始思维的野性与美丽

　　法国学者列维·布留尔认为，原始人是用一种与我们逻辑思维不同的思维方式来认识事物的。在原始人的心目中，自然界并不受人的干扰，人和物之间存在着某种超距离的交感作用。他们甚至认为，任何自然物都是有灵性的，并且相信心灵感应。❶

一、万物有灵的思维

　　人类的远祖在体认感知他们生存的这个未知的世界时，他们主要不是运用概念、判断、推理等抽象方式，而是通过具有直观特征的具体形象。山石树木、飞禽走兽、日月星辰、风雨雷电……都被原始先民们认为是有神灵主宰的，是自主存在的超验个体，于是，旧石器时代"万物有灵"的观念也由此产生。在他们眼中，花草树木、鸟兽虫鱼都是有灵性的，和人一样生存发展、繁衍不息。以原始先民的这种物我一体化思维方式，也即列维·布留尔所说的"互渗"思维来观照他们所从事的采集生产活动，他们眼中的世界并非我们所想象的那样客观。以此为认识基础，就可以深入理解先秦诗歌，尤其是《诗

---

❶　［法］列维·布留尔：《原始思维》，丁由译，商务印书馆1981年版，第69~74页。

经》、楚辞中大量反复出现的采摘意象，也更能深切体会诗中表达的细腻婉约情感。

（一）物我的互渗

有学者对于原始心理、原始思维作出以下推论：

> 原始心理是一种整体统一的心理，我们越是前溯历史，就越是看到个体在集体中的消匿。原始思维的直观感受性是以神秘的"集体表象"为基础的。原始人感受的集体表象不是真正的客体表象，而是一种主客体混合的意象。集体表象取决于原始社会团体对客体世界产生的尊敬、恐惧和崇拜等共同情感和想象，取决于这个集体所共有的整体意识。在原始人眼里，世界上遍布具有超人神力的东西，每个存在物，每种自然现象，都具有某种神秘的属性。这就具备了最初的原始宗教崇拜的雏形，也就产生了万物有灵和图腾崇拜的思想意识。❶

原始人这种万物有灵的交感式的心理特征与思维模式在先秦时代显然仍有遗风，人们从花草树木的生长变化中感应到了自我的生命韵律，这种人与物互渗的原始思维在先秦诗歌中不断再现。当自己心有所愿、意有所思，但又无法实现的时候，选择某种植物作为心理感应的媒介物，把心里的所想所念告知给它，或是采摘、吟咏时把怀人之情传递给它，这种植物就更有灵性了，也就能够传达他的情怀，实现他的愿望了。其实，这种认识也常见于后世的记载，比如关于"秋海棠"就有这样的传说："昔有妇人，怀人不见，恒洒泪于北墙之下。后洒处生草，其花甚媚，色如妇面。其叶正绿反红，秋开，名曰：'断肠花'，即今秋海棠也。"❷

而这样的思维方式是自然而然的，合乎情理的。格拉耐便说：

> 《诗经》的歌谣——这些歌谣有的时候咏的是苗壮成长的树木，并且，在赞赏树木的花、果实和枝叶的时候，必然把植物的生长和人类心情的觉醒相联系。还有的时候叙述相互呼应的一群禽兽。并且歌唱那些

---

❶ 李浚平：《原始思维及其语言——艺术语言的原型探索之一》，《昆明师专学报（哲学社会科学版）》1991 年第 1 期。

❷ （明）王象晋：《御定佩文斋广群芳谱》卷三十六，（清）刘灏等编，四库全书文渊阁本，上海人民出版社 1999 年版。

或结群的或雌雄相伴的，一边共鸣或相互呼应一边群集于树林或憩息于河中小岛的鸟类。从动物的爱情便联想到人类的爱情。雷、雪、风、露、雨、虹等天候的状态，以及采摘作物、果实和草药的行为等都给感情的表现造成机会。❶

因此，《周南·卷耳》和《小雅·采绿》所表现的情景就可以更好地得到理解了。二者可谓同声相和，都是采物怀人的诗歌。所采卷耳、绿、蓝又都极为普通、常见，为何诗中的女主人公采来采去却"采采卷耳，不盈顷筐"，或是"终朝采绿，不盈一匊""终朝采蓝，不盈一襜"呢？原来，采卷耳、采绿、采蓝不仅仅是简单的劳作，更是意味深长的爱情传递行为，女子是通过采摘活动将自己的相思之苦传达给逾期不返的丈夫。

非但如此，女性的采草赠花，已相当于将自己的灵魂和身体交付给对方，而接受赠与即化对方之魂为己有，以物相报即有实现灵魂的结合的意味。这在以下的诗歌里体现得十分明显：《陈风·东门之枌》有"视尔如荍，贻我握椒"，《邶风·静女》有"静女其娈，贻我彤管。彤管有炜，说怿女美"等。而《卫风·木瓜》中的投瓜、桃、李，赠琚、瑶、玖，"永以为好也"。朱熹释曰："但欲其长以为好而不忘耳，疑亦男女相赠答之辞，如《静女》之类。"❷这里女性在采草、赠花、投果的时候，显然已把特殊的、神秘的含义赋予了它们，而赠给男士，无异于愿意将灵魂及身体交付给对方。《召南·摽有梅》也正是具有这一含意，从而显得言短情长，耐人寻味。

又如《唐风·椒聊》："椒聊之实，蕃衍盈升""椒聊之实，蕃衍盈匊"，既是比又是兴，对花椒树结子繁富极为赞美。花椒树多籽，使人不由地想到多子多福的妇人，这里对花椒树的赞美正是对"硕大无朋""硕大且笃"的美人的赞美。而《周南·桃夭》是祝贺新嫁娘的歌，"桃之夭夭，灼灼其华"。这盛开的艳丽桃花，随风摇曳、婀娜多姿的桃枝和浓重的绿荫，正象征着新娘姿容的秀丽、身材的窈窕和体魄的健美，那压低枝头的桃子无疑是对新娘多子多福的预祝与祈愿。这样的人与物交互感应式的思维方式正是原始思维的折射。

在原始先民甚至有些现代的少数民族看来，人的灵魂是会寄附于某物的，包括无生命物、植物、动物等。《金枝》里就有专门一节谈到"灵魂寄附于草木"，认为"人的生命有时同草木的生命联系在一起，随着草木的枯谢，人的

---

❶ ［法］格拉耐：《中国古代的祭礼与歌谣》，张铭远译，上海文艺出版社 1989 年版，第 49 页。

❷ （宋）朱熹：《诗集传》，中华书局 1958 年版，第 41 页。

生命也因之凋萎"。❶ 理解这样的思维方式有助于我们理解《诗经》里的相关内容，尤其是关乎树木的内容。

《诗经》中写草木枯败以示国家衰亡，草木茂盛则显国家兴盛。如《大雅·召旻》讽刺周幽王政败国亡景象的是："如彼岁旱，草不溃茂。如彼栖苴，我相此邦，无不溃止。"《大雅·旱麓》则说："瞻彼旱麓，榛楛济济。岂弟君子，干禄岂弟。"以茂盛的树木来喻示周文王重视人才而人才济济的蓬勃气象。

《诗经》中嘉树往往象征良才，要多多种植，善加爱护；恶木则象征佞人或恶势力，务必要除之而后快。因此，《召南·甘棠》把树木与所歌颂的政治人物直接联系起来，诗中明言"蔽芾甘棠"为"召伯所茇（所憩、所说）"，大有睹树思人之意，所以要加以爱护，反复申明"勿翦勿伐""勿翦勿败""勿翦勿拜"。吉祥美好的树木意象还有：《卫风·淇奥》之绿竹，《秦风·终南》之"有条有梅""有纪有堂"，《周南·樛木》和《小雅·南有嘉鱼》之樛木，《小雅·頍弁》之"茑与女萝，施于松柏"，《小雅·斯干》之"如竹苞矣，如松茂矣"，《大雅·旱麓》里象征"岂弟君子"的"榛楛济济"等。与之相反，对待恶木要除之而后快。《商颂·长发》里对"苞有三蘖"就强调要使之"莫遂莫达"，绝不让它们滋生壮大。《陈风·墓门》中对兴喻"不良"之人的"棘"则"斧以斯之"。

闻一多在分析《邶风·简兮》"山有榛，隰有苓"时说："此句为隐语。榛是乔木，在山上，喻男；苓是小草，在隰中，喻女。以后凡称'山有□，隰有□'，而以大小对举的，仿此。"❷ 那么，为什么"山有□，隰有□"与男女相关呢？这显然符合"物我互渗"的原理，而"山有□，隰有□"这一套语，或许还隐藏着性别角色的对举。其实，在上古时期，植物的确是普遍被认为是具有性别的：

> 原始人是具有关于植物性别的观念的。琉球群岛的土著，可以通过观察木头和树皮的外表、气味、硬度和其它特征，来确定那种树的性别。（［法］列维－斯特劳斯著，李幼蒸译《野性的思维》，商务印书馆1987）中医学将中草药分为温性、平性和寒性，这是原始先民曾将植物进行性的分类的结果。所谓温性即为雄性，寒性即为雌性。花卉和竹木的叶在彩陶中是象征女阴的图案。神树扶桑便是若木（何新《诸神的起源》，三联书店

---

❶ ［英］詹·乔·弗雷泽：《金枝》，徐育新等译，大众文艺出版社1998年版，详参该书第六十七章第二节，第963~965页。
❷ 闻一多：《闻一多全集》（第四册），湖北人民出版社1993年版，第470页。

1986），而若木呈男根之形。这种象征男根的树木在汉画像石中较为常见。❶

其实，不仅"山有□，隰有□"这样对举的套语与男女之情相关，按照这样的思维，单说"山有□"或者单说"隰有□"，也应该是与男女之情相关的。单说"隰有□"的有《桧风·隰有苌楚》，这或许与爱情有关：

> 隰有苌楚，猗傩其枝。夭之沃沃，乐子之无知。
> 隰有苌楚，猗傩其华。夭之沃沃，乐子之无家。
> 隰有苌楚，猗傩其实。夭之沃沃，乐子之无室。

这或许就是怀春女子的爱情自白吧！

（二）生命的律动

弗雷泽指出："的确，在自然界全年的现象中，表达死亡与复活的观念，再没有比草木的秋谢春生表达得更明显了。"❷ 在《诗经》时代先民的以我观物、以物映我的美好心灵世界里，植物不仅仅是春来秋往、时序变迁的象征物，而且直接关乎自我的生命节律，表现着强烈的自我关照与生命意识。与采集文化相关的花、草等往往具有这样的深层次表情达意的功能。

《诗经》中写到花的诗篇很多，有花喻美人的主题，但《小雅》中与花有关的诗歌则往往并不言及儿女情长。

《小雅·皇皇者华》首章曰："皇皇者华，于彼原隰。骈骈征夫，每怀靡及。"这里花与征夫相联系。但从下文看，四章反复歌咏"我马维驹，六辔如濡。载驰载驱，周爰咨诹。我马维骐，六辔如丝。载驰载驱，周爰咨谋。我马维骆，六辔沃若。载驰载驱，周爰咨度。我马维骃，六辔既均。载驰载驱，周爰咨询"。这样的口吻语气，显然不是一般的"征夫"，"我"当为高级的贵族。《正义》曰："此述文王敕使臣之辞。言煌煌然而光明者是草木之华，于彼原之与隰皆煌煌而光明，不以高下而易其色也。以言臣之出使，当光显其君，常不辱命，于彼遐之与迩，皆使光扬，不以远近而易其志也。汝骈骈众多之行夫，受命当速行。每人怀其私，以相稽留，则于事无所及矣。既不稽留，恐无所及，故当速行，驱驰访善也。"❸ 虽未可尽信，但显见并非全为虚言。

---

❶ 车广锦：《中国传统文化论——关于生殖崇拜和祖先崇拜的考古学研究》，《东南文化》1992 年第 5 期。
❷ ［英］詹·乔·弗雷泽：《金枝》，徐育新等译，大众文艺出版社 1998 年版，第 491~492 页。
❸ （清）阮元校刻：《十三经注疏·毛诗正义》（嘉庆刊本），中华书局 2009 年版，第 869 页。

另一首含有以花喻人意味的雅诗是《小雅·裳裳者华》：

> 裳裳者华，其叶湑矣。我觏之子，我心写兮。我心写兮，是以有誉处兮。
>
> 裳裳者华，芸其黄矣。我觏之子，维其有章矣。维其有章矣，是以有庆矣。
>
> 裳裳者华，或黄或白。我觏之子，乘其四骆。乘其四骆，六辔沃若。
>
> 左之左之，君子宜之。右之右之，君子有之。维其有之，是以似之。

《正义》曰："诗人遇谗绝世，伤今思古。言彼堂堂然光明者华也，在于上。又叶湑然而茂盛兮，在于下。华叶相与，共成荣茂。"❶

值得注意的是，对于这两首诗，古人的见解就是花与人之间是明确对应的，甚至可以说花与人是难分彼此、融为一体的。这实在是很深刻的认识。而这两首诗中的花，一曰"皇皇"，一曰"裳裳"，其意如何，让人一时难以说清道明。但古人的解释却抓住了关键，《传》："皇皇，犹煌煌。"《正义》曰："《东门之杨》曰'明星煌煌'，此犹彼也。以华色煌煌为宜，故犹之。"《传》：兴也。裳裳，犹堂堂也。"而"堂堂"，重点是《正义》所说之"堂堂然光明者"。而其实，"皇皇""煌煌""裳裳""堂堂"皆为一声之转，当同义。也就是说，古人的解说其关键点居然是"光明"，这是艳丽花朵给人的偏于主观的美好印象。这繁花似锦的景象，正是对于载驰载驱的大臣的赞美，正是对于君子煌煌威仪的比况，诗歌意象的美好与诗歌美好的祝福祈愿相得益彰。

而《小雅·棠棣》里盛开的也是光明的花朵，其首章诗曰："常棣之华，鄂不韡韡。凡今之人，莫如兄弟。"毛《传》："韡韡，光明也。"郑《笺》云："承华者曰鄂，不当作拊。拊，鄂足也。鄂足得华之光明，则韡韡然盛。兴者，喻弟以敬事兄，兄以荣覆弟，恩义之显亦韡韡然。"孔颖达疏解曰："郑以为，华下有鄂，鄂下有拊。言常棣之华与鄂拊韡韡然甚光明也。由华以覆鄂，鄂以承华，华鄂相承覆，故得韡韡然而光明也。华鄂相覆而光明，犹兄弟相顺而荣显。然则凡今时之人，恩亲无如兄弟之最厚也。"❷毛、郑和孔都解"韡韡"为光明貌，那么花儿真的可以"光明"吗？这可能是抓住了"鲜花"之"鲜"的特点，正所谓"明艳"之"明"，是对于盛开之花最没有道理却又

---

❶ （清）阮元校刻：《十三经注疏·毛诗正义》（嘉庆刊本），中华书局 2009 年版，第 1029~1030 页。

❷ （清）阮元校刻：《十三经注疏·毛诗正义》（嘉庆刊本），中华书局 2009 年版，第 871 页。

最传神生动的写照。朱自清在其名作《春》里也是一样的命意，把野花比喻成星星，光华灿烂，"野花遍地是：杂样儿，有名字的，没名字的，散在花丛里，像眼睛，像星星，还眨呀眨的。"❶

《小雅·苕之华》与以上三首不同，正是繁盛的鲜花与忧戚的人生之间的反衬，诗里对于苕花、苕叶的描述，有以乐景写哀情的味道。其诗曰：

> 苕之华，芸其黄矣。心之忧矣，维其伤矣！
> 苕之华，其叶青青。知我如此，不如无生！
> 牂羊坟首，三星在罶。人可以食，鲜可以饱！

袁梅在"注释考证'苕之华，芸其黄矣'"时，引《经义述闻》曰："是苕华本有黄者，岂待将落而始黄哉？诗人之起兴，往往感物之盛而叹人之衰。……物自盛而人自衰，诗人所以叹也。"❷这是以极盛之花反衬歌者之极端的人生艰难困苦。

而《小雅·何草不黄》描述了一个衰草连天的场景，正是对于歌者艰难困苦人生状况的正面衬托。诗中唱道："何草不黄？何日不行？何人不将？经营四方。"又曰："何草不玄？何人不矜？哀我征夫，独为匪民。"一连串无从回答也无须回答的问句，感情十分沉痛，最后哀叹自己遭到非人的待遇，类同牲畜野兽。"匪兕匪虎，率彼旷野。哀我征夫，朝夕不暇。有芃者狐，率彼幽草。有栈之车，行彼周道。"

《小雅·采薇》的前三章以采薇起兴，表达歌者的思归之情：

> 采薇采薇，薇亦作止。曰归曰归，岁亦莫止。靡室靡家，猃狁之故。
> 不遑启居，猃狁之故。
> 采薇采薇，薇亦柔止。曰归曰归，心亦忧止。忧心烈烈，载饥载渴。
> 我戍未定，靡使归聘。
> 采薇采薇，薇亦刚止。曰归曰归，岁亦阳止。王事靡盬，不遑启处。
> 忧心孔疚，我行不来！

对于"薇亦作止""薇亦柔止""薇亦刚止"，毛《传》解释说："作，生

---

❶ 朱自清：《朱自清散文选》，人民文学出版社 2005 年版，第 164 页。
❷ 袁梅：《诗经译注》，齐鲁书社 1985 年版，第 705 页。

也。""柔，始生也。""少而刚也。"❶ 这里，通过薇菜生长形态的变化，表明了季节的转换，暗示"我"行役时日的长久，思归的迫切之情由此而渐次加深。并且，诗中显然将薇菜的生长过程作为时间和生命流逝的参照物，用以表明战争生活的漫长与艰苦，这是借植物的生命节律来表现人物内心的情感节律，通过植物的生长变化来映照人物自身的心态变化。

二、交感巫术的影响

对于巫术，学者们有这样的看法，"在一个尚未与科学结缘的原始地区，巫术是无数信仰和活动的根基"❷，"巫术活动一般由下面几个基本要素组成：物质用品（实体），也就是工具；咒语——祈求或请求，用以诉诸超自然的力量；某些活动和无声的动作——仪式"❸。古代先民认为，人们可以通过一定的仪式，改变人与人或人与自然的关系，以达到自己的目的。《春秋繁露·同类相动》中的"明于此者，欲致雨则动阴以起阴，欲止雨则动阳以起阳"❹揭示出了这种巫术的内容实质。体现在《诗经》采集文化诗歌以及采摘花草、采果、采薪等采摘意象背后的正是这种深远的原始文化内涵。以弗雷泽《金枝》里的相关理论而言，这些内容都表现了或是遗留着交感巫术的印痕。也即人们相信自己的一些行为或者具有魔力的语言会对一些人或物实施影响，以实现自己的愿望。

（一）原理

马林诺夫斯基认为：

> 巫术永远没有起源，永远不是发明的、编造的。一切巫术简单地说都是"存在"，古已有之的存在；一切人生重要趣意而不为正常的理性努力所控制者，则在一切事物、一切过程上，都自开天辟地以来便以巫术为主要的伴随物了。❺

---

❶ （清）阮元校刻：《十三经注疏·毛诗正义》（嘉庆刊本），中华书局 2009 年版，第 882~883 页。
❷ ［英］马林诺夫斯基：《巫术科学宗教与神话》，李安宅译，中国民间文艺出版社 1986 年版，第 57 页。
❸ ［苏］A.IO. 格里戈连科：《形形色色的巫术》，吴兴勇译，上海人民出版社 1992 年版，第 1 页。
❹ （汉）董仲舒：《春秋繁露》卷十三，四库全书文渊阁本，上海人民出版社 1999 年版。
❺ ［英］马林诺夫斯基：《野蛮人的性生活》，刘文远等译，团结出版社 1989 年版，第 246 页。

弗雷泽在其《金枝》一书中认为巫术所基于的思想原则，可以归为两个方面：一方面是所谓"同类相生，或果必同因"；另一方面是所谓"凡接触过的事物在脱离接触后仍互相作用"。根据第一原则，即"相似律"，巫术施行者可以通过模仿实现任何他想做的事。根据第二原则，即"接触律"，可以通过一个物体对一个人施加影响。只要该物体曾被那个人接触过，不论该物体是否为该人身体之一部分。前者称为顺势巫术，后者称为感染巫术，两者都归于"交感巫术"这个总的名称之下。❶也就是说，在原始人看来，自然界是不受人干扰的，它按自己的规律在演进，一个事件总是和其他的事件相联系着，一个事件总是必然的不可避免地紧随着另一个事件而出现。这样，在原始人那里便形成了这样的观念：只要掌握了失去变化的规律，那么就能达到他们预期的目的。作者在书中说道：如果我们分析务实赖以建立的思想基础，便会发现它们可以归结为两个方面，第一是"同类相生"或果必同因；第二是"物体一经接触，在中断实体接触后还会继续远距离的互相作用"。前者可以称为"相似律"，后者可以称作"接触律"或"触染律"。巫师根据第一个原则即"相似律"引申出，他能够仅仅通过模仿就实现其他任何他想做的事情；从第二个原则出发，他能够通过一个物体来对一个人施加影响，只要这个物体曾经被这个人接触过，不论该物体是否是这个人的一部分。基于相似律的法术叫"顺势巫术"或"模拟巫术"；基于接触律或触染律的巫术叫"接触巫术"。这种"相似"或"触染"的规律不局限于人类的活动，可以普遍应用。

弗雷泽说，巫术是一种被歪曲了的自然规律体系，也是一套谬误的指导行动的准则；它是一种伪科学，也是一种没有成效的技艺。巫术是在联想的基础上产生的。巫师运用巫术的"原理"只是"联想"的两种不同的错误应用而已。"顺势巫术"是根据对"相似"的联想而建立的；而"接触巫术"则是根据对"接触"的联想而建立的。"顺势巫术"所犯的错误是把彼此类似的东西看成是同一个东西；"接触巫术"所犯的错误是把互相接触过的东西看成为总是保持接触。但是在实践过程中两种巫术是一起交叉进行的。不论是"顺势"还是"接触"作者都把它们归于"交感巫术"，因为两种巫术都认为物体通过某种神秘的交感可以远距离的相互作用，通过一种我们看不见的"以太"把一物体的推动力传输给另一物体。而这种认为人和物之间存在超距离的交感作用的信念就是巫术的本质。❷

---

❶ ［英］詹·乔·弗雷泽：《金枝》，徐育新等译，大众文艺出版社 1998 年版，第 19 页。

❷ 详参见［英］詹·乔·弗雷泽：《金枝》，徐育新等译，大众文艺出版社 1998 年版，第三章"交感巫术"，第 19~74 页。

　　原始先民常以严肃的巫术直觉赋予外物以深刻的象征义，这一庄重严肃的过程使那些象征义获得了长久的生命力。这样，他们周围的花草树木也就成了有灵性的东西，成了某种思想、观念、愿望或可能的化身。所以，在巫术活动中，巫觋们载歌载舞娱神时常常手持花草，头戴花环，身披花带，这些有灵性的东西带给他们神秘的情感，使其心得到极大的满足和愉悦。因此，《诗经》采集文化相关的诗歌中，其所采摘的植物不只是花草、树木、果蔬而已，有研究者即认为，按照交感巫术的原理，"常常和表达爱情和乞子风俗有关，体现了感染巫术的效能"。❶

　　白川静认为，《周南·卷耳》中女主人公将所采之草放置于"周行"是想通过这种方式让"周行"将卷耳所表达的思念之心传给大道另一方的情人或丈夫，期待产生交感巫术的效果。日本《万叶集》中也有类似《卷耳》的和歌，如"良人行役难波边，贱妾勤采春菜，手摘的春菜，眼看的幼女，幼女就似良人在"。白川静认为这首诗是：思恋的人远到难波一带出征，一去未返，家中留下幼女，为了良人只好拼命地采春菜以活母子之命。希望坚贞的节操能感应良人的心灵，看到女儿的容貌就如同看到你的身影。这首歌谣显示民间有一种风俗，摘草可与远离者的心灵产生物我共感。❷他还曾明确地说道："就摘草是向神祈祷的行为，具有心灵共鸣意义的预祝行为之事，从见于万叶集的摘草歌是表示以'为君'之语来作为振奋精魄，心灵共鸣的对象来看，则可知矣。诗经里亦多见相同之习俗。"❸

　　但是，白川静并没有指明《诗经》里与《万叶集》"摘草歌"相同习俗的诗歌有哪些，反复揣摩文意，继而遍检《诗经》，窃以为，最明显地看出"摘草是向神祈祷的行为，具有心灵共鸣意义"的诗歌，是采摘水菜准备献祭的那几首，《召南·采蘩》《召南·采蘋》以及《鲁颂·泮水》。《鲁颂·泮水》的前三章云：

　　　　思乐泮水，薄采其芹。鲁侯戾止，言观其旂。其旂茷茷，鸾声哕哕。无小无大，从公于迈。
　　　　思乐泮水，薄采其藻。鲁侯戾止，其马蹻蹻。其马蹻蹻，其音昭昭。载色载笑，匪怒伊教。
　　　　思乐泮水，薄采其茆。鲁侯戾止，在泮饮酒。既饮旨酒，永锡难老。

❶　李永远：《〈诗经〉中的巫文化考证》，福建师范大学硕士学位论文，2008 年。
❷　[日]白川静：《诗经的世界》，杜正胜译，台湾东大图书公司 2001 年版，第 40 页。
❸　[日]白川静：《中国古代文化》，加地伸行、范月娇译，台湾文津出版社 1983 年版，第 74 页。

顺彼长道，屈此群丑。

这里的采芹、采藻和采茆是"在泮献馘""在泮献囚"和"在泮献功"等盛大仪式前采摘植物，这正如同前文所列举的《召南·采蘩》和《召南·采蘋》两诗中的情景，所采之物用于祭祀，因而采摘行为本身就可能会含有向神祈祷的意义，因此，这些采摘行为就可能显得极为圣洁，或许会呈现出一种仪式化的倾向。

（二）咒语

白川静认为："兄，非'人'与'口'的会意字，上部为'D'，祝词也……又二'D'并列则成为'咒'，是表示激烈的祈祷之语，后转为咒诅之意。"❶ 咒语由祈祷祝词而来应该是可信的，而且，咒语出现及存在本身就证明了语言魔力的被认可。关于"古乐"，《吕氏春秋》记载说："昔葛天氏之乐，三人操牛尾投足以歌八阕：一曰《载民》，二曰《玄鸟》，三曰《遂草木》，四曰《奋五谷》，五曰《敬天常》，六曰《达帝功》，七曰《依地德》，八曰《总万物之极》。"❷ 这里的《遂草木》《奋五谷》之类极可能就是咒语，至少会包含有咒语的成分。

其实说到咒语，《阿里巴巴与四十大盗》的故事里倒是有一条咒语尽人皆知：芝麻开门！这暗示了咒语里所说的"芝麻"的神奇意味，那么，至少在这个故事开始流传的时代，人们还是明确知道某些特定植物与咒语会有着某种关联。而古代中国，也是有着这样的咒术植物的："山行时，携带'桃弧棘矢'；男子生下来时，举行以'桑弧蓬矢'而射天地四方之礼仪。桃、桑、棘、蓬，这些都是本身已含有'咒'意味的植物。"❸

非但如此，白川静在分析"誓与哲"时，认为："折从字形来看，象刈草之形，以'斤'（斧）斫木之析，是音义皆相近之字。""草是可刈之物，而非可折之物，大概'折'有其特殊意义的行为，与摘草同，含有些微咒诅的意味。""析木之事似乎亦含有作为誓约意义的行为。"❹ 这也就是说，摘草、析薪等行为有可能蕴含着咒诅的功能。

叶舒宪详尽论述了"诗歌起源于咒语的命题"，他进一步把与《诗经》相

❶ ［日］白川静：《中国古代文化》，加地伸行、范月娇译，台湾文津出版社1983年版，第139页。
❷ （战国）吕不韦著，陈奇猷校释：《吕氏春秋新校释》，上海古籍出版社2002年版，第288页。
❸ ［日］白川静：《中国古代文化》，加地伸行、范月娇译，台湾文津出版社1983年版，第133页。
❹ ［日］白川静：《中国古代文化》，加地伸行、范月娇译，台湾文津出版社1983年版，第74页。

关的咒语分为狩猎咒、爱情咒、治病咒、反咒等，并与《诗经》中的一些诗歌相关联起来。❶但是，《诗经》中如此众多的诗歌都反映了采摘活动，其中的一些的确也可能会含有巫术性活动的因子，但全部都与巫术有关则不大可能。

白川静则认为《诗经》之"歌"大多含有咒诅的意味：

> 在金文里，将"歌舞""歌钟"记成"诃舞""诃钟"。说文（三上）云："诃，大言而怒也。"然大言而怒者应为"呵"也。咒诵时加韵律于其声才是"诃"，即歌也。歌，本来是在于咒诅的目的而歌诵，谓之咒歌，因此，诗经作歌时，多赞颂其咒能。小雅的何人斯系咒诅人之诗，歌云："作此好歌，以极反侧（变心）。"四月系叹时势之诗，云："君子作歌，维以告哀。"又大雅桑柔系攻击政治颓废之诗，云："虽曰匪予，既作尔歌。"这些皆是期待作为其歌目的之咒能的歌咏法。❷

除了白川静提到的《小雅·何人斯》《小雅·四月》和《大雅·桑柔》外，《诗经》中咒语意味比较明显的还有《小雅·青蝇》和《小雅·巷伯》。《小雅·青蝇》诗曰：

> 营营青蝇，止于樊。岂弟君子，无信谗言。
> 营营青蝇，止于棘。谗人罔极，交乱四国。
> 营营青蝇，止于榛。谗人罔极，构我二人。

诗里以"青蝇"比拟"谗人"，以青蝇之"营营"比拟谗人之"谗言"。于是，让那可恶的青蝇不要继续"营营"，赶快停下来，停在樊、棘和榛上，这样谗言自然会消失。这样的思维无疑是具有交感巫术意味的，再加上反复的歌唱，对于祈愿不断的强调，这便使得"营营青蝇，止于樊"之类歌唱的咒语特征得到了彰显。

当然，较之《诗经》，楚辞的巫术色彩更为浓烈。但在后世，来自远古的巫风自然而然地会渐渐消散于时间的长河里。"楚辞九歌的古代巫风，是流传于楚之宫廷当作神舞剧而完成其形态的祭祀歌谣。在日本来说，可谓相当于'神乐歌'。诗经的国风亦曾被当作'风俗歌'而用于宴饮。歌舞、游艺，大凡

---

❶　叶舒宪：《〈诗经〉的文化阐释》，湖北人民出版社 1994 年版，第 39~133 页。
❷　［日］白川静：《中国古代文化》，加地伸行、范月娇译，台湾文津出版社 1983 年版，第 152 页。

发源于古代的巫风，然其源流也在相当悠远的过去中隐没了"。❶

三、《诗经》占卜

关于《诗经》中的占卜问题，前人最相关的论文有两篇，顾永新的《〈诗经〉与周代占卜》❷和邓裕华的《试论〈诗经〉中的卜筮》❸。顾文提及《诗经》中的 10 首诗歌；邓文分类论述了《诗经》中的卜婚、卜宅和占梦活动。在此基础上深入探讨可以发现，《诗经》中有明言占卜诗歌、鸟占诗歌、星占诗歌、草木占卜诗歌、杂占诗歌等。

（一）《诗经》明言占卜诗歌

《尚书·洪范》曰："七，稽疑。择建立卜筮人，乃命卜筮。曰雨，曰霁，曰蒙，曰驿，曰克，曰贞，曰悔，凡七。卜五，占用二，衍忒。立时人作卜筮，三人占，则从二人之言。汝则有大疑，谋及乃心，谋及卿士，谋及庶人，谋及卜筮。汝则从，龟从，筮从，卿士从，庶人从，是之谓大同。"《正义》曰："'稽疑'者，言王者考正疑事。当选择知卜筮者而建立之，以为卜筮人，谓立为卜人筮人之官也。既立其官，乃命以卜筮之职。"❹《卫风·氓》有云："尔卜尔筮，体无咎言。"毛《传》："龟曰卜。蓍曰筮。"❺二者可互相印证。

《小雅·斯干》里有"乃寝乃兴，乃占我梦。吉梦维何？维熊维罴，维虺维蛇。大人占之：维熊维罴，男子之祥；维虺维蛇，女子之祥。"《小雅·无羊》云："牧人乃梦，众维鱼矣，旐维旟矣，大人占之；众维鱼矣，实维丰年；旐维旟矣，室家溱溱。"在这两首诗里，称呼占梦的人为"大人"，而《小雅·正月》第五章诗曰："谓山盖卑，为冈为陵。民之讹言，宁莫之惩。召彼故老，讯之占梦。具曰予圣，谁知乌之雌雄！"诗中"占梦"则正合于《周礼·春官》的记载。

《诗经》里明确写到占卜的诗歌除上述《小雅·斯干》《小雅·无羊》《小雅·正月》三首写到占梦外，还有十二首诗，另有两首写到占卜所用物品。写到占卜所用物品的两首是《曹风·下泉》与《鲁颂·泮水》。《鲁颂·泮水》：

❶ ［日］白川静：《中国古代文化》，加地伸行、范月娇译，台湾文津出版社 1983 年版，第 181 页。
❷ 顾永新：《〈诗经〉与周代占卜》，《中国典籍与文化》1996 年第 3 期。
❸ 邓裕华：《试论〈诗经〉中的卜筮》，《广州师院学报（社会科学版）》1996 年第 3 期。
❹ （清）阮元校刻：《十三经注疏·尚书正义》（嘉庆刊本），中华书局 2009 年版，第 405 页。
❺ （清）阮元校刻：《十三经注疏·毛诗正义》（嘉庆刊本），中华书局 2009 年版，第 685 页。

"憬彼淮夷，来献其琛。元龟象齿，大赂南金。"这里，诗写鲁僖公战胜淮夷后在泮宫庆功，淮夷来纳贡献宝，贡品自然是国中最贵重的礼品，而龟便是首选。"淮夷"所献"元龟"，龟甲即当为占卜所用。又《曹风·下泉》之"冽彼下泉，浸彼苞蓍"。毛《传》："蓍，草也。"❶这种蓍草，即专为"筮"所用。而对于"筮人"的职掌，《周礼》曰：

> 筮人掌《三易》，以辨九筮之名，一曰《连山》，二曰《归藏》，三曰《周易》。九筮之名，一曰巫更，二曰巫咸，三曰巫式，四曰巫目，五曰巫易，六曰巫比，七曰巫祠，八曰巫参，九曰巫环，以辨吉凶。凡国之大事，先筮而后卜。上春，相筮。凡国事，共筮。❷

由此可见，当时国家大事是必然要"筮"的，筮人的地位举足轻重。《诗经》中卜筮并言的除《卫风·氓》以外，还有《小雅·杕杜》："卜筮偕止，会言近止，征夫迩止！"但《诗经》中更多的则是写到了"龟"或者"卜"，有以下七首：

> 《鄘风·定之方中》：升彼虚矣，以望楚矣。望楚与堂，景山与京。降观于桑，卜云其吉，终然允臧。
> 《小雅·天保》：吉蠲为饎，是用孝享。禴祠烝尝，于公先王。君曰卜尔，万寿无疆。
> 《小雅·小旻》：我龟既厌，不我告犹。谋夫孔多，是用不集。发言盈庭，谁敢执其咎？如匪行迈谋，是用不得于道。
> 《小雅·小宛》：交交桑扈，率场啄粟。哀我填寡，宜岸宜狱。握粟出卜，自何能穀？
> 《小雅·楚茨》：我孔熯矣，式礼莫愆。工祝致告，徂赉孝孙。苾芬孝祀，神嗜饮食。卜尔百福，如几如式。既齐既稷，既匡既敕。永锡尔极，时万时亿！
> 《大雅·绵》：周原膴膴，堇荼如饴。爰始爰谋，爰契我龟。
> 《大雅·文王有声》：考卜维王，宅是镐京。维龟正之，武王成之。武王烝哉！

---

❶ （清）阮元校刻：《十三经注疏·毛诗正义》（嘉庆刊本），中华书局 2009 年版，第 822 页。
❷ （清）阮元校刻：《十三经注疏·周礼注疏》（嘉庆刊本），中华书局 2009 年版，第 1739 页。

其中，最重要的占卜见于《大雅·绵》与《鄘风·定之方中》两诗，因为这都是事关"国之大迁"的占卜。解说《鄘风·定之方中》之"卜云其吉，终然允臧"时，毛《传》曰："龟曰卜。允，信。臧，善也。建国必卜之，故建邦能命龟，田能施命，作器能铭，使能造命，升高能赋，师旅能誓，山川能说，丧纪能诔，祭祀能语，君子能此九者，可谓有德音，可以为大夫。"正义曰：《大卜》曰：'国大迁，大师，则贞龟。'是建国必卜之。《绵》云'爰契我龟'，是也。大迁必卜，而筮人掌九筮，'一曰筮更'，注云：'更，谓筮迁都邑也。'"❶

而朱熹解释《大雅·大明》"文定厥祥，亲迎于渭"说："文：礼；祥：吉也。言卜得吉而以纳币之礼定其祥也。"❷认为是周文王卜占得吉兆后，在渭水搭桥迎娶。与《卫风·氓》之"尔卜尔筮，体无咎言"相互参看，可见婚前的卜筮是当时婚礼重要的部分。

(二)《诗经》鸟占诗歌

鸟占是一种原始习俗，根据鸟的鸣叫、飞行或习性来预测人事吉凶。对此刘毓庆《〈诗经〉鸟类兴象与上古鸟占巫术》一文有较深入研究。他指出，据《隋书·经籍志》著录，《鸟情占》《鸟情逆占》《鸟情书》《鸟情杂占禽兽语》《占鸟情》《风角鸟情》《飞鸟历》等之类的书，就有十几种之多。❸可见，鸟占在后世是很普遍的真实存在。而在远古时代，鸟类便是先民图腾崇拜的对象，被认为是与神灵相通的神圣代表，占卜盛行的时代，《诗经》不少篇章都渗透有鸟类占卜的意识。也就是说，鸟类兴象以象征、隐喻的形式携带着人生的悲欢离合、喜怒哀乐的情绪，渗透到了诗歌艺术之中，并在其中发挥着展示情绪、和谐物我、交融情景、渲染气氛的作用，因而在《诗经》中，鸟类兴象相当多地表现出了鸟情占卜的特点。联系《周易》而言，一些有关鸟类的易象，如"鸿渐于陆""鸿渐于陵""鸿飞遵陆"等，即《周易·渐》与《易林·剥之升》等当为上古时代的鸿占辞，这与《诗经》中的同类鸟兴象很难看出有什么区别，最直接的相类似的诗歌是《豳风·九罭》，诗中有"鸿飞遵渚，公归无所，於女信处"及"鸿飞遵陆，公归不复，於女信宿"的语句。对此，闻一多认为："象与兴实际都是隐，有话不能明说的隐。所以《易》有《诗》的效果，

---

❶ （清）阮元校刻：《十三经注疏·毛诗正义》（嘉庆刊本），中华书局 2009 年版，第 666~667 页。

❷ （宋）朱熹：《诗集传》，中华书局 1958 年版，第 177 页。

❸ 刘毓庆：《〈诗经〉鸟类兴象与上古鸟占巫术》，《文艺研究》2001 年第 5 期。

《诗》亦兼《易》的功能，而二者在形式上往往不能分别。"❶ 这里，闻一多先生是肯定"《诗》亦兼《易》的功能"的。也即，《诗经》中这类兴象鲜明的诗歌具有占卜的功能。而具体到鸟占而言，相对于甲骨占、蓍草卜筮的专业性，鸟占是一种简单、易于把握、大众化的预测方法，它不需要高深的技术，容易被人所接受。

基于这样的思维，重新审视《周南·关雎》："关关雎鸠，在河之洲。窈窕淑女，君子好逑。"则该诗以在洲中和鸣的雎鸠鸟起兴，并以此与人的活动进行类比，突出了窈窕淑女是君子的佳偶。所以，对于求爱的男子来说，将关雎鸟叫与求爱联系起来，通过关雎鸟的鸣叫占卜得到吉兆，因此男子唱着"关关雎鸠"向对方示爱时，不仅是对女子衷心不渝的承诺，或许也预示着求爱会顺利成功。

《小雅·车舝》有曰："依彼平林，有集维鷮。辰彼硕女，令德来教。"从意象上分析，是以华美的雉鸡鸟作比来赞美出嫁的"硕女"，而从鸟占角度来说，平林聚集了华美的雉鸡鸟，则预示着"觏尔新婚，以慰我心"的美满婚姻。与之类似的诗歌还有《小雅·白华》："有鹜在梁，有鹤在林。维彼硕人，实劳我心。鸳鸯在梁，戢其左翼。之子无良，二三其德。"《小雅·鸳鸯》，其前二章诗曰："鸳鸯于飞，毕之罗之。君子万年，福禄宜之。鸳鸯在梁，戢其左翼。君子万年，宜其遐福。"

《韩诗外传》卷三："爱其人及屋上乌，恶其人者憎其胥馀。"《说苑·贵德》："爱其人者，兼屋上之乌；憎其人者；恶其余胥。"据说是引用民间俗语。但实则其时乌是神圣鸟，《小雅·正月》诗曰："瞻乌爱止，于谁之屋？"又曰："具曰予圣，谁知乌之雌雄！"诗意莫辩，但乌鸦集于屋上，当为吉祥之兆，这也是《诗经》中的鸟占诗歌或鸟占文化的遗存。

(三)《诗经》星占诗歌

星占术，也叫占星，是观察天体的运动变化，预言人间吉凶祸福的一种方法。据甲骨资料，可以确信商代就有星占活动，甲骨文"已经出现对日月食、日中黑痣、星、云气和四方风的占卜"❷。《易·系辞上》曰："天垂象，见吉凶，圣人象之。"《周礼·春官》载保章氏的职责为"掌天星以志日月星辰之变化，以观天下之迁，辨其吉凶"。也即，观察星辰的变化以辨吉凶，为星占。

---

❶ 闻一多：《闻一多全集》(第三册)，湖北人民出版社 1993 年版，第 232 页。
❷ 詹鄞鑫：《中国的星占术》，《文史知识》1987 年第 1 期。

江晓原著有《世界历史上的星占学》一书，其中对《史记·天官书》做了"一份统计表"，对其 242 条占辞作出分类统计，分析认为"全部占辞中没有任何一类、任何一条不属于军国大事的范围"。❶

《诗经》中与星占最相关的诗歌是《大雅·灵台》，该诗倒没有直接写到星占，但奥秘在于"灵台"本身。其首章云："经始灵台，经之营之。庶民攻之，不日成之。"郑玄注："天子有灵台，所以观浸象、察气之妖祥。"孔颖达疏引公羊说云"'天子有灵台，以观天文'；诸侯卑，不得观天文，无灵台。"则该诗歌颂之"灵台"即天文台，为星占所用。

关于《诗经》中丰富的星象，顾炎武在《日知录》卷三十中说："三代以上，人人皆知天文。'七月流火'，农夫之辞也；'三星在户'，妇人之辞也；'月离于毕'，戍卒之辞也；'龙尾伏辰'，儿童之谣也。后世文人学士，有问之而茫然不知者。"❷ 其中"龙尾伏辰"见于《左传·僖公五年》，非《诗经》所载。而"月离于毕"一语为星占无疑。诗句见于《小雅·渐渐之石》，全诗如下：

> 渐渐之石，维其高矣，山川悠远，维其劳矣。武人东征，不皇朝矣。
> 渐渐之石，维其卒矣，山川悠远，曷其没矣。武人东征，不皇出矣。
> 有豕白蹢，烝涉波矣，月离于毕，俾滂沱矣。武人东征，不皇他矣。

与《周易》参校研究，闻一多指出："豕涉波与月离毕并举，似涉波之豕亦属天象，《述异记》曰：'夜半天汉中有黑气相连，俗谓之黑猪渡河，雨候也。'《御览》引黄子发《相雨书》曰：'四方北斗中无云，惟河中有云，三枚相连，如浴猪狶，三日大雨。'与《诗》之传说吻合，是其证验。《史记·天官书》曰：'奎为封豕，为沟渎。'《正义》曰：'奎……一曰天豕，亦曰封豕，主沟渎……荧惑星守之，则有水之忧，连以三年。'《易林·履之豫》诗曰：'封豕沟渎，水潦空谷，客止舍宿，泥涂至腹。'此与《诗》所言亦极相似，是《诗》所谓豕白蹢者，即星中之天豕，明矣。"❸ 而实则《史记》中早已记载以"月离于毕"来占卜的孔子故事，见于《仲尼弟子列传》：

> 他日，弟子进问曰："昔夫子当行，使弟子持雨具，已而果雨。弟子

---

❶ 江晓原：《世界历史上的星占学》，辽宁教育出版社 2004 年版，第 208 页。
❷ （清）顾炎武：《日知录》，上海古籍出版社 2006 年版，第 1673 页。
❸ 闻一多：《闻一多全集》（第十册），湖北人民出版社 1993 年版，第 234~235 页。

问曰：'夫子何以知之？'夫子曰：'诗不云乎？月离于毕，俾滂沱矣。昨暮月不宿毕乎？'"他日，月宿毕，竟不雨。

　　明确以星占来营制宫室的有《鄘风·定之方中》。其首章曰："定之方中，作于楚宫。揆之以日，作于楚室。"《诗集传》云："定，北方之宿，营室星也。此星昏而正中，夏正十月也。于是时可以营制宫室，故谓之营室。"加之"揆之以日"，也即非但确定良辰吉日，还要通过揆日——立表测日影来确定方位，来营制宫室。印证诸《尔雅》云："营室谓之定。"则"定"为古星名，即"营室"。"营室"原包括室宿和壁宿，后来专指室宿。

　　《诗经》中最集中描写星象的诗歌是《小雅·大东》，其诗有曰："维天有汉，监亦有光。跂彼织女，终日七襄。虽则七襄，不成报章。睆彼牵牛，不以服箱。东有启明，西有长庚。有捄天毕，载施之行。维南有箕，不可以簸扬。维北有斗，不可以挹酒浆。维南有箕，载翕其舌。维北有斗，西柄之揭。"诗中织女、牵牛、启明、长庚、天毕、南箕、北斗等星象一一罗陈。其中织女、牵牛因后世神话传说而尤为引人关注。战国晚期流行于秦地的《日书》曾明确警告说："戊申、己酉，牵牛以取织女，不果，三弃。"❶可推见此时因二星相隔天汉，人们已普遍认可牵牛、织女为婚姻困顿、难以恰和久长的星象喻示了。

　　《召南·小星》之"嘒彼小星，三五在东"，《唐风·绸缪》之"绸缪束薪，三星在天"，《小雅·苕之华》之"牂羊坟首，三星在罶"所写均可能是参宿三星。❷其中，《唐风·绸缪》为祝婚诗歌，则诗中"三星在天""三星在隅""三星在户"为吉祥之兆明矣。而《小雅·十月之交》则是明确以日食为凶兆的诗篇。前三章诗曰：

　　　　十月之交，朔日辛卯。日有食之，亦孔之丑。彼月而微，此日而微。今此下民，亦孔之哀。
　　　　日月告凶，不用其行。四国无政，不用其良。彼月而食，则维其常。此日而食，于何不臧。
　　　　烨烨震电，不宁不令。百川沸腾，山冢崒崩。高岸为谷，深谷为陵。哀今之人，胡憯莫惩。

此诗明言日食忽然发生是凶险的征兆，因此天下黎民百姓将大难临头，令人悲悯，第三章则列举了雷电暴雨、河水暴涨、山崩地裂等灾难场景，明显具有日食为因的占验思维。

（四）《诗经》草木占卜诗歌

《诗经》中涉及草木的诗歌有一些是以描摹草木的状态而给出对于事务的前瞻性评判的，其实，这可能都属于"相"的范畴，也即属于草木占卜诗歌。比较明显的例子有两个，其一是《大雅·桑柔》："瞻彼中林，甡甡其鹿。朋友已谮，不胥以穀。人亦有言：进退维谷。"再有《大雅·召旻》："如彼岁旱，草不溃茂，如彼栖苴。我相此邦，无不溃止。"如果说前者虽然提到"中林"，主要是从鹿的身上审视得到"进退维谷"的结果，则后者从岁旱草溃而预言此邦"无不溃止"，无疑是以草木的状态为兆，属于草木占卜。

而《召南·草虫》的二、三章诗曰：

> 陟彼南山，言采其蕨。未见君子，忧心惙惙。亦既见止，亦既觏止，我心则说。
> 陟彼南山，言采其薇。未见君子，我心伤悲。亦既见止，亦既觏止，我心则夷。

此诗里的情景可简化记为：上山采草→未见心伤→既见心悦。那么，这"采草"的神秘功能也就显现出来了，或许"采草"便具有占卜的意味，可以预测自己能否见到倾慕已久的"君子"。类似的还有《小雅·采绿》之"终朝采蓝，不盈一襜。五日为期，六日不詹"。而《王风·扬之水》和《郑风·扬之水》里的"不流束楚""不流束薪"之类也可能是一种占卜的行为。采蓝而所得不多，束楚、束薪不能顺畅流走，或许都是预示心愿不能达成的征兆。白川静有言："因这样的预卜法是一种卜筮之故，想必似乎广行一时。纵然当作具有祈求意义是心灵共鸣，也包含了如此预卜的意义。行'摘草'、'刈玉藻'等，《万叶集》多此例。"❶ 观之于楚辞，《九歌·湘君》有曰："采薜荔兮水中，搴芙蓉兮木末。"朱熹解说："薜荔缘木，而今采之水中；芙蓉在水，而今求之木末；则用力虽勤，而不可得。"❷ 蒋骥亦云："'薜荔'二语，喻所求之不得

---

❶ ［日］白川静：《中国古代文化》，加地伸行、范月娇译，台湾文津出版社 1983 年版，第 71 页。
❷ （宋）朱熹：《楚辞集注》，上海古籍出版社 1979 年版，第 34 页。

也。故而难遂其欲。"❶朱、蒋二人指出了此处行为乖张，欲求不得，但参照上文分析可见，此处应为"预卜法"，与下文所期待之人爽约有明确关联。也即，"采薜荔兮水中，搴芙蓉兮木末"这不合常理的表达"是一种卜筮之故"。

明乎此，则《诗经》中大量的采集文化相关诗歌❷，特别是那些与男女之情关系密切的采草怀人、采草赠花的，如《周南·卷耳》《周南·苤苢》《召南·采蘩》《王风·采葛》《唐风·采苓》《邶风·谷风》《鄘风·桑中》《魏风·汾沮洳》等，其采草无不具有占卜的意味。

《小雅·车辖》云："陟彼高冈，析其柞薪。析其柞薪，其叶湑兮。鲜我觏尔，我心写兮。"就这一章而言，我们远距离的赏析说，这是"析薪"起兴的诗歌。但为什么会是"柞薪"，为什么还赞美柞树的繁茂？这些问题却不容易说清。而最后说"鲜我觏尔，我心写兮"，这才是表达的重点，而或许前面的"析薪"以及柞树叶子鲜美正预言了这样满心欢喜的结果。就《小雅·车辖》全诗而言，这样的"析薪"起兴当然不应该被看作真的析薪的行动，但是诗歌选用这样的"析薪"来表情达意还是有其可以理解的原因的，至少当时的人能够理解。

植物占卜的遗存，西南地区除可见到的茅卜、竹卦等令外，彝族现仍有灵竹卜。当然，灵竹卜占卜的方式则不再是诗篇的起兴之类，但却仍然强调预示性。有学者考察指出："灵竹是许多彝区安灵祭做灵位的质料。对于选择哪一株山竹作灵竹，一般由后代决定。一旦选定了的山竹就是祖灵的象征，能代表祖意。凉山彝族的灵竹卜，以竹的根须多、长，表明后代将来家业繁荣；新笋芽多，预示着人丁兴旺。"❸

（五）《诗经》杂占诗歌

此言杂占，含嚏占、气占、粟占等。

《邶风·终风》一诗涉及嚏占。《汉书·艺文志》杂家类有《嚏耳鸣占》一书。《隋书·经籍志》五行类《杂占梦书》一卷，下注："梁有………《杂占梦书》《嚏书》《耳鸣书》《月书》各一卷。"则其中的《嚏耳鸣占》《嚏书》一定是讲打喷嚏占卜的，也即嚏占。《邶风·终风》诗曰：

　　　　终风且暴，顾我则笑。谑浪笑敖，中心是悼。

---

❶ （清）蒋骥：《山带阁注楚辞》，上海古籍出版社 1984 年版，第 54 页。
❷ 参见孙秀华：《〈诗经〉采集文化研究》，山东大学博士学位论文，2012 年。
❸ 巴莫阿依：《彝族祖灵信仰研究》，四川民族出版社 1994 年版，第 135 页。

终风且霾，惠然肯来。莫往莫来，悠悠我思。

终风且曀，不日有曀。寤言不寐，愿言则嚏。

曀曀其阴，虺虺其雷。寤言不寐，愿言则怀。

对于"寤言不寐，愿言则嚏"，郑玄笺曰："言我愿思也……我其忧悼而不能寐，汝思我心如是，我则嚏也。今俗，人嚏，云'人道我'。此古之遗语也。"这表明汉代人认为打喷嚏就有着与之相关的民俗，又说是从古而然的，可见似乎能够追溯到诗经的时代。验之于后世有《嚏耳鸣占》《嚏书》之类占卜书籍的存在，则《邶风·终风》的"寤言不寐，愿言则嚏"为嚏占是可信的。而据《中外民俗说"喷嚏"》一文介绍，则季羡林曾指出，古希腊、罗马、德国、英国、印度等均有相关打喷嚏的民俗，也以之为预兆，如《奥德赛》中佩涅洛佩看见儿子式勒马科斯打喷嚏，便以为是吉兆。❶ 这《奥德赛》中的例子，显然具有以打喷嚏占验吉凶的味道，可以说是嚏占。

古人认为风、云、雾、雷、雨、霜、雪、虹、霓、霞等都是由气所生，中国古代实际上还存在着另一种祷问方式——气占。❷《周礼》载"视祲"："掌十辉之法，以观妖祥，辨吉凶。"郑玄注云："辉谓日光炁也。"也即具体指太阳的十种光气。"保章氏"："以五云之物，辨吉凶、水旱，降丰荒之祲象。以十有二风察天地之和，命乖别之妖祥。"郑玄释五云之物色曰："以二至二分观云色，青为虫，白为丧，赤为兵、荒，黑为水，黄为丰。"❸

而反复揣摩《邶风·终风》，则其"终风且暴，顾我则笑""终风且霾，惠然肯来"二句也似大有玄机。为什么那个他终风暴则顾我笑、终风霾则惠然来呢？所以，在某种意义上说，诗中"终风"的这种种表象也肯定是一种征兆，则该诗还为气占诗歌。

《召南·殷其雷》祝祷的意味十分明显，或为以雷鸣的方位来占卜君子归来。其诗曰：

殷其雷，在南山之阳。何斯违斯，莫敢或遑？振振君子，归哉归哉！

殷其雷，在南山之侧。何斯违斯，莫敢遑息？振振君子，归哉

---

❶ 刘瑞明：《中外民俗说"喷嚏"》，《文史杂志》2005 年第 2 期。

❷ 曾振宇、崔明德，《李淳风"军气占"考论》，《历史研究》2009 年第 5 期。

❸ （清）阮元校刻：《十三经注疏·周礼注疏》（嘉庆刊本），中华书局 2009 年版，第 1745、1769~1770 页。

归哉！

　　殷其雷，在南山之下。何斯违斯，莫或遑处？振振君子，归哉归哉！

　　对于"殷其雷"，毛传曰："雷出地奋，震惊百里。"孔疏指出："'雷出地奋'，豫卦象辞也……'震惊百里'，震卦象辞也……此二卦皆有雷，事义相接，故并引之。"❶传、疏都认同以卦象来理解此诗，实则非常敏锐，可见古人或许是认可《召南·殷其雷》为气占诗歌的。类似于《召南·殷其雷》，《邶风·北风》之"北风其喈，雨雪其霏"，《曹风·候人》之"荟兮蔚兮，南山朝隮"，《鄘风·定之方中》之"灵雨既零，命彼倌人。星言夙驾，说于桑田"，应该也是情人欢会的情形。《卫风·伯兮》之"其雨其雨，杲杲出日"等也有气占的意味。而《鄘风·蝃蝀》写"蝃蝀在东，莫之敢指"，又写"朝隮于西，崇朝其雨"，其中"蝃蝀"即虹，彩虹，是古人崇敬的天象，且诗中又特意明确了虹与雨的东西方位。该诗终章明言"乃如之人也，怀婚姻也。大无信也，不知命也"。可以此推知诗意是否定的，因为其不信从"命"。深究下去，则古人相信命运与天象是相关的，所以，该诗之"蝃蝀""朝隮""崇朝其雨"等为气占无疑。

　　《小雅·小宛》有曰："握粟出卜，自何能穀？"对此，毛传无解释，郑笺曰："可哀哉，我穷尽寡财之人，仍有狱讼之事。无可以自救，但持粟行卜，求其胜负，从何处得生？"正义曰："是贫者无财自救，但持粟以求卜者，问得胜负。"❷这种解释恐与诗意不合。首先，"穷尽寡财""贫者无财"云云为无据之谈，属增字解经。其二，以"持"字来解释"握"字，似不妥当，二者明显不同。其三，是否可以粟米为占卜费用付给卜者，此姑且存疑。又因为所占卜的事项重大，是能否得以生存的人生大事，应该不能付出少而所问重大。而"粟"是可以用于祭祀的，具有神圣性。"'粢'最初是指祭祀时所用之粟，'粱'是粟的一个优良品种，'秫'是粟的一个品种即黏粟，而'糜'和'芑'，则是指红粱粟和白粱粟。"❸基于这样的思考，则"握粟出卜"或即为自己以手握粟米而进行的关乎生死存亡的郑重占卜。笔者称为"粟占"。至于其占卜的程序、方式方法等，则不得而知。然而现存的"米占"或许可以给我们以启示，让我们得以推测还原《诗经》粟占的端倪。

---

❶　（清）阮元校刻：《十三经注疏·毛诗正义》（嘉庆刊本），中华书局 2009 年版，第 609 页。

❷　（清）阮元校刻：《十三经注疏·毛诗正义》（嘉庆刊本），中华书局 2009 年版，第 970 页。

❸　何红中、赵博：《古代粟名演变新考》，《中国农史》2010 年第 3 期。

据说，米卦是目前坊间算命师用得最多、也是最简单的卜卦方式，和米卦操作相同的还有红豆卦、绿豆卦等。米卦占卜方式是：

> 以一千零八十颗圆润米粒放置在圆钵里做为占卜神器，占卜时先恭请诸天众神佛赋予灵动力，再禀告问事者的基本资料与占卜事项，然后再以双指随意抓起米粒，共抓三次，以断卦象。
>
> 详细的进行方式如下，选用"完整"的米粒一杯，约九分满，摆在神桌上。
>
> 1. 把要请示的问题，在心中回想默念一次。
>
> 2. 焚香，口念请神祝文。
>
> 3. 用食指及拇指取出米粒，不足八者以其数计，超过者以八除之，馀数即为下卦。
>
> 4. 再次拈取米粒，依上述之法计数，所得馀数为上卦。
>
> 5. 第三次拈取米粒，作为变卦，超过六者以六除之，所得馀数为变爻。
>
> 依上列方式即可测出本卦及其变卦，以卦象占事。❶

综合来看，甲骨文、金文记载了丰富的占卜资料，睡虎地秦简《日书》、银雀山汉简《占书》、阜阳双古堆汉简《五星》《星占》、马王堆帛书《五星占》《天文气象杂占》《日月风云气占》甲、乙篇等简帛印证了《周礼》《史记·天官书》《史记·龟策列传》《汉书·艺文志》等典籍所载占卜的昌明发达。而从占卜这一视角来重新审视《诗经》，则会觉得更能理解深情吟唱、生动兴象背后的吉祥愿望与祈祷祝福。

四、楚辞植物占卜

今并言占卜，实则占和卜是不同的。《左传·僖公十五年》曰："龟，象也；筮，数也。"《说文解字》释筮曰："筮，易卦用蓍也。"❷《史记·龟策列传》云："揲策定数，灼龟观兆。"也就是说，卜是指龟卜或骨卜，视甲或骨的兆象断吉凶；占是指策占，即筮占（蓍占），据揲蓍数列定休咎与否。当然，见诸

---

❶ 百度百科：米卦占卜，http://baike.baidu.com/link?url=wHHY57O29j6gMFDOLbOuFOM5CtenBNi_JkgbC_u0gV-mqb9xJUKMoc-nCB6NjNuQ7CStns1dMkl_ItNlMGoAF_。

❷ （汉）许慎撰，臧克和、王平校订：《说文解字新订》，订中华书局 2002 年版，第 292 页。

文献的古代占卜并非只有龟、策二种。楚辞中蕴含较为丰富的占卜文化，详加考察，涉及植物的占卜有蓍占、茅占、竹占、"结"占等。

（一）蓍占

楚辞中《卜居》《招魂》和《九怀·通路》三篇与蓍草占卜有关。

《卜居》，不知所从乃往见太卜郑詹尹曰："余有所疑，愿因先生决之。"詹尹乃端策拂龟，曰："君将何以教之？"……詹尹乃释策而谢曰："……龟策诚不能知此事。"

其中三及"策"字。注解说："五臣云：'策，蓍也。立蓍抚龟，以展敬也。'"❶《九怀·通路》也有："启匮兮探筴，悲命兮相当。"其中"筴"，即"策"的异体字。"探筴"，是指蓍占，以蓍草占吉凶。

　　《招魂》：帝告巫阳曰："有人在下，我欲辅之，魂魄离散，汝筮予之。"巫阳对曰："掌梦！上帝，其难从。若必筮予之，恐后之谢，不能复用。"

对于"筮"，注解说："筮，卜问也。蓍曰筮。《尚书》曰：'决之筮龟。'"❷

又《九怀·匡机》有曰："蓍蔡兮踊跃，孔鹤兮回翔。"虽原注为："蓍，筮也。"但不可信从，洪兴祖补注辨析甚明："《文选》云：'搏耆龟。'注云：'耆，老也。'龟之老者神，引'耆蔡兮踊跃'。据此，蓍则当作耆。然注以为蓍龟之蓍，蓍虽神草，安能踊跃乎？"也即，此处之"蓍"是通假字，通"耆"。对于"蓍蔡"的这种理解与下文之"孔鹤"二字用法一致，全句摹写龟鹤，有祈寿延年之意。当以洪说为是。❸

古人之所以选用蓍草占卜，应该与植物崇拜有关。《史记·龟策列传》云："能得百茎蓍，并得其下龟以卜者，百言百当，足以决吉凶。"❹由此可见古人笃信百茎蓍草神异的"决吉凶"功能，因此"闻古五帝三王发动举世，必先决蓍龟……至周室之卜官，常宝藏蓍龟"。而周室之卜官，据《周礼·春官》，有大卜、卜师、卜人、龟人、菙氏、占人、簭人、占梦、眡祲等，各有职守。

---

❶（宋）洪兴祖：《楚辞补注》，中华书局 1983 年版，第 176 页。
❷（宋）洪兴祖：《楚辞补注》，中华书局 1983 年版，第 198 页。
❸（宋）洪兴祖：《楚辞补注》，中华书局 1983 年版，第 269 页。
❹（汉）司马迁：《史记》，中华书局 1959 版，第 3223 页。

对于"筮人"的职掌,《周礼》曰:

> 筮人掌《三易》,以辨九筮之名,一曰《连山》,二曰《归藏》,三曰《周易》。九筮之名,一曰巫更,二曰巫咸,三曰巫式,四曰巫目,五曰巫易,六曰巫比,七曰巫祠,八曰巫参,九曰巫环,以辨吉凶。凡国之大事,先筮而后卜。上春,相筮。凡国事,共筮。❶

由此可见,当时国家大事是必然要"筮"的,筮人的地位举足轻重。

非但王室如此重视蓍占,流风所化,民俗皆然。《诗经》中就多次写到蓍草卜筮。《曹风·下泉》之"冽彼下泉,浸彼苞蓍"。毛《传》:"蓍,草也。"❷这种蓍草,即专为"筮"所用。《卫风·氓》有曰:"尔卜尔筮,体无咎言。以尔车来,以我贿迁。"毛《传》:"龟曰卜。蓍曰筮。"❸诗中"尔卜尔筮,体无咎言",便是当时较为典型的卜婚。《诗经》中卜筮并言的除《卫风·氓》外还有《小雅·杕杜》:"卜筮偕止,会言近止,征夫迩止!"这是写"征夫"久出未归时,妻子也求助于蓍草占卜,祈求丈夫能够尽快平安归来。

《说文解字》释曰:"蓍,蒿属。生十岁,百茎。《易》以为数。"《本草纲目》对于蓍草解释道:"其生如蒿作丛,高五六尺,一本一二十茎,至多者五十茎。生便条直,所以异于众蒿也。秋后有花,出于枝端,红紫色,形如菊花;结实如艾实。"又说:"则此类亦神物,故不可常有也。"仍认为是"神物"。

蓍草,拉丁学名为 Achillea sibirca,菊科蓍属植物,别名一支蒿、锯齿草、蜈蚣蒿。现有三种:高山蓍草(Achillea alpina L)、欧蓍草(A. millefolium L.)和云南蓍草(A. wilsoniana Heim.)。原产东亚、西伯利亚、日本及中国云南、四川、贵州、湖南西北部、湖北西部、河南西北部、山西南部、陕西中南部、甘肃东部。生于山坡草地或灌丛中。耐寒,喜温暖、湿润;阳光充足及半阴处皆可正常生长。不择土壤,但在排水良好、富含有机质及石灰质的砂壤土上生长良好。中医认为该草具有解毒消肿、止血、止痛的功能,夏秋采收,洗净,鲜用或晒干备用。

蓍草的占卜操作,即筮的操作流程可分为"命筮""揲蓍"和"释卦"。命筮就是向神灵表明蓍占的目的和祈求。如《国语·晋语四》记载:"公子亲筮

---

❶ (清)阮元校刻:《十三经注疏·周礼注疏》(嘉庆刊本),中华书局2009年版,第1739页。

❷ (清)阮元校刻:《十三经注疏·毛诗正义》(嘉庆刊本),中华书局2009年版,第822页。

❸ (清)阮元校刻:《十三经注疏·毛诗正义》(嘉庆刊本),中华书局2009年版,第685页。

之，曰：'尚有晋国。'"指重耳流亡在外，筮占自己命运前命筮"尚有晋国"。又如上文所引《招魂》帝告巫阳之语"有人在下，我欲辅之，魂魄离散，汝筮予之"即为命筮。

揲蓍，据《周易·系辞·上》第九章：

> 大衍之数五十，其用四十有九。分而为二以象两，挂一以象三，揲之以四以象四时，归奇于扐以象闰。五岁再闰，故再扐而后挂。天一，地二；天三，地四；天五，地六；天七，地八；天九，地十。天数五，地数五。五位相得而各有合，天数二十有五，地数三十，凡天地之数五十有五，此所以成变化而行鬼神也。乾之策二百一十有六，坤之策百四十有四，凡三百六十，当期之日。二篇之策，万有一千五百二十，当万物之数也。是故四营而成《易》，十有八变而成卦，八卦而小成。引而伸之，触类而长之，天下之能事毕矣。显道神德行，是故可与酬酢，可与祐神矣。子曰："知变化之道者，其知神之所为乎。"

则其步骤大致如下：取五十根蓍草，实用四十九根，将其任意分为两份，从这两份中的任意一份中取出一根，然后再把左右两份蓍草每四个一数，直到最后余数不够四为止，然后取出两份最后的余数，再将余下的左右两份蓍草合而为一。以上的四个步骤就是"四营"，即"分二""挂一""揲四""归奇"。四营而成一"变"，经过三"变"将得到一爻。如此反复六次，也就是经历十八变之后，得到六爻，即成一卦。三"变"之后得到的蓍草的数目不外乎以下四种情况：36、32、28、24，将这四个数字除以四，便会得到 9、8、7、6，9、7 为阳爻，6、8 为阴爻。这样就会产生由六个阴阳爻组成的一卦，即"本卦"。而 9 为老阳，8 为少阴，7 为少阳，6 为老阴。根据物极则反的原则，老阳和老阴为变化之爻，少阳和少阴为不变之爻，得到老阳要变为阴爻，得到老阴要变为阳爻。因此得到一卦之后，如果三变之后得到的数字中有 6 或者 9 存在，就会产生变爻，这样又形成一个新卦，称为"之卦"。这就是所谓的"大衍筮法"。❶

释卦是指得到卦象之后，对筮占结果进行解释，以数、卦象、卦爻辞结合为主占断吉凶。

而尽管楚辞中《卜居》《招魂》和《九怀·通路》三篇提到了蓍草占卜，

---

❶　李良贺：《春秋时期的卜筮研究》，吉林大学硕士学位论文，2004 年。

但似乎对于筮占结果并不十分关切。其中《卜居》和《招魂》实则完全舍弃了筮占。然而，蓍草占卜在后世影响仍十分深远。唐代刘长卿《岁日见新历因寄都官裴郎中》诗曰："愁占蓍草终难决，病对椒花倍自怜。"又清代文康的小说《儿女英雄传》第三十六回写道："〔安老爷〕亲自向书架子上把《周易》蓍草拿下来，桌子擦得干净，布起位来，必诚必敬，揲了回蓍草，要卜卜公子究竟名列第几。"

（二）茅占和竹占

《离骚》有曰：

> 索藑茅以筳篿兮，命灵氛为余占之。
> ……
> 欲从灵氛之吉占兮，心犹豫而狐疑。
> ……
> 皇剡剡其扬灵兮，告余以吉故。
> ……
> 灵氛既告余以吉占兮，历吉日乎吾将行。

这一大段三次写到灵氛，明确写到"灵氛之吉占"，则占卜所用来自"索藑茅以筳篿兮"一句无疑。但具体名物释说，历来见解不一，由此，对于占卜方式方法的判断众说纷纭。

王逸注解说："藑茅，灵草也。筳，小折竹也。楚人名结草折竹以卜曰篿。"[1] 也即王逸认为有两种占卜方法：灵草占卜和折竹占卜。

《文选》："藑作琼。五臣云：'筳，竹筹也。'"[2] "藑作琼"，也即"琼茅"，理解为美好洁净之白茅，可推测《文选》五臣注解认为，有两种占卜方法，茅占和竹占。

洪兴祖补注曰："藑音琼。《尔雅》云：'葍，藑茅。注云：藑、葍一种，花有赤者为藑。'筳，音廷。篿，音专。《后汉·方术传》云：'挺专折竹。注云：挺，八段竹也。音同。'"[3] 也即洪兴祖认为是两种占卜，红花葍占和竹占。

---

[1] （宋）洪兴祖：《楚辞补注》，中华书局1983年版，第35页。
[2] （宋）洪兴祖：《楚辞补注》，中华书局1983年版，第35页。
[3] （宋）洪兴祖：《楚辞补注》，中华书局1983年版，第35页。

王夫之《楚辞通释》："琼茅，《尔雅》谓之菅，其花赤。《本草》谓之旋复花……筳，折竹枝。篿，为卜算也，楚人有此卜法。取琼茅为席，就上以筳卜也。"❶ 这是认为只有一种占卜，竹占。尽管用到"琼茅为席"，但琼茅不直接用来占卜。

融通来看，对于竹占的存在是没有异议的。楚地盛产竹，因之人们用竹子作为占卜的工具，竹占也就成为楚地的一种重要的竹卜形式。而《文选》五臣注解认为"筳"即为"竹筳"，也就是"竹算"。枚乘《七发》有曰："孟子执筹而算之，万不失一。""算"与"筹"应关系密切，所谓"运筹帷幄"最初也肯定具有占卜的意味。这说明五臣虽没有明确记载竹占的形式、方法，但指出"筳"即"竹算"，可见他们对于在当时作为运"数"的竹占并不陌生。

《荆楚岁时记》有"或折竹以卜"，这说明楚人对竹卜法是有所运用的。❷ 但如何折竹、怎么占卜，不得其详。而民间"竹筶"占卜现今犹存。竹筶，即劈成两片的竹兜，以凸凹分阴阳。用法为持合之，抛于地面，两凸面朝上为阴卦，两凹面朝上为阳卦，一凹一凸为顺卦。也即分为阴、阳、顺三种卦象，顺为上，顺则吉，顺即胜。重庆博物馆现存有巫师使用的"竹筶"一对，为取楠竹尖部制成，长 10 余厘米，中剖为二。在巴渝地区方言之中，如关于"试试""试一下"的表达就是"让我来筶一回"，这个"筶"即竹卜。❸

对于"灵草"占卜，认为"菅"为"灵草"，于文献无征。又指"菅"，"花有赤者为蘽"，是生分菅有二种，也即花赤者名为蘽，花非赤者仍名为菅，与常理不合。王夫之《楚辞通释》即释说琼茅为赤花菅或旋复花，又说"取琼茅为席，就上以筳卜"，明显没有文献依据，且赤花菅或旋复花如何做得"席"？

张崇琛认为："琼茅"即《禹贡》荆州所贡之"菁茅"，亦即《左传》管仲责楚"尔贡包茅不入"之"包茅"。以其气味芬芳，或谓之香茅。《水经·湘水注》引《晋书·地道志》言零陵郡桂阳县有"香茅"，即此物。此物可用以缩酒，亦可用于为卜，当是。这完全合乎王逸"灵草"说。❹

茅为灵草，典籍中多见。《周易·大过》初六爻辞云："藉用白茅，无咎。"是说用白茅做铺垫，就不会有什么灾难了。《礼记·杂记下》记大夫之丧"御枢以茅"，即执事者持茅为前导，指挥灵枢进止，亦证茅可通灵。而且，与楚

❶ （清）王夫之：《楚辞通释》，上海人民出版社 1975 年版，第 17 页。
❷ 宋公文、张君：《楚国风俗志》，湖北教育出版社 1995 年版，第 451 页。
❸ 曾超：《巴人占卜的选材及其特点述论》，《长江师范学院学报》2008 年第 5 期。
❹ 张崇琛：《楚人卜俗考略》，《兰州大学学报》1991 年第 2 期。

地直接相关的记载还有两条。其一为《尚书·禹贡》记述荆州贡品中就有"包匦菁茅"，郑玄注云："匦，缠结也。菁茅，茅有毛刺者，给宗庙，缩酒。"其二是《国语·晋语八》载："昔成王盟诸侯于岐阳，楚为荆蛮，置茅蕝，设望表，与鲜卑守燎，故不与盟。"韦注云："置，立也。蕝，谓束茅而立之，所以缩酒。"这是说以茅缩酒望祭山川，茅显然具有通神灵气。❶

然而，如何用灵草占卜，古人没有记载。张崇琛详录宋代文献进行了推测。庞元英《文昌杂录》云："余昔知安州，见荆湘人家多以草、竹为卜"。是草、竹之卜，宋时犹存。宋人周去非《岭外代答》中更详细记载了草卜之法：

> 南人茅卜法，卜人信手摘茅，取占者左手，自肘量至中指尖而断之，以授占者，使祷所求。即中摺之，祝曰：奉请茅将军、茅小娘，上知天纲、下知地理云云。遂祷所卜之事，口且祷，手且掐。自茅之中掐至尾，又自茅中掐至首。乃各以四数之，余一为料，余二为伤，余三为疾，余四为厚。"料"者，雀也，谓如占行人，早占遇料，行人当在路，此时雀已出集故也；日中占遇料，则行人当晚至，时雀至暮当归尔，晚占遇料，则雀已入巢，不归矣。"伤"者，声也，谓之"笑面猫"，其卦甚吉，百事欢欣和合。"厚"者，滞也，凡事迟滞。茅首余二，名曰"料贯伤"，首余三，名曰"料贯疾"。余皆仿此。南人卜此最验。精者能以时辰与茅折之委曲，分别五行，而详说之。大抵不越上四余，而四余之中，各有吉凶，又系乎所占之事。当卜之时，或遇人来，则必别卜，曰：外人踏断卦矣。

周氏所述，即所谓"掐茅卦"也。曩者湖湘乡间，往往见之。此种"掐算"之法，北方民间也有，然不以茅，径以手指代替。《离骚》"索琼茅"以"占"，极可能就是这类的卜法。❷

此推测茅占或类似后世之"掐茅卦"，有一定认识价值。但与《离骚》文意大不合。《离骚》中"索藑茅以筳篿兮，命灵氛为余占之"是郑重其事，诚信敬意之占卜，绝非"信手摘茅"而为之。且所命之"灵氛"也应非同寻常，其地位崇高，为可占断国是之人，也不应径以"掐算"应对"余"之所请。

"茅，多年生草本……秆直立，粗壮，高30~90厘米。叶线形，长可达50

---

❶ 刘振中：《说"茅"》，《中国典籍与文化》1998 年第 2 期。

❷ 张崇琛：《楚人卜俗考略》，《兰州大学学报》1991 年第 2 期。

厘米，宽约 1 厘米。"❶ 就茅的植物学形态特点而言，"掐茅卦"或所用当为茅叶，因为茅叶柔软，可很方便的掐断。而楚辞中灵氛茅占所用当为茅秆，因为茅秆更为方便保存，且可反复使用，正如同蓍草占卜是使用蓍草茎秆。至于其茅占之法，当类似蓍草占卜。此即为同样可通灵的茅，替代通灵的蓍草而已。也就是说，茅占同样可经由"分二""挂一""揲四""归奇"等"四营"得到卦象，进而判断吉凶。

（三）"结"占

《离骚》之"索藑茅以筳篿兮，命灵氛为余占之"，王逸注解中说："楚人名结草折竹以卜曰篿。"显然，"结草"是别样一种占卜，王逸是很清楚的。但后世注家对于"结草"之占卜均无解说。实则楚辞文本中便留存有内证。以下四处当与"结"之占卜有关：

> 《离骚》：擘木根以结茝兮，贯薜荔之落蕊。
> 《离骚》：时暧暧其将罢兮，结幽兰而延伫。
> 《九歌·大司命》：结桂枝兮延伫，羌愈思兮愁人；
> 《九怀·危俊》：结荣茝兮逶逝，将去烝兮远游。

值得注意的是，所"结"的对象为茝、兰和桂枝，皆为芳香植物，可称为香草香木。楚辞中香草香木与美人君子相配，而这种相关联是以香草香木所具有的圣洁或者说神圣特征为基础的。对于"结"而言，其本身也具有神圣性。

《周易·系辞·下》曰："上古结绳而治，后世圣人易之以书契。"孔颖达疏："结绳者，郑康成注云，事大大结其绳，事小小结其绳，义或然也。"据现代人类学资料，结绳记事，远非孔、郑之大结、小结推测之简陋，由绳之颜色、质地特别是编结方式方法的变换，结绳可以精确记载纷繁复杂的事件。可以想见，上古时代，结绳记事之"结"，对于部族的极端重要性，对于常人而言，"结"无疑具有至高神圣、神秘的特性。

具体到"结草"，有这样的典故。《左传·宣公十五年》载有：

> 初，魏武子有嬖妾，无子。武子疾，命颗曰："必嫁是。"疾病则曰："必以为殉。"及卒，颗嫁之，曰："疾病则乱，吾从其治也。"及辅氏之

---

❶ 潘富俊：《楚辞植物图鉴》，上海书店出版社 2003 年版，第 71 页。

役，颗见老人结草以亢杜回，杜回踬而颠，故获之。夜梦之曰："余，而
所嫁妇人之父也。尔用先人之治命，余是以报。"

这便是受厚恩而虽死犹报之"结草"典故的由来。可"结草"何以让有名
的将军杜回踬、颠而受擒呢？奥秘似乎不在于所结之草多么坚韧以至于可以
"亢"杜回，而实则在于"结"本身的神秘特性，或者具有某种<u>巫术魔力</u>的附
加，类似于厌胜之术。

恰类似于所列出的楚辞中"结"茝、兰和桂枝等香草香木，日本古代有结
松枝风俗，或结松枝之人藉此表达留恋之意，而且有寄希望于自己再亲手解开
此结的意愿，而追根溯源，当为一种结松占卜。关于这种风俗的和歌有以下很
著名的这几首：

> 有间皇子自伤结松枝歌
> （2-141）磐代海滨松，
> 结枝频祈祝。
> 如得保平安，
> 或许能来复。（19）❶
> 长忌寸奥麻吕见结松哀咽歌二首
> （2-143）人云磐代崖，
> 犹遗松枝结。
> 不知归路人，
> 是否再得瞥。（87）
> （2-144）磐代野原上，
> 松结犹未松。
> 吾心似松结，
> 未解古时衷。（88）
>
> 山上臣忆良追和歌一首
> （2-145）辗转频飞翔，
> 精魂如暮鸟。

---

❶ ［日］大伴家持：《万叶集选》，李芒译，人民文学出版社1998年版，第19页。诗行前括号内数
字，前为该诗在《万叶集》中的原卷数，后为原歌号；全诗结束后括号内数字，为该诗在《万叶
集选》中的页码。下引万叶和歌皆同此例。

瞩目松枝结，

松知人未晓。（157）

特别是第一首和歌，"如得保平安，或许能来复"俨然是向神佛面前祈福许愿，再回过头来看"结枝频祈祝"，其"结枝"的占卜意味非常明显。对于以上几首和歌，"为什么人们要在和歌中通过歌咏松树来祈祷生命的安然无恙呢？"家井真认为："因为松树被人们视作灵魂赖以附着之物"，"与《万叶集》中所歌松树一样，在古代中国松树也被认为是一种凭依，两者具有相同的特征。因此，有马皇子虔诚地向象征灵魂以及神灵凭依的松树祈祷生命的无恙，忆良则歌咏附着有马皇子灵魂的松树。""可见松树所具有的宗教性在古代日本和中国是共通的。"❶ 而显而易见的是，楚辞中茝、兰和桂枝等香草香木是明确"被人们视作灵魂赖以附着之物"的。因此，"结"这些香草香木，是具有占卜前途命运、世事和人生的用意的。

至于"结"占的方法，《九怀·危俊》之"结荣茝兮逶逝"，注解说"束草陈信"。❷ 也就是将"结"解释为"束"，即打结。从所引日本和歌看，结松枝之"结"的方法也似乎没有什么特别，就是"束，打结"。至于结的时候如何祈祷，之后如何来"复"，则应该是有一些复杂神圣的程序，可惜不得而知。

除上述几种植物占卜外，楚辞中涉及植物采集特别是香草香木采集的内容，大都具有预测性含义，也就是具有植物占卜的意味。这是因为楚辞中的这些植物被赋予了神性，能起到连接人和神的中介作用。而在《诗经》中早有这样的例子。比如《召南·草虫》的二、三章诗曰：

陟彼南山，言采其蕨。未见君子，忧心惙惙。亦既见止，亦既觏止，我心则说。

陟彼南山，言采其薇。未见君子，我心伤悲。亦既见止，亦既觏止，我心则夷。

此诗里的情景可简化记为：上山采草→未见心伤→既见心悦。那么，这"采草"的神秘功能也就显现出来了，或许"采草"便具有占卜的意味，可以预测自己能否见到倾慕已久的"君子"。类似的还有《小雅·采绿》之"终朝

---

❶ ［日］家井真：《〈诗经〉原意研究》，陆越译，江苏人民出版社 2011 年版，第 151~152 页。

❷ （宋）洪兴祖：《楚辞补注》，中华书局 1983 年版，第 271 页。

采蓝，不盈一襜。五日为期，六日不詹。"而《王风·扬之水》和《郑风·扬之水》里的"不流束楚""不流束薪"之类也可能是一种占卜的行为。白川静有言："因这样的预卜法是一种卜筮之故，想必似乎广行一时。纵然当作具有祈求意义是心灵共鸣，也包含了如此预卜的意义。行'摘草''刈玉藻'等，万叶集多此例。"❶

楚辞里则这种采花折木俯拾皆是，不胜枚举，有一些是明显具有白川静所言之"预卜法"意味的。比如《离骚》之"擥木根以结茝兮，贯薜荔之落蕊。""矫菌桂以纫蕙兮，索胡绳之纚纚。""制芰荷以为衣兮，集芙蓉以为裳。"又如《九歌·湘夫人》云："筑室兮水中，葺之兮荷盖；荪壁兮紫坛，播芳椒兮成堂；桂栋兮兰橑，辛夷楣兮药房；罔薜荔兮为帷，擗蕙櫋兮既张；白玉兮为镇，疏石兰兮为芳；芷葺兮荷屋，缭之兮杜衡；合百草兮实庭，建芳馨兮庑门。"尤为突出的是《九歌·湘君》中的"采薜荔兮水中，搴芙蓉兮木末"以及《九歌·湘夫人》中的"鸟何萃兮苹中，罾何为兮木上？"两处，均表现了行为乖张，类似缘木求鱼，以之暗示出苦待佳人而佳人不至的境地。反观两处，细细揣摩，其占卜意味较为明显。

总之，楚辞中占卜文化浓厚，但对于占卜结果却未见笃信。对于"结"占以及采花折木中蕴含的占卜，主人公多是引用这些芳洁植物以言己洁身自好，展现高尚情操。而对于茅占、竹占和蓍占，楚辞里的相关占卜活动中加入了更多理性的因素，体现了某种程度上的理性认识。较为集中和典型的是《卜居》，名为"卜居"而最终"端策拂龟"的卜者"释策而谢"，并未进行占卜。何也？占卜本为决疑，无疑则不必占卜。也即"君子之所以处躬，信诸心而与天下异趋。澄浊之辨，粲如分流；吉凶之故，轻若飘羽。人莫能为谋，鬼神莫能相易。恐天下后世，且以己为过高，而不知卑躬处休之善术，故托为问之蓍龟而詹尹不敢决，以旌己志。"❷

第二节　宗教崇拜的庄严与神圣

樊树云认为，《诗经》中的采撷诗"从其功用来看：直接用于宗教祭祀活动的有两篇，即《召南·采蘋》《召南·采蘩》；间接地利用巫术的象征意义以

---

❶ ［日］白川静：《中国古代文化》，加地伸行、范月娇译，台湾文津出版社 1983 年版，第 71 页。
❷ （清）王夫之：《楚辞通释》，上海人民出版社 1975 年版，第 115 页。

宴宾客的仅三篇，而大量的则是利用所采植物的药用、食用价值或巫术的象征意义来求得爱情。所有这些，都可以将《诗经》中的采撷诗归入宗教文化或宗教文化性质。"❶楚辞的宗教意味在《九歌》中体现得最为明显，一曰"吉日兮辰良"（《东皇太一》），再曰"吾与君兮齐速，导帝之兮九坑"（《大司命》），终曰"成礼兮会鼓，传芭兮代舞"《礼魂》），歌舞娱神，见之明文。

一、生殖崇拜的折射

生殖崇拜的出现，对于先民来说是自然而然的事情。有学者认为："原始人凭其自然本性进行两性交合而实现人的生殖，这是人性的自然实现，但原始人要对这个自然过程做出符合于自然的解释，却需要漫长的过程。最初必然视为神秘，对生儿育女，传宗接代作出神秘的解释。或者归于氏族的图腾，或者追溯到某个女人与非人神物的感应与交合；或是说成是女性的独特功劳；或者说成是男性的创造。这样就形成了流行于原始时代的生殖崇拜。"❷

廖群师曾指出"卵生或准卵生的观念在我国上古并不是个别现象"，并举高句丽人始祖的诞生神话，大禹的诞生故事，盘古开天"始自一个大大的鸡子"等为证，❸而这些都无疑充满了对于生殖的崇拜。《诗经》中写到的具有强大生殖能力的卵生昆虫有螽斯、草虫、阜螽、蟋蟀等，《周南·螽斯》直接兴喻歌咏，多子多孙的祝福祈愿表达得非常热切，其诗曰：

> 螽斯羽，诜诜兮。宜尔子孙，振振兮。
> 螽斯羽，薨薨兮。宜尔子孙，绳绳兮。
> 螽斯羽，揖揖兮。宜尔子孙，蛰蛰兮。

而在远古先民的观念中，植物的繁殖同样与人的生殖有着种种神秘的联系。但是这样的神秘联系并不为人们所注意。然而有一些诗句中，一旦专注考察，则联系又显而易见，甚至不必解说就人人可以理解。比如《离骚》的第一句"帝高阳之苗裔兮"，其意在于追根问祖，祖先为根本，我为苗裔。其中的

---

❶ 樊树云：《〈诗经〉宗教文化探微》，南开大学出版社 2001 年版，第 157 页。其所谓"间接地利用巫术的象征意义以宴宾客的仅三篇"，樊树云指为《小雅·采芑》《小雅·采菽》和《小雅·匏叶》"，见于《〈诗经〉宗教文化探微》第 162 页。

❷ 吕大吉：《宗教学通论新编》，中国科学出版社 1998 年版，第 497 页。

❸ 廖群：《〈诗经〉比兴中性意象的文化探源》，《文史哲》1995 年第 3 期。

"根本"与"苗裔"，浸润的就是植物繁殖的思维，就是对于植物繁茂的崇拜。故而，可以说，先秦诗歌中这样的思维或隐或显，引人入胜，很多与采集文化相关的诗歌奏响着生殖崇拜的乐音。

（一）花草生人

深入理解"帝高阳之苗裔兮"，即可以认同"在远古人类的原始思维中，人类的蕃衍，植物的蕃衍，动物的蕃衍都是一回事"❶。原始先民认识到作为食物来源的植物繁衍丰盛，而且对于自身的传宗接代愿望强烈而又难以做到科学了解，认识模糊，感到神秘，于是先民们希望以礼赞、崇拜或是食用这些结子繁多的植物来获得强大的生殖能力，这无疑正是生殖崇拜的表现。而花草生人，则类同于《商颂·玄鸟》之"玄鸟生商"追认玄鸟为始祖（或近似于始祖），是直接把人类的始祖追认为各种植物，这当然也含有图腾崇拜和祖先崇拜的意味，但这里所强调的是其生殖的崇高神圣，所注重的是其生殖的大功大德。

有学者指出："花草生人是一个远古观念，但在现代不少民族中还保留有这样的传说。壮族口头文学传说，宇宙最初是混沌一片。分出天、地、海洋后，大地经风雨润育，长出了草，草上开了一朵花，花里生出一个披头散发的女人，她是宇宙第一位始祖神姆六甲。（参见蓝洪恩《论〈布洛陀经诗〉》）这里应当注意的是天地间第一个人是花草所生的女人。"❷植物的花瓣、叶片可状女阴之形，繁殖力十分强大，由花草生人这一视角考察，花喻美人还自应有它的深意。赵国华认为："从表象来看，花瓣、叶片可状女阴之形。从内涵来说，植物一年一度开花结果，叶片无数，具有无限的繁殖能力。所以，远古先民将花朵盛开、枝叶茂密、果实丰盈的植物作为女阴的象征，实行崇拜，以祈求向自身生殖繁盛、蕃衍不息。"❸

因此，置身先秦时代，在那花草繁茂的有情天地间，触目所及，生机盎然！故而先秦采集文化相关诗歌所言及的很多植物都与生殖崇拜关系密切，而这些植物的意象最经常的是出现在诗歌的比兴之中，这就常常使得歌者对于生殖的渴望表现得比较婉约，耐人寻味。但也有比较明显的例子，廖群师就曾指出：《诗经》比兴中……就尚直接保留着生殖意味，所谓'绵绵瓜瓞，民之初

❶ 赵国华：《生殖崇拜文化论》，中国社会科学出版社1990年版，第387页。
❷ 杨树帆：《采草习俗与献身祭神式——〈诗经〉原型研究之一》，《西南民族学院学报（哲学社会科学版）》1996年第3期。
❸ 赵国华：《生殖崇拜文化论》，中国社会科学出版社1990年版，第215页。

生'（《大雅·绵》），所谓'椒聊之实，蕃衍盈升；彼其之子，硕大无朋（谓孕妇）'（《唐风·椒聊》）等即是。"❶ 而对于"绵绵瓜瓞，民之初生"，王宗石认为新婚的"合卺"之礼"也是以瓜多子为象征"❷ 闻一多则认为"属于葫芦和与之同类的瓜"以及可"权将'鼓'字当作'瓜'字之讹也行"，则由物变人的六种不同形式为：

一、男女从葫芦中出；
二、男女坐于瓜花中，结实后，二人包于瓜中；
三、造就人种，放在鼓内；
四、瓜子变男，瓜瓢变女；
五、切瓜成片，瓜片变人；
六、播种瓜子，瓜子变人。❸

这里所总结的六种情况则全都可以理解为葫芦生人，正是《大雅·绵》之"绵绵瓜瓞，民之初生……"的最佳注解。

既然先秦中植物的花、叶在原始意义上往往用来比拟女阴，则植物与女子多有合二为一的情景，因此，《诗经》中的采草怀人、采草赠花往往就是情爱的表白，而在那样尤其重视生育的时代，这也就必然含有对于生殖的追求。而那些采薪、束薪、伐薪的诗歌，比如《豳风·伐柯》之"伐柯如何？匪斧不克。取妻如何？匪媒不得"皆有这样的意味。

而《诗经》中也有写到食用这些花草的，这应该类似闻一多所揭示的"食鱼"，是一种隐语，其性爱、生殖的意味更为强烈。比如《小雅·白驹》：

皎皎白驹，食我场苗。絷之维之，以永今朝。所谓伊人，于焉逍遥？
皎皎白驹，食我场藿。絷之维之，以永今夕。所谓伊人，于焉嘉客？
皎皎白驹，贲然来思。尔公尔侯，逸豫无期？慎尔优游，勉尔遁思。
皎皎白驹，在彼空谷。生刍一束，其人如玉。毋金玉尔音，而有遐心。

这首诗很含蓄地说要把那可爱的白马拴住，"以永今朝""以永今夕"，那么，白马王子会在哪里"永今朝""永今夕"呢？这当然是不言自喻的。《秦

---

❶　廖群：《〈诗经〉比兴中性意象的文化探源》，《文史哲》1995 年第 3 期。
❷　王宗石：《〈诗经〉分类诠释》，湖南教育出版社 2001 年版，第 417 页。
❸　闻一多：《闻一多全集》（第三册），湖北人民出版社 1993 年版，第 108 页。

风》与这首诗关系很密切。《小雅·白驹》中有"所谓伊人"一语，在《秦风·蒹葭》里"所谓伊人"正是诗人倾诉衷肠、思慕不已而又难以寻觅却一直苦苦追求的知心爱人。《小雅·白驹》中的"其人如玉"令人可以马上想到《秦风·小戎》里的"言念君子，温其如玉。在其板屋，乱我心曲"。而《秦风·蒹葭》和《秦风·小戎》现在一般都认可为爱情诗，所以《小雅·白驹》尽管会用于庙堂之上，但在其诗歌的本意上却不可能与爱情无关，而"食我场苗""食我场藿"之言，则包含着大胆明朗的性爱、生殖的意味。

《离骚》咏曰："溘吾游此春宫兮，折琼枝以继佩。及荣华之未落兮，相下女之可诒。"其中抒情主人公要趁着荣华未落而求美，无论其要表达的志向如何，则至少形式上，"求美"而与植物的生命力旺盛结合起来，也即要注重与植物的繁殖时机一致，这也有性爱、生殖的含义。

（二）桑林欢会

黑格尔曾指出："东方所强调和崇敬的往往是自然界的普遍的生命力，不是思想意识的精神性和威力，而是生殖方面的创造力。"❶ 就中国古代所谓"天人合一"的认识体察世界的心智模式而言，这样的说法是很有道理的，天地自然的运行，万物的生生不息与人的代代繁衍是一致的，都是崇高的、神圣的，这自有其内在的"道"，不可违背。于是，我们看到了《周礼·地官》中这样的规定："中春之月，令会男女。于是时也，奔者不禁。若无故而不用令者，罚之。"❷ 这样的"中春令"执行的情况如何，不得而知，对于无故而不用令的人怎样处罚，郑玄也没有明了的注解。但这"中春令"的要义，是在于促进人口的繁衍，这样的说法或许正来自青年男女桑间濮上的欢会风俗。

采桑为妙龄女子的职事，涉及桑林欢会的诗歌往往取桑叶、桑葚等为喻，且柔情蜜意的发生地点就在桑林，因而这些诗歌与采集文化关系密切。《小雅·隰桑》就是这种桑林欢会的情歌：

> 隰桑有阿，其叶有难。既见君子，其乐如何！
> 隰桑有阿，其叶有沃。既见君子，云何不乐！
> 隰桑有阿，其叶有幽。既见君子，德音孔胶。
> 心乎爱矣，遐不谓矣？中心藏之，何日忘之？

❶ ［德］黑格尔：《美学》(第三卷上册)，朱光潜译，商务印书馆 1979 年版，第 40 页。
❷ （清）阮元校刻：《十三经注疏·周礼注疏》(嘉庆刊本)，中华书局 2009 年版，第 1580 页。

这大约是多情的女子在回味缠绵的欢乐，然而美好的时光总是那么短暂，心中有个他，不由天天想着他。而也有男子思念女子的桑林欢会情歌，那就是《鄘风·桑中》：

> 爰采唐矣？沬之乡矣。云谁之思？美孟姜矣。期我乎桑中，要我乎上宫，送我乎淇之上矣。
>
> 爰采麦矣？沬之北矣。云谁之思？美孟弋矣。期我乎桑中，要我乎上宫，送我乎淇之上矣。
>
> 爰采葑矣？沬之东矣。云谁之思？美孟庸矣。期我乎桑中，要我乎上宫，送我乎淇之上矣。

《诗序》认为，《小雅·隰桑》的诗旨是"小人在位，君子在野，思见君子，尽心以事之"。[1]也就是说，《诗序》认为《小雅·隰桑》是贤人思君之类的诗歌。但对于这首《鄘风·桑中》，《诗序》说："刺奔也。卫之公室淫乱，男女相奔，至于世族在位，相窃妻妾，期于幽远，政散民流而不可止。"[2]虽然仍是卫道的立场，却也不得不承认这是与男女之情相关的诗歌。《左传·成公二年》云："巫臣尽室以行。申叔跪从其父，将适郢，遇之，曰：'异哉！夫子有三军之惧，而又有《桑中》之喜，宜将窃妻以逃者也。'及郑，使介反币，而以夏姬行。"[3]其中明确提到了"《桑中》之喜"，不过，夏姬此时新寡，应该不能称为别人之"妻"，但这大致可以算作《鄘风·桑中》涉及男女之情的例证了。而这样的男女之情的发生地是在桑中之野、上宫之地、淇水之滨。这样的场景，不由令人想到《郑风·溱洧》："溱与洧，方涣涣兮。士与女，方秉蕳兮。女曰观乎？士曰既且。且往观乎？洧之外，洵吁且乐。维士与女，伊其相谑，赠之以勺药。"如此一致的男女欢会，不过《郑风·溱洧》没有点明密约在桑林之中而已。

而格拉耐认为："对于这样一对对的情人来说，爱情的表白也好，约婚的花束也好，都不能充分满足他们的心情。犹如成双的水鸟隐于河中的小岛，犹如成对的林鸟隐于森林，他们也双双对对来到草地上或山上的树林中和高高的灌木丛中。"[4]

---

[1]（清）阮元校刻：《十三经注疏·毛诗正义》（嘉庆刊本），中华书局 2009 年版，第 1065 页。
[2]（清）阮元校刻：《十三经注疏·毛诗正义》（嘉庆刊本），中华书局 2009 年版，第 663 页。
[3]（清）阮元校刻：《十三经注疏·春秋左传正义》（嘉庆刊本），中华书局 2009 年版，第 4117 页。
[4]［法］格拉耐：《中国古代的祭礼与歌谣》，张铭远译，上海文艺出版社 1989 年版，第 128 页。

《诗经》里有两首诗写到了鸟食桑葚，一是《卫风·氓》："桑之未落，其叶沃若。于嗟鸠兮，无食桑葚。于嗟女兮，无与士耽。士之耽兮，犹可说也。女之耽兮，不可说也。"二是《鲁颂·泮水》："翩彼飞鸮，集于泮林。食我桑黮，怀我好音。憬彼淮夷，来献其琛。元龟象齿，大赂南金。"鸟的意象常与爱情、性爱相关，且往往喻指男性；而采桑养蚕是女子最惯常的劳作，桑树、桑叶、桑葚与女子相关也是可以理解的，因而，鸟食桑葚，在最初可能有性爱隐语的意味。不过，在《鲁颂·泮水》里是兴喻"淮夷"的"飞鸮"来吃桑葚，于是这种性爱隐语的意味便深深地隐藏在盛大典礼与庄重外交仪式的要求之下；而在《卫风·氓》里，食桑葚的是鸠鸟，这是与男女之情相关的鸟儿，《召南·鹊巢》是一首婚庆诗歌，其中的鸠鸟就大致可以理解为获得新婚爱人的心满意足者。其诗曰：

> 维鹊有巢，维鸠居之。之子于归，百两御之。
> 维鹊有巢，维鸠方之。之子于归，百两将之。
> 维鹊有巢，维鸠盈之。之子于归，百两成之。

所以，《卫风·氓》里的鸠鸟食桑葚，应该含有性爱隐语的用意，这或许正是桑林欢会的印痕。

那么，为什么男女欢会要把地点选在桑林呢？这是因为桑林"是'殷商民族以及古代若干其它民族祭祀祖先神明的圣地'（陈炳良《中国古代神话新释两则》，《清华学报》新七卷二期），也是男女相会祭祀高禖的场所（参见陈梦家《高禖郊社祖庙通考》，《清华学报》12 期；闻一多《高唐神女传说之分析》）。""桑林之社与男女之会（野合）、祀高禖及后来的上巳节在本质上乃是一回事。它们的渊源都可追溯到神话中作为生殖信仰的桑树崇拜……"❶

而颛顼帝以及大禹都与桑林欢会有着一些关系，关于颛顼帝，《吕氏春秋·仲夏纪·古乐》云："帝颛顼生自若水，实处空桑，乃登为帝。"❷ 而大禹与涂山女的故事见于《楚辞·天问》："禹之力献功，降省下土四方。焉得彼嵞山女，而通之于台桑？"❸ 这里的"空桑""台桑"等地名，或即为男女欢会于桑林的婉转说法，也就是指桑间濮上，实则也即桑林欢会。

总结来看，在对于《诗经》的解说中，也可见古人对于生殖繁衍的重视。

---

❶ 刘怀荣：《"采桑"主题的文化渊源与历史演变》，《文史哲》1995 年第 2 期。
❷ （战国）吕不韦著，陈奇猷校释：《吕氏春秋新校释》，上海古籍出版社 2002 年版，第 288 页。
❸ （宋）洪兴祖：《楚辞补注》，中华书局 1983 年版，第 97 页。

对于《小雅·白华》，《诗序》说："周人刺幽后也。幽王……以妾为妻，以孽代宗……周人为之作是诗也。"对此，《正义》申述曰："……孽者，蘖也。树木斩而复生谓之蘖。以适子比根干，庶子比支蘖，故'孽，支庶也'。《中候》曰：'无易树子。'注云：'树子，适子。'《玉藻》云：'公子曰臣孽。'注云：'孽当为枿。'《文王》曰：'本支百世。'是适子比树本，庶子比支孽也。'宗，适子'者，以适子当为庶子之所宗，故称宗也。……"❶这里，强调宗族承继，强调嫡传子孙的重要性，也就是一种对于生殖的肯定，也就是生殖崇拜的反映。不孝有三，无后为大，《诗经》的解说者们都是如此，更不必说先秦时代人们对于生殖的赞美和崇拜了。

有学者指出："总而言之，远古先民的生殖崇拜观念是广泛的，但并不表示先民整天去追求色情与淫荡，而是出于先民对人口再生产的关切，因为人口问题在原始社会生活中成了关乎人类社会能否延续的根本大事。《诗经》中所记载流传下来的有关生殖崇拜的诗篇，其文化意蕴是不容忽视的。"❷

二、图腾崇拜的印痕

《白虎通义·姓名篇》载有："禹姓姒氏，祖以薏生。"❸这里的薏，即薏苡。大致相同的内容在《太平御览》中记载为："禹姓姒，祖昌意以薏苡生"❹。这一内容可以这样理解：禹姓姒，其祖先是因为母亲吞吃了薏苡而出生的。如果用诗歌记载下来，那就可能是"累累薏苡，民之初生"了。故而，"夏始祖系其母吞薏苡（一种植物籽，即其母之图腾）而生，所以夏以'姒'为姓。"❺因此，在上古时代，薏苡确有可能曾被认作是禹夏族的图腾。

追溯到图腾文化的层面，《诗经》中也有一些以某种植物或动物为祖先的诗歌，比如《大雅·绵》里的"绵绵瓜瓞，民之初生"，似乎并不仅仅是生殖崇拜的表达，诗句里多少有些"瓜瓞"生民的意思，这或许是下意识的对于"绵绵瓜瓞"的图腾崇拜，也即以某种特定植物为祖先的祖先崇拜。而且，"作为图腾标志，与作为生殖象征并不矛盾，图腾正是因生殖的意义才与人类发生

❶ （清）阮元校刻：《十三经注疏·毛诗正义》（嘉庆刊本），中华书局2009年版，缺。见《十三经注疏·毛诗正义》，北京大学出版社1999年版，第925~926页。
❷ 张连举：《〈诗经〉生殖崇拜论》，《宝鸡文理学院学报（人文社会科学版）》1996年第1期。
❸ （汉）班固：《白虎通义》卷下，四库全书文渊阁本，上海人民出版社1999年版。
❹ （宋）李昉等：《太平御览》卷三六二，四库全书文渊阁本，上海人民出版社1999年版。
❺ 何星亮：《中国图腾文化》，中国社会科学出版社1992年版，第99页。

关系的，换句话说，对这些生殖力强的生物中的某一种作血缘上的始祖认同，这就有了图腾了"❶。

而《诗经》中有可能吟唱着周人以"稷"这种赖以生存、发展、壮大的植物为图腾的崇拜信仰！《诗经》中出现"稷"字的诗篇共十三篇：《王风·黍离》《唐风·鸨羽》《豳风·七月》《小雅·出车》《小雅·楚茨》《小雅·信南山》《小雅·甫田》《小雅·大田》《大雅·生民》《大雅·云汉》《大雅·思文》《大雅·良耜》《鲁颂·閟宫》。其中仅《大雅·生民》《大雅·云汉》《大雅·思文》《鲁颂·閟宫》四篇中的"稷"字可以解释为人名，其余大都为作物名。也正是"稷"这种植物，与代表宗祖的"社"字合起来，成了代表国家的"社稷"，"社稷"这个称谓的本身，也就披露了"稷"作为图腾被崇拜的事实。

《诗经》里多有诗歌写到了桑，而桑树则更是具有神奇的始祖生人传说。《楚辞·天问》有"水滨之木，得彼小子"两句，所说就是伊尹生于空桑的故事，补注引《列子》曰："伊尹生乎空桑。"❷ "空桑"之语又见于《九歌·大司命》"君回翔兮以下，逾空桑兮从女"，以及《大招》"魂乎归来！定空桑只"。可见骚人熟知这一故事。故事的较详细记载见于《吕氏春秋·孝行览·本味》：

> 有侁氏女子采桑，得婴儿于空桑之中，献之其君。其君令烰人养之，察其所以然。曰："其母居伊水之上，孕，梦有神告之曰：'臼出水而东走，毋顾。'明日，视臼出水，告其邻，东走十里，而顾其邑尽为水，身因化为空桑。故命之曰伊尹。"此伊尹生空桑之故也。❸

"空桑生人"这样的传说，无疑使桑树具有了图腾的性质。而对于桑树的图腾崇拜，应该是十分久远却也十分普遍的事实。有学者指出，"在上古时代曾有过一个以桑为图腾的著名的部族。因此，黄帝、少昊、蚩尤、共工等神话人物大都与空桑或穷桑有关，甚至有人认为'空桑'即'侉胥'（华胥），乃中华华族之所自来（陈子怡《中华民族女系时代》，见《女师大学术季刊》一卷二期）。"❹ 也正是在这样的文化背景下，《诗经》中与桑有关的诗歌，多有写到采桑女子的忧愁与欢乐，男男女女的桑林欢会，鸟食桑葚的套语，等等。明乎

---

❶ 廖群：《中国审美文化史·先秦卷》，山东画报出版社 2000 年版，第 36 页。

❷ （宋）洪兴祖：《楚辞补注》，中华书局 1983 年版，第 108 页。

❸ （战国）吕不韦著，陈奇猷校释：《吕氏春秋新校释》，上海古籍出版社 2002 年版，第 744 页。

❹ 刘怀荣：《"采桑"主题的文化渊源与历史演变》，《文史哲》1995 年第 2 期。

此，我们对于这些诗歌的解读也就有了更为直接的切入点。

民族植物学告诉我们："许多民族都将植物作为氏族的图腾。例如，马樱（Rhododendron delavayi Fr.）是云南楚雄县花山一带里濮氏族崇拜的图腾。……许多民族视葫芦的果实为图腾，包括拉祜、基诺、佤、彝和阿克人（哈尼族）等……欧洲雅利安人的各氏族都崇拜树神。"❶"如云南不少民族对山神、水神、土地神、树神、猎神（往往是对一棵树、一块石头或某种动物）的祭祀，表现出自然崇拜的典型特点。采集渔猎活动中的某些禁忌习俗，也与自然崇拜或图腾崇拜有密切关系。"❷诸如此类的材料，告诉我们先秦时代完全具有植物图腾崇拜的可能性。《说文解字》解释"楚"说："丛木也。一名荆。"楚国又被称为"荆楚"。而《说文解字》解释"荆"为"楚木也"，或者即有"荆"为楚国远祖之植物图腾的意味。

当然，《诗经》中并没有明确说到植物图腾崇拜的例子，但十五国中桧以树名国，秦国的得名也与植物有关，秦字从禾，《说文解字》云："一曰秦，禾名。"❸唐国之"唐"字原本就是与采集文化相关的植物名字，《诗经》内证就有《鄘风·桑中》之"爰采唐矣？沬之乡矣。"《卫风·凯风》反复以棘心、棘薪兴喻母亲，《论语·八佾》记载"夏后氏以松，殷人以柏，周人以栗"作为神圣的"社"❹，所有这些都可能留有以植物为祖先的图腾崇拜的印痕。而萧兵认为，"花草之贻"，也即采花赠草，"更可能是植物图腾崇拜的一种痕迹"❺。

第三节　民俗风情的朴野与烂漫

从民俗文化视角解读先秦诗歌越来越受到学者们的重视，有的还认为这是解读《诗经》仅有的必由之路："民俗文化还原对诗经阐释而言，大致可界分为两种方式：宗教民俗文化还原模式和性爱民俗文化还原模式。《诗经》分风、雅、颂三大类，都是在民俗文化基础上形成的诗歌作品，映现着早期社会人类的宗教与性爱活动（这些十分显豁的艺术现象历来为古典诗经学所忽视），诗

---

❶　陈重明等：《民族植物与文化》，东南大学出版社 2004 年版，第 26 页。

❷　罗钰、钟秋：《云南少数民族采集渔猎活动的研究意义》，《思想战线》1997 年第 2 期。

❸　（汉）许慎撰，臧克和、王平校订：《说文解字新订》，北京：中华书局 2002 年版，第 467 页。

❹　（清）阮元校刻：《十三经注疏·毛诗正义》（嘉庆刊本），中华书局 2009 年版，第 5360 页。原文如下：哀公问社于宰我。宰我对曰："夏后氏以松，殷人以柏，周人以栗。"曰："使民战栗。"子闻之曰："成事不说，遂事不谏，既往不咎。"

❺　萧兵：《赠遗之风》，《华东师范大学学报》1981 年第 3 期。

经阐释如果舍弃了这两种文化还原模式将会成为一部无法理喻的诗歌文献。"❶ 当然，即便是早期的诗歌总集，除却重要的"宗教与性爱"，也还是会有一些更广泛的内容可以存在，比如苦乐人生的喟叹，采集渔猎的活动，征战徭役的烦恼，等等。

王巍的《诗经民俗文化阐释》对《诗经》所反映的采集生产进行了一些梳理，对采集的场所、季节、对象、形式、方法、工具、加工等多有总结和把握，如写到"平原绣野的采集生产"以及"妇女采桑画卷"等❷。《诗经》采集文化诗歌所涉及的植物主要有水菜、陆生野菜、花、草、桑、麻、葛和各种灌木以及树木等，其意象蕴涵着丰富的文化意味，反映了《诗经》时代先民的采摘风俗。透过这种种意象，可以了解《诗经》时代丰富多彩的民俗文化，比如祭祀、婚嫁、等等。罗文荟的《屈辞楚俗研究》，"结合楚文化背景和内容，来探讨屈辞中所记载的楚地民俗及其内涵、屈原对楚地民俗的运用、楚地民俗对屈辞的影响等，以期进一步揭示屈原创作及屈辞中的奥秘，也有助于我们更好地理解把握民俗与文学的关系"❸。

一、祭祀民俗

《左传·成公十三年》说："国之大事，在祀与戎。"❹《礼记·祭统》载有："凡治人之道，莫急于礼。礼有五经，莫重于祭。"❺《说文解字》云："礼，履也。所以示神致福也。"❻可见礼的本义就是敬神求福，所指就是祭祀中要遵循的规定性的仪式。礼在《诗经》时代具有超越一切的崇高地位，由此可见，祭祀作为礼中最重要的活动，时人会怎样重视了。《诗经》虽是一部诗歌总集，但是它却深刻反映了当时的社会生活，自然不会遗漏远古时期带有深层次文化和思想意义的祭祀仪式。

而据推测，《诗经》文本形成之初，应当即全为祭祀诗歌："《诗》最初的编纂，应在西周初年，而这时所编纂的应是祭歌集，名实相符，主要供祭祀之

❶ 梅琼林：《文化本义的追溯：论诗经学民俗文化研究倾向》，《社会科学动态》1998 年第 2 期，第31~33 页。

❷ 王巍：《〈诗经〉民俗文化阐释》，商务印书馆 2004 年版，第 30~37 页。

❸ 罗文荟：《屈辞楚俗研究》，中央民族大学博士学位论文，2013 年。

❹ （清）阮元校刻：《十三经注疏·春秋左传正义》（嘉庆刊本），中华书局 2009 年版，第 4149 页。

❺ （清）阮元校刻：《十三经注疏·礼记正义》（嘉庆刊本），中华书局 2009 年版，第 3478 页。

❻ （汉）许慎撰，臧克和、王平校订：《说文解字新订》，中华书局 2002 年版，第 4 页。

用，周公推行礼乐之教也依凭于此。"❶ 因而，《诗经》与祭祀的关系是出乎自然而又十分紧密的，有学者即对此作了比较中肯的论述：

> 在孔子提出"诗可以兴"这个诗学命题之前，《诗经》作为祭祀礼仪，是很普遍的文化现象。《诗经》是周代礼乐制度的直接产物，是祭祀的重要组成部分。神圣的宗庙祭坛必须要有诗歌，诗、歌、舞三位一体，烘托出场面的庄严和隆重。《诗经》中的"颂"、"雅"即为宗庙祭祀的乐歌。❷

在这个意义上说，孔子的"诗可以兴"这一诗学命题，与具体的"多识于草木鸟兽之名"相联系，就是以草木、鸟兽、虫鱼等这些物象为媒介来涵味诗情，来领略诗意，来表现精神文化理想。自然而然，这也就与采集渔猎、农业生产息息相关，从而表明采集文化、渔猎文化、农牧文化等都与祭祀文化密不可分。

植物性的祭品往往为采集所得，正如《左传·隐公三年》所说："苟有明信，涧溪沼沚之毛，蘋蘩蕰藻之菜，筐筥锜釜之器，潢污行潦之水，可荐于鬼神，可羞于王公。"❸《召南·采蘩》和《召南·采蘋》就直接描写了采摘蘩、蘋和藻用以祭祀的活动。《大戴礼·夏小正·二月》即有"荣堇采蘩"❹，此即认为蘩可作祭品。《召南·采蘩》里"于沼于沚""于涧之中"采蘩，采蘩用于"公侯之事"，用于"公侯之宫"，故而所采应为水菜，属于"涧溪沼沚之毛"，且用于祭祀。毛《传》："古之将嫁女者，必先礼之于宗室，牲用鱼，芼之以蘋藻。"❺ 用蘋、藻祭祀，是因为其生长于水中，尤其生于涧溪中者，取其洁净，用以"荐宗庙、羞佳客"。陆文郁即指出：《召南·采蘋》是一首描写贵族祭祀祖先的歌谣，……蘋，是一种水面上生长的浮萍草，也是祭祀时的供品……是古时曾为食用植物，故有苹菜、四叶菜等名。"❻ 诗中所咏，在"南涧之滨"采蘋，在"行潦"中采藻，用筐、筥"盛之"，以锜、釜"湘之"，正与《左传》记载相符。

---

❶ 刘阳仁：《周公——〈诗经〉最初始的编纂者》，《怀化师专学报》1997 年第 2 期。
❷ 王轻鸿：《孔子诗学的人类学范式——"诗可以兴"重释》，《孔子研究》2008 年第 5 期。
❸ （清）阮元校刻：《十三经注疏·春秋左传正义》（嘉庆刊本），中华书局 2009 年版，第 3740~3741 页。
❹ （清）王聘珍：《大戴礼记解诂》，中华书局 1983 年版，第 32 页。
❺ （清）阮元校刻：《十三经注疏·毛诗正义》（嘉庆刊本），中华书局 2009 年版，第 597 页。
❻ 陆文郁：《诗草木今释》，天津人民出版社 1957 年版，第 9 页。

　　除蘩、蘋和藻之外,《诗经》中明言用于祭祀的采集物、采摘品还有韭、瓜、棫朴、萧等。

　　韭,《豳风·七月》:"四之日其蚤,献羔祭韭。"

　　瓜,《小雅·信南山》:"中田有庐,疆场有瓜。是剥是菹,献之皇祖。曾孙寿考,受天之祜。"《周礼·地官·场人》:"场人,掌国之场圃,而树之果蓏、珍异之物,以时敛而藏之。凡祭祀、宾客,共其果蓏,享亦如之。"❶《论语·乡党》:"虽疏食菜羹瓜,祭,必齐如也。"❷

　　棫朴,《大雅·棫朴》:"芃芃棫朴,薪之槱之。"槱,积柴燃烧用以祭天。《笺》云:"至祭皇天上帝及三辰,则聚积以燎之。"《正义》曰:"'槱之'与《大宗伯》'槱燎'文同,故知为祭天也。"❸

　　萧,《大雅·生民》:"载谋载惟,取萧祭脂,取羝以軷。"《周礼·天官·甸师》:"祭祀,共萧茅,共野果蓏之荐。"❹

　　在后人对《诗经》的注疏解读中,还有一些植物被认为可用于祭祀,如薇、芹、椒等。

　　薇,《召南·草虫》:"陟彼南山,言采其薇。"《正义》引"陆玑"云:"今官园种之,以供宗庙祭祀。"❺《小雅·采薇》中也写到了薇:"采薇采薇,薇亦作止(柔止、刚止)。"

　　芹,《小雅·采菽》:"觱沸槛泉,言采其芹。"《鲁颂·泮水》:"思乐泮水,薄采其芹。"而《周礼·天官·醢人》载有:"醢人掌四豆之实……加豆之实,芹菹。"❻

　　椒,《陈风·东门之枌》:"视尔如荍,贻我握椒。"花椒因其香味芬芳浓烈在祭祀时被作为降神用品,马瑞辰解释说:"椒,亦巫用以事神者。"❼而《离骚》中有:"巫咸将夕降兮,怀椒糈而要之。"注曰:"椒,香物,所以降神。"❽又,"椒"也见于《诗经》中的另外两首诗歌,《唐风·椒聊》:"椒聊之实,蕃衍盈升",《周颂·载芟》:"有椒其馨,胡考之宁"。

　　《礼记·祭统》云:"水草之菹,陆产之醢,小物备矣。三牲之俎,八簋之

❶ (清)阮元校刻:《十三经注疏·周礼注疏》(嘉庆刊本),中华书局2009年版,第1614页。
❷ (清)阮元校刻:《十三经注疏·论语注疏》(嘉庆刊本),中华书局2009年版,第5419页。
❸ (清)阮元校刻:《十三经注疏·毛诗正义》(嘉庆刊本),中华书局2009年版,第606页。
❹ (清)阮元校刻:《十三经注疏·论语注疏》(嘉庆刊本),中华书局2009年版,第1427页。
❺ (清)阮元校刻:《十三经注疏·毛诗正义》(嘉庆刊本),中华书局2009年版,第603页。
❻ (清)阮元校刻:《十三经注疏·周礼注疏》(嘉庆刊本),中华书局2009年版,第1452页。
❼ (清)马瑞辰:《毛诗传笺通释》,中华书局1989年版,第406页。
❽ (宋)朱熹:《楚辞集注》,中华书局1979年版,第20页。

实，美物备矣。昆虫之异，草木之实，阴阳之物备矣。凡天之所生，地之所长，苟可荐者，莫不咸在，示尽物也。外则尽物，内则尽志，此祭之心也。"值得注意的是，"水草"在此首列，而祭品之物有"阴阳"区分。又说"示尽物也"，"此祭之心也"，可见最重要的还是诚心敬意。对于祭品，郑玄注解说："水草之菹，芹、茆之属。陆产之醢，蚳、蝝之属。天子之祭八簋。昆虫，谓温生寒死之虫也。《内则》可食之物，有蜩、范。草木之实，菱、芡、榛、栗之属。"孔颖达《正义》曰：

> 云"水草之菹，芹、茆之属"者，案《醢人》云"加豆之实，芹菹、兔醢"；"朝事之豆，茆菹、麋臡"，是芹、茆也。又"朝事之豆"，有昌本、麋臡，"加豆之实，有深蒲、醓醢、箈菹、雁醢、笋菹、鱼醢"。其昌本、深蒲、箈、笋是水草，故云"之属"。云"陆产之醢，蚳、蝝之属"者，案《醢人》"馈食之豆，蝝、蚳"。蝝即蚳之类。《醢人》加豆之实有兔醢，又有醓醢，皆是陆产，故云"之属"。云"天子之祭八簋"者，《明堂位》云"周之八簋"，又《特牲》士"两敦"，《少牢》"四敦"，则诸侯六，故天子八。云"《内则》可食之物有蜩、范"者，蜩，蝉也；范，蜂也，昆虫之属。云"草木之实，菱、芡、榛、栗之属"者，按《笾人》"加笾之实"有菱、芡，"馈食之笾"有枣、栗、榛实，是草木，故云"之属"。❶

仅在此所列出植物祭品就有：芹、茆、昌本、深蒲、箈、笋、菱、芡、榛、枣、栗等，这些可能大都主要靠采集得来。

二、婚嫁风情

《诗经》中有不少以采物起兴的诗句，多与男女之情有关：

> 《周南·关雎》：参差荇菜，左右采之。窈窕淑女，琴瑟友之。
> 《召南·草虫》：陟彼南山，言采其蕨。未见君子，忧心惙惙。
> 《鄘风·桑中》：爰采唐矣？沫之乡矣。云谁之思，美孟姜矣。
> 《邶风·谷风》：采葑采菲，无以下体。德音莫违，及尔同死。

---

❶ （清）阮元校刻：《十三经注疏·礼记正义》（嘉庆刊本），中华书局 2009 年版，第 3497 页。

《魏风·汾沮洳》：彼汾沮洳，言采其莫。彼其之子，美无度。

《小雅·我行其野》：我行其野，言采其蓫。婚姻之故，言就尔宿。

这些诗篇都是以采摘某物的形式起兴，而所咏之词，不外乎爱情的追求、男女的相思或情侣的相会。对此，赵国华指出："以采得某种植物，作为男女恋爱婚媾的象征，成了《诗经》的一个重要表现手法。其中，花卉植物由单纯象征女性又进一步发展为象征男女情侣。"❶ 在《诗经》的婚恋题材诗歌中，几乎每一首都涉及采集文化，诗章里或是采集文化思维的直接呈现，或是以绚丽芬芳的花草表达柔情蜜意，或是细腻委婉的描摹植物以美化爱恋的场所与渲染爱恋的氛围。

即便是到了现在，只要一听到有人在说"剜到篮子里就是菜""剜到篮子里才是菜"，人们马上就明白所说的是找对象、娶媳妇的事情。可见，采集文化的思维模式与恋爱、婚姻是关系密切的。

赠花送草以表情达意在《诗经》中多次出现。《邶风·静女》里的"彤管""荑"乃"美人之贻"。《郑风·溱洧》中"士"对"女""赠之以勺药"，郑《笺》以为"送女以勺药，结恩情也"。❷《周南·汝坟》里的"伐其条枚""伐其条肄"和《邶风·谷风》中的"既诒我肄"，孙作云认为是"即以嫩枝作为定情物""折枝以赠所欢之意"❸。而《陈风·东门之枌》里的"视尔如荍，贻我握椒"，很有两情相悦之意。郑玄《笺》云："男女交会而相说，曰我视女之颜色美如芘芣之华然，女乃遗我一握之椒，交情好也。"❹

这种赠花送草或许与"媚草"——情爱草的母题有关。有学者指出，中国古代人们所认可的媚草很多，有兰、瑶草、詹草、砂俘、鹤草、无风独摇草、舞草、桃朱术、楒子、相怜草等❺。

《诗经》时代的先民谈情说爱也很讲究处所，"桑间濮上"之说并非虚言妄语。《墨子·明鬼》："燕之有祖，当齐之社稷，宋之桑林，楚之云梦也，此男女之所属而观也。"❻《鄘风·桑中》"期我乎桑中"就点明了约会之处。在这类诗歌中，有些植物也具有爱情的布景的功用。比如有学者认为："到了《诗

❶ 赵国华：《生殖崇拜文化论》，中国社会科学出版社 1990 年版，第 236~238 页。
❷ （清）阮元校刻：《十三经注疏·毛诗正义》（嘉庆刊本），中华书局 2009 年版，第 732 页。
❸ 孙作云：《〈诗经〉与周代社会研究》，中华书局 1966 年版，第 308 页。
❹ （清）阮元校刻：《十三经注疏·毛诗正义》（嘉庆刊本），中华书局 2009 年版，第 801 页。
❺ 详参胡新生：《中国古代巫术》，人民出版社 2010 年版，第 463~466 页。
❻ （清）孙诒让：《墨子闲诂》（第 4 册），中华书局 1954 年版，第 142 页。

经》时代，桑林只作为一个生殖圣地被悬置一边，源于神话中的桑林崇拜则成为男女之间相亲相爱的背景。"❶《召南·野有死麕》里说，是在"林有朴樕"中"有女怀春，吉士诱之"的。《王风·丘中有麻》说明他们恋爱的场所有麻、麦、李。《郑风·将仲子》一诗饶有风味，女子希望情郎"不要"跳进有"树杞""树桑""树檀"的园里。《郑风·野有蔓草》是说与美人"邂逅相遇，适我愿兮"，"野有蔓草"既比又兴，这表明那两情相悦之处正是那有着缠缠绵绵蔓草的野外。《秦风·蒹葭》写到为伊人河岸徘徊，蒹葭忧伤，意象优美，韵味深长。《陈风·东门之杨》"其叶牂牂""其叶肺肺"实在令苦等"昏以为期"的有情人感到焦急而又甜蜜。

《召南·采蘩》和《召南·采蘋》非但所采水菜是为了祭祀，而且也被认为与教成之礼有关。周代社会注重对女子的教化作用，女性，特别是贵族女性，需要通过接受严格的教育来规范道德行为，使自己日后在家庭生活中的言行符合社会的要求。女子出嫁前要在"公宫"或"祖庙"中受教三个月，习成妇德、妇言、妇容、妇功，再举行祭祀，向先祖告以教成。即郑《笺》云："古者妇人先嫁三月，祖庙未毁，教于公宫；祖庙既毁，教于宗室。教以妇德、妇言、妇容、妇功。教成之祭，牲用鱼，芼用蘋藻，所以成妇顺也。此祭，祭女所出祖也。法度莫大于四教，是又祭以成之，故举以言焉。蘋之言宾也，藻之言澡也。妇人之行，尚柔顺，自絜清，故取名以为戒。"❷也就是说，蘋和藻这两种植物被认为具有柔顺、清洁的特征，故而被作为女性理想人格的象征，在教成之祭中对女性起着教化作用。《礼记·昏义》郑玄注："鱼、蘋藻，皆水物，阴类也。"❸即鱼、蘋和藻皆水生之物，具有阴的属性，与女子同为阴类，故宜作教成之祭的祭品。《左传·襄公二十八年》："济泽之阿，行潦之蘋藻，置诸宗室，季兰尸之，敬也。敬可弃乎？"❹也是说蘋藻可用以表达祭祀之敬意。《召南·采蘋》一诗对于蘋藻之采集、祭祀有较全面的记录，该诗三章，每章四句，其诗曰：

> 于以采蘋？南涧之滨。于以采藻？于彼行潦。
> 于以盛之？维筐及筥。于以湘之？维锜及釜。

---

❶ 魏宏灿、王一侬：《从神圣领地到情爱禁区——桑文化发展试探》，《浙江社会科学》2001年第1期。

❷ （清）阮元校刻：《十三经注疏·毛诗正义》（嘉庆刊本），中华书局2009年版，第602页。

❸ （清）阮元校刻：《十三经注疏·礼记正义》（嘉庆刊本），中华书局2009年版，第3650页。

❹ （清）阮元校刻：《十三经注疏·春秋左传正义》（嘉庆刊本），中华书局2009年版，第4345页。

于以奠之？宗室牖下。谁其尸之？有齐季女。

程俊英、蒋见元认为："这是一首叙述女子祭祖的诗。《毛传》：'古之将嫁女者，必先礼之于宗室，牲用鱼，芼之以蘋藻。'这可能是当时的风俗习尚。"❶ 而《召南·采蘩》与这首《召南·采蘋》相类。

《邶风·匏有苦叶》曰："匏有苦叶，济有深涉。"《笺》云："瓠叶苦而渡处深，谓八月之时，阴阳交会，始可以为昏礼，纳采、问名。"❷ 郑玄以为用"匏有苦叶"起兴是与古人的婚俗有关的。又，诗中有"有鷕雉鸣"，继而明言"雉鸣求其牡"；又有"雍雍鸣雁，旭日始旦。士如归妻，迨冰未泮。"这些显然不能说与男女情爱无涉。毛《传》指出："纳采用雁。"《正义》说："言'纳采'者，谓始相采择，举其始。其实六礼唯纳征用币，馀皆用雁也。"可见古时婚礼中，雁是的的确确的爱情鸟！而该诗中的"士如归妻"高亨认为是指男子出赘妻家❸，徐华龙认为这"反映了当时先从妇居的婚俗"❹。种种解说虽有不同，但都认为是与婚嫁民俗相关的。

《卫风·芄兰》里写"童子佩觿""童子佩韘"，据《礼记·内则》谓"子事父母……左佩……小觿，右佩玦……大觿"，而"男女未及冠笄者"，则"皆佩容臭"❺。由此可知，佩带觿和韘是男子成年的象征，而《卫风·芄兰》所歌，则分明是个"童子"，理当佩带"容臭"，但他却煞有介事的佩带着觿和韘，也就难怪被责问"能不我知""能不我甲"，而且还被讽刺道："容兮遂兮，垂带悸兮。"而该诗以芄兰起兴，据说是因为其叶和种荚像觿和韘❻，而现代则仍有某些少数民族佩带特定植物以表示年龄以及婚姻状况等，如在傣语里香露兜树（Pandanus tectorius Park.）意为"少女花"，"佤族妇女以省藤（Calamus.）圈作为饰物，并用以表示婚姻状况和年龄等"❼。推及《郑风·溱洧》，其中吟咏的两种植物引人注目，那就是"蕳"与"勺药"，"士与女"人人"秉蕳"，中意就"赠之以勺药"。《郑风·溱洧》全诗如下：

溱与洧，方涣涣兮。士与女，方秉蕳兮。女曰观乎？士曰既且。且往

❶ 程俊英、蒋见元：《诗经注析》，中华书局 1991 年版，第 36 页。
❷ （清）阮元校刻：《十三经注疏·毛诗正义》（嘉庆刊本），中华书局 2009 年版，第 673 页。
❸ 高亨：《诗经今注》，上海古籍出版社 1980 年版，第 48 页。
❹ 徐华龙：《国风与民俗研究》，中国民间文艺出版社 1988 年版，第 161 页。
❺ （清）阮元校刻：《十三经注疏·礼记正义》（嘉庆刊本），中华书局 2009 年版，第 3165、3167 页。
❻ 王宗石：《诗经分类诠释》，湖南教育出版社 2001 年版，第 18~20 页。
❼ 陈重明等：《民族植物与文化》，东南大学出版社 2004 年版，第 26 页。

观乎？洧之外，洵吁且乐。维士与女，伊其相谑，赠之以勺药。

　　溱与洧，浏其清矣。士与女，殷其盈矣。女曰观乎？士曰既且。且往观乎？洧之外，洵吁且乐。维士与女，伊其将谑，赠之以勺药。

"士与女，方秉蕳兮。""蕳，兰也。笺云：男女相弃，各无匹偶，感春气并出，托采芬香之草，而为淫泆之行。"❶这里，毛《传》指出"蕳"为"兰"，是一种香草。郑玄明确道出了"采芬香之草"与"淫泆之行"的互为里表，从我们现代人的理解看，抛却他的卫道立场，这正表明采香草与追求浪漫热烈爱情的密切相关。对于诗中的"勺药"，有学者解释说："'芍药'隐有'媒妁订约'的谐音，赠芍药即向女子求婚的暗示。"❷而"秉蕳"之俗，或许正是特定的礼仪植物的体现，据一些民族植物学专家考察说："许多民间传统习俗和礼仪都必须有植物参与，这些植物都是特定的种类。例如，云南大理白族'三月街'的礼仪植物是松树和柳树，白族'秧歌会'的礼仪植物是盛开的桃树花枝。"而众多学者均认为《溱洧》所写恰是"上巳节"的情景，故而"蕳"与"勺药"极有可能就是当时特定的礼仪植物，且与男欢女爱两情相悦是直接相关的。

　　闻一多对于《诗经》所反映的古代先民生活的风俗多有阐明，对于《诗经》中多次出现的与婚俗相关的析薪、束薪，如《周南·汉广》之"翘翘错薪，言刈其楚"，《唐风·绸缪》之"绸缪束薪"，《王风·扬之水》和《郑风·扬之水》皆有之"扬之水，不流束薪"，《齐风·南山》之"析薪如之何？匪斧不克。取妻如之何？匪媒不得"，《豳风·伐柯》之"伐柯如何？匪斧不克。取妻如何？匪媒不得"，他认为："析薪犹取亲也"，"束薪犹结亲也。"❸闻一多《诗经新义》解读《周南·摽有梅》时指出："意者，古俗于夏季果熟之时，会人民于林中，士女分曹而聚，女各以果实投其所悦之士，中焉者或以佩玉相报，即相约为夫妇焉。"❹且举《晋书·潘岳传》所载潘岳出行，妇人投果满车的故事为例证。这是写男女欢爱的投赠定情之风。对于闻一多的这一看法，王宗石从之，并进一步举出例证："从国风的诗中，可以看出古代婚姻习俗，往往先由女子抛投梅、李、桃、木瓜等果实于意中人。男子如同意，便约会、幽会。合欢以后，男子便送她佩玉一块定下婚姻……《周南·摽有梅》，

❶（清）阮元校刻：《十三经注疏·毛诗正义》（嘉庆刊本），中华书局 2009 年版，第 732 页。
❷ 王宗石：《诗经分类诠释》，湖南教育出版社 2001 年版，第 170 页。
❸ 闻一多：《闻一多全集》（第四册），湖北人民出版社 1993 年版，第 439 页。
❹ 闻一多：《闻一多全集》（第三册），湖北人民出版社 1993 年版，第 274 页。

写抛梅求士；《卫·木瓜》写'投之以木李，报之以琼玖'，正与此诗所写同。《郑·女曰鸡鸣》谓'知子之来之，杂佩以赠之。'亦写合欢之后贻赠佩玉。"❶

"士之耽兮，犹可说也。女之耽兮，不可说也。"隐藏在《卫风·氓》所吟唱的幽怨之后，《诗经》时代，尤其是在国风中的周代诗歌中，似可感到，女子爱与被爱的主动权利大都已丧失殆尽，而已婚妇女也往往遭到遗弃。《大戴礼记·本命》："妇有七去：不顺父母去；无子去；淫去；妒去；有恶疾去；多言去；窃盗去。"❷ 类似这种种约定的形成可能要远远早于如此齐整的条文，因此，妇女们为男人所欺凌与遗弃的悲剧便时有发生。《诗经》中的《卫风·氓》《邶风·谷风》《王风·中谷有蓷》《小雅·我行其野》等诗歌一般都认可为"弃妇诗"。《邶风·谷风》有云"谁谓荼苦，其甘如荠"。《豳风·鸱鸮》也有"予手拮据，予所捋荼"。从诗中可知，荼菜味苦，并不甘美，实在难以和荠菜相比，而在《邶风·谷风》中这样的吟唱，是有希冀与爱人同甘共苦之意，或者蕴含着对于昔日与爱人同甘共苦的回味。然而美好的爱情以及美好的时光不再，只有这样的歌谣诉说着伤心和孤苦。这些"弃妇诗"中所运用的采集意象与植物兴象就失去了欢快的情调与亮丽的色彩，而是桑葚虽好不能食，见于《卫风·氓》："于嗟鸠兮，无食桑葚。"所采野菜味道差，如《小雅·我行其野》，"言采其蓫""言采其葍"。这与主人公的心情和命运以及诗歌的意蕴是相符的。而《王风·中谷有蓷》的吟唱也十分沉痛，从中留下了"遇人不淑"这一表现女子爱情婚姻不幸的成语：

> 中谷有蓷，暵其干矣。有女仳离，嘅其叹矣。嘅其叹矣，遇人之艰难矣。
> 中谷有蓷，暵其脩矣。有女仳离，条其歗矣。条其歗矣，遇人之不淑矣。
> 中谷有蓷，暵其湿矣。有女仳离，啜其泣矣。啜其泣矣，何嗟及矣。

诗中所歌之蓷，《音义》引《韩诗》《广雅》指出即"茺蔚也"，又名"益母"❸。而益母草为妇科良药，显然与女性更为相关，甚至有着两相观照之意。然而诗中说这益母草，却不得其处，本为陆草却生于谷中湿地，既"脩"而"干"，失去了生机。可怜仳离之女哀歌连连，只留下无尽的慨叹、啜泣与

---

❶ 王宗石：《诗经分类诠释》，湖南教育出版社 2001 年版，第 18~20 页。
❷ （清）王聘珍：《大戴礼记解诂》，中华书局 1983 年版，第 254 页。
❸ （清）阮元校刻：《十三经注疏·毛诗正义》（嘉庆刊本），中华书局 2009 年版，第 701 页。

嗟讶！

楚辞中古老的婚姻习俗可以从《天问》中有所发现。《天问》之"惟浇在户，何求于嫂？何少康逐犬，而颠陨厥首？女歧缝裳，而馆同爰止"应为对浇与其嫂苟且、同居之事的反思与警示。《天问》也有对一夫多妻制的记录，写到："禹之力献功，降省下土四方。焉得彼嵞山女，而通之于台桑。闵妃匹合，厥身是继。胡维嗜不同味，而快朝饱。"禹与涂山氏之结合，用"通"字，或系"私通"，故而下文说是"嗜不同味""快朝饱"。而《天问》写尧曰："尧不姚告，二女何亲？"这显然是说按照屈原的理解，婚姻大事，必告父母，不可擅做主张，必听从父母之命。然而，尧时代的人或许并不认为尧的做法为无礼，这则故事反映的真实婚俗则是，在尧的时代，娶亲未必非要经过父母之命。

楚辞多有"人神相恋"模式，其中多有与采集文化相关的表达。如"溘吾游此春宫兮，折琼枝以继佩"（《离骚》），"浴兰汤兮沐芳，华采衣兮若英"（《九歌·云中君》），"采芳洲兮杜若，将以遗兮下女"（《九歌·湘君》），"折疏麻兮瑶华，将以遗兮离居"（《九歌·大司命》），"采三秀兮于山间，石磊磊兮葛蔓蔓"（《九歌·山鬼》）等。而"人神相恋"的实质大都是骚人对其君主之忠诚，对自我高洁志向的不懈追求，但其现实基础，则应该是一夫多妻的婚姻制度，否则天地上下四方的"求美"则显得不够正常。

三、《诗经》芳香植物解读：祭祀与爱情的馨香品味

《诗经》所歌咏的植物繁多，其中有独特的"芳香植物"一类。芳香植物，按照植物学专业的定义，是指含有芳香成分（如芳樟醇、桉叶醇、柠檬醛、丁子香酚等）、药用成分（生物碱、单宁、类黄酮等）、营养成分、色素成分以及抗氧化物质和抗菌成分的植物。❶ 而《诗经》时代的"芳香植物"自应有其特定的含义，大致是指可食用的辛香料植物和一些气味芬芳、独特的植物。前者如椒（《陈风·东门之枌》："视尔如荍，贻我握椒。"）、韭（《豳风·七月》："四之日其蚤，献羔祭韭。"）等，后者如舜华（《郑风·有女同车》："有女同车，颜如舜华。"）、蒲、荷（《陈风·泽陂》："彼泽之陂，有蒲与荷。"）等。当然，仔细推究，如此简单的将《诗经》芳香植物分类未必合乎那个时代的实际情况，比如在《陈风·泽陂》中表达缠绵缱绻情爱的"蒲"，在《大雅·韩

---

❶　姚雷：《芳香植物》，上海教育出版社 2002 年版，第 1~2 页。

奕》中明言可食，"其蔌维何？维笋及蒲"，而《周易·鼎卦》云："鼎折足，覆公蔌。"郑玄注释认为蔌为"八珍"所用，正是作为调味品的❶，在这个意义上，凡蔌皆应可视为辛香料或调味品。证诸《周礼·天官·醢人》："加豆之实，……深蒲……"郑司农释云："蒲蒻入水深，故曰深蒲。"❷ 以及《吕氏春秋·孝行览·遇合》："文王嗜菖蒲菹。孔子闻而服之，缩頞而食之，三年然后胜之。"❸ 可见，今人多不再食用的蒲，当时是可治为菹而成为祭祀用品和嗜好食品的。《毛诗陆疏广要》注解三国时吴国陆玑的《毛诗草木鸟兽虫鱼疏》云："蒲始生，取其中心入地蒻，大如匕柄，正白。生啖之，甘脆。鬻而以苦酒浸之，如食笋法。"❹ 这又是蒲的另一种食用方法。与今人不同，《诗经》中绝无把"椒"视为辛香料的诗歌。除《陈风·东门之枌》外，"椒"也见于《诗经》中的另外两首诗歌：《唐风·椒聊》有"椒聊之实，蕃衍盈升"，《周颂·载芟》有"有椒其馨，胡考之宁"。花椒因其香味芬芳浓烈在祭祀时是被作为降神用品的，马瑞辰解释说："椒，亦巫用以事神者。"❺ 而《离骚》中有："巫咸将夕降兮，怀椒糈而要之。"王逸注曰："椒，香物，所以降神。"❻ 这样悉心考究，融通诗意，遍征典籍，逐一探释，我们不难发现，《诗经》芳香植物较集中地指向了先民生活的两个重要方面：庄重的祭祀与浪漫的情爱。

（一）芳香的祭祀

《礼记·郊特牲》有云："周人尚臭。"❼《诗经》中有三处明言祭祀时的芳香，可做周人敬神祭祖、崇尚芬芳馨香的例证。其一，《小雅·楚茨》："苾芬孝祀，神嗜饮食。"《笺》云："苾苾芬芬，有馨香矣。"❽ 其二，《小雅·信南山》："是烝是享，苾苾芬芬，祀事孔明。"其三，《大雅·生民》："卬盛于豆，于豆于登。其香始升，上帝居歆，胡臭亶时。"所说也是指祭品香气四溢，而祭祀的勤勉虔诚自然也就体现出来了。

考诸《诗经》，周人祭祀时常用的芳香植物有蘩、萧、茅、韭、椒等。相

❶ （清）阮元校刻：《十三经注疏·周易正义》（嘉庆刊本），中华书局 2009 年版，第 126 页。
❷ （清）阮元校刻：《十三经注疏·周礼注疏》（嘉庆刊本），中华书局 2009 年版，第 1452 页。
❸ （战国）吕不韦著，陈奇猷校释：《吕氏春秋新校释》，上海古籍出版社 2002 年版，第 823 页。
❹ （明）毛晋：《毛诗陆疏广要》（卷上之上），四库全书文渊阁本，上海人民出版社 1999 年版。
❺ （清）马瑞辰：《毛诗传笺通释》，中华书局 1989 年版，第 406 页。
❻ （宋）洪兴祖：《楚辞补注》，中华书局 1983 年版，第 37 页。
❼ （清）阮元校刻：《十三经注疏·礼记正义》（嘉庆刊本），中华书局 2009 年版，第 3156 页。
❽ （清）阮元校刻：《十三经注疏·毛诗正义》（嘉庆刊本），中华书局 2009 年版，第 1007 页。

对照于殷人的"尚声"，"声音之号，所以诏告于天地之间也"❶。周人祭祀时是尤为注重祭品的气味的。《召南·采蘩》直接描写了采蘩用以祭祀的活动，"于以采蘩，于沼于沚。于以用之，公侯之事"。按照《毛传》《尔雅》的理解，蘩指"皤蒿"，即白蒿，是芳香植物，采之用于祭祀。❷《大雅·生民》里说："取萧祭脂，取羝以軷。"又说："卬盛于豆，于豆于登。其香始升，上帝居歆，胡臭亶时。"可见其祭祀的香气来自"酒及簠簋之实""萧草与祭牲之脂"，其中的"萧"，孔颖达《正义》释为"香蒿也"，❸与艾、蒿、莪、蔚等均属芳香植物。萧用于祭祀也记载于其它典籍，《周礼·天官·冢宰》曰："祭祀，共萧茅。"❹

祭祀用茅，除上述《周礼·天官·冢宰》的记载外，《左传·僖公四年》有齐对楚"尔贡包茅不入，王祭不共，无以缩酒"❺的指责，《周礼·春官·宗伯》载有："男巫，掌望祀，望衍授号，旁招以茅。"❻而周人祭祀用茅与焚烧香蒿不同，主要是用以"缩酒"，也用于包裹、衬垫祭品，《周易·大过》曰："藉用白茅，无咎。"❼而"缩酒"是指"束茅而灌之以酒"，即束茅于神主前，把酒从茅束上浇下，以示供神主饮酒。这正合乎《礼记·郊特牲》的记载："缩酒用茅，明酌也。"❽这种祭祀所用的白茅也即香茅，是芳香植物。白茅为芳香植物在《诗经》中有一个反证，《豳风·七月》有"昼尔于茅，宵尔索绹"的歌咏，可知那个时代，更是茅草丛生，但先民们绝不可能不分品种随随便便采集茅草就用于祭祀，至少用于搓制草绳的茅草不会也主要用于庄重的祭祀，而必定要特意选取，所以白茅用于祭祀并不是偶然的，因而也才有了楚国要向天子进贡白茅的义务。当然，这种进贡往往重在礼仪，故而并不能说明白茅只产于楚国。白茅，多年生草本，根茎横生，白色，细长有节，外有鳞叶，秆直立，节上有长柔毛，叶多集生于基部，叶片扁平线形。白茅干燥后十分洁净，有淡淡香气，而捆扎成束再浇灌上香气浓郁的祭祀用酒，其芳香定能长久持存，乃至贯穿整个祭祀的过程。而周人祭祀用香的极致就正在于特制的香气浓郁的祭祀用酒——郁鬯。

---

❶ （清）阮元校刻：《十三经注疏·礼记正义》（嘉庆刊本），中华书局 2009 年版，第 3156 页。
❷ （清）阮元校刻：《十三经注疏·尔雅注疏》（嘉庆刊本），中华书局 2009 年版，第 597 页。
❸ （清）阮元校刻：《十三经注疏·毛诗正义》（嘉庆刊本），中华书局 2009 年版，第 1145 页。
❹ （清）阮元校刻：《十三经注疏·周礼注疏》（嘉庆刊本），中华书局 2009 年版，第 1427 页。
❺ （清）阮元校刻：《十三经注疏·春秋左传正义》（嘉庆刊本），中华书局 2009 年版，第 3900~3901 页。
❻ （清）阮元校刻：《十三经注疏·周礼注疏》（嘉庆刊本），中华书局 2009 年版，第 1763 页。
❼ （清）阮元校刻：《十三经注疏·周易正义》（嘉庆刊本），中华书局 2009 年版，第 83 页。
❽ （清）阮元校刻：《十三经注疏·礼记正义》（嘉庆刊本），中华书局 2009 年版，第 3175 页。

《礼记·郊特牲》曰："灌用鬯臭，郁合鬯，臭阴达于渊泉。"❶ 而以下的几首诗都与这种鬯酒灌祭有关。《大雅·文王》："殷士肤敏，裸将于京。厥作裸将，常服黼冔。"毛《传》："裸，灌鬯也。"❷《周礼·天官·小宰》："凡祭祀，赞玉币爵之事、裸将之事。"注云："又从太宰助王裸，谓赞王酌郁鬯以献尸。"❸

《大雅·江汉》："厘尔圭瓒，秬鬯一卣。"《正义》："秬，黑黍一稃二米者也。秬鬯者，酿秬为酒，以郁金之草和之，使之芬香条鬯，故谓之秬鬯。"❹

《大雅·旱麓》："瑟彼玉瓒，黄流在中。"《笺》云："黄流，秬鬯也。"《正义》认为："以黑黍米捣郁金草，取汁而煮之，和酿其酒，其气芬香调畅，故谓之秬鬯。"❺

从以上的论述可以看出，这些作为祭品的植物所必须具备的特点应该就是：新鲜、洁净和芬芳。这不仅体现在《诗经》相关诗歌中，在《楚辞》里也可以体会到这些特点，比如《九歌·东皇太一》中对祭祀的描写：

> 吉日兮辰良，穆将愉兮上皇。
> 抚长剑兮玉珥，璆锵鸣兮琳琅。
> 瑶席兮玉瑱，盍将把兮琼芳。
> 蕙肴蒸兮兰藉，奠桂酒兮椒浆。
> 扬枹兮拊鼓，疏缓节兮安歌，陈竽瑟兮浩倡。
> 灵偃蹇兮姣服，芳菲菲兮满堂。
> 五音纷兮繁会，君欣欣兮乐康。❻

诗写吉日良辰人们敬祀"上皇"，即东皇太一。所备祭品："瑶席""玉瑱"，琼芳；佳肴美酒——"肴蒸""桂酒"和"椒浆"。这一切，所营造的氛围正是令神灵愉悦的无比芬芳——"芳菲菲兮满堂"。

（二）芬芳的情爱

在《诗经》中的婚恋题材诗歌中，涉及对芳香植物的描摹相当多，以绚丽

---

❶ （清）阮元校刻：《十三经注疏·礼记正义》（嘉庆刊本），中华书局 2009 年版，第 3156 页。
❷ （清）阮元校刻：《十三经注疏·毛诗正义》（嘉庆刊本），中华书局 2009 年版，第 1086 页。
❸ （清）阮元校刻：《十三经注疏·周礼注疏》（嘉庆刊本），中华书局 2009 年版，第 1408 页。
❹ （清）阮元校刻：《十三经注疏·毛诗正义》（嘉庆刊本），中华书局 2009 年版，第 1109 页。
❺ （清）阮元校刻：《十三经注疏·毛诗正义》（嘉庆刊本），中华书局 2009 年版，第 1109 页。
❻ （宋）洪兴祖：《楚辞补注》，中华书局 1983 年版，第 55~57 页。

芬芳的花草表达柔情蜜意。《诗经》开创了鲜花喻美人的传统，这是钟情男子对心仪美女热情的讴歌。其中具有代表性的当属《周南·桃夭》一诗，"桃之夭夭，灼灼其华"。朱熹指出："桃之有华，正婚姻之时也。"❶《召南·何彼秾矣》是一首描写贵族女子出嫁时场面气派、车服美盛的贺婚诗。诗以盛开的唐棣花比喻新娘的年轻美貌，以唐棣花开得繁茂浓密形容女子正当青春盛时，方玉润《诗经原始》说："'何彼秾矣'，是美其色之盛极也。"❷ 正得诗意。再有《郑风·有女同车》：

> 有女同车，颜如舜华，将翱将翔，佩玉琼琚。彼美孟姜，洵美且都。
> 有女同行，颜如舜英，将翱将翔，佩玉将将。彼美孟姜，德音不忘。

诗人赞美女子的面庞就像绽放的木槿花一样娇艳妩媚，鲜明地表达出男子的钟情与倾慕之意。与之类似，《陈风·东门之枌》之"视尔如荍"则将心仪之人比作锦葵花，情意绵长，爱悦自见。

赠花送草以表情达意在《诗经》中多次出现。《邶风·静女》："自牧归荑，洵美且异。匪女之为美，美人之贻。"其中的"荑"乃"美人之贻"，男子珍爱异常，足见情深，爱恋真挚。而这"洵美且异"的"荑"即为初生的香茅，与《陈风·东门之枌》里美人"贻我"的"握椒"一样，当是芳香的爱情信物。《郑风·溱洧》中"士"对"女""赠之以勺药"，郑《笺》以为"送女以勺药，结恩情也"❸。而同样作为礼仪植物的还有《召南·野有死麕》里的白茅，"野有死麕，白茅包之。有女怀春，吉士诱之。林有朴樕，野有死鹿。白茅纯束，有女如玉。"该诗所写的是用麕鹿向女子求婚的事情，反复强调了用白茅包裹麕鹿合乎礼的要求，《正义》以为"既欲其礼，又欲其及时，故有贞女思开春以礼与男会，不欲过时也"❹。

《诗经》"采物兴怀"类诗歌中所采之物多有芳香植物，如《鄘风·载驰》："陟彼阿丘，言采其蝱。"又如《小雅·采菽》："觱沸槛泉，言采其芹。"《鲁颂·泮水》："思乐泮水，薄采其芹。"比较集中的如《王风·采葛》：

> 彼采葛兮，一日不见，如三月兮。

---

❶ （宋）朱熹：《诗集传》，中华书局 1958 年版，第 5 页。
❷ （清）方玉润：《诗经原始》，中华书局 1986 年版，第 115 页。
❸ （清）阮元校刻：《十三经注疏·毛诗正义》（嘉庆刊本），中华书局 2009 年版，第 732 页。
❹ （清）阮元校刻：《十三经注疏·毛诗正义》（嘉庆刊本），中华书局 2009 年版，第 615 页。

彼采萧兮，一日不见，如三秋兮。

彼采艾兮，一日不见，如三岁兮。

全诗仅三章，九句，看似简单，却感情炽烈，意味深长。意中人分开以后，"一日"如同"三月""三秋""三岁"，生动地摹写出了对情人越来越强烈的思念之情。所采的葛、萧、艾均为芳香植物，当然，所写"采葛""采萧""采艾"未必为实写其事，但这些特定植物的氤氲芳香和情人间真挚动人的缠绵爱恋相互生发，使这首诗更加耐人寻味，散发着穿越千古的芬芳。

（三）朴野的追求

《诗经》芳香植物之所以入歌入诗，其实用功能当是被选择的基础。艾蒿之类的植物如萧、艾、蒿、莪、蔚等均有明显的驱虫杀菌功效，除食用外，可能当时已作为药用植物。其他如歌者认为谖草（萱草）可以解忧，《卫风·伯兮》："焉得谖草，言树之背？"《笺》云："忧以生疾，恐将危身，欲忘之。"❶而蝱（贝母）可以疗疾，《鄘风·载驰》："陟彼阿丘，言采其蝱。"《传》："采其蝱者，将以疗疾。"❷又如苓可以入药，《唐风·采苓》："采苓采苓，首阳之巅。"毛《传》：苓，"即甘草，叶似地黄"❸。萑（益母草）具有药用价值，《王风·中谷有萑》："中谷有萑，暵其干矣。"《正义》引《尔雅·释草》郭璞注解曰："今茺蔚也。叶似萑，方茎白华，华注节间，又名益母。"❹尤为值得注意的是，这些植物大都可供食用，比如兴喻美人的桃花、木槿花（舜华）、锦葵花（苃）、荷花等现今仍然均可做花羹享用，据说有着美容养颜的功效，而且也均可制作成干品，作为花茶原料，往往在超市即有出售。

当然，实用不等于艺术，诗歌的吟唱轻灵地迈过科学的记录、实证的手段，诉诸于情感、音乐、舞蹈，表达着雅思、理想和心灵。这些歌诗也绝不是只表明了芳香植物的功用，而往往将它们处理为有意味的形式——比兴：起兴或作比，又或起兴兼作比。深入探求即可发现，《诗经》中庄严的祭祀与缠绵的情爱一直纠结在一起，对芳香植物的分析可以使得这一关系清楚地呈现。比如白茅用于祭祀，而《召南·野有死麕》里用白茅包裹麕鹿作为求爱定情的礼物；初生的白茅叫作"荑"，在《邶风·静女》中可作为爱情的信物，在《卫

---

❶（清）阮元校刻：《十三经注疏·毛诗正义》（嘉庆刊本），中华书局 2009 年版，第 690 页。

❷（清）阮元校刻：《十三经注疏·毛诗正义》（嘉庆刊本），中华书局 2009 年版，第 675 页。

❸（清）阮元校刻：《十三经注疏·毛诗正义》（嘉庆刊本），中华书局 2009 年版，第 778 页。

❹（清）阮元校刻：《十三经注疏·毛诗正义》（嘉庆刊本），中华书局 2009 年版，第 701 页。

风·硕人》里又直接用"手如柔荑"以赞美新嫁娘的美好。又如真挚的爱情诗《王风·采葛》里，那个心上人儿正是采集祭祀所用的萧艾等去了，让人怎不想得心焦！祭祀与情爱的契合在诗歌里的咏唱类如《楚辞·九歌》，廖群师指出："作为综合祭神的大型祭祀歌舞，却多写人神恋爱，神神恋爱，这应该是当时巫术活动实际内容的一个反映。巫术祭祀，说到底，无非是想达到人和物的双重繁殖和昌盛，而按照原始先民物我不分的简单推理，性行为既然能带来人的增殖，神的婚配自然亦应带来万物的滋长，人神沟通则又是取悦神灵的一种手段……采草采药的项目和性的开禁为青年男女提供了交往、结情、幽会的机会。"❶ 而《诗经》芳香植物与祭祀礼仪、祖先崇拜密切相关，往往也含有祈求子孙繁盛、多子多福的意味，在灾荒、战争、迁徙等频发的《诗经》的时代，这种自然而然的朴野追求对于先民而言尤为重要。

原始先民认识到作为食物来源的植物繁衍丰盛，而且对于自身的传宗接代愿望强烈而又难以做到科学了解，认识模糊，感到神秘，于是先民们希望以礼赞、崇拜或是食用这些结籽繁多的植物来获得强大的生殖能力。而芳香植物，几乎全部被认为有增强性功能，提高生殖能力的神奇作用。❷ 具体到有关芳香植物的诗歌，《王风·采葛》中提到的葛，叶舒宪认为"有繁衍生殖的象征意义，可用于求子祭祀如高禖"❸。又如《唐风·椒聊》，则最为明确地表达了这种美好意愿：

> 椒聊之实，蕃衍盈升；彼其之子，硕大无朋。椒聊且，远条且。
> 椒聊之实，蕃衍盈匊；彼其之子，硕大且笃。椒聊且，远条且。

显而易见，该诗热情讴歌"硕大无朋"的"彼其之子"，繁衍后代的渴望溢于言表，正是对于繁殖的礼赞。

总之，世殊事异，先秦时代的先民所吟咏的芳香植物或与今人对芳香植物的理解不同，而寄寓着先民敬畏与感情的芳香植物关切着祭祀与情爱，反映了他们对于繁衍后代这一美好愿望的朴野追求，散发着迷人的馨香气息，吸引人们进一步地深入探求。

---

❶　廖群：《〈诗经〉比兴中性意象的文化探源》，《文史哲》1995 年第 3 期。
❷　［澳］特纳：《香料传奇：一部由诱惑产生的传奇》，周子平译，三联书店 2007 年版，详参第五章"爱之香料"，第 210~259 页。
❸　叶舒宪：《诗经的文化阐释》，湖北人民出版社 1994 年版，第 102 页。

四、楚辞芳香植物考论

楚辞明言"芳草",见于《离骚》:"何昔日之芳草兮,今直为此萧艾也。"又《思美人》:"惜吾不及古人兮,吾谁与玩此芳草?"司马迁最早评论说:"若《离骚》者……其志洁,故其称物芳;其行廉,故死而不容。"认为屈原之所以注重"芳草",是以此自标其志向高洁。之后,东汉王逸论说楚辞之"香草",序《离骚》云:"《离骚》之文,依《诗》取兴,引类譬谕,故善鸟香草,以配忠贞;恶禽臭物,以比谗佞;灵修美人,以媲于君;宓妃佚女,以譬贤臣;虬龙鸾凤,以托君子;飘风云霓,以为小人。其词温而雅,其义皎而朗。"❶ 此论创"香草美人"说。实则非但《离骚》如此注重"香草",而且整本《楚辞》都突出地描绘、渲染了香草香木,抒情主人公无不用香、佩香、饰香、赠香,十分依恋和推崇香草香木,并以此寄予着丰富的暇思、敬畏以及深厚情感,反映了先民在广袤的农耕大地真实而鲜活的生活场景,反映了他们的美好愿望和朴野追求,至今依然散发着迷人的馨香气息。由此,对于楚辞到底描绘了哪些芳香植物,如何综合运用这些芳香植物构建了特有的情感抒发与志向书写话语体系等确有进一步阐发的必要。

(一)楚辞植物

后人对于《楚辞》中的植物亦多有研究,专门训释《楚辞》中草木的著作主要有宋林至《楚辞草木疏》一卷、南宋吴仁杰《离骚草木疏》四卷等。《楚辞》中涉及的植物品种繁多,据宋人吴仁杰《离骚草木疏》统计,楚辞植物有55种:荃、芙蓉、菊、芝、兰、石兰、蕙、芷、茞、杜蘅、蘼芜(江蓠)、杜若、荚、蘦;茶、薜荔、女萝、菌、茹、紫、华、菰、莼、蘋、蒿、苴、萎、蘋、胡、绳、芭、蔓茅、揭车、留夷;橘、桂、椒、松、柏、辛夷、木兰、莽草、楸、黄棘;蕡、菉、葹、艾、茅、萧、葛、扁、荠、楸、篁。❷

而据潘富俊《楚辞植物图鉴》统计,有100种:江蓠、茞、兰、木兰、宿莽、椒、桂、蕙、留夷、茹、揭车、杜衡、菊、薜荔、胡、绳、荚、荷、蕡、菉、葈耳、扶桑、蔓茅、茅、艾、荪、紫、萧、楸、白蘋、杜若、苹、辛夷、石兰、枲、女萝、三秀、葛、松、柏、芭、浮萍、桑、柜黍、蒲、蘦、苇、

❶ (汉)王逸:《楚辞章句》,见(宋)洪兴祖:《楚辞补注》,中华书局 1983 版,第 2~3 页。

❷ (宋)吴仁杰:《离骚草木疏》,四库全书文渊阁本,上海人民出版社 1999 年版。

棘、薇、楸、扁、橘、茶、荠、桂树、梧、黄粱、藻、菅、屏风、稻、穋、柘、梓、枫、菰、蘘荷、蒿蒌、栗、青莎、柚、苦桃、竹、蓬、马兰、蓼、葵、荆、桢、菎蕗、檀、薯、款冬、杨、榆、藁本、泽泻、捻支、葛藟、瓟瓜、枳、射干、藜、藿、甘棠、菝、蘪芜、榛、萹、菫。❶

然而潘富俊《楚辞植物图鉴》中有些植物的认定也可商榷。比如书中列有"扶桑"，认为扶桑为"锦葵科"之"朱槿"❷。后世或认可扶桑花即朱槿花，但楚辞中的"扶桑"或不然。楚辞中"扶桑"凡四见：

《离骚》：饮余马於咸池兮，总余辔乎扶桑。

《九歌·东君》：暾将出兮东方，照吾槛兮扶桑。

《哀时命》：衣摄叶以储与兮，左袪挂於榑桑。

《九叹·远游》：贯鸿蒙以东去兮，维六龙于扶桑。

王逸注《离骚》之扶桑曰：

扶桑，日所拂木也。《淮南子》曰：日出汤谷，浴於咸池。拂于扶桑，是谓晨明；登于扶桑，爰始将行，是谓胐明。言我乃往至东极之野，饮马於咸池，与日俱浴，以絜己身；结我车辔於扶桑，以留日行，幸得不老，延年寿也。下浴于汤谷，上拂其扶桑，爰始而登，照曜四方。

（洪兴祖）［补］曰：

《山海经》云：黑齿之北，曰汤谷，有扶木，九日居下枝，一日居上枝，皆戴乌。郭璞云：扶木，扶桑也。天有十日，迭出运照。东方朔《十洲记》曰：扶桑在碧海中，叶似桑树，长数千丈，大二千围，两两同根，更相依倚，是名扶桑。《淮南子》云：扶木在阳州，日之所曊。曊犹照也。《说文》云：榑桑，神木，日所出。榑，音扶。❸

所以，扶桑或榑桑，古人认为是神木无疑。故而《楚辞》中的"扶桑"不应被简单直接认定为"朱槿"。

又如《离骚》之"若木"："折若木以拂日兮，聊逍遥以相羊。"洪兴祖补注曰："《山海经》：南海之内，黑水之间，有木名曰若木，若水出焉。又曰：

---

❶ 潘富俊：《楚辞植物图鉴》，上海书店出版社 2003 年版，第 6 页。

❷ 潘富俊：《楚辞植物图鉴》，上海书店出版社 2003 年版，第 58~59 页。

❸ （汉）王逸：《楚辞章句》，见（宋）洪兴祖：《楚辞补注》，中华书局 1983 版，第 27~28 页。

灰野之山，有树青叶赤华，名曰若木，日所入处，生昆仑西，附西极也……《淮南子》曰：若木在建木西，末有十日，其华照下地。"可见，"若木"亦是古人心目中的神木，似不可泥定为具体的树木。潘富俊《楚辞植物图鉴》对"若木"无注解，并没有指定一种树木与之相对应，较为审慎，这是正确的。

（二）芳香植物

楚辞植物表述较为集中和突出，其中仅《离骚》一篇就有 28 种之多，《九歌·湘夫人》及《招魂》出现 14 种，《九歌·山鬼》出现 12 种，《天问》出现 9 种，《哀时命》出现 5 种。而较为突出的植物为"芷""桂"和"杜衡"，分别出现在 18 篇、11 篇和 7 篇作品中。楚辞如此众多以及如此集中和突出的植物描绘，可哪些是芳香植物呢？

在"楚辞"草木研究领域，专列芳草类并为之训释者，唯有元代谢翱《楚辞芳草谱》。姜亮夫评价《楚辞芳草谱》云："凡谱芳草江蓠、薰草、菌、兰、蕙、杜若、茝、蘪芜、卷施、菉、菊、荃、薜荔、款冬、艾、葽、莎、匏、蓼、茨、菱、蘋、萍等二十三品。每品为一条，略如吴仁杰《草木疏》方式。而为文极简。大要以当时通名以订之，偶引故说但极少。即《楚辞》本文，亦少见引。且有但申其用为喻义而无所考订辨说者。列楚芳亦有未尽，恐为谢氏未竟之业云。"❶

其中，谢翱《楚辞芳草谱》所录"卷施""菉"见于《离骚》："薋菉葹以盈室兮，判独离而不服。"王逸注曰："薋，蒺藜也。菉，王刍也。葹，枲耳也。《诗》曰楚楚者薋。又曰：终朝采菉。三者皆恶草，以喻谗佞盈满于侧者也。"又其解说"茨"曰："茨，蒺藜也，布地蔓生，细叶子，有三角，状如菱而小，刺人，生道上。按七谏曰：'江离弃于穷巷兮，蒺藜蔓乎东厢'。"则谢氏解说之茨（薋）、菉、葹三者都是恶草无疑。名为"芳草谱"而收录恶草，故而"楚辞芳草谱"并非特着意于"芳草"，实则也是草木释诂之类博物学著作。

而对于"香草"，古人甚至并不太在意其是否具有芳香。宋代吴仁杰《离骚草木疏》在"香草"类增入了"麻、秬、黍、薇、藻、稻、粱、麦、梁" 8 种。但通读楚辞，显然这 8 种植物在楚辞中并没有被列入"芳草"之列。

潘富俊《楚辞植物图鉴》认为：

---

❶ 姜亮夫：《楚辞书目五种》，中华书局 1969 年版，第 350 页。

　　《楚辞》的香草、香木共三十四种。其中香草有二十二种，包括江离（芎䓖）、白芷、泽兰、蕙（九层塔）、茹（柴胡）、留夷（芍药）、揭车（珍珠菜）、杜衡、菊、杜若（高良姜）、胡（大蒜）、绳（蛇床）、荪（菖蒲）、苹（田字草）、蘘荷、石兰（石斛）、枲（大麻）、三秀（灵芝）、藁本、芭（芭蕉）、射干及撚支（红花）等，均为一年生至多年生草本，大部分种类的植物体全部或花、果等部分具有特殊香气。

　　香木有木兰、椒（花椒）、桂（肉桂）、薜荔、椴（食茱萸）、橘、柚、桂花、桢（女贞）、甘棠（杜梨）、竹及柏等十二种，有些为木质藤本，有些则为灌木及乔木，植物体至少某些部位有香气。

　　然而，"具有特殊香气"或"至少某些部位有香气"并不是严格意义上的"芳香植物"的关键。什么是芳香植物呢？芳香植物的生物学定义是：芳香植物（aromatic plants）是具有香气和可供提取芳香油的栽培植物和野生植物的总称。芳香植物最主要的特征是含有芳香气味成分——精油。精油成分存在于芳香植物的各种器官——花、枝叶、果实、种子、根等之中。依据芳香植物精油释放器官或部位的不同，芳香植物似可划分为香花植物、香草植物、香果植物、香木植物 4 类[1]，更具体地说：

　　芳香植物的体内含有以下 4 大成分，这些成分既提高了芳香植物的利用价值又拓宽了芳香植物的利用领域：

　　①芳香成分。这是芳香植物最主要的特质，如芳樟醇、桉叶醇、柠檬醛、丁子香酚等。目前国际上对芳香植物的综合利用并不强调将香气成分都提取出来，很多时候直接用的是这些芳香的植株本身，这就更让人有置身于大自然的感觉。

　　②药用成分。包括挥发性的精油成分和不挥发性的生物碱、单宁、类黄酮等成分，具有某些特殊的药用功效，目前日本及欧洲盛行芳香疗法，就是利用这些药用成分治疗各种疾病。

　　③营养成分。芳香植物含有大量的营养元素以及一些微量元素和维生素，可以用作蔬菜食用；由于它还有香味功能，还可加工成各种食品或调味料。

　　④色素成分。芳香植物含有丰富的天然色素，可做天然染料，尤其

---

[1]　王羽梅：《中国芳香植物》，科学出版社 2008 年版。

适用于食品着色；这些天然色素提高了这类植物的观赏价值，所以还可作为观赏园艺植物来利用。

除了以上 4 种成分外，大部分芳香植物还含有抗氧化物质和抗菌成分。正是由于芳香植物拥有了这些成分，所以它除了可以作为香料植物使用外，还可以成为药草、食品以及观赏植物，甚至可以作为天然防腐抗菌剂、抗氧化剂应用在食品和药品中。❶

概而言之，"芳香植物，按照植物学专业的定义是指含有芳香成分（芳樟醇、桉叶醇、柠檬醛、丁子香酚等）、药用成分（生物碱、单宁、类黄酮等）、营养成分、色素成分以及抗氧化物质和抗菌成分的植物。"❷

（三）楚辞芳香植物

依照上文对于"芳香植物"的较为专业的理解，彻底搜检楚辞植物，楚辞中芳香植物或共有 46 种，其中草本植物 31 种，木本植物 15 种。也即，基于潘富俊"楚辞的香草、香木共三十四种"增补 12 种植物。详论如下：

应列为香草的 5 种："荷（芙蓉）""紫""蒲（莆）""蒿蒌""青莎（香附子）"。

荷在楚辞中以"荷""芙蓉""芙蕖"等名目出现共 14 次。多用来为"盖"或为"衣"，如《离骚》："制芰荷以为衣兮，集芙蓉以为裳。"又如《九歌·湘夫人》："筑室兮水中，葺之兮荷盖。"从这种典型场景及用法看，作者认为荷可配高洁君子，神仙佳人，应是视为香草的。而《招魂》有"涉江采菱，发扬荷些"，其中的"扬荷"，当是"扬荷"之歌或舞蹈的意思，则"扬荷"或为采荷，这应该是最早的采荷歌咏或舞蹈。而荷确为芳香植物，"荷花叶大且花容清丽，芳香四散""鲜花含精油"❸。

紫，一见于《九怀·逢纷》："芙蓉盖而菱华车兮，紫贝阙而玉堂。"这里的"紫"与"贝阙"连用，解释为"用紫色的贝壳做成门阙"，没有异议。另一处则见于《九歌·湘夫人》：

筑室兮水中，葺之兮荷盖；
荪壁兮紫坛，播芳椒兮成堂；

---

❶ 姚雷：《芳香植物》，上海教育出版社 2002 年版，第 1~2 页。

❷ 孙秀华、廖群：《馨香的庄重与浪漫：〈诗经〉芳香植物解读》，《理论学刊》2011 年第 4 期。

❸ 朱亮锋、李泽贤、郑永利：《芳香植物》，南方日报出版社 2009 年版，第 133 页。

桂栋兮兰橑，辛夷楣兮药房；

罔薜荔兮为帷，擗蕙櫋兮既张；

白玉兮为镇，疏石兰兮为芳；

芷葺兮荷屋，缭之兮杜衡。

合百草兮实庭，建芳馨兮庑门。

此处，作者铺张扬厉，"合百草兮实庭"，所以"荪壁兮紫坛"之句，前为"荪壁"，是以"荪"为壁或以"荪"装饰墙壁之意，作为相对之处，"紫坛"之"紫"，或者解为"紫草"而非"紫贝"为是。紫草，古代重要的经济作物，用以染紫。在《九歌·湘夫人》中则是可以与香草"荪"对应的植物，作者应当是视紫草为香草的。

"蒲（莆）"，《天问》："咸播秬黍，莆雚是营。"此处之"莆"同"蒲"。"蒲"见于《九怀·尊嘉》："抽蒲兮陈坐，援芙蕖兮为盖。"此处之"蒲"与"芙蕖"并用，作者视为芳草。且今人可称呼为"香蒲"，属"香蒲科"。为芳香植物无疑，植物学者已加以确认。❶

"蒿蒌"见于《大招》："吴酸蒿蒌，不沾薄只。"对于"蒿蒌"，王逸注解为两种植物："蒿，繁草也。蒌，香草也。《诗》曰'言采其蒌'也。"❷其断定二者皆为香草。后人一般视"蒿蒌"为"蒌蒿"，认为是一种植物。如苏轼诗曰："蒌蒿满地芦芽短，正是河豚欲上时。"潘富俊认为，"蒿蒌"今名"蒌蒿"，属"菊科"，且"植株具香气"。❸而蒌蒿"全草含精油0.52%"❹，是确认无疑的芳香植物。

"青莎（香附子）"见于《招隐士》："青莎杂树兮，薠草靃靡。"洪兴祖补注曰："《本草》云：莎，古人为诗多用之，此草根名香附子，荆襄人谓之莎草。"❺这表明古人即认可青莎为香附子，是一种香草。莎草全草芳香，其块状根香附子则香味浓烈，是古今认可的芳香植物。❻

---

❶　朱亮锋、李泽贤、郑永利：《芳香植物》，南方日报出版社2009年版，第49页。

❷　（汉）王逸：《楚辞章句》，见（宋）洪兴祖：《楚辞补注》，中华书局1983版，第220页。

❸　潘富俊：《楚辞植物图鉴》，上海书店出版社2003年版，第150~151页。

❹　朱亮锋、李泽贤、郑永利：《芳香植物》，南方日报出版社2009年版，第64页。

❺　（宋）洪兴祖：《楚辞补注》，中华书局1983版，第234页。

❻　根茎含挥发油约1%，油中含香附醇（cyperol）、香附烯（cyperene）、β-芹子烯（β-selinene）、α-、β-香附酮（α-、β-cyperone）、广藿香酮（patchoulenone）、柠檬烯、桉油精、蒎烯；尚含齐墩果酸及齐墩果酸甙。香附子互动百科，http://www.baike.com/wiki/%E9%A6%99%E9%99%84%E5%AD%90。

应列入"香木"的 3 种:"松""辛夷(新夷)"与"枫"。

"松"见于《九歌·山鬼》:"山中人兮芳杜若,饮石泉兮荫松柏。"松柏皆为芳香植物。可见唐人反复歌咏松香,如李贺《兰香神女庙》:"松香飞晚华,柳渚含日昏。"许浑《宿开元寺楼》:"竹色寒清簟,松香染翠帱。"罗邺《春日过寿安山馆》:"帘开山色离亭午,步入松香别岛春。"松树自然可得"松节油",人工可采"松香"。

"辛夷(新夷)",共 6 处见于楚辞:

> 《九歌·湘夫人》:"桂栋兮兰橑,辛夷楣兮药房。"
> 《九歌·山鬼》:"乘赤豹兮从文狸,辛夷车兮结桂旗。"
> 《九章·涉江》:"露申辛夷,死林薄兮。"
> 《七谏·自悲》:"杂橘柚以为囿兮,列新夷与椒桢。"
> 《九怀·尊嘉》:"江离兮遗捐,辛夷兮挤臧。"
> 《九叹·惜贤》:"结桂树之旖旎兮,纫荃蕙与辛夷。"

骚人原作中大都是以辛夷与香木"桂""橘""柚""椒""桢",以及香草"兰""江离""荃蕙"等为伍,馨香高洁,此可证辛夷(新夷)是一种重要香木。洪兴祖补注《九歌·湘夫人》之"桂栋兮兰橑,辛夷楣兮药房"曰:"《本草》云:辛夷,树大连合抱,高数仞。此花初发如笔,北人呼为木笔。其花最早,南人呼为迎春。"[1]可知,"木笔""迎春"为佳名,古人当视为嘉木。今则迎春、紫玉兰等皆明确收录为芳香植物。[2]

"枫"见于《招魂》:"湛湛江水兮上有枫,目极千里兮伤春心。"洪兴祖补注曰:"注云:似白杨,叶圆而歧,有脂而香。"[3]潘富俊记载说:枫树"果实成熟后晒干,焚烧有浓郁香味,古人用作熏衣避瘴疫的香料"。[4]可见枫作为芳香植物被利用由来已久。

被视为恶草类而实则为芳香植物的 4 种:"艾""萧""茅""蘪芜"。

"艾""萧""茅"在《诗经》中是明确列为香草的。

> 《大雅·生民》里说:"取萧祭脂,取羝以軷",又说:"卬盛于豆,

---

❶ (宋)洪兴祖:《楚辞补注》,中华书局 1983 版,第 234 页。
❷ 朱亮锋、李泽贤、郑永利:《芳香植物》,南方日报出版社 2009 年版,第 110 页。
❸ (宋)洪兴祖:《楚辞补注》,中华书局 1983 版,第 215 页。
❹ 潘富俊:《楚辞植物图鉴》,上海书店出版社 2003 年版,第 145 页。

于豆于登。其香始升，上帝居歆，胡臭亶时。"可见其祭祀的香气来自"酒及簠簋之实""萧草与祭牲之脂"。其中的"萧"，孔颖达《正义》释为"香蒿也"，与艾、蒿、莪、蔚等均属芳香植物。萧用于祭祀也记载于其它典籍，《周礼·天官·冢宰》曰："祭祀，共萧茅。"

　　祭祀用茅，除上述《周礼·天官·冢宰》的记载外，《左传·僖公四年》里有齐对楚"尔贡包茅不入，王祭不共，无以缩酒"的指责，《周礼·春官·宗伯》载有："男巫，掌望祀，望衍授号，旁招以茅。"而周人祭祀用茅与焚烧香蒿不同，主要是用以"缩酒"，也用于包裹、衬垫祭品，《周易·大过》曰："藉用白茅，无咎"。而"缩酒"是指"束茅而灌之以酒"，即束茅于神主前，把酒从茅束上浇下，以示供神主饮酒。这正合乎《礼记·郊特牲》的记载："缩酒用茅，明酌也。"这种祭祀所用的白茅也即香茅，是芳香植物。❶

　　楚辞中，"艾""萧""茅"用以与芳草对比，作者是视为恶草的。三者集中出现在《离骚》中："兰芷变而不芳兮，荃蕙化而为茅。何昔日之芳草兮，今直为此萧艾也？"它如《七谏·怨世》："蓬艾亲入御于床笫兮，马兰踸踔而日加。弃捐药芷与杜衡兮，余奈世之不知芳何？"写到"艾"，用意与《离骚》之"户服艾以盈要兮，谓幽兰其不可佩"完全相同。

　　楚辞中的"茅"一是与芬芳的"荃蕙"对比，二是与高贵的"丝"对比。

　　《离骚》："兰芷变而不芳兮，荃蕙化而为茅。"

　　《惜誓》："伤诚是之不察兮，并纫茅丝以为索。"

　　《九思·悼乱》："茅丝兮同综，冠屦兮共纫。"

　　由此可见，作者心目中，茅是恶草，且地位低贱。但今人列"艾""萧""茅"为芳香植物。❷

　　"蘼芜"见于《九思·悯上》："蘼芜兮青葱，藁本兮萎落。"此以"蘼芜"与"藁本"对举，以恶衬善，也是视"蘼芜"为恶草，视"藁本"为香草的手法。但实则蘼芜"植株体含多炔化合物，根茎含紫茎芹醚、茴香醚、茴香醛等"❸。且果实入药，有驱虫作用，又可提取芳香油，属于芳香植物无疑。

---

❶ 孙秀华、廖群：《馨香的庄重与浪漫：〈诗经〉芳香植物解读》，《理论学刊》2011 年第 4 期。
❷ 朱亮锋、李泽贤、郑永利：《芳香植物》，南方日报出版社 2009 年版，第 61~65 页。收录各种艾、蒿（萧），又该书第 79~80 页收录有野香茅 2 种。
❸ 潘富俊：《楚辞植物图鉴》，上海书店出版社 2003 年版，第 217 页。

（四）余论

楚辞香草香木中还有比较特殊的一类：它们并不是现实的植物，而是诗人想象中的具有特异功能或神性与灵性的植物。如"扶桑""若木""琼茅"和"靡萍"。

"扶桑""若木"两种神木上文已有论述。

"琼茅"和"靡萍"是传说中的灵草。"琼茅"原写作"藑茅"，见于《离骚》："索藑茅以筵篿兮，命灵氛为余占之。"潘富俊解"藑茅"为"旋花"，认为即《诗经》中的"蓄"❶。《诗经》中的"蓄"见于《小雅·我行其野》。其诗如下：

> 我行其野，蔽芾其樗。昏姻之故，言就尔居。尔不我畜，复我邦家。
> 我行其野，言采其蓫。昏姻之故，言就尔宿。尔不我畜，言归斯复。
> 我行其野，言采其蓄。不思旧姻，求尔新特。成不以富，亦祗以异。

诗中与蓄所处位置相同的是臭椿及另一种并不鲜美的野菜，可推测"蓄"也并不是在"行野"情境下能给作者带来愉悦感受的美好事物。但回过头来看《离骚》中的"藑茅"，则是可以用来占卜的神圣植物。所以，将"藑茅"解为"蓄"，确指为"旋花"，或不尽恰当。故而王逸注解曰："藑茅，灵草也"❷实可信从。

"靡萍"原写作"靡蓱"，见于《天问》："靡蓱九衢，枲华安居。"多解为"浮萍"，但前文是"何所不死？长人何守？"下文是"灵蛇吞象，厥大何如？"无不是在长、大上着眼，则"九衢"之"靡蓱"或亦为超大之神异"浮萍"，似不可确解者。

综上，楚辞中的香草香木情况复杂，加之楚辞作者的主观认识使得部分香草排入"恶草"行列且现代植物学者对于"芳香植物"的界定并不完全一致，这又使得把楚辞香草香木对应"芳香植物"的研究圆凿方枘。然通读文本，一一辨识，楚辞芳香植物或为 46 种，其中草本植物 31 种，木本植物 15 种。

---

❶ 潘富俊：《楚辞植物图鉴》，上海书店出版社 2003 年版，第 61 页。

❷ （汉）王逸：《楚辞章句》，见（宋）洪兴祖：《楚辞补注》，中华书局 1983 版，第 35 页。

第四章　先秦采集文化相关诗歌的艺术表达

就其自身而言，先秦采集文化相关诗歌体现出了独特的文学艺术特质，而从中外文学与文化比较的视阈考察，这种艺术特质则体现得更为明显。

第一节　温婉的意象抒情

"灼灼状桃花之鲜，依依尽杨柳之貌"，刘勰认为《诗经》的这种"以少总多，情貌无遗"❶的表现手法，其艺术成就是足可彪炳千秋的。

一、比、兴的突出运用

先秦采集文化相关诗歌善用比兴，体现了观物取象、托物寓意的思维，达到了情景相生、物我浑然、思与境谐的主客观统一的完美境界。扬之水认为"诗的时代……草木作为兴，常常是诗之灵感的源泉"❷。《诗经》中反复出现的草木兴象很多，在表现手法上，比与兴是《诗经》最具特色的艺术表现方式。就采集文化相关诗歌而言，往往是以所采摘的植物作为主体抒情意象起兴，并且全诗以植物意象为比来抒写缠绵情致，这形成了这些诗歌突出运用比兴的艺术特色。

《文心雕龙·物色》中说："春秋代序，阴阳惨舒，物色之动，心亦摇焉……是以诗人感物，联类不穷。……属采附声，亦与心而徘徊。"❸诗人借物象以传情达意，遂有《诗经》中丰富的物象起兴。对此，扬之水分析道：

"物象"，归根结底表达的是"心象"。而诗所特别具有的深致、委

---

❶　黄霖：《文心雕龙汇评》，上海古籍出版社 2005 年版，第 150 页。
❷　扬之水：《诗经名物新证》，天津教育出版社 2007 年版，第 35 页。
❸　周振甫：《文心雕龙注》，人民文学出版社 1981 年版，第 493 页。

婉、温柔敦厚的品质，诗之伸缩包容、几乎具有无限潜能与张力的语言，正是由"物象"与"心象"的交织与混融来成就的。❶

因而可以说"意象"是"物象"与"心象"的交融。《诗经》中的植物意象也就是作为"物象"的具有诗人情感的植物与作为"心象"的诗人情感二者水乳交融而形成的。

而植物的起兴在《诗经》时代近乎是一种必然。在原始采集活动中人们与植物形影相随，植物成为人们最熟悉的东西，这就为草木起兴创造了条件。非但如此，兴与比的关系是非常密切的，兴在某种程度上就包含有比的因素，用以起兴的事物和作比的喻体本质上是一致的，且往往是人们非常熟悉的事物，否则无法引起对方共鸣，也就无从传情达意。也就是说，当草木的起兴成为一种必然，而与此同时，草木的起兴也就隐含着以草木为比的意味。

一般认为，一些诗歌是先提到某一自然景物或者某一具体活动，比如采摘，用以预示诗歌内容，这种创作方式即是传统《诗经》学研究中常常谈到的"兴"。也就是"先言他物，以引起所咏之物"，而王靖献认为，中国抒情艺术中的所谓"兴"几乎与西方叙事诗歌的所谓"主题"完全是同一回事。"兴"的主题的运用，本身即是一种主题创作的技艺。比如《诗经》中写到泛舟的诗，"曾有 5 次具体说到舟的材料。其中，两次是'柏舟'……两次是'杨舟'"。而《邶风·柏舟》之"泛彼柏舟，亦泛其流"，《毛传》将其解读为"兴也"❷，王靖献则认为泛柏舟即是忧伤的主题，泛杨舟则是欢乐的主题。因为"从音韵学上说，'柏'字的古音与'迫'字的读音是相同的"，"同时也暗示出'迫于压力'的主人公"。"而从音韵学上说，'阳'字与'扬'（振奋）相同，同时也是双关语。"它们均是双关语且暗示着典型场景。而如果是表现"中性情绪"的诗歌，则不明确表明所泛之"舟"的材质，如《邶风·二子乘舟》中的"舟"。❸

闻一多在分析《邶风·简兮》"山有榛，隰有苓"时说："此句为隐语。榛是乔木，在山上，喻男；苓是小草，在隰中，喻女。以后凡称'山有□，隰有□'，而以大小对举的，仿此。"❹ 而"山有□，隰有□"这一套语，据称在现代

❶ 扬之水：《诗经名物新证》，天津教育出版社 2007 年版，第 28~29 页。

❷ （清）阮元校刻：《十三经注疏·毛诗正义》（嘉庆刊本），中华书局 2009 年版，第 624 页。

❸ 详参［美］王靖献：《钟与鼓——〈诗经〉的套语及其创作方式》，谢谦译，四川人民出版社 1990 年版，第 134~139 页。

❹ 闻一多：《闻一多全集》（第四册），湖北人民出版社 1993 年版，第 470 页。

也有着鲜活的生命力：

> 陕北民歌继承和发扬了这一手法，往往以更加明显的"阳洼上×，背洼上×"来比喻男女情人，如：

> 阳洼洼上蒿柴背洼洼上艾，
> 妹妹捎话叫哥哥来。

> 阳畔畔上圪针背畔畔上艾，
> 哥哥你走了不回来。

> 蒿柴与圪针都是硬而直的植物，与《诗经》中的榛等一样，成为男性阳刚之气的绝好范本，而艾的柔软也如苓一样，与女子的柔弱顺从有着神情上的相似性。到后来，陕北民歌中干脆不出现植物，直接说"你在山上我在沟，拉不上话儿招一招手。"❶

《诗经》中有三首诗写到了杜树，《小雅·杕杜》《唐风·杕杜》和《唐风·有杕之杜》，三首诗中皆称杜树为"有杕之杜"。前两首诗歌里，杜树生长繁茂，树叶青青，果实累累。这三首诗歌里流露出的对杜树的感情是深厚的，杜树是歌者倾诉的对象。而杜树的入诗入歌绝非偶然，有学者指出，杜树应即为唐地的社树：

> 《淮南子·齐俗训》云："有虞氏之礼其社用土，夏后氏其社用松，殷人之礼其社用石，周人之礼其社用栗。"这里的"土"即杜，以杜树为社。土，杜古音同，可通用。《毛诗》："迨天之未阴雨，彻彼桑土。""土"韩诗作"杜"。又《毛诗》"绵绵瓜瓞。民之初生，自土沮漆"，"土"齐诗作"杜"。是亦土杜通用之证。因此"有虞氏之礼其社用土"即用杜，即以杜树为社。❷

所以，当女心伤悲时，当长路独行倍思宗族时，当君子来顾心感欢乐时，

---

❶ 张亚玲：《陕北民歌草木比兴与〈诗经·国风〉的相似性》，《沈阳大学学报》2008 年第 5 期。
❷ 赵沛霖：《树木兴象的起源与社树崇拜》，《河北学刊》1984 年第 3 期。

象征家国宗族的社树杜树郁郁青青枝繁叶茂的形象便涌上心头，给歌者最大的慰藉，是歌者永远的心灵家园。这样的起兴，这样的吟咏，是真正意义上情深意长的生命的歌唱！

楚辞以植物起兴的例子不多，但也有较为隽永情长的。比如《九章·怀沙》之"草木莽莽"。《怀沙》起首四句是："滔滔孟夏兮，草木莽莽。伤怀永哀兮，汩徂南土。"诗句点明时间是"孟夏"，正当"草木之类，莫不莽莽盛茂"，却"自伤不蒙君惠而独放弃，曾不若草木也"。"言己见草木盛长，而己独汩然流放，往居江南之土，僻远之处，故心伤而长悲思也。"❶也即草木茂盛之景与心伤长悲之情，有机融合，景语即为情语，感人至深。

《九歌·少司命》写司命之神"被服香净，往来奄忽，难当值也"❷，却先歌曰：

> 秋兰兮麋芜，罗生兮堂下。
> 绿叶兮素华，芳菲菲兮袭予。
> 夫人兮自有美子，荪何以兮愁苦！
> 秋兰兮青青，绿叶兮紫茎。
> 满堂兮美人，忽独与余兮目成。
> 入不言兮出不辞，乘回风兮载云旗。
> 悲莫悲兮生别离，乐莫乐兮新相知。
> 荷衣兮蕙带，儵而来兮忽而逝。

古人的注解说："言己供神之室，空闲清净，众香之草，又环其堂下，罗列而生，诚司命君所宜幸集也。"❸实则，"秋兰兮麋芜""绿叶兮素华""秋兰兮青青，绿叶兮紫茎"，这样的起兴铺垫，馨香氤氲，为全诗奠定了缠绵悱恻的感情基调。

而《九歌·礼魂》结句曰："春兰兮秋菊，长无绝兮终古。"王逸注解说："言祠祀九神，皆先斋戒，成其礼敬，乃传歌作乐，急疾击鼓，以称神意也。""言春祠以兰，秋祠以菊，为芬芳长相继承，无绝于终古之道也。"❹诗句意思是，年复一年，春兰秋菊常供奉，祭礼不绝传千古。也即表达对神的至诚

---

❶ （宋）洪兴祖：《楚辞补注》，中华书局 1983 年版，第 141 页。
❷ （宋）洪兴祖：《楚辞补注》，中华书局 1983 年版，第 73 页。
❸ （宋）洪兴祖：《楚辞补注》，中华书局 1983 年版，第 71 页。
❹ （宋）洪兴祖：《楚辞补注》，中华书局 1983 年版，第 84 页。

心意：虽然春秋代序，年复一年，但祭祀之礼不废，礼乐终古而相传。而这样的心情，是通过芳香的春兰秋菊而表达的，可谓天长地久，花草情深，芳菲菲兮无绝。

姜姜芳草，离离别情。人生一世，草木一秋。非但比兴的艺术传统丝缕缠绕，单单这种感怀，在《诗经》、楚辞里也是屡见不鲜的，脉脉相传，这也就浸润着后世的人文精神，生动着人们的爱恨情愁。

二、缠绵、婉约的抒情

先秦采集文化相关诗歌往往以植物意象为中心构建抒情的婉约话语，喜悦与伤痛、思念与情爱不言而明，更具缠绵的情致，突出体现了"乐而不淫，哀而不伤"的特点。

《诗经》的时代，情歌的形态已由"候人兮猗"❶的简单句发展为以四言为主而又富有生动变化的句式，加之以重章叠句，反复咏叹中的情感表达更为丰富和细腻。比如《秦风·晨风》，写丈夫外出久不归家，诗里难免流露出一些艾怨：

> 鴥彼晨风，郁彼北林。未见君子，忧心钦钦。如何如何？忘我实多！
> 山有苞栎，隰有六驳。未见君子，忧心靡乐。如何如何？忘我实多！
> 山有苞棣，隰有树檖。未见君子，忧心如醉。如何如何？忘我实多！

诗中表现的情景是：鹞鹰急速地飞往茂密的北林，栎树、棣树长在山上，六驳树、檖树长在湿地上，这都是各得其所，各归其宿，呈现出一派生机勃勃而又融融泄泄的景象。思妇怀夫而又有些许怨气的细腻而复杂的感情就在诗歌对这些树木意象的对举讴歌表达中得以完美展现，从而也更能引发听众（或是后世的读者）的联想与想象。

《九歌·山鬼》也十分婉约抒情，主人公含睇宜笑，多情温婉，却只得思君怅然：

---

❶ （战国）吕不韦著，陈奇猷校释：《吕氏春秋新校释》，上海古籍出版社 2002 年版，第 338 页。

若有人兮山之阿，被薜荔兮带女萝。

既含睇兮又宜笑，子慕予兮善窈窕。

乘赤豹兮从文狸，辛夷车兮结桂旗。

被石兰兮带杜衡，折芳馨兮遗所思。

余处幽篁兮终不见天，路险难兮独后来。

表独立兮山之上，云容容兮而在下。

杳冥冥兮羌昼晦，东风飘兮神灵雨。

留灵修兮憺忘归，岁既晏兮孰华予。

采三秀兮于山间，石磊磊兮葛蔓蔓。

怨公子兮怅忘归，君思我兮不得闲。

山中人兮芳杜若，饮石泉兮荫松柏。

君思我兮然疑作。

雷填填兮雨冥冥，猿啾啾兮狖夜鸣。

风飒飒兮木萧萧，思公子兮徒离忧。

《九歌·山鬼》写葛的情态是"石磊磊兮葛蔓蔓"，与之相关的心情是"怨公子兮怅忘归"，纠结缠绵，真是剪不断理还乱。在这里，葛并非劳作的对象，而是情感表达的寄托。但在《诗经》中，葛是女子劳作的对象，是女子采集用以加工、纺织的原料，尤为女子所熟知，也往往因此寄寓着女儿的柔情。葛的生命力强盛，葛条慢慢向远处伸长的样子很容易触发多情女子的绵远情丝。《王风·采葛》仅只三章九句：

彼采葛兮，一日不见，如三月兮。

彼采萧兮，一日不见，如三秋兮。

彼采艾兮，一日不见，如三岁兮。

这里，长长的葛条似乎象征着甜蜜爱情的永远，是旺盛的生命力，是美好的青春，是一种难以遏制的渴望，是一种缠绵不已的思念。长长的葛条啊，那就是姑娘长长的思念啊！《王风·采葛》表达的是热烈的爱情，甜蜜的思念，而与此截然不同，《唐风·葛生》则是凄婉的哀歌：

葛生蒙楚，蔹蔓于野。予美亡此，谁与独处！

葛生蒙棘，蔹蔓于域。予美亡此，谁与独息！

角枕粲兮，锦衾烂兮。予美亡此，谁与独旦！

夏之日，冬之夜。百岁之后，归于其居。

冬之夜，夏之日。百岁之后，归于其室。

对于"葛生蒙楚，蔹蔓于野"，朱熹指出："妇人以其夫久从征役而不归，故言葛生而蒙于楚，蔹生而蔓于野，各有所依托。而予之所美者独不在是，则谁与而独处于此乎？"❶然而该诗反复歌咏"予美亡此"，而且"予美"在此无人与之朝夕相处；又一再表明心意，愿在"百岁之后""归于其居（室）"，则该诗为悼亡诗无疑。❷再者，《王风·大车》之末章曰："谷则异室，死则同穴。谓予不信，有如皦日！"《正义》："……使夫之与妇，生则异室而居，死则同穴而葬……"❸这可作为《诗经》内证。

从结构上分析，参照现代歌曲的模式，《唐风·葛生》属于"AB 式"的复杂变体，具体即"A+A+A+B+B"，有两个表达的重点，一是"予美亡此，谁与独处（息、旦）"，二是"百岁之后，归于其居（室）"，故而构成重章叠句的吟唱。葛和蔹生机蓬勃，皆有归依，我的爱人则长眠地下，必定十分凄凉，角枕、锦衾所记忆着的你我的欢会一去不返，只有那百年之后的地下才能相逢、相伴！歌者的心情如此沉痛，想必其曲调当是十分悲凉的。

刘勰称赞《古诗十九首》具有"婉转附物，怊怅切情"❹的艺术风格，而对于《诗经》采集文化相关诗歌而言，其意象鲜明生动，感情委婉细腻，毫无疑问，也具有这一特色。透过以上的分析不难发现，《诗经》采集文化相关诗歌构建的采摘意象、植物意象正是诗歌的抒情话语中心，也就是说，抒情主人公的悲喜忧愁是透视诗歌的采摘意象与植物意象即可明了于心、令人一唱而三叹的！故而以"婉转附物，怊怅切情"来评价《诗经》采集文化相关诗歌的艺术表现，也是十分恰切的。廖群师从"情景、心物关系的初步展开"这一高度探讨《诗经》的艺术表现，十分中肯，确为的论：

　　《诗经》大量援物入诗，借景言情，构成了特有的委婉含蓄和谐的

❶（宋）朱熹：《诗集传》，中华书局 1958 年版，第 73 页。

❷ 高亨认为《唐风·葛生》为"这是男子追悼亡妻的诗篇，即古人所谓悼亡诗"。语见高亨：《诗经今注》，上海古籍出版社 1980 年版，第 160 页。高亨认为此诗是男子追悼亡妻，与传统的认为该诗是女子口吻不合。但高亨指出"与"的释义为"共处""谁与独处"断句为"谁与？独处"。"谁与独息""谁与独旦"同此，与义为胜。

❸（清）阮元校刻：《十三经注疏·毛诗正义》（嘉庆刊本），中华书局 2009 年版，第 704 页。

❹ 周振甫：《文心雕龙注》，人民文学出版社 1981 年版，第 49 页。

美，这里情与景、心与物就总体而言虽尚未达到交融合一的境界，却是情景结合的开端，从根本上决定了中国古典诗歌以情景关系为主体的表现特征，为中国美学的独特范畴"意境"的诞生奠定了基础，而且牵引出一条与诗歌创作实践相适应的、围绕着心物、情景立说的诗学之路，从刘勰的"感物吟志，莫非自然"（《文心雕龙·明诗》）到苏轼评王维诗的"味摩诘之诗，诗中有画"（《东坡题跋·书摩诘蓝田烟雨图》），再到谢榛的"情景相触而成诗，此作家之常"（《四溟诗话》）和王夫之的"景中生情，情中含景，故曰，景者情之景，情者景之情"（《唐诗评选》），直到王国维的"一切景语皆情语"（《人间词话》），足可见《诗经》比兴艺术对于中国古诗创作和美学追求的深远影响。❶

三、《诗经》重章叠句的吟唱

（一）存在与误解

《诗经》中诸多诗篇重章叠句的吟唱为一大艺术特色，上文所分析的《唐风·葛生》是"A+A+A+B+B"的形式，而更为典型的则是"A+A+A"的模式。如《鄘风·干旄》：

> 孑孑干旄，在浚之郊。素丝纰之，良马四之。彼姝者子，何以畀之？
> 孑孑干旟，在浚之都。素丝组之，良马五之。彼姝者子，何以予之？
> 孑孑干旌，在浚之城。素丝祝之，良马六之。彼姝者子，何以告之？

本诗三章章五句，完整复沓，所替换的仅只几字而已。可以简记成："孑孑干旄（旟、旌），在浚之郊（都、城）。素丝纰（组、祝）之，良马四（五、六）之。彼姝者子，何以畀（予、告）之？"之所以说《鄘风·干旄》这种结构样式典型，是因为这样三章复沓的诗歌还有很多，大都分布在风诗里，比如《周南》中就有《樛木》《螽斯》《桃夭》《兔罝》《芣苢》《麟之趾》等六首，《召南》中也有《鹊巢》《甘棠》《羔羊》《殷其雷》《摽有梅》《江有汜》等六首。其

---

❶ 廖群：《中国审美文化史·先秦卷》，山东画报出版社 2000 年版，第 266 页。

他各国风诗里还有很多。而雅诗和颂诗也有重章叠句的现象，但不如风诗中普遍和典型。

《诗经》重章叠句的特点如此突出，这让解诗者不得不加以重视。孙作云认为，现在所看到的《诗经》中的《卷耳》《行露》(附论《式微》)、《皇皇者华》《都人士》《卷阿》等五首诗都存在着"错简"，都分别是两首诗合成了一首，"换句话说，这五首诗本来是独立的十首诗"❶。孙作云虽未言明，但其依据，很大程度上就是《诗经》重章叠句的特点。然而，《诗经》里叠咏体样式不一，"最多的是叠咏三次，其次是叠咏两次，其次是前两章叠咏、后一章独立，或前一章独立、后两章叠咏。其他形式的叠咏也有之……"❷，这样的"错简"的判断，没有确证的话，也只能"以备参考"了。而如果以文词不类且上下又有重章来考虑，《诗经》中类似这五首诗的还应该有一些，或许孙作云是过于囿于《诗经》重章叠句的特点，而如果对于这一特点认识不足，理解不深，解诗则难免穿凿，自相矛盾。例如对于《鄘风·桑中》的传统解读。《鄘风·桑中》是叠咏三次的诗歌，全诗如下：

> 爰采唐矣？沬之乡矣。云谁之思？美孟姜矣。期我乎桑中，要我乎上宫，送我乎淇之上矣。
> 爰采麦矣？沬之北矣。云谁之思？美孟弋矣。期我乎桑中，要我乎上宫，送我乎淇之上矣。
> 爰采葑矣？沬之东矣。云谁之思？美孟庸矣。期我乎桑中，要我乎上宫，送我乎淇之上矣。

《诗序》说："《桑中》，刺奔也。卫之公室淫乱，男女相奔，至于世族在位，相窃妻妾，期于幽远，政散民流而不可止。"❸这无端给此诗定下了淫诗的评说基调。《正义》对此做了申说，然而却不是有一分证据说一分话的态度。对于关键的三名"人犯"——"孟姜""孟弋""孟庸"，《正义》曰："序言'相窃妻妾'，经陈相思之辞，则孟姜之辈与世族为妻也，故知世族在位，取姜氏、弋氏、庸氏矣。"❹然而下文却不得不承认或许查无此人，《正义》曰："列国姜

❶ 孙作云：《诗经的错简》，见《诗经与周代社会研究》，中华书局 1966 年版，第 403~419 页。
❷ ［日］青木正儿：《诗经章法独是》，转引自孙作云：《诗经的错简》，见《诗经与周代社会研究》，中华书局 1966 年版，第 404 页。
❸ （清）阮元校刻：《十三经注疏·毛诗正义》(嘉庆刊本)，中华书局 2009 年版，第 663 页。
❹ （清）阮元校刻：《十三经注疏·毛诗正义》(嘉庆刊本)，中华书局 2009 年版，第 663 页。

姓，齐、许、申、吕之属。不斥其国，未知谁国之女也……言孟，故知长女。下孟□□孟弋、孟庸，以孟类之，盖亦列国之长女，但当时列国姓庸、弋者，无文以言之。"❶

按说，"当时列国姓庸、弋者，无文以言之"。这并不能说明孟弋、孟庸之类美女就完全不会存在，因为留下记载的未必是多数，没有记载的未必不曾存在。但关键在于这样穿凿附会地去解读如此声情浪漫的诗歌，未免太拘泥。但这种理解影响深远，钱钟书可能也认为《鄘风·桑中》一诗所歌所咏，句句为实：

> 桑中、上宫，幽会之所也；孟姜、孟弋、孟容，幽期之人也；"期""要""送"，幽欢之颠末也。直记其事，不着议论意见，视为外遇之簿录亦可，视为丑行之招供又无不可。西洋文学中善诱妇女之典型（l'homme à femmes）名荡荒（Don Juan），历记所狎，造册立表；诗文写渔色之徒，亦每言其记总帐。《桑中》之我不害此类角色之草创，而其诗殆如名册之缩本，恶之贯而未盈者欤。古乐府《三妇艳》乃谓三妇共事一夫，《桑中》则言一男有三外遇，于同地幽会。王嘉《拾遗记》卷一载皇娥与白帝之子游乎穷桑，"俗谓游乐之处为桑中也，《诗》中《卫风》云云，盖类此也"，杜撰出典。"桑中"俗语流传，众皆知非美词。司马相如《美人赋》："暮宿上宫，有女独处。皓体呈露，时来亲臣"；沈约《忏悔文》"汉水上宫，诚无云几，分桃断袖，亦足称多"；则"上宫"亦已成淫肆之代称矣。❷

可是，《诗经》诸篇全为乐歌，这是共识；那么，还原一下，《鄘风·桑中》有问有答，如果该诗是一首有问有答的合唱歌谣呢？假如只是用在类似上巳节的欢会仪式上呢？而且，演唱的方式如果是数人轮唱呢？这些推测如果可能的话，那"一男有三外遇"、桑中"非美词"、上宫为"淫肆之代称"等还有什么立论的基础呢？

这样的解读还有很多，比如对于《王风·采葛》，郑玄《笺》认为，"以采葛喻臣以小事使出"，"彼采萧者，喻臣以大事使出"，"彼采艾者，喻臣以急事使出"。❸为何"彼采葛兮"之"彼"就解释为使臣姑且不论，仅只小事、大

---

❶ （清）阮元校刻：《十三经注疏·毛诗正义》（嘉庆刊本），中华书局2009年版，第664页。
❷ 钱钟书：《管锥编》（第一册），中华书局1979年版，第88页。
❸ （清）阮元校刻：《十三经注疏·毛诗正义》（嘉庆刊本），中华书局2009年版，第703页。

事、急事之分，也未知何据，似恐穿凿。再如《王风·丘中有麻》，其诗曰：

> 丘中有麻，彼留子嗟。彼留子嗟，将其来施施。
> 丘中有麦，彼留子国。彼留子国，将其来食。
> 丘中有李，彼留之子。彼留之子，贻我佩玖。

对于《鄘风·桑中》，经师是斥责其为淫诗，而对于《王风·丘中有麻》，解经者打出了"思贤"的招牌。《诗序》："《丘中有麻》，思贤也。庄王不明，贤人放逐，国人思之，而作是诗也。"[1] 但所思的贤人却看起来似乎有两个，"子嗟"和"子国"。《正义》曰："子国是子嗟之父，俱是贤人，不应同时见逐。若同时见逐，当先思子国，不应先思其子。[2]《传》认为子国是子嗟的父亲，《笺》《正义》皆承之，未知何据。"当先思子国，不应先思其子"云云，太过于穿凿。其实，今人的看法庶几近之：

> 《丘中有麻》是女子叙述自己和情人相会的诗。诗中的子嗟、子国皆为虚指。《毛序》以为此诗"思贤"也，不知何据。故朱熹《诗序辨说》（以下简称《辨说》）云："此亦淫奔者之词。其篇上属《大车》，而语意不庄，非望贤之意，《序》亦误矣。"
>
> 此诗在艺术上的主要特征是叠句，它将诗中的感情色彩烘托得更加强烈，也使曲调更加优美。[3]

为什么说"诗中的子嗟、子国皆为虚指"呢?《诗经》中其他诗歌里出现的这样类似的结构和句式都是这样的虚指吗? 除了烘托感情和使曲调优美，艺术上的主要特征是"叠句"还有些另外的功用吗? 或许，这样的问题是值得深入探讨的。而综合考虑，解析《诗经》重章叠句的吟唱不能不留意音乐的制约、套语的模式以及意象的复合等三个方面。

（二）音乐的制约

赵敏俐认为：

---

[1]　（清）阮元校刻：《十三经注疏·毛诗正义》（嘉庆刊本），中华书局 2009 年版，第 705 页。
[2]　（清）阮元校刻：《十三经注疏·毛诗正义》（嘉庆刊本），中华书局 2009 年版，第 705 页。
[3]　聂石樵：《诗经新注》，齐鲁书社 2000 年版，第 155 页。

音乐对《诗经》中《风》《雅》《颂》语言形式的影响有时可能是主导性的，在这方面，我们过去的认识是远远不够的。之所以如此，是因为我们过去在研究《诗经》各体的艺术风格和创作方法之时，往往习惯于从作品的内容入手，认为是内容决定了形式，是先有了庙堂的歌功颂德的内容，自然就会有了《周颂》那种板滞凝重的语言形式。其实事情并不那样简单，有时候实际的创作正好与此相反，不是内容决定形式，而是形式决定内容。先有了宗庙音乐的规范，自然就会产生那样的内容和语言，形式在这里可能起着决定性的作用。《周颂》是这样，《雅》诗和《风》诗中的许多诗篇的产生也是如此，这在《诗经》的文本中可以找到证明。❶

的确，由于当时音乐与诗歌的密切关系，使得音乐对诗歌的规定性显得十分突出。而从《诗经》的结集来看，风、雅、颂也是从音乐的角度给予划分。显而易见，不但文辞不雅驯者不会列入诗集，不合音乐要求者也就难以入选了。因而，所谓孔子删诗，在《论语》里的记载则是正乐，其含义更为明显，《论语·子罕》曰："子曰：'吾自卫反鲁，然后乐正，《雅》《颂》各得其所。'"❷如果这一记载可信从的话，则孔子对于《诗经》的整理，时人认为最重要的和最必要的是"乐正"。

《诗经》里有表明唱和的例子，《郑风·萚兮》诗曰：

> 萚兮萚兮，风其吹女！叔兮伯兮，倡予和女！
> 萚兮萚兮，风其漂女！叔兮伯兮，倡予要女！

此诗各章末句，高亨断句为："倡！予和女。""倡！予要女。"❸于义为胜。《郑风·萚兮》显然为女子所唱之歌，联系到后人"郑声淫"的指责，可以推测其曲调应该较为欢快、轻松、喜悦。而正是这种欢快的曲调，又使得深情的女子反复歌咏，那么，在诗歌的层面上，就必然形成了这种叠咏体式。同样的道理，《周颂》之所以几乎没有这样重章叠句的吟唱，那可能也是因为音乐的要求。比如《周颂·清庙》，仅只有一章，十分简短：

---

❶ 赵敏俐：《音乐对先秦两汉诗歌形式的影响》，《社会科学战线》2002 年 5 期。
❷ （清）阮元校刻：《十三经注疏·论语注疏》（嘉庆刊本），中华书局 2009 年版，第 5409~5410 页。
❸ 高亨：《诗经今注》，上海古籍出版社 1980 年版，第 118 页。

于穆清庙，肃雍显相。济济多士，秉文之德。对越在天，骏奔走在庙。不显不承，无射于人斯。

《礼记·乐记》曰："《清庙》之瑟，朱弦而疏越，一倡而三叹，有遗音者也。"孔颖达疏："《清庙》，谓作乐歌《清庙》也。朱弦，练朱弦，练则声浊。越，瑟底孔也。画疏之，使声迟也。倡，发歌句也。三叹，三人从叹之耳。"❶这不能不让人思考，在这祭祀的庙堂之上为什么要求"声浊"而且"声迟"呢？毫无疑问，这是因为宗庙音乐本身所追求的风格就是肃穆、凝重、迟缓、庄严。至少，在追思先人，感念祖先功德之时，那些轻快的曲子是不合时宜的。因此，《周颂·清庙》之所以是现在这样的语言形式，音乐在其中的确起了重要作用。这也就是说，可能往往是先有了规定性的或是具有些微规定意味的曲调，而后渐渐形成了一些在固定曲调内规范化的演唱程序，这才最终有可能决定了一首诗的语言形式。

在解说《毛诗序》之"声成文谓之音"时，《正义》曰："至于作诗之时，则次序清浊，节奏高下，使五声为曲，似五色成文，一人之身则能如此。据其成文之响，即是为音……但乐曲既定，规矩先成，后人作诗，谟摩旧法，此声成文谓之音。"❷从这样的推论出发，回过头来看看那些重章叠句的吟唱，或许会感到不必再纠结于是否"一男而三外遇"或者"子国"是否为"子嗟之父"。而其中的采集意象，也不可能是句句实写，因而《鄘风·桑中》之"采唐""采麦""采葑"歌者未必如此辛劳，样样都采；《王风·丘中有麻》之丘中"有麻""有麦""有李"只能说是歌者所熟知的意象。

而格拉耐的这一番推测，也许正可有助于我们理解音乐对于诗歌内容制约性：

均齐在歌谣创作中也是基本的方法。歌谣的形态一般是极为简单的，每首歌谣大都由三章或四章构成，各章又含四句或六句。各章的末尾往往是相同诗句的反复。这是诗的一般原则。但事实上，这样的反复句不仅在末尾。在很多情况下一章中都有若干句子（尤其是非对偶句）没有变化。……在《诗经》中所有的印象都毋庸置疑地与语言的声音特别是动作的声音相联。歌手们以动作配合歌声、把歌声诉诸耳的内容同样用形状诉

---

❶ （清）阮元校刻：《十三经注疏·礼记正义》（嘉庆刊本），中华书局 2009 年版，第 3313 页。

❷ （清）阮元校刻：《十三经注疏·毛诗正义》（嘉庆刊本），中华书局 2009 年版，第 563 页。

诸眼睛。由此,我们不能不想到《诗经》的歌谣是舞蹈和韵律的产物。❶

因而,《诗经》中那些"均齐"的关于采集的诗歌,也就有可能是这样的"舞蹈和韵律的产物",具体到采集文化相关诗歌,那些上下章变换的采摘物也就不必理解为具体的写实。

（三）套语的模式

对于套语,传统的解经者似乎没有太多关注。比如《周颂·丝衣》里有"兕觥其觩。旨酒思柔"。郑《笺》云:"柔,安也。绎之旅士用兕觥变于祭也,饮美酒者皆思自安,不谨哗,不敖慢也,此得寿考之休征。"❷同样的句子,在《小雅·桑扈》里也有,"兕觥其觩,旨酒思柔"。但二者的解说不同。郑《笺》云:"兕觥,罚爵也。古之王者与群臣燕饮,上下无失礼者,其罚爵徒觩然陈设而已。其饮美酒,思得柔顺中和与共其乐,言不憮敖自淫恣也。"❸这两处,毛《传》均没有解释,而从郑玄的解说看,他可能没有考虑到二者文字上完全一致是应该隐含着一些信息的。而《诗经》中这样的情况很多,这就为运用套语理论来探讨分析这样的一致或近似的表达提供了可能。

所谓套语理论是指哈佛大学教授米尔曼·帕里（Milman Parry）与阿尔伯特·B. 洛尔德（Albert B Lord）在研究《荷马史诗》等古典文学作品时所提出的一套完整的批评体系。他们认为"早期诗歌的基本性质是口述的,而口述的诗歌总的语言特点则是套语化与传统性",认为在史诗中反复出现的词句并非是"陈词滥调"（cliche）与"老框框"（stereotyped）,而是"在相同的韵律条件下被经常用来表达某一给定的基本意念的一组文字",也即套语。而"套语系统",即构成一个替换模式（substitution pattern）的一组套语。"诗人不仅知道它们是单一的套语,而且把它们当作某一类型的套语来运用"。❹

"在《诗经》中,类似的例子很多",比如"言采其 + 植物名"为例,即可发现在 7 首诗中的例句 10 个（其中完全相同的一句出现在两首诗中）❺。受此理论的启发,王靖献认为,在《诗经》中也存在这样的"套语"和"套语系

❶ ［法］格拉耐:《中国古代的祭礼与歌谣》,张铭远译,上海文艺出版社 1989 年版,第 85~86 页。

❷ （清）阮元校刻:《十三经注疏·毛诗正义》（嘉庆刊本）,中华书局 2009 年版,第 1301 页。

❸ （清）阮元校刻:《十三经注疏·毛诗正义》（嘉庆刊本）,中华书局 2009 年版,第 1031 页。

❹ ［美］王靖献:《钟与鼓——〈诗经〉的套语及其创作方式》,谢谦译,四川人民出版社 1990 年版,第 14~25 页。

❺ ［美］王靖献:《钟与鼓——〈诗经〉的套语及其创作方式》,谢谦译,四川人民出版社 1990 年版,第 18~19 页。

统"。如《小雅》中的三首征伐猃狁的诗《采薇》《出车》《六月》都有一个相同的韵律模式：每首诗各有六章，每章八句，每句四言。而《小雅》中的《鹿鸣》《四牡》《皇皇者华》《鱼丽》《南有嘉鱼》和《南山有台》这些专为宴乐饮酒而用的标题都是非常套语化的。王靖献"对《诗经》中的套语作如下定义：所谓套语者，即由不少于三个字的一组文字所形成的一组表达清楚的语义单元，这一语义单元在相同的韵律条件下，重复出现于一首诗或数首诗中，以表达某一给定的基本意念"。❶

套语理论在《诗经》研究上的应用如果是把《诗经》视为口述作品，这或许还存在着较大争议。但无论觉得这一理论可信与否，一些类似的尝试其实早就在解读《诗经》中运用过了。比如清代马瑞辰解读"葛屦五两"❷，又如上文所说闻一多分析"山又□，隰有□"的隐语。而《诗经》中存在着几组同题诗歌，十分引人注目，按套语理论考虑，当然更值得关注。今以《扬之水》为例探讨，三首均列于下：

　　《王风·扬之水》：

　　扬之水，不流束薪。彼其之子，不与我戍申。怀哉怀哉，曷月予还归哉！

　　扬之水，不流束楚。彼其之子，不与我戍甫。怀哉怀哉，曷月予还归哉！

　　扬之水，不流束蒲。彼其之子，不与我戍许。怀哉怀哉，曷月予还归哉！

　　《郑风·扬之水》：

　　扬之水，不流束楚。终鲜兄弟，维予与女。无信人之言，人实迋女。

　　扬之水，不流束薪。终鲜兄弟，维予二人。无信人之言，人实不信。

　　《唐风·扬之水》：

　　扬之水，白石凿凿。素衣朱襮，从子于沃。既见君子，云何不乐？

　　扬之水，白石皓皓。素衣朱绣，从子于鹄。既见君子，云何其忧？

　　扬之水，白石粼粼。我闻有命，不敢以告人。

---

❶　［美］王靖献：《钟与鼓——〈诗经〉的套语及其创作方式》，谢谦译，四川人民出版社1990年版，第52页。

❷　（清）马瑞辰：《毛诗传笺通释》，中华书局1989年版，第303~304页。马瑞辰详考"五两"，并断言此语与婚姻之事相关，这得益于他熟知各典籍，明了各礼俗。当然，有清一代，此种学识者不胜枚举，此处仅列出马瑞辰一例而已。

首先，从整体考虑，除《唐风·扬之水》末章外，三首诗在音乐上高度一致，均为六个乐句，这或许暗示着同题诗歌的同音乐素材。可能类似现在传唱于不同地区的民歌《茉莉花》，流传于河北的、山东的与江苏的，虽各各不同却又曲调声韵相类，而且歌词也有很大近似性。而从主题上看，三首《扬之水》是不一致的，一是征人怀归，二是忧谗畏讥，三是思慕君子，然而情绪都是忧伤的，在这点上，三者又是统一的。从细处看，《王风·扬之水》与《郑风·扬之水》更为相似，后者的起兴完全与前者相同。然而，二者中的"不流束薪"是最初的歌谣，还是《唐风·扬之水》里的"白石凿凿"是最早的吟唱呢？这却无从判断。我们能够知道的是，主人公在水边，或者看到水中的白石而十分渴望见到"素衣朱绣"的"君子"；或者看到水流迟缓、凝滞，不能带动水中的草束，心情悲伤。那么，具体看到的白石的情态，水中的柴束，乃至于歌中所唱到的戍守的地名，都在这样的主题情景和套语模式里消解了个性和独立的话语，唯有诗歌所表达的凄凉情韵获得了永恒的生命，传达着歌者的心声。而每首诗内部的重章叠句也是十分齐整的，这既可以看作三首诗之间的套语模式，也同时是每首诗内部套语重叠的结果。

（四）意象的复合

耶鲁大学的威廉姆·麦克诺顿（William McNaughton）在其 1971 年出版的专著《*The Book Of Songs*》以及发表于 1963 年的论文《*The Composite Image: Shy Jing Poetics*》（《诗经的艺术：复合意象》）中讨论了《诗经》复合意象的应用。他认为当一首诗歌中含有一种以上的意象时，这些意象之间就会产生一种相互作用，意象之间相互联系并通过它们的结合产生的整体效果与主题产生联系时，复合意象就产生了❶。而本文所讨论的意象复合仅限于在叠咏体里的意象叠加与有机合成。正是因为反复的吟唱，意象的运用才更有自己的特色，当然，这并不排斥上文分析的音乐的作用以及套语模式的功能。

《诗经》中重章叠句的吟唱往往给人以动作感，而且往往这种动作还带有历时性，这在采集文化相关诗歌中多有呈现。比如《召南·采蘩》中的四个"于以"的问句，引领诗歌叙事的发展；再如《召南·摽有梅》之"其实七兮""其实三兮"与"顷筐塈之"三者的叠咏与变化，生动的传达出了时不我待的急切。而《小雅·采薇》的意象复合更为鲜明，其前三章反复写到了"采薇采薇，薇亦作（柔、刚）止"，在重章叠句的吟唱中我们可以感知到：薇菜

---

❶ 转引自李康：《〈诗经〉在美国的传播》，山东大学硕士学位论文，2009 年，第 45~46 页。

由生出嫩芽到渐渐长大，到渐渐、老去，采薇不止的征夫劳作不止，征战不息，远离家乡，内心忧伤，"曰归曰归"的心情也越来越急迫。于是，薇菜的形象不再是独立的一种表达，而采薇的动作在重章叠句的吟唱里就具有了表现"忧心烈烈"的意味，这种微妙变化的奥秘就在于意象的复合：薇菜生长的意象复合化，以及与采薇意象的再度复合。再加上该诗末章所云："昔我往矣，杨柳依依。今我来思，雨雪霏霏。行道迟迟，载渴载饥。我心伤悲，莫知我哀！"由春至冬，征夫最终得以归还，而又因"雨雪霏霏"与"载渴载饥"而"行道迟迟"，故而尚且未能回到家中，其心情的悲凉是可以理解的。

几乎同样的例子还有《王风·黍离》，其诗曰：

> 彼黍离离，彼稷之苗。行迈靡靡，中心摇摇。知我者，谓我心忧；不知我者，谓我何求。悠悠苍天，此何人哉？
> 彼黍离离，彼稷之穗。行迈靡靡，中心如醉。知我者，谓我心忧；不知我者，谓我何求。悠悠苍天，此何人哉？
> 彼黍离离，彼稷之实。行迈靡靡，中心如噎。知我者，谓我心忧；不知我者，谓我何求。悠悠苍天，此何人哉？

这也是表达内心忧伤的主题。此诗通过三章复沓，层进地展现了心中的"摇摇""如醉"与"如噎"。

《诗经》中常有水边植物或水生植物与河流或水的意象复合，这样的诗歌往往与爱情相关，而且这种意象复合往往借助于重章叠句的形式来完成。《周南·关雎》就是这样的诗歌，其诗曰：

> 关关雎鸠，在河之洲。窈窕淑女，君子好逑。
> 参差荇菜，左右流之。窈窕淑女，寤寐求之。
> 求之不得，寤寐思服。悠哉悠哉，辗转反侧。
> 参差荇菜，左右采之。窈窕淑女，琴瑟友之。
> 参差荇菜，左右芼之。窈窕淑女，钟鼓乐之。

诗里的第二、四、五三章是典型的三章复沓，这里的不断采摘水菜和持续的对"窈窕淑女"的称赞，都是一往情深的表达。《周南·汉广》的表达也是如此，"南有乔木，不可休思。汉有游女，不可求思。"而《郑风·溱洧》也是这样的一首情歌，诗里也写到了河流，"溱与洧，方涣涣兮（浏其清矣）"，也

有植物："荷"与"勺药"。再有《陈风·泽陂》："彼泽之陂，有蒲与荷（有蒲
与荷、有蒲菡萏）。"《小雅·菁菁者莪》则反复歌咏"既见君子"之喜悦：

> 菁菁者莪，在彼中阿。既见君子，乐且有仪。
> 菁菁者莪，在彼中沚。既见君子，我心则喜。
> 菁菁者莪，在彼中陵。既见君子，锡我百朋。
> 泛泛杨舟，载沉载浮。既见君子，我心则休。

此诗较为含蓄，典雅。歌者的心情是全诗中由香草、水中小洲、杨舟等意
象烘托表现的。其第一、三章末句皆记述君子的行动，第二、四章末句则表达
自己的欢快，显得很克制。而这种欢乐，自然来源于见到了君子以及君子对我
的惠顾。当然，就水边植物或水生植物与河流或水的意象复合这一主题而言，
最动人的诗篇当属《秦风·蒹葭》，其诗曰：

> 蒹葭苍苍，白露为霜。所谓伊人，在水一方，溯洄从之，道阻且长。
> 溯游从之，宛在水中央。
> 蒹葭萋萋，白露未晞。所谓伊人，在水之湄。溯洄从之，道阻且跻。
> 溯游从之，宛在水中坻。
> 蒹葭采采，白露未已。所谓伊人，在水之涘。溯洄从之，道阻且右。
> 溯游从之，宛在水中沚。

这首诗最为蕴藉，重章叠句的吟唱，让人难免再三叹息，不由徒唤奈何！
"蒹葭""白露""伊人""秋水"，这些意象的复合甚至形成了完美的境界，在可
遇不可求之间，那不懈追求的身影何曾顾及希望的幻灭，只因其心中永驻芳
华。一唱三叹神凄楚，这样的缠绵与坚韧蕴含着最美好的情感，昭示着永恒的
人生真谛！

另一个引人注目的意象叠加与有机合成是与采集文化相关的植物与鸟儿的
组合，诗歌吟唱鸟儿飞落在灌木上或者树上，这样的诗歌往往诉说着悲伤的心
情。再以重章叠句的形式筛选，《诗经》里共有五首这样的诗歌。《唐风·鸨
羽》可以简写成："肃肃鸨羽（翼、行），集于苞栩（棘、桑）。王事靡盬，不
能蓺稷黍（黍稷、稻粱）。父母何怙（食、尝）？悠悠苍天，曷其有所（极、
常）？"这首诗表达自己的忧心，却用了鸨鸟来比况，其秘密在于，鸨鸟集于
树上则异常痛苦。毛《传》："鸨之性不树止。"《正义》曰："鸨之性不树止，

今乃集于苞栩之上，极为危苦，喻君子之人当居平安之处，今乃下从征役，亦甚为危苦。"❶ 而诗中所言及的植物栩、棘和桑常为这一主题的诗歌所吟唱。其他的还有《秦风·黄鸟》《小雅·黄鸟》《曹风·鸤鸠》和《小雅·小宛》等。

而尽管复杂，有时难以厘清，但意象的复合是值得重视的，这对于《诗经》的艺术表达有着重要的意义。麦克诺顿认为《诗经》中有大量篇章使用了意象来寄托情感，如用采摘植物以表示思念，用舟船来表示羁旅情思，用水来表现女性的恋爱、婚姻、相思等主题等等"，"复合意象……可以使时间转换、使感情的释放延迟、也可以含蓄地表达现实的痛苦"。❷ 这样的探究很值得借鉴。

四、楚辞富丽汪洋的铺排

刘勰《辨骚》赞曰："不有屈原，岂见《离骚》？惊才风逸，壮志煙高。山川无极，情理实劳。金相玉式，艳溢锱毫。"❸ 虽然仅只评论《离骚》，但楚辞整体上也是"文辞雅丽"的，可谓"惊采绝艳""金相玉质"。楚辞辞采华丽，描写大量的神奇与美丽，如：香花、香草、飞龙、瑶象、玉莺、神鸟、云旗、仙乡、帝都等，满目的奇花异草、神仙美人，令人目不暇给。如《离骚》描写漫游天国曰："路不周以左转兮，指西海以为期。屯余车千乘兮，齐玉轪而并驰。驾八龙之婉婉兮，载云旗之委蛇。"期以西海，驾龙云旗，想象奇特大胆，壮丽绚烂。又如，《招魂》《大招》为写招魂而夸饰之王者奢靡生活，宫室苑囿、车马仆御、女乐玩好、饮食服饰、讲武校猎等，让人心炫神迷，叹为观止。

再者，有些篇章，整体上运用了铺排的修辞手法。"铺排"是指铺陈和排比，实际运用时，两者往往胶着在一起，互为支撑，因而并称为"铺排"。铺，铺叙，就是"赋"法。例如《离骚》中陈述历代君王荒淫误国、不能励精图治时铺叙说："济沅、湘以南征兮，就重华而陈词：启《九辩》与《九歌》兮，夏康娱以自纵。不顾难以图后兮，五子用失乎家巷。羿淫游以佚畋兮，又好射夫封狐。固乱流其鲜终兮，浞又贪夫厥家。浇身被服强圉兮，纵欲而不忍。日康娱而自忘兮，厥首用夫颠陨。夏桀之常违兮，乃遂焉而逢殃。后辛之菹醢兮，殷宗用而不长。"当然，历数荒王，本身就自然而然形成了排比，所以铺排这种方法既让人感受到作品内容的深刻和丰富多彩，行文上又有

---

❶ （清）阮元校刻：《十三经注疏·毛诗正义》（嘉庆刊本），中华书局 2009 年版，第 775 页。
❷ 李康：《〈诗经〉在美国的传播》，山东大学硕士学位论文，2009 年，第 49 页。
❸ （宋）洪兴祖：《楚辞补注》，中华书局 1983 年版，第 53 页。

一种不可阻挡的气势。

再如《天问》，穷思竭虑，汪洋恣肆，发出 177 个疑问。而四方（东、南、西、北）上下"招魂"的《招魂》《大招》铺排更为鲜明。如《招魂》：

……
巫阳焉乃下招曰：
魂兮归来！去君之恒干，
何为四方些？舍君之乐处，
而离彼不祥些！
魂兮归来！东方不可以讬些。
长人千仞，惟魂是索些。
十日代出，流金铄石些。
彼皆习之，魂往必释些。
归来兮！不可以讬些。
魂兮归来！南方不可以止些。
雕题黑齿，得人肉以祀，以其骨为醢些。
蝮蛇蓁蓁，封狐千里些。
雄虺九首，往来倏忽，吞人以益其心些。
归来兮！不可久淫些。
魂兮归来！西方之害，流沙千里些。
旋入雷渊，爢散而不可止些。
幸而得脱，其外旷宇些。
赤蚁若象，玄蜂若壶些。
五谷不生，丛菅是食些。
其土烂人，求水无所得些。
彷徉无所倚，广大无所极些。
归来兮！恐自遗贼些。
魂兮归来！北方不可以止些。
增冰峨峨，飞雪千里些。
归来兮！不可以久些。
魂兮归来！君无上天些。
虎豹九关，啄害下人些。
一夫九首，拔木九千些。

豺狼从目，往来侁侁些。

悬人以嬉，投之深渊些。

致命于帝，然后得瞑些。

归来！往恐危身些。

魂兮归来！君无下此幽都些。

土伯九约，其角觺觺些。

敦脄血拇，逐人伓伓些。

参目虎首，其身若牛些。

此皆甘人，归来！恐自遗灾些。

魂兮归来！入修门些。

工祝招君，背行先些。

秦篝齐缕，郑绵络些。

招具该备，永啸呼些。

魂兮归来！反故居些。

天地四方，多贼奸些。

像设君室，静闲安些。

……

其中将四方上下描绘得均狰狞可怖，之后再与归来之处的安逸享乐形成强烈对比，艺术效果强烈。

第二节　文学与文化比较的视阈

放眼世界，采集活动作为文化的舞蹈与欢歌，留给全人类的印痕又会是怎样生动鲜活的呢？那些芬芳繁富的花花草草又是怎样装点了早已作为历史的人们的情趣盎然的真实生活呢？

一、《雅歌》与《国风》

《雅歌》的希伯来原名是 Sir has-sirim，即最美之歌，因此英文称为 "The Song of Songs"，即 "歌中之歌"，具有至高（Most High）、无比（Uniqueness）的意思。当然，尽管神圣的《雅歌》地位崇高，却也有人认为："其实，《雅

歌》是一首性爱长诗。"❶

《雅歌》的作者，一般认为是所罗门。因此《雅歌》又称所罗门之歌，"The Song of Solomon"。但是，有学者指出："从气象上看，托名所罗门（或与所罗门相关）的《雅歌》很可能是一个民间恋歌的集子，后来才被收入圣著之中，其情形大致与'国风'相当。"❷

（一）牧人

拿《雅歌》与《国风》比较，《雅歌》是牧人恋歌，《国风》里那些爱情诗的主人公则更为形形色色，较常出现的是"士与女"，如《召南·野有死麕》曰："有女怀春，吉士诱之。"又如《郑风·溱洧》："士与女，方秉蕑兮。""维士与女，伊其相谑，赠之以勺药。"《雅歌》里多次写到其所歌咏的爱人是牧人，如第一章里唱道：

> 1:7 我心所爱的阿，求你告诉我，你在何处牧羊，晌午在何处使羊歇卧。我何必在你同伴的羊群旁边，好像蒙着脸的人呢？
> 1:8 你这女子中极美丽的，你若不知道，只管跟随羊群的脚踪去，把你的山羊羔牧放在牧人帐篷的旁边。
> 2:16 良人属我，我也属他。他在百合花中牧放群羊。
> 6:2 我的良人下入自己园中，到香花畦，在园内牧放群羊，采百合花。
> 6:3 我属我的良人，我的良人也属我。他在百合花中牧放群羊。❸

在第六章里，歌者也善于用牧人的口吻来观察爱人，可谓三句话不离本行："你的头发如同山羊群卧在基列山旁"，"你的牙齿如一群母羊，洗净上来。个个都有双生，没有一只丧掉子的。"

《国风》爱情诗中，唯有《邶风·静女》里有"自牧归荑"一语，好像可以揭示出这个情妹妹是个牧羊女。但其实不然，郑《笺》训"牧"为"牧田"，朱熹解释为"外野也"❹。这种理解是正确的，因为《小雅·出车》之"我出我

---

❶ ［英］史蒂芬·贝利《两性生活史》，余世燕译，中国友谊出版公司 2007 年版，第 48 页。
❷ 张立新：《神圣的寓意——〈诗经〉与〈圣经〉比较研究》，云南大学出版社 1999 年版，第 46 页。
❸ 《圣经·雅歌》，中国基督教协会 2009 年版，第 651~657 页。凡《雅歌》文字，皆依据此版本而加章节编码。
❹ （宋）朱熹：《诗集传》，中华书局 1958 年版，第 26 页。

车，至于牧矣"即可为内证，而且《大雅·大明》里有"殷商之旅，其会如林，矢于牧野"，《鲁颂·閟宫》也有"致天之届，于牧之野"的句子。因此"自牧归荑"一语或许只是说明静女是从"牧"那地方来的，却并不标明其身份。但《诗经》里也写到了牧人，然而不在爱情诗里，文笔风致也没有《雅歌》浪漫热烈，见于《小雅·无羊》：

谁谓尔无羊？三百维群。谁谓尔无牛？九十其犉。尔羊来思，其角濈濈。尔牛来思，其耳湿湿。

或降于阿，或饮于池，或寝或讹。尔牧来思，何蓑何笠，或负其餱。三十维物，尔牲则具。

尔牧来思，以薪以蒸，以雌以雄。尔羊来思，矜矜兢兢，不骞不崩。麾之以肱，毕来既升。

牧人乃梦，众维鱼矣，旐维旟矣，大人占之；众维鱼矣，实维丰年；旐维旟矣，室家溱溱。

看吧，《小雅·无羊》里的牧羊人披着蓑衣，戴着斗笠，背着干粮，一副"斜风细雨不须归"的模样，十分写实。不过，这《诗经》时代的牧人往往是很神圣的，这是因为其所放牧的牛羊的用途在于庄重的祭祀。《周礼·牧人》云："牧人，掌牧六牲而阜蕃其物，以共祭祀之牲。凡阳祀，用骍牲毛之；阴祀，用黝牲毛之。"郑玄注云："阴祀，祭地北郊及社稷也。望祀，五岳、四镇、四渎也。郑司农云：'阳祀，春夏也。黝读为幽。幽，黑也。'玄谓阳祀，祭天于南郊及宗庙。"❶在《诗经》里以牛羊为牺牲祭祀的例子很多，如《豳风·七月》中"四之日其蚤，献羔祭韭"。《小雅·大田》有"来方禋祀，以其骍黑，与其黍稷。"再如《小雅·楚茨》曰："济济跄跄，絜尔牛羊，以往烝尝。"冬祭称烝，秋祭称尝，这里是说，无论秋祭冬祭，祭品都要有牛有羊。《大雅·生民》有"取羝以软"，是用公羊来祭祀道路之神。《周颂·我将》中有"我将我享，维羊维牛，维天其右之"。意思是说我献上作为祭品的牛羊，请上天保佑我吧。而《雅歌》里写牧人，完全是爱的抒发，美的想象，情的表达。比如说"他在百合花中牧放群羊"，或许是一往情深的思慕，远胜过对放牧的真实的描摹！也即只有我心上的人儿最可人，去放羊儿也要生死追随你，何况你放羊都放得那么美！

❶（清）阮元校刻：《十三经注疏·周礼注疏》（嘉庆刊本），中华书局2009年版，第1558页。

（二）美女

《国风》里写美女，往往以花为喻，如《郑风·有女同车》曰："有女同车，颜如舜华（舜英）。"赞美女子的面庞就像绽放的木槿花一样娇艳妩媚，鲜明地表达出男子的钟情与倾慕之意。与之类似，《陈风·东门之枌》之"视尔如荍"则将心仪之人比作锦葵花，情意绵长。而更为重要的是，《国风》里对美女的描绘，很注重含蓄、典雅，有一种非礼勿言的克制。比如《鄘风·君子偕老》，描写了一个堪称"邦之媛也"的美女 ❶，极力描写其服饰仪态华贵雍容，写了她的发饰，甚至特别写她夏日淡装，写她美如天神的容颜，但更注重其精神气质清扬不凡。全诗如下：

> 君子偕老，副笄六珈。委委佗佗，如山如河。象服是宜。子之不淑，云如之何？
> 玼兮玼兮，其之翟也。鬒发如云，不屑髢也。玉之瑱也，象之揥也。扬且之皙也。胡然而天也！胡然而帝也！
> 瑳兮瑳兮，其之展也，蒙彼绉絺，是绁袢也。子之清扬，扬且之颜也。展如之人兮，邦之媛也！

《雅歌》里也有以花为喻的诗句，如"我以我的良人为一棵凤仙花，在隐基底葡萄园中（1：14）""我的佳偶在女子中，好像百合花在荆棘内（2：1-2）"而《雅歌》描写美女，往往以动物形象为比喻，如多处写爱人的眼"好像鸽子眼"，第二章 14 节直接称呼爱人为"我的鸽子"；把爱人比为骏马，"我的佳偶，我将你比法老车上套的骏马（1：9）"。此外，多处把"良人"比为羚羊或小鹿，"我的良人好像羚羊，或像小鹿（2：9）""我的良人哪，求你等到天起凉风，日影飞去的时候，你要转回，好像羚羊，或像小鹿在比特山上（2：17）""我的良人哪，求你快来。如羚羊或小鹿在香草山上（8：14）。"而且，《雅歌》里描写美女，显得非常率真、大胆而又热烈、撩人，比较集中而

---

❶ 关于此诗的主旨，毛《序》云："《君子偕老》，刺卫夫人也。夫人淫乱，失事君子之道，故陈人君之德，服饰之盛，宜与君子偕老也。"朱熹《诗集传》曰："言夫人当与君子偕老，故其服饰之盛如此，而雍容自得，安重宽广，又有以宜其象服。今宣姜之不善乃如此，虽有是服，亦将如之何哉！言不称也。"见于朱熹：《诗集传》，中华书局 1958 年版，第 29 页。他以为，服饰仪容之美乃是反衬宣姜人品行为之丑。但"宣姜之不善"，该诗无涉，故而在此仅著者认为此诗是赞美美女之诗。

突出的如第七章：

　　7：1 王女阿，你的脚在鞋中何其美好。你的大腿圆润，好像美玉，是巧匠的手做成的。

　　7：2 你的肚脐如圆杯，不缺调和的酒。你的腰如一堆麦子，周围有百合花。

　　7：3 你的两乳好像一对小鹿，就是母鹿双生的。

　　7：4 你的颈项如象牙台。你的眼目像希实本，巴特拉并门旁的水池。你的鼻子仿佛朝大马色的利巴嫩塔。

　　7：5 你的头在你身上好像迦密山。你头上的发是紫黑色。王的心因这下垂的发绺系住了。

　　7：6 我所爱的，你何其美好。何其可悦，使人欢畅喜乐。

　　7：7 你的身量好像棕树。你的两乳如同其上的果子，累累下垂。

　　7：8 我说，我要上这棕树，抓住枝子。愿你的两乳好像葡萄累累下垂，你鼻子的气味香如苹果。

　　7：9 你的口如上好的酒，女子说，为我的良人下咽舒畅，流入睡觉人的嘴中。

　　7：10 我属我的良人，他也恋慕我。

　　7：11 我的良人，来吧，你我可以往田间去。你我可以在村庄住宿。

　　7：12 我们早晨起来往葡萄园去，看看葡萄发芽开花没有，石榴放蕊没有。我在那里要将我的爱情给你。

　　7：13 风茄放香，在我们的门内有各样新陈佳美的果子。我的良人，这都是我为你存留的。

诗里不仅甜腻腻地赞美着爱人的腰、颈项、眼目、头、发、口等，而且坦率地歌唱着爱人的脚、大腿、肚脐和两乳，还充满性爱色彩地歌唱"你的身量好像棕树"，"我说，我要上这棕树，抓住枝子"。这样的文字，毫无疑问，比王柏拟删除的那些"淫诗"❶更会令道学家们瞠目结舌！

❶ 王柏认为，《诗经》遭"秦火"而残，后世流传的《诗经》为汉儒妄取孔子已删之诗补足三百五篇之数，非经孔子删定的原貌，因此，他主张删去 32 篇所谓汉人补入的"淫诗"，并详列其目（其实只列出了 31 篇）。详参吴洋：《王柏〈诗疑〉成书考》，《中国典籍与文化》2008 年第 3 期；陈站峰：《王柏的〈诗经〉观与拟删诗》，《中国文化研究》2010 年秋之卷；王建安：《王柏〈诗疑〉研究》，陕西师范大学硕士学位论文，2010 年。

回过头来再看看《国风》中集中运用植物、动物意象来比拟美女的诗句，如《卫风·硕人》第二章赞美硕人说：

> 手如柔荑，肤如凝脂，领如蝤蛴，齿如瓠犀。螓首蛾眉，巧笑倩兮，美目盼兮。

也是详写硕人的手、皮肤、脖颈、牙齿、额头和眉毛，无不曲尽其妙，而点睛之笔则是写硕人的音容笑貌：笑靥动人真倩丽，秋波流动蕴情意。这样的点到为止较有克制，与《雅歌》明显不同。

（三）果子

《雅歌》里多有以果实赞美爱人，以吃果子隐喻享受爱情的甜美甚或性爱的欢愉。想想伊甸园里的那两位，他们也是吃了不该吃的果实才受到惩罚而被赶出来的。《创世纪》里说，他们吃了那果子之后，"才知道自己是赤身露体，便拿无花果树的叶子，为自己编作裙子"（3：7）。《雅歌》里倒没有禁果，歌唱着的是心里口里都爱的甜美果实，如"我的良人在男子中，如同苹果树在树林中。我欢欢喜喜坐在他的荫下，尝他果子的滋味，觉得甘甜"（2：3），"无花果树的果子渐渐成熟，葡萄树开花放香。我的佳偶，我的美人，起来，与我同去（2：13）""你的唇好像一条朱红线，你的嘴也秀美。你的两太阳在帕子内，如同一块石榴（4：3）""你的身量好像棕树。你的两乳如同其上的果子，累累下垂。我说，我要上这棕树，抓住枝子。愿你的两乳好像葡萄累累下垂，你鼻子的气味香如苹果（7：7-8）""我们早晨起来往葡萄园去，看看葡萄发芽开花没有，石榴放蕊没有。我在那里要将我的爱情给你。风茄放香，在我们的门内有各样新陈佳美的果子。我的良人，这都是我为你存留的（7：12-13）"。而唱给"全然美丽，毫无瑕疵"的"我的佳偶"的第四章，更为热情似火，"上等的果品""佳美的果子"寓意明确，明明白白我的心，把对于"封闭的""新妇"的渴望表现得淋漓尽致：

> 4：12 我妹子，我新妇，乃是关锁的园，禁闭的井，封闭的泉源。
> 4：13 你园内所种的结了石榴，有佳美的果子，并凤仙花与哪哒树。
> 4：14 有哪哒和番红花，菖蒲和桂树，并各样乳香木，没药，沉香，与一切上等的果品。
> 4：15 你是园中的泉，活水的井，从利巴嫩流下来的溪水。

4：16 北风阿，兴起。南风阿，吹来。吹在我的园内，使其中的香气发出来。愿我的良人进入自己园里，吃他佳美的果子。

《国风》里甘美香甜的果实和情致动人的爱情也是颇有些瓜葛的，比较集中的有两首诗，一是《卫风·木瓜》，一是《召南·摽有梅》。《卫风·木瓜》里的"木瓜""木桃"和"木李"都可谓爱情果，尽管后世的"投桃报李"❶往往指友谊。《召南·摽有梅》全诗如下：

摽有梅，其实七兮。求我庶士，迨其吉兮。

摽有梅，其实三兮。求我庶士，迨其今兮。

摽有梅，顷筐塈之。求我庶士，迨其谓之。

《诗序》认为："《摽有梅》，男女及时也。"❷很有见地。而法国汉学家格拉耐则认为这首诗是"采果实的歌。引诱的主题"。❸看法简洁明了，但诗中的引诱未必那么明了。诗写待字闺中的女子见梅子渐落，似乎心情颇不宁静。为什么呢？因为希望要向我求婚的那个人儿赶快来！诗中成熟的梅子似乎也就具有了待嫁女子自况的意味，然而却绝不会唱出《雅歌》里那种渴望良人来吃果子的热情似火，而是具有含蓄蕴藉的品味，显得委婉动人，风致嫣然。

（四）芳香

《国风》里有些诗歌写到了一些芳香植物，悉心体味，会感到十分馨香和浪漫。其中的关乎爱情的歌咏，如《郑风·溱洧》中"士"对"女""赠之以勺药"，还有"士与女，方秉蕑兮"，这里的"蕑"与"勺药"则无疑是表情达意的仪式性花草，是特意选用的芳香植物。《唐风·椒聊》以辛香而又结子极为繁富的花椒来赞美心爱的硕人："椒聊之实，蕃衍盈升。彼其之子，硕大无朋。"《王风·采葛》里所采的葛、萧、艾均为芳香植物。❹

《雅歌》里写到的植物也有二十多种，这些植物除了各种果树，大都是芳香植物。如"你园内所种的结了石榴，有佳美的果子，并凤仙花与哪哒树。有

❶ 《大雅·抑》有"投我以桃，报之以李"之句，此应为"投桃报李"这一成语的出处。

❷ （清）阮元校刻：《十三经注疏·毛诗正义》（嘉庆刊本），中华书局 2009 年版，第 612 页。

❸ ［法］格拉耐：《中国古代的祭礼与歌谣》，张铭远译，上海文艺出版社 1989 年版，第 49 页。

❹ 详可参拙作《论〈诗经〉芳香植物》，《诗经研究丛刊》第二十一辑，学苑出版社 2011 年版，第 105~113 页。

哪哒和番红花，菖蒲和桂树，并各样乳香木，没药，沉香，与一切上等的果品
（4：13—14）"。这两个小节便列出了好些芳香植物与各种香料，并统称似地提
到"佳美的果子""上等的果品"。除此之外，《雅歌》里还写到香柏树、玫瑰
花（或作水仙花）、百合花、风茄、利巴嫩的香气、石榴汁酿的香酒等；统称
的名目有：膏油馨香、香膏、各样香粉、一切香品、香气、香料等；以及显示
芳香植物繁盛的地名，如：没药山、乳香冈、香花畦，香草台、香草山等。以
芳香植物直接写心上人，也有很多，如：

> 5：13 他的两腮如香花畦，如香草台。他的嘴唇像百合花，且滴下没
> 药汁。
> 5：15 他的腿好像白玉石柱，安在精金座上。他的形状如利巴嫩，且
> 佳美如香柏树。

《雅歌》中出现次数较多的香料是没香、乳香、哪哒、沉香等，其中仅
"没香"出现竟达八次之多。篇幅并不长的《雅歌》如此钟爱芳香，甚至称为
"香歌"也并不为过了！《雅歌》就是以这样名贵的香料和那样芬芳的花草来赞
美爱人的，所以《雅歌》里的爱情散发的是浓郁的香气，除了浪漫外，还极其
热烈，并极力标示着高贵，透露出典雅。

然而，在这一切的背后，还是隐藏着一些奥秘，需要更为深入的探讨。
《诗经》中，对于芳香植物的歌咏往往含有祈求子孙繁盛多子多福的意味。❶
那么，《雅歌》写了如此繁多的芳香植物，表现出这样的"意味"了吗？答案
或许是肯定的。因为据信各种香料、芳香植物，不仅可以增加个人魅力，与美
好的爱情密切相关，而且还大都具有增进性的机能的功效，也被认为可以增
强生殖功能。《雅歌》里似乎漫不经心的就写到了"风茄"这种植物："风茄
放香，在我们的门内有各样新陈佳美的果子。我的良人，这都是我为你存留的
（7：13）。"而"放香"的风茄到底是怎样一种植物呢？

风茄，即曼德拉草（Mandrake），拉丁名：Atropa Mandragora，茄科曼陀罗
属，一年或多年生的草本植物，具较强的麻醉效果，长期被用于巫术仪式。电
影《哈利·波特与密室》中，在魔法学校的植物课上，老师要求学生们给曼
德拉草换盆。于是大家带上耳塞，紧张的拔起这些会尖叫的植物。主人公哈
利·波特用了将近十分钟才终于把一棵胖胖的曼德拉草挤进了新的花盆。曼德

---

❶ 孙秀华、廖群：《馨香的庄重与浪漫——〈诗经〉芳香植物解读》，《理论学刊》2011 年第 4 期。

拉草其希伯来文名字的意思即"爱的植物"。正是因为其根像人形，这种外部的特征被认为暗示了它的药用性质，在希伯来人的传统文化中，曼德拉草象征生育繁衍，食用它是被认为有助于怀孕的。在中世纪，它的根被晒干用作护身符或是用作祈求生育的护符。因此，当《雅歌》里女子含情脉脉的对良人轻声耳语"风茄放香"，还有那"我为你存留的""各样新陈佳美的果子"，除了爱的激情，性的欢愉，或许还有生的赞歌！

而《圣经》中的一个故事，也是风茄与生殖繁衍相关的直接证明。故事见于《创世纪》：

> 割麦子的时候，流便往田里去寻见风茄，拿来给他母亲利亚。拉结对利亚说："请你把你儿子的风茄给我些。"利亚说："你夺了我的丈夫还算小事吗？你又要夺我儿子的风茄吗？"拉结说："为你儿子的风茄，今夜他可以与你同寝。"到了晚上，雅各布从田里回来，利亚出来迎接他，说："你要与我同寝，因为我实在用我儿子的风茄把你雇下了。"那一夜雅各布就与她同寝。神应允了利亚，她就怀孕，给雅各布生了第五个儿子。（30：14-17）

（五）爱情

美好的爱情是人类共同的灿烂光华，是人们最动听的心曲，是青年男女最心思婉约的缠绵！《雅歌》是一首恋人的长歌，而《国风》里也往往吟唱着动听的情歌。比如《陈风·东门之杨》写静候爱人前来："东门之杨，其叶牂牂（肺肺）。昏以为期，明星煌煌（晢晢）。"这是甜蜜的等待。又如《邶风·静女》里写与心上人约会却见不到人影，着急地不由抓耳挠腮："爱而不见，搔首踟蹰。"这可是等得心情焦虑了。而《雅歌》里两次写到了主动去追寻爱人："我说，我要起来，游行城中，在街市上，在宽阔处，寻找我心所爱的。我寻找他，却寻不见。城中巡逻看守的人遇见我。我问他们，你们看见我心所爱的没有（3：2-3）。"以及："我寻找他，竟寻不见。我呼叫他，他却不回答。城中巡逻看守的人遇见我，打了我，伤了我。看守城墙的人夺去我的披肩（5：6-7）。"这样的笔触描绘，更可见女子的痴情执着。与《国风》里的描写相比，却也更为积极主动，大胆泼辣。

《雅歌》里数次出现"我妹子，我新妇"的说法，把夫妇关系比同兄妹。而《邶风·谷风》有"宴尔新昏，如兄如弟"。孔颖达认为："安爱汝之新昏，其恩如兄弟也。以夫妇坐图可否，有兄弟之道，故以兄弟言之。"❶ 这是以兄弟情深来比况夫妇关系。《雅歌》和《诗经》里的这种把夫妻之道和手足情意联系起来的现象是一致的，很难说与远古时期血亲婚姻的文化孑遗无关。❷

> 我的良人哪，你甚美丽可爱，我们以青草为床榻，
> 以香柏树为房屋的栋梁，以松树为椽子。（1：16–17）

《雅歌》里这样的诗句的确是情动于中而发诸言语的，容易让人联想到《郑风·野有蔓草》：

> 野有蔓草，零露浥兮。有美一人，清扬婉兮。邂逅相遇，适我愿兮。
> 野有蔓草，零露瀼瀼。有美一人，婉如清扬。邂逅相遇，与子偕臧。

"浪漫是一样的浪漫，欢乐是一样的欢乐。……《雅歌》是倾泻型的，男女对唱和第二人称的口吻都让你深感恋人情绪的热烈和感情的纯洁真挚。你听那歌声，就觉得是春潮涨起。而'国风'却较为含蓄，简洁的叙述和第三人称的口吻都让你感到情感的节制。你所听到的，似乎是一段已经过去了的风流韵事，你可以说回味无穷，但激情的潮水早已悄悄地退去。"❸

尽管有着表达上、情态上的种种不同，而《雅歌》和《国风》在对待爱情上是一致的，都有着坚定的态度。《雅歌》里，真爱是火，而且超越了所有的一切："爱情众水不能熄灭，大水也不能淹没。若有人拿家中所有的财宝要换爱情，就全被藐视（8：7）。"为什么爱得这样深沉，"因为爱情如死之坚强（8：6）"。当爱情超越财富、生死，无疑是动人心魄，足可感天动地的。

《国风》里也正有着这样呼天喊地，直要生死相随的诗歌——《鄘

---

❶ （清）阮元校刻：《十三经注疏·毛诗正义》（嘉庆刊本），中华书局 2009 年版，第 640 页。
❷ 《圣经》里有大卫王的儿子暗嫩奸污妹妹他玛的故事，但显然与爱情无关。故事见于《撒母耳记下》第十三章。其中 10~14 节如下："暗嫩对他玛说，你把食物拿进卧房，我好从你手里接过来吃。他玛就把所做的饼拿进卧房，到她哥哥暗嫩那里，拿饼上前给他吃，他便拉住他玛，说，我妹妹，你来与我同寝。他玛说，我哥哥，不要玷辱我。以色列人中不当这样行，你不要做这丑事。你玷辱了我，我何以掩盖我的羞耻呢。你在以色列中也成了愚妄人。你可以求王，他必不禁止我归你。但暗嫩不肯听她的话，因比她力大，就玷辱她，与她同寝。"值得注意的是，故事中他玛有这样的话："你可以求王，他必不禁止我归你。"也就是说，认为被"玷辱"关键是在于没有"求王"，可见故事产生时期血亲婚姻的存在。
❸ 张立新：《神圣的寓意——〈诗经〉与〈圣经〉比较研究》，云南大学出版社 1999 年版，第 48 页。

风·柏舟》：

> 泛彼柏舟，在彼中河。髧彼两髦，实维我仪。之死矢靡它。母也天
> 只，不谅人只！
> 泛彼柏舟，在彼河侧。髧彼两髦，实维我特。之死矢靡慝。母也天
> 只，不谅人只！

诚然，《诗经》中这样的诗歌是不多见的，这是表明为爱情死而无怨的，而更为决绝的则有汉乐府诗《上邪》："上邪！我欲与君相知，长命无绝衰。山无陵，江水为竭，冬雷震震，夏雨雪，天地合，乃敢与君绝！""全诗抒情大胆泼辣，笔势突兀起发，响落天外。火一样的激情犹如黄河波涛汹涌，恰似长江一泻千里，具有咄咄逼人之势。"❶ 这样的激情比《鄘风·柏舟》的呼天喊地更为直接！当然，《诗经》里的诗歌既有《鄘风·柏舟》这样爱得深沉的，又有《小雅·巷伯》那样恨得干脆的！《小雅·巷伯》里对于谗言害人者可谓恨之入骨，必欲置之死地而制其罪也。其第六章曰：

> 彼谮人者，谁适与谋？取彼谮人，投畀豺虎。豺虎不食，投畀有北。
> 有北不受，投畀有昊。

《正义》对此解释说："豺虎若不肯食，当掷予有北太阴之乡，使冻杀之。若有北不肯受，则当掷予昊天，自制其罪。以物皆天之所生，天无推避之理，故止於昊天也。豺虎之食人，寒乡之冻物，非有所择。言不食、不受者，恶之甚也。故《礼记·缁衣》曰：'恶恶如《巷伯》。'言欲其死亡之甚。"❷

然而，《诗经》里这样爱憎分明，爱则不惜以身死之而无怨，恨则必欲除之而后快的诗歌，如《鄘风·柏舟》和《小雅·巷伯》者毕竟十分罕见，甚至可以说，遍检《诗经》并无再现。也就是说，这样爱恨情仇、快意人生的诗歌在《诗经》中是极其少见的，以这样的诗歌下与汉乐府比较，外与《雅歌》相互参看，更可见《诗经》温柔敦厚的整体风格，或许也能让人从中体会到《诗经》时代先民们所崇尚的平和中庸的待人处世之道。

总体而言，《雅歌》与《国风》颇有相通之处，在以花为喻来写美女，以

---

❶　李春祥：《乐府诗鉴赏辞典》，中州古籍出版社 1990 年版，第 13 页。
❷　（清）阮元校刻：《十三经注疏·毛诗正义》（嘉庆刊本），中华书局 2009 年版，第 979 页。

果实作比赞美爱人、歌咏馨香和浪漫的芳香植物等方面进行对比,《雅歌》显得更为率真热烈,而《国风》则更具含蓄、婉约、不施粉黛的神韵。

二、《万叶集》与《诗经》

日本有《万叶集》,恰如同中国有《诗经》。"日本历史上,有一个时代是《万叶集》时代,有一种文化是《万叶集》文化,有一类文学是《万叶集》和歌。"❶毫无疑问,《万叶集》对于日本文学乃至历史、文化都具有重大的意义。但实际上它和《诗经》不是完全对等的典籍。《万叶集》收集了日本大和时代仁德天皇二十八年(公元 340 年)至奈良时代末期淳仁天皇天平宝字三年(公元 759 年)四百多年期间内的和歌四千五百多首,二十卷,相传主要由日本古代宫廷诗人"歌圣"大伴家持编纂而成。❷从篇幅上看,《万叶集》所收诗歌篇数是《诗经》的十几倍,但从时间上看,《万叶集》所产生的年代相当于中国的隋唐时期(其下限公元 759 年,即对应于唐肃宗乾元二年),至少晚于《诗经》时代一千多年。况且,随着佛教的东渡以及日本遣唐使的来往,中日文化交流更加密切,这一时期结集的《万叶集》不可能不受到"汉诗"的影响。所以《诗经》与《万叶集》的一致性很大,可能前者对后者的影响也是一个显著的因素。可是,"《万叶集》受汉文学的影响是多方面的,不仅是《诗经》这一部书在那里孤立地起作用"❸。

然而《万叶集》属于"和歌"。"和歌"在日本古时是与"汉诗"相对而言的,指的是日本古代汉诗以外的日本歌谣,一般认为,它是从原始部落的狩猎、捕鱼、农耕、战争、祭祀等活动中产生的古代歌谣演化而来的,是日本古代文学中最具有民族特色的一种文学样式,显然具有日本大和民族自己独特的艺术风格与艺术气质。那么,针对古风古貌,在这个意义上的比较是可以彰显中日早期诗歌与文化的各自风采的。

从和歌集的名字看,似乎就与采集文化紧密相关,"万叶"可采撷,诗情

---

❶ 张宝林:《〈诗经〉文化东渐及在〈万叶集〉中的文学建构》,《黑龙江社会科学》2006 年第 3 期。所引语句见于该文摘要。

❷ 关于和歌数量早有较为准确的说法,"《万叶集》所收短歌包括附于长歌之后的反歌在内,计有四千二百余首,长歌二百六十余首。旋头歌六十余首,共计四千五百三十余首。"见于《万叶集·序言》,杨烈译,湖南人民出版社 1984 年版,第 2 页。而且原注说明:《万叶集》歌数共编 4516 首,这是新旧各版都一致的。但有些'或本歌'并未编号,所以实际上超出 4516 这个数字。"

❸ 王晓平:《〈万叶集〉对〈诗经〉的借鉴》,《外国文学研究》1981 年第 6 期。

皆烂漫。当然，说法不止一种。

　　"万叶"的第一种来由，可能是始由于树叶数量的比喻，例子是不少的，如："灵魂既茂，万叶垂林。"（晋·陆云《祖考颂》）、"朱明有晔，万叶翠繁。"（陆云《大安二年夏四月大将军出祖王羊二公于城南堂皇被命作此诗》）、"一枝百顷，万叶共阴。"（梁·江淹《学梁王兔园赋》）、"千行珠树出，万叶琼枝长。"（陈·江总《咏甘露应诏诗》）、"爱君双柽一树奇，千叶齐生万叶垂。"（唐·李颀《魏仓曹东堂柽树》）等。

　　江户时代的契冲、贺茂真渊等都是树叶数量比喻的主张者，近代以后的学者冈田正之、铃木虎雄、星川清孝等也是这一论点的主张者。当时在日本《文选》流传很广，其中杨子云的《解嘲》云："顾默而作太玄五千文，枝叶扶疏，独说数十余万言。"李善注中说："以树喻文也，说文曰：扶疏，四布也。"这是数量比喻论者的重要根据。在万叶时代，留学中国的歌人山上忆良曾编过《类聚歌林》。大伴家持编辑《万叶集》，借用上述中国的文辞是很可能的。"诗林"、"歌林"、"万叶"都是比喻篇目之多的。❶

　　而整部《万叶集》中一共出现了大约 160 种植物。而且描写植物的和歌多达一千七百首。据研究，出现和歌数名列前四位的花为：胡枝子、梅花、橘花和樱花。《万叶集》中多有把樱花比作漂亮少女的和歌，且这些和歌往往和恋爱有关。❷

　　《万叶集》中多有直接写到采摘药草、野菜的和歌，情致婉转，很有风味。比如以下数首，这些采集植物之歌，有些明显涉及男女情爱，这与《诗经》国风里的那些情歌极为相似：

　　　　山部宿弥赤人歌四首（译二首）
　　　　（8-1424）大地沐春风，
　　　　　　　　　　摘采紫地丁；
　　　　　　　　　　唯缘爱碧野，
　　　　　　　　　　枕草到黎明。

❶　吕元明：《〈万叶集〉与中国文学》，《东北师大学报（哲学社会科学版）》1987 年第 6 期。
❷　尹宁宁：《〈万叶集〉中前四位的花》，四川外语学院硕士学位论文，2010 年。

（8-1427）采撷嫩野菜，

明日欲郊游；

岂奈无情雪，

连日漫天流。（192）❶

【4449】石竹花开盛，折持亦美哉，

君如石竹美，我欲见君来。【812】❷

咏雪

（10-1839）山田涉沼泽，

为君采乌芋。

初融春雪水，

湿我长裙裾。（319）

中皇命往于纪温泉之时御歌

（1-10）君寿与吾寿，

同系岩代冈，

冈上采芳草，

结成同命纲。

（1-11）吾君结草庵，

如若无茅菅，

倩刈松根草，

权以葺轩檐。（17）

【3499】冈边来割草，割得是根萱，

萱草多柔软，虽然不共眠。【616】

---

❶ ［日］大伴家持：《万叶集选》，李芒译，人民文学出版社 1998 年版，第 192 页。诗行前括号内数字，前为该诗在《万叶集》中的原卷数，后为原歌号；全诗结束后括号内数字，为该诗在《万叶集选》中的页码。下文所引万叶和歌出自此书者皆同此例。

❷ ［日］大伴家持：《万叶集》，杨烈译，湖南人民出版社 1984 年版，第 812 页。诗行前方括号内数字，为该诗在《万叶集》中原歌号；全诗结束后方括号内数字，为该诗在《万叶集》中的页码。下文所引万叶和歌出自此书者皆同此例。

上引最后一首和歌里的"萱草"很容易使人想起《卫风·伯兮》，那也是思妇的心声，其忧思所系也是长期出门在外的爱人，而其排遣忧愁所歌咏的就是萱草："焉得谖草？言树之背。"毛《传》："谖草令人善忘，背北堂也。"陆德明《音义》："谖，本又作'萱'，况爰反，《说文》作'蕿'，云'令人忘忧也'，或作'薮'。"❶正如同这个例子，《万叶集》中许多和歌可能直接借鉴了《诗经》。比如"第648首《大伴宿称骏河麻吕歌一首》：'一日不相见，三秋此日长'，源出《诗经·采葛》：'一日不见，如三秋兮'；第691首《大伴宿称家持赠娘子歌》：'都城华盖盛，冠盖多如云。忆旧情难带，此心念妹殷'，源出《诗经·郑风·出其东门》：'出其东门，有女如云，虽则如云，匪我思存。'"❷又如"卷七的第1176首'羁旅作歌'：夏日忙刈麻，烟波浩莽海上郡，在那大海滨，绿竹如箦百鸟鸣，喊妹妹不应。这里的'绿竹如箦'，出自《卫风·淇奥》：'瞻彼淇奥，绿竹如箦。'"❸

而更有两首和歌，简直就是《郑风·溱洧》的翻版，也是水边踏青，也是多情而又大方的女子爱意绵绵的吟唱，只不过表达情爱的花草由"蕑"和"勺药"变成了一枝"把玩不离手"的青青柳丝。这两首和歌如下，颇可玩味：

大伴坂上郎女柳歌二首
（8-1432）君方观赏否？
　　　　　佐保青青柳。
　　　　　遥思折一枝，
　　　　　把玩不离手。
（8-1433）河滩沿佐保，
　　　　　缓坡往上行。
　　　　　垂柳株株立，
　　　　　蒙眬春意浓。（203）

中国古代的婚礼，有"问名"之说，《礼记·昏义》曰："昏礼者，将合二姓之好，上以事宗庙，而下以继后世也，故君子重之。是以昏礼纳采、问名、纳吉、纳征、请期，皆主人筵几于庙，而拜迎于门外，入揖让而升，听命于

❶（清）阮元校刻：《十三经注疏·毛诗正义》（嘉庆刊本），中华书局2009年版，第690页。
❷　徐朔方：《〈万叶集〉和汉文学的渊源关系》，《杭州师范学院学报》1995年第5期。
❸　王晓平：《〈万叶集〉对〈诗经〉的借鉴》，《外国文学研究》1981年第6期。

庙，所以敬慎重正昏礼也。"❶ 可见讲究的就是"敬慎重正"，恭敬谨慎，尊重
正礼。而《万叶集》和歌里有的则写到了邂逅"问名"。而当时，"问名"是具
有求婚的意味的，一般而言，女子是不会告知姓名住处的，可问名的男子或许
会不依不饶，故而这种"问名"和歌显得颇具野趣。这里所引的一是佚名的问
答歌，一个颇类问名男子的自我解嘲，而最后一首据说是雄略天皇的御制歌，
从内容看，问答歌里的女子或许是个纺织女，和歌内容与染色相关，"御制歌"
里的女子正是个挖野菜的姑娘，这都是采集与爱情相关的诗歌。

　　　问答歌
（12-3101）紫色需浸茶花灰，
　　　　　　山茶花市通衢逢，
　　　　　　试问娘子何姓名？
（12-3102）吾名唯有阿母唤，
　　　　　　岂应行路辄相问，
　　　　　　孰知汝为何许人？（325）

【3488】山上树林茂，妹名不告人，
　　　　妹名虽不告，占卜露芳名。【614】

　　　天皇御制歌
（1-1）笼筐兮，臂挎笼筐；
　　　　木镢兮，木镢在掌。
　　　　游彼山冈，
　　　　挖菜姑娘，
　　　　有以告我：
　　　　汝唤何名，家在何方？
　　　　大和之国，
　　　　全土唯我统治，
　　　　全权唯我执掌。
　　　　尽皆告汝：
　　　　我唤何名，家在何方？

---

❶ （清）阮元校刻：《十三经注疏·毛诗正义》（嘉庆刊本），中华书局 2009 年版，第 3647 页。

　　注：……问人姓名，即表示求婚之意。(3-4)

　　王巍对《诗经》与《万叶集》"这两部古歌集中采草、采薪的古俗"深入探讨了"它们深刻的民俗文化内涵以及其原始根基"，对其中的深层古俗意蕴加以探索，认为"对许多植物超自然力的崇拜显然是这样古歌的民俗文化根基。古代巫文化成为这些古歌的深层内涵"❶。而日本学者家井真认为"《诗经》所歌咏的草，是神灵降临的凭依"，对于《万叶集》"入野芒草初出穗，何时能与妹，枕臂睡"(卷第十，2277)中的芒草，他认为"既然姑娘的灵魂栖息在芒草上，人们自然会向其祈祷，期盼有一天自己的胳膊能够成为姑娘的枕头。可见，万叶人也像古代中国人一样，相信草具有使灵魂依附其上的咒力"❷。

　　日本古代有结树枝祈求平安的风俗，除了巫术含义之外，或许出门远行的人借此表达留恋之意，而且有寄希望于自己再亲手解开此结的意愿。关于这种风俗的和歌有以下很著名的这几首：

　　　　有间皇子自伤结松枝歌
　　　　(2-141) 盘代海滨松，
　　　　　　　　结枝频祈祝。
　　　　　　　　如得保平安，
　　　　　　　　或许能来复。(19)

　　　　长忌寸奥麻吕见结松哀咽歌二首
　　　　(2-143) 人云盘代崖，
　　　　　　　　犹遗松枝结。
　　　　　　　　不知归路人，
　　　　　　　　是否再得瞥。(87)
　　　　(2-144) 盘代野原上，
　　　　　　　　松结犹未松。
　　　　　　　　吾心似松结，
　　　　　　　　未解古时衷。(88)

❶ 王巍：《〈诗经〉与〈万叶集〉中采草采薪的巫俗底蕴》，《民间文学论坛》1997 年第 2 期。
❷ [日] 家井真：《〈诗经〉原意研究》，陆越译，江苏人民出版社 2011 年版，第 165 页。

山上臣忆良追和歌一首

（2-145）辗转频飞翔，

精魂如暮鸟。

瞩目松枝结，

松知人未晓。（157）

【4501】群花皆散落，松树永如常，

愿结松枝上，祝君寿命长。【824】

对于以上几首和歌，"为什么人们要在和歌中通过歌咏松树来祈祷生命的安然无恙呢？"家井真认为："因为松树被人们视作灵魂赖以附着之物"，"与《万叶集》中所歌松树一样，在古代中国松树也被认为是一种凭依，两者具有相同的特征。因此，有马皇子虔诚地向象征灵魂以及神灵凭依的松树祈祷生命的无恙，忆良则歌咏附着有马皇子灵魂的松树。""可见松树所具有的宗教性在古代日本和中国是共通的。" ❶

而以下的两首和歌，虽则有所谓巫术的意味，歌里女子的摘、折植物，或许暗中有着默默的祈愿，但也许是在现实生活里的等待时刻焦急万分的不自觉行动，因而对于爱人的思念、期盼与渴望表达得更为真挚感人。

旋头歌

（7-1288）海滨芦苇叶，

谁人摘去梢？

为望夫臂摇，

乃吾尽掐掉。（317）

相闻

（14-3455）君如思念我，

即请来相会。

篱畔柳梢头，

待君尽折碎。（297-298）

---

❶ ［日］家井真：《〈诗经〉原意研究》，陆越译，江苏人民出版社 2011 年版，第 151~152 页。

　　《万叶集》和歌采摘诗歌中，较常出现的一个情意绵绵的意象是"翠藻"，这和《召南·关雎》里的荇菜很类似。《召南·关雎》里对"参差荇菜""左右流之"，"左右采之"，"左右芼之"，以兴喻对于"窈窕淑女"的追求。但荇菜是河中所有，而日本为岛国，因而和歌里的"翠藻"更多的是与大海相关，所以很难说这些和歌里的藻意象与《诗经》里的蘋、藻、荇菜等意象有着承继的关系。这也是因为地理不同，诗歌所吟咏的名物风情各异吧。这些歌咏"翠藻"的和歌，无一例外地表达着爱情，翠藻的美好意象与纯真美好的爱情相依相连成了固定化的诗歌手段。

　　　　常陆国之歌
　　（14-3397）常陆逆浪翻，
　　　　　　　　翠藻如引牵，
　　　　　　　　引牵虽折断，
　　　　　　　　我心永牵连。（296）

　　　　柿本朝臣人麻吕献泊濑部皇女忍坂部皇子歌
　　（1-194）上游生翠藻，
　　　　　　　　下游会同心。
　　　　　　　　应如翠藻意，
　　　　　　　　偎依共浮沉。（42，有删节）

　　　　山部宿弥赤人歌
　　（3-360）但俟潮水退，
　　　　　　　　即时刈翠藻。
　　　　　　　　海产赠娇妻，
　　　　　　　　此物最美好。（184）
　　（3-433）胜鹿真间郡，
　　　　　　　　海湾漾涟漪。
　　　　　　　　吾思彼秀媛，
　　　　　　　　曾将浮藻刈。（187）

　　　　【3267】明日香河水，河中水藻靡，
　　　　　　　　吾心把妹依，水藻情如此。【572】

　　当然,《万叶集》卷帙浩繁,限于篇幅,这里所引述的大多为短歌,所探讨的和歌百不及一,然而与《诗经》相互生发,也可由此想见古代日本民风民俗的古朴风貌。回归到本论文研究的主旨而言,《万叶集》与《诗经》二者在关乎采集文化的诗歌上,真纯如一,情韵相类,恰仿佛是远隔了遥远时空的合唱与共鸣,余音袅袅,令人神往。

第五章　先秦采集文化相关诗歌的承传与流变

第一节　源流有自

一、上古歌谣与逸诗等

推究起来，各民族文学的最初源头都是上古歌谣，即远古祖先在劳动与生活中所创造的形式短小、具有强烈的节奏和明显的音韵的歌谣。这些歌谣，反映的当然是先民们的生产劳动，采集、渔猎以及他们丰富美好的精神世界。而这些，往往也就与当时的祭祀、巫祝和崇拜仪式相关联，这使得上古歌谣往往呈现出简洁、质朴、真挚而又神秘的风貌。

中国上古歌谣往往散见于《尚书》《周易》《左传》《礼记》《山海经》《吕氏春秋》《吴越春秋》《淮南子》等古籍中。杨慎的《风雅逸篇》、沈德潜的《古诗源》❶、杜文澜的《古谣谚》❷等都曾作过较系统的收辑，而逯钦立的《先秦汉魏晋南北朝诗》中的《先秦诗》部分收罗尤为完备，列有"歌""谣"（附"吟""诵"）"杂辞""诗""逸诗""古谚语"等共七卷❸。

从采集文化视角，依据逯钦立《先秦汉魏晋南北朝诗》，对其《先秦诗》部分逐一爬梳，可以得到这样的发现，直接写到采集的有《采薇歌》《采芑歌》《采葛妇歌》等6首，涉及植物的歌诗等近20首。

详细分析如下：

《诗经》的政治功用与社会教化作用我们有了一定的了解，而下面这首与采集文化相关的《采薇歌》也是关乎政治的：

---

❶（清）沈德潜：《古诗源》，中华书局1963年版。

❷（清）杜文澜：《古谣谚》，周绍良校点，中华书局1958年版。

❸ 逯钦立：《先秦汉魏晋南北朝诗》（上），中华书局1983年版。

登彼西山兮采其薇矣。以暴易暴兮不知其非矣。神农虞夏忽焉没兮。我适安归矣。吁嗟徂兮命之衰矣。

据《史记·伯夷列传》，这是伯夷、叔齐两兄弟认为武王伐纣为"以臣弑君"，以暴易暴，是大逆不道。因而耻为周的臣民，"义不食周粟，隐于首阳山，采薇而食之。及饿且死"之时而作此歌云云，"遂饿死于首阳山"。❶ 以这样的记载来看，士人兼诗人伯夷、叔齐是可以为高义舍弃生命而无怨无悔的。

伯夷、叔齐采薇而食的故事影响很大，孔子对二人非常推崇，认为是他们"不念旧恶，怨是用希"，"古之贤人也"，"求仁而得仁"，并评价他们"不降其志，不辱其身"。《天问》也说："惊女采薇，鹿何佑？"或者即为写伯夷、叔齐采薇故事。而《橘颂》曰："行比伯夷，置以为像兮。"这是屈原明白无误地直接把伯夷树为人生楷模。

而下边这首原出自《吴越春秋》的《采葛妇歌》显然也被附加了些微的政治意味，塑造了一个卑微的采葛妇女也能为王解忧分愁、忘我工作且深深为越王成功得到"诸侯仪"而欢天喜地的形象。

葛不连蔓棻台台。我君心苦命更之。尝胆不苦甘如饴。令我采葛以作丝。女工织兮不敢迟。弱于罗兮轻霏霏。号绤素兮将献之。越王悦兮忘罪除。吴王叹兮飞尺书。增封益地赐羽奇。机杖茵蓐诸侯仪。群臣拜舞天颜舒。我王何忧能不移。饥不遑食四体疲。❷

此歌为齐整七言，当是晚于《诗经》的作品，而《诗经》里也有关于"采葛"劳动的吟唱，见于《周南·葛覃》："葛之覃兮，施于中谷，维叶莫莫。是刈是濩，为绤为绤，服之无斁。"当然，这首《采葛妇歌》也可以说是与劳动相关的诗歌。上古歌谣中这样与劳动息息相关的诗歌还有一些，较有名的如《弹歌》："断竹，续竹，飞土，逐宍。"逯钦立认为："《吴越春秋》所载越歌，率类汉篇。惟此歌质朴，殆是古代逸文。"❸ 此短诗叙述了弹弓的制作与使用，其歌者之喜悦与自豪如在眼前。再如《后汉书》引逸诗："皎皎练丝，在所染之。"❹ 相对而言，这种劳动歌谣纯真质朴，自有打动人心的豪情，让人回味不

❶ （汉）司马迁：《史记》，中华书局 1982 年版，第 2123 页。
❷ 逯钦立：《先秦汉魏晋南北朝诗》（上），中华书局 1983 年版，第 30~31 页。
❸ 逯钦立：《先秦汉魏晋南北朝诗》（上），中华书局 1983 年版，第 1 页。
❹ 逯钦立：《先秦汉魏晋南北朝诗》（上），中华书局 1983 年版，第 73 页。

已的甘爽，其情态，正如这首维吾尔族上古劳动歌谣：

> 打发男儿去干活，
> 摇树采来好鲜果，
> 野马鹿鹿打的多；
> 我们聚宴欢畅！❶

其歌谣内容涉及采集、狩猎，非常质朴。

恰如上文所言，巫术思维、巫术活动正是上古歌谣产生的基础与支柱，甚至可以说上古歌谣就是巫术催生的可爱婴儿。于是，巫术活动中，人们通过强有力的节奏、语调而使得咒语更具魔力，驱使万物、鬼神，诉说人们心中的祈愿，并认为可以通过念、诵、呼号、歌唱咒语而让祈愿变为现实。可以想见，在人类开化之初，这样咒语化的歌谣应该是当时诗歌的主流，但随着文明的进程，缙绅士大夫都不在意这些不雅驯的诗歌，因此这种类似咒语的上古歌谣保存下来的确很少。而上举《吴越春秋》所载《弹歌》，也可能带有咒语性质，持弓、弹者边歌边舞，以祈求狩猎活动的可观收获。而《礼记·郊特牲》所载《伊耆氏蜡辞》咒语的性质更为明显：

> 土返其宅，水归其壑。昆虫勿作，草木归其宅。❷

据《礼记·郊特牲》载："伊耆氏始为蜡。蜡也者，索也，岁十二月，合聚万物而索飨之也。"❸而这首《蜡辞》，则是这种年终举行的有关农事祭典上的祈祷歌谣。《正义》曰："据此祭草木有辞，则草木当有神。"❹而其辞祈求土、水、昆虫和草木按照人们的意愿各归其所，也明显含有对万物有灵的认可与崇敬。与这首诗类似的有《禳田辞》：

> 瓯窭满篝，污邪满车。五谷蕃熟，穰穰满家。❺

---

❶　李雍：《谈维吾尔族上古歌谣》，《乌鲁木齐职业大学学报》1994 年第 3、4 期。
❷　逯钦立：《先秦汉魏晋南北朝诗》（上），中华书局 1983 年版，第 47 页。据《礼记·郊特牲》，"昆虫勿作"写为"昆虫毋作"，最后一句作"草木归其泽"。见（清）阮元校刻：《十三经注疏·礼记正义》（嘉庆刊本），中华书局 2009 年版，第 3150 页。
❸　（清）阮元校刻：《十三经注疏·礼记正义》（嘉庆刊本），中华书局 2009 年版，第 3149 页。
❹　（清）阮元校刻：《十三经注疏·礼记正义》（嘉庆刊本），中华书局 2009 年版，第 3150 页。
❺　逯钦立：《先秦汉魏晋南北朝诗》（上），中华书局 1983 年版，第 51 页。

　　依《史记·滑稽列传》原文理解，这是"所持者狭而所欲者奢"❶的引人发笑的祝辞，在原文中的作用显然有"寓言"的性质，但仅就祝辞本身而言，愿望是诚恳的、热切的，仍有古风古貌存留。

　　现在可以看到的劳动歌谣以及带有巫术性质的歌谣保留下来的并不多，针对于采集文化、植物意象，更多的上古歌谣及逸诗则是以相关意象起兴的诗歌，这种表达与上文前所分析之先秦采集文化相关诗歌是完全一致的，如下列这些：

　　　《左传》中《南蒯歌》："我有圃，生之杞乎？从我者子乎？去我者鄙乎？倍其邻者耻乎？已乎已乎？非吾党之士乎？"

　　　《史记》中《采芑歌》："妪乎采芑，归乎田成子。"

　　　《左传》引逸诗："虽有丝麻，无弃管蒯。虽有姬姜，无弃蕉萃。凡百君子，莫不代匮。"

　　　《论语》引逸诗："唐棣之华，偏其反而。岂不尔思，室是远而。"

　　　《庄子》引逸诗："青青之麦，生于陵阪。生不布施，死何含珠为。"

　　　《战国策》引逸诗："木实繁者披其枝，披其枝者伤其心。大其都者危其君，尊其臣者卑其主。"

　　　《说苑》引逸诗："绵绵之葛，在于旷野。良工得之，以为缔纻。良工不得，枯死于野。"

　　　《史记》引谚："蓬生麻中，不扶自直。白沙在泥，与之皆黑。"❷

　　而也有仅只篇目留存的逸诗，其中极有可能与采集文化相关的有"《采荠》"（或是"《采茨》"），见于《周礼·司马·大驭》："凡驭路，行以《肆夏》，趋以《采荠》。"郑玄注曰："《肆夏》《采荠》，乐章也。"贾公彦释曰："云'《肆夏》《采荠》，乐章也'者，《肆夏》在《锺师》，与《九夏》同是乐章可知。其《采茨》虽逸诗，既与《肆夏》同歌，明亦乐章也。"❸其中贾公彦的疏解中有"《采茨》"的篇名，这种说法可能本于《大戴礼记》："行中鸾和，步中《采茨》，趋中《肆夏》，所以明有度也。"❹虽然"《采荠》"与"《采茨》"未知孰是，但以"采"字名篇，其关乎采集文化应当是确定的。

---

❶ （汉）司马迁：《史记》，中华书局 1982 年版，第 3198 页。

❷ 逯钦立：《先秦汉魏晋南北朝诗》（上），中华书局 1983 年版，第 9、13、67~68、70~72、83 页。

❸ （清）阮元校刻：《十三经注疏·周礼注疏》（嘉庆刊本），中华书局 2009 年版，第 1852 页。

❹ （清）王聘珍：《大戴礼记解诂》，王文锦点校，中华书局 1983 年版，第 53 页。

另有《麦秀歌》："麦秀渐渐兮禾黍油油，彼狡童兮不与我好兮。"❶《史记·宋微子世家》相关记载曰：

> 其后箕子朝周，过故殷虚，感宫室毁坏，生禾黍，箕子伤之，欲哭则不可，欲泣为其近妇人，乃作《麦秀》之诗以歌咏之。其诗曰："麦秀渐渐兮，禾黍油油。彼狡僮兮，不与我好兮！"所谓狡童者，纣也。殷民闻之，皆为流涕。❷

尽管解说周详，表明这《麦秀》之诗是寄寓着亡国伤痛的诗歌，然而却让人不能不马上想到《郑风·狡童》：

> 彼狡童兮，不与我言兮。维子之故，使我不能餐兮。
> 彼狡童兮，不与我食兮。维子之故，使我不能息兮。

这让人觉得，无论《麦秀》主旨如何，"彼狡童兮，不与我好兮"，这分明是一种深挚的爱情的表达。更为明确的有《越人歌》：

> 今夕何夕兮，搴洲中流。今日何日兮，得与王子同舟。蒙羞被好兮不訾诟耻，心几烦而不绝兮得知王子。山有木兮木有枝，心说君兮君不知。❸

这大约是不同于《诗经》而近于《楚辞》的诗歌了。抒发的是倾慕、爱恋"王子"的缠绵悱恻之情。诗中的"山有木兮木有枝，心说君兮君不知"与《湘夫人》之"沅有芷兮醴有兰，思公子兮未敢言"是同样的情致婉约，清丽可人。卢照邻有诗《狱中学骚体》：

> 夫何秋夜之无情兮，皎晶悠悠而太长。
> 圉户杳其幽邃兮，愁人披此严霜。
> 见河汉之西落，闻鸿雁之南翔。
> 山有桂兮桂有芳，心思君兮君不将。

---

❶　逯钦立：《先秦汉魏晋南北朝诗》(上)，中华书局 1983 年版，第 6 页。
❷　(汉) 司马迁：《史记》，中华书局 1982 年版，第 1620~1621 页。
❸　逯钦立：《先秦汉魏晋南北朝诗》(上)，中华书局 1983 年版，第 24 页。

> 忧与忧兮相积，欢与欢兮两忘。
> 风裛裛兮木纷纷，凋绿叶兮吹白云。
> 寸步千里兮不相闻，思公子兮日将曛。
> 林已暮兮鸟群飞，重门掩兮人径稀。
> 万族皆有所托兮，寨独淹留而不归。❶

卢诗中的"山有桂兮桂有芳，心思君兮君不将"，明显脱化于《越人歌》之"山有木兮木有枝，心说君兮君不知"，也颇有情思婉约的风致。

二、《尚书》与《周易》

《尚书》《周易》中关于采集活动的记载，往往相对质朴，是上古真实采集生活体验的记录与回味，与之相比，先秦采集文化相关诗歌对上古采集文化的反映则情采飞扬、意象灵动。

《尚书·禹贡》对于九州所产进行了描述，其中提到的草木也十分繁富，而且也同样全部是现实性的，绝无任何幻想创造出的种类：

> 济河惟兖州。……厥草惟繇，厥木惟条。厥田惟中下，厥赋贞，作十有三载乃同。厥贡漆丝，厥篚织文。
> 海岱惟青州……厥贡盐缔，海物惟错。岱畎丝、枲、铅、松、怪石。莱夷作牧。厥篚檿丝。
> 海、岱及淮惟徐州……厥土赤埴坟，草木渐包……厥篚玄纤、缟。
> 淮海惟扬州……筱簜既敷，厥草惟夭，厥木惟乔……厥篚织贝，厥包桔柚，锡贡。
> 荆及衡阳惟荆州……厥贡羽、毛、齿、革惟金三品，杶、干、栝、柏、砺、砥、砮、丹惟菌簵、楛，三邦底贡厥名。包匦菁茅，厥篚玄纁玑组，九江纳锡大龟。
> 荆河惟豫州……厥贡漆、枲、缔、纻，厥篚纤、纩，锡贡磬错。❷

《尚书·盘庚上》有曰："……若颠木之有由蘖，天其永我命于兹新邑，绍

---

❶ （唐）卢照邻：《卢照邻集校注》，李云逸校注，中华书局1998年版，第237页。

❷ （清）阮元校刻：《十三经注疏·尚书正义》（嘉庆刊本），中华书局2009年版，第309~315页。

复先王之大业，厎绥四方。"对于"若颠木之有由蘖"，《传》曰："言今往迁都，更求昌盛，如颠仆之木，有用生蘖哉。"《正义》曰："是言木死颠仆，其根更生蘖哉。此都毁坏，若枯死之木，若弃去毁坏之邑，更得昌盛，犹颠仆枯死之木用生蘖哉。"❶这里，焕发新生，或由蘖出，可见古人对于树木生长状况、规律等观察细致，深有体会，而以此作为革新变动、力求突破、寻找新出路的比喻和象征，是很生动形象的，也明白晓畅，易于为人接受。

《周易》也多处写到采集或植物的意象，比如有写到采集茹藘的内容，《泰·初九》曰："拔茅茹，以其汇。"对此，李镜池认为："这当是古人过采集生活时留下的谚语。"❷而《诗经》里也写到了茹藘，见于《郑风·东门之墠》，"东门之墠，茹藘在阪"。《正义》："'茹藘，茅搜'，《释草》文。李巡曰：'茅搜，一名茜，可以染绛。'陆玑《疏》云：'一名地血，齐人谓之茜，徐州人谓之牛蔓。'然则今之蒨草是也。"❸是说在《尔雅·释草》中就对茹藘加以解释，而茹藘是可以用来给织物染色的。另外，《周易》在《大过》里说到"藉用白茅"，又有"枯杨生稊，老夫得其女妻"以及"枯杨生花，老妇得其士夫"等。❹其中，《诗经》里写到了白茅，见于《召南·野有死麕》：

> 野有死麕，白茅包之。有女怀春，吉士诱之。
> 林有朴樕，野有死鹿。白茅纯束，有女如玉。
> 舒而脱脱兮，无感我帨兮，无使尨也吠。

诗里，以白茅包裹猎物作为爱情的进献，显得庄重、典雅，有古老的礼俗遗风；也以白茅的洁白清香与如玉温润的女子相提并论，二者皆美好，自然而然，这种比况很有韵致。而《周易》里以杨树枯干暗喻老年丧偶，又以枯干的杨树发芽生花比喻老年人再婚，完全来自最直接的生活体验，这样的表达契合人生况味，是让人难以忘怀的。

总体而言，《尚书》《周易》和《诗经》是对上古采集文化的自然而非神异化的记载，在那样遥远的时代里，先民们不可能为了艺术而艺术，而是对可食、可用、可采的植物感到可意、可亲、可爱，觉得可歌、可咏、可舞，只不过先秦采集文化诗歌更为突出地运用了形象思维与艺术手法，从而更为绚丽而

---

❶（清）阮元校刻：《十三经注疏·毛诗正义》（嘉庆刊本），中华书局2009年版，第357页。
❷ 李镜池：《周易通义》，中华书局1981年版，第25页。
❸（清）阮元校刻：《十三经注疏·毛诗正义》（嘉庆刊本），中华书局2009年版，第728页。
❹ 李镜池：《周易通义》，中华书局1981年版，第56~57页。

烂漫，婉转而多情。

三、神话与《山海经》

《诗经》与《山海经》的关系之密切程度，可能会出乎大多数人的想象。诚然，《山海经》的成书相对晚于《诗经》的结集，但其文化信息，很大程度上却都是来源于遥远的上古时代。而仅就《山海经》里所体现的采集文化与《诗经》中的相比较，其差异不仅仅在于诗意的逊色，而突出的不同则是其中多有神异化的、非现实性的植物出现，如《大荒北经》中有"若木"，《海外东经》有"扶桑"，《海内经》则有"灵寿"等，而在《尚书》《周易》和《诗经》里，完全没有这种情况。另外，《山海经》记载某某植物致病或是治病的比比皆是，如《中山经》中所记的"箨""可以已瞢"，而"焉酸""可以为毒"，"黄棘""服之不字"，"无条""服之不瘿"，等等。❶ 这也与《诗经》截然不同，《诗经》里并无一处明言采摘植物或采集动物作为药用，也没有对于任何一种植物、动物或矿物的药用价值明确说过什么。

《山海经》里保存了大量的神话故事，其中的一些隐含着先民采集时代文明与文化的密码。如"夸父逐日"的故事，见于《山海经·海外北经》："夸父与日逐走，入日。渴欲得饮，饮于河渭；河渭不足，北饮大泽。未至，道渴而死。弃其杖，化为邓林。"❷ 故事里的化生是夸父之"杖"化为"邓林"，而"邓林"，据传统的说法，是指"桃林"。这反映出先民试图解释桃林旺盛生命力的来源，给桃林附加以神奇的传说，从而使得特定的桃林神圣化，继而推广开来，使得所有的桃林神圣化。而故事里夸父在"与日逐走"时一直带着他的"杖"，可见"杖"对于夸父而言非常重要，甚至我们可以由此理解为此"杖"即为夸父身体的一部分，至少在重要性上如此。那么这个故事的化生也就等同于身体化生，即夸父死后其身体的一部分化生为了植物，这种或这些植物因其如此神异的来源而生机蓬勃，其神圣让人崇敬。对于这种化生，郭璞解释说："夸父者，盖神人之名字也……此以一体为万殊，存亡代谢，寄邓林而遁形，恶得寻其灵化哉！"❸ 而与之主题相似的"灵化"神话，还有关于盘古的传说，见于《五运历年纪》和《述异记》等，皆说到盘古死后"皮毛为草木"或"毛

---

❶ 袁珂：《山海经校注》，上海古籍出版社 1980 年版，第 117、142、143 页。
❷ 袁珂：《山海经校注》，上海古籍出版社 1980 年版，第 238 页。
❸ 袁珂：《山海经校注》，上海古籍出版社 1980 年版，第 239 页。

发为草木"。❶

《山海经》里还有两则神话，都是与水做斗争的。

> 《山海经·北山经》：又北二百里，曰发鸠之山，其上多柘木。有鸟焉，其状如乌，文首、白喙、赤足，名曰精卫，其鸣自詨。是炎帝之少女名曰女娃，女娃游于东海，溺而不返，故为精卫，常衔西山之木石，以堙于东海。漳水出焉，东流注于河。
>
> 《山海经·海内经》：洪水滔天。鲧窃帝之息壤以堙洪水，不待帝命。帝令祝融杀鲧于羽郊。鲧复生禹。帝乃命禹卒布土以定九州岛。❷

故事中的"女娃"和"鲧"在某种意义上说都是失败的英雄，一个溺于水，一个治水"不待帝命"而被杀。而"精卫"和"鲧"对付水的武器，一是"西山木石"，一是"帝之息壤"，前者应该是抗争洪水的真实生活体验，因为即便现在加固海、河堤防仍是以木石为主要材料，后者则有神异幻想的意味，可令人更为惊奇的是，"帝之息壤"居然不能使滔天洪水驯服！那么，除了这些之外，还有谁，还有什么能阻止洪灾吗？

"雨不霁，祭女娲"，答案是女娲，用的居然是"芦灰"！

> 女娲乃炼五色石以补天，断鳌足以立四极，聚芦灰以止滔水，以济冀州，于是地平天成，不改旧物。❸

这个"女娲"与变精卫鸟的那个"炎帝之少女名曰女娃"到底是什么关系，在此不予深究，因为笔者更为关注的是用以阻止洪水，"芦灰"何以比"西山木石"和"帝之息壤"更为有效。如果认可神话传说也是有一定文化和生活基础的话，那么，芦灰止水的观念可能来自巫术的思维：芦苇是不怕水甚至喜水的植物，常常聚生在水边，洪水到来可能被淹没，但洪水过后反而生长得更为郁郁青青。芦苇的这种不惧洪水的生存能力，可能会令先民们崇拜敬仰，再加上火作为水的死对头，也是具有神奇魔力的，于是火烧芦苇，由此经过了火的洗礼的芦灰，当然是与水抗争的最具威力的武器了。因此，聚集芦灰，一定能止住滔天洪水，这在当时或许是最令人信服的"科学"结论。

---

❶　袁珂、周明：《中国神话资料萃编》，四川省社会科学院出版社 1985 年版，第 6~7 页。
❷　袁珂：《山海经校注》，上海古籍出版社 1980 年版，第 92、472 页。
❸　袁珂、周明：《中国神话资料萃编》，四川省社会科学院出版社 1985 年版，第 13 页。

芦苇因水而生长繁茂，却也因此而能胜水。这样的思维在《诗经》里也留有印痕，见于《卫风·河广》，"一苇杭之"来对抗"河广"，极言其可以渡过，难度不大，用以起兴，表明宋国何远之有，踮起脚跟就可以眺望看到。其诗如下：

> 谁谓河广？一苇杭之。谁谓宋远？跂予望之。
> 谁谓河广？曾不容刀。谁谓宋远？曾不崇朝。

而《秦风·蒹葭》中，寻访"伊人"却始终难以到达，因为"伊人""宛在水中央（水中坻、水中沚）"，也即有水的隔阂，令人望水兴叹。而该诗用"蒹葭"起兴，除了陈述探寻之苦以及营造意象之美外，或许也隐隐的含有希冀"一苇杭之"从而到达"伊人"身边的美好愿望。

第二节　流传与演变概说

荣格认为，许多文艺作品所表达的深层内涵都源于祖先普遍的心灵情感。"每一个原始意象中都有着人类精神和人类命运的一块碎片，都有着在我们祖先的历史中重复了无数次的欢乐与悲哀的一点残余，并且总的说来始终遵循着同样的路线。"❶ 先民们历经了长期的采集生活，他们赖采集而衣食得安，居住无忧，舟、车出行；他们在情爱依依中采花赠草，投桃报李，伐薪、束楚；他们从植物的生死盛衰里感悟人生，体验悲欢，讴歌命运。所以，这些承继着祖先集体的心理经验，沉淀着先民们共同的感情与精神的先秦采集文化相关诗歌，就必然成为后世文学作品的典范，其丰富的内涵和高超的艺术表现就必然在后世的文学作品中得以继承和发展。于是，随着文化的发展、历史的演进，采集文化在文学中的表现与表达也就呈现出更为生动鲜活的面貌。

一、题材与主题

先秦采集文化相关诗歌绝大多数是以采摘起兴的，这种用以起兴的采集意象虽然来自于真实具体的采集生产活动，但往往只是在诗歌里流露出或隐或现

---

❶　［瑞士］荣格：《荣格文集》，冯川等译，改革出版社 1997 年版，第 226 页。

的意愿和情韵。尽管如此，先秦采集文化相关诗歌在题材与主题的开创上还是十分丰富的，举其要者言之，大致有"花喻美人"（"香草美人"），采草怀远，采桑诗歌，采莲歌曲，树喻的母题，等等。

（一）香草美人

"香草美人"的表达在楚辞中更为成熟，比《诗经》多有开拓。如《楚辞·招魂》有云："肴羞未通，女乐罗些。陈钟按鼓，造新歌些。《涉江》《采菱》，发《扬荷》些。"按照诗意，其中的"采菱""扬荷"应为所造的"新歌"，是用钟鼓伴奏演唱的，那么，其所歌唱的内容，也应当就是采集菱与荷了。❶非但如此，更为突出的是，《楚辞》里发展了"花喻美人"的传统，发展出"香草美人"的表达。王逸有言："《离骚》之文，依《诗》取兴，引类譬谕，古善鸟香草，以配忠贞；恶禽臭物，以比谗佞……"❷"香草——美人（君子）""恶草——小人"，《楚辞》香草美人的比兴手法使其作品显得含蓄蕴藉、韵味无穷，其作品中植物意象的运用非常突出。香草，在先民的心目中，是美的象征，然而，在我的心中你是最美，于是，香草就用以与心目中最美的那个特定的人儿相匹配，形成了独特的"芳菲菲"温馨浪漫的艺术表达。

《楚辞》中香草的集体出现的确引人注目，比如仅《九歌》就至少有十七种之多：蕙、兰、桂、椒、薜荔、荪、芙蓉、杜若、芷、荷、辛夷、杜衡、薜芜、女萝、芭、菊、药。❸集中的例子如《九歌·山鬼》，仅二十七句，竟写到了十多种植物。

> 若有人兮山之阿，被薜荔兮带女萝。
> 既含睇兮又宜笑，子慕予兮善窈窕。
> 乘赤豹兮从文狸，辛夷车兮结桂旗。
> 被石兰兮带杜衡，折芳馨兮遗所思。
> 余处幽篁兮终不见天，路险难兮独后来。
> 表独立兮山之上，云容容兮而在下。
> 杳冥冥兮羌昼晦，东风飘兮神灵雨。
> 留灵修兮憺忘归，岁既晏兮孰华予？

---

❶ （宋）洪兴祖：《楚辞补注》，中华书局 1983 年版，第 209 页。其中的"扬荷"，王逸解释为："发扬荷叶"，也即采摘荷叶的意思。

❷ （宋）洪兴祖：《楚辞补注》，中华书局 1983 年版，第 2 页。

❸ （宋）洪兴祖：《楚辞补注》，中华书局 1983 年版，第 54~84 页。

> 采三秀兮于山间，石磊磊兮葛蔓蔓。
>
> 怨公子兮怅忘归，君思我兮不得闲。
>
> 山中人兮芳杜若，饮石泉兮荫松柏。
>
> 君思我兮然疑作。
>
> 雷填填兮雨冥冥，猨啾啾兮又夜鸣。
>
> 风飒飒兮木萧萧，思公子兮徒离忧。❶

  该诗可谓芳草云集，洋洋大观。又如《离骚》中也有这样一些描写芳草的句子："扈江离与辟芷兮，纫秋兰以为佩。""余既滋兰之九畹兮，又树蕙之百亩。畦留夷与揭车兮，杂杜衡与芳芷。冀枝叶之峻茂兮，愿俟时乎吾将刈。虽萎绝其亦何伤兮，哀众芳之芜秽。""朝饮木兰之坠露兮，夕餐秋菊之落英。""制芰荷以为衣兮，集芙蓉以为裳。"❷ 他如《九章·橘颂》，屈子自比高洁，磊落不群："绿叶素荣，纷其可喜兮。曾枝剡棘，圆果抟兮。青黄杂糅，文章烂兮。精色内白，类任道兮。纷缊宜修，姱而不丑兮。"❸ 这些内容也都是香草的集体亮相，给人以缤纷变幻、目不暇给之感，而这样的手法营造出芬芳氤氲的氛围，无形中提升了吟物抒情的品味，大大增强了诗歌的艺术感染力。

（二）采芳怀远

  楚辞中，尤其是屈原的作品里，也有很多直接表现采芳集兰、赠遗美人的内容。如《离骚》："溘吾游此春宫兮，折琼枝以继佩。及荣华之未落兮，相下女之可诒。"❹《九歌·湘夫人》："搴汀洲兮杜若，将以遗兮远者。"❺ 黯然销魂者，唯别而矣。这种采芳赠远在《古诗十九首》中的《涉江采芙蓉》和《庭中有奇树》里均有体现。《涉江采芙蓉》描写这一内容的诗句是："涉江采芙蓉，兰泽多芳草。采之欲遗谁，所思在远道。"《庭中有奇树》则说："攀条折其荣，将以遗所思。馨香盈怀袖，路远莫致之。"❻ 两首诗中采以赠人的是"芙蓉""芳草"和"奇树"之"荣"，这与《诗经》、楚辞里的表现正是一脉相承的，都是通过采摘芳草来传达爱恋，情思隽永，意味绵长。

---

❶ （宋）朱熹：《楚辞集注》，上海古籍出版社 1979 年版，第 44~45 页。
❷ （宋）洪兴祖：《楚辞补注》，中华书局 1983 年版，第 4~5 页、第 10~12 页、第 17 页。
❸ （宋）洪兴祖：《楚辞补注》，中华书局 1983 年版，第 153~154 页。
❹ （宋）洪兴祖：《楚辞补注》，中华书局 1983 年版，第 30~31 页。
❺ （宋）洪兴祖：《楚辞补注》，中华书局 1983 年版，第 68 页。
❻ 朱东润：《中国历代文学作品选》（上编第一册），上海古籍出版社 2005 年版，第 397、400 页。

后世此类诗歌很多，文由心生，有感而发，或比拟，或抒情，或象征，或寄托，踵事增华，引人入胜。而最负盛名的当属以下两首：

　　　　陆开《寄早梅》：折梅逢驿使，寄与陇头人。江南无所有，聊赠一枝春。❶

　　　　王维《相思》：红豆生南国，春来发几枝？愿君多采撷，此物最相思。❷

对于前一首，《说郛》辨之"折梅遣使始于诸发不始于陆凯"：

　　　　《荆州记》谓陆凯与范蔚宗相善，凯自江东遣使寄梅花一枝诣长安与范蔚宗并诗一绝云："折花逢驿使，寄与陇头人。江南无所有，聊赠一枝春。"后世纷纷举用多矣，皆以陆、范为证，不知刘向《说苑》已载越使诸发执一枝梅遗梁王，梁王之臣曰韩子者，顾左右曰："乌有一枝梅乃遗列国之君？"则折梅遣使始此矣。❸

对于后一首，也有些具体的解说，王维的这首《相思》"一本题作《江上赠李龟年》。原是写赠友人，希望别后长相思念的作品。唐人范摅《云溪友议》记载：安禄山叛乱，唐明皇出奔四川后，宫廷乐师李龟年也流落到江南。他在湘中采访使的一次宴会上，曾演唱了王维的这首诗及其'清风明月苦相思'，满座人听了全都西望叹息"。❹

（三）采桑诗歌

采桑诗歌中最有名的当属汉乐府《日出东南隅行》，即《陌上桑》，而美丽的罗敷形象可追溯到《豳风·七月》里的采桑女；不同的是，罗敷义正辞严地拒绝了太守，而采桑女却在忧惧"殆及公子同归"的命运。当然，《诗经》里也有以采桑起兴来表达甜美爱情的诗歌，比较明确的是《魏风·汾沮洳》，其第二章里说到了"言采其桑"，全诗如下：

---

❶（宋）洪迈：《万首唐人绝句》卷十九，四库全书文渊阁本，上海人民出版社 1999 年版。
❷ 邓安生等：《王维诗选译》，巴蜀书社 1990 年版，第 214~215 页。
❸（明）陶宗仪：《说郛》卷十三上，四库全书文渊阁本，上海人民出版社 1999 年版。
❹ 邓安生等：《王维诗选译》，巴蜀书社 1990 年版，第 214 页。

彼汾沮洳，言采其莫。彼其之子，美无度。美无度，殊异乎公路。

彼汾一方，言采其桑。彼其之子，美如英。美如英，殊异乎公行。

彼汾一曲，言采其薲。彼其之子，美如玉。美如玉，殊异乎公族。

诗里一个劲儿地称赞爱人的美超乎寻常，超过了王公贵族，超过了所有的人，真是情人眼里出西施啊！不过，在反复的吟唱里，我们还是能感受到歌者由衷的喜悦与欢快！

后世所谓采桑诗歌中，"采桑"往往只是行文的借口由头，文人们对于采桑远没有对于采桑女关注。采桑女娇艳的容貌和富丽的装扮成了文人浓墨重彩描摹的兴趣所在。宋玉的《登徒子好色赋》中有："是时……群女出桑。此郊之姝，华色含光，体美容冶，不待饰妆。臣观其丽者，因称诗曰：'遵大路兮揽子祛，赠以芳华辞甚妙。'于是处子恍若有望而不来，忽若有来而不见，意密体疏，俯仰异观，含喜微笑，窃视流眄……"❶写采桑女子体态容貌，亭亭玉立，娇美动人，亦羞亦喜，似拒似应，确令人觉得刻画生动，栩栩如生。而汉乐府《日出东南隅行》则极力夸饰采桑女罗敷的妆饰："秦氏有好女，自言名罗敷。罗敷善蚕桑，采桑城南隅。青丝为笼绳，桂枝为笼钩。头上倭堕髻，耳中明月珠。绿绮为下裙，紫绮为上襦。"❷其实，采桑女如果真是如此地梳妆打扮，那分明是要去参加盛装舞会，哪里像是要去采桑呢？这样的笔触，已经是程序化的艺术的夸饰，与情人眼里出西施的诚挚是毫不相关了。

因此，采桑诗歌发展的大致情况是，随着时代的变迁，社会风俗的变化，桑林崇拜渐渐淡化，汉魏六朝的采桑诗中，采桑女虽更加美艳动人，也涉及男女情爱，但却比《诗经》时代奔放的浪漫气息减弱了。有学者就对采桑的文化变迁做了比较集中的梳理：

这种变化与冲突，是以文化价值观的变化为前提的。在神话中，空桑生人所显示出来的神性，本是人类自我生殖力的神化的曲折表达。到了《诗经》时代，桑林只作为一个生殖圣地被悬置一边，源于神话中的桑林崇拜则成为男女之间相亲相爱的背景。在《陌上桑》中，男女相爱变为男女互相冲突。作为生殖圣地的桑林蜕尽了神圣的色彩，发生在桑林圣地的男女相悦相爱的生命本能的欢会活动竟成了无行男子对采桑女

---

❶ （明）陈第：《屈宋古音义》卷三，四库全书文渊阁本，上海人民出版社 1999 年版。

❷ （南朝·陈）徐陵：《玉台新咏笺注》，穆克宏点校，中华书局 1985 年版，第 6~7 页。

的纠缠。原本是礼俗所允许的，而今却是离经背道。这正是古俗消失、新道德观念逐渐确立、文化价值观念发生变化后的必然结果。但是，男女桑林欢会习俗的母题依旧在变化了的主题模式中留下了深深的印记。在《诗经》以来的文学发展中，凡与"桑""采桑"有关的诗词，大多与男女有关，这在汉以后的文学发展中同样有着极为明显的表现。❶

而调戏采桑女的故事演绎到顶点，就是所调戏的采桑女居然是自己的妻子，这就是"秋胡戏妻"的故事，见于《古列女传》，题为《鲁秋洁妇》：

> 洁妇者鲁秋，胡子妻也。既纳之五日，去而官于陈，五年乃归。未至家，见路傍妇人采桑，秋胡子悦之。下车谓曰："若曝采桑，吾行道远，愿托桑荫，下飡下贵休焉。"妇人采桑不辍。秋胡子谓曰："力田不如逢丰年，力桑不如见国卿。吾有金，愿以与夫人。"妇人曰："嘻！夫采桑力作，纺绩织纴，以供衣食，奉二亲，养夫子。吾不愿金，所愿卿无有外意，妾亦无淫泆之志。收子之赍与笥金！"秋胡子遂去。至家奉金遗母，使人唤妇至。乃向采桑者也，秋胡子惭。妇曰："子束发辞亲，往仕五年乃还，当所居驰骤扬尘疾至。今也乃悦路傍妇人，下子之粮，以金予之，是忘母也，忘母不孝；好色淫泆，是污行也，污行不义。夫事亲不孝，则事君不忠；处家不义，则治官不理。孝义并亡，必不遂矣。妾不忍见子改娶矣，妾亦不嫁。"遂去，而东走投河而死。君子曰："洁妇精于善夫。不孝莫大于不爱其亲而爱其人，秋胡子有之矣！"君子曰："见善如不及，见不善如探汤。秋胡子妇之谓也！诗云：'惟是褊心，是以为刺。'此之谓也！"
>
> 颂曰：秋胡西仕五年乃归，遇妻不识心有淫思。妻执无二归而相知，耻夫无义遂东赴河。❷

而很显然，这个故事主要强调的也是道德主题，同样歌颂了妇女的美德，与汉乐府《日出东南隅行》是一致的。故事的影响很大，后人多有以其为题材歌咏者，《乐府诗集·相和歌辞·清调曲》载有《秋胡行》，共三十二首。❸

---

❶ 魏宏灿、王一依：《从神圣领地到情爱禁区——桑文化发展试探》，《浙江社会科学》2001 年第 1 期。

❷ （汉）刘向：《古列女传》卷五，四库全书文渊阁本，上海人民出版社 1999 年版。

❸ （南朝·宋）郭茂倩：《乐府诗集》，中华书局 1979 年版，第 526~534 页。

当然，采桑诗歌的变化是不尽相同的，比如宋子侯《董娇娆》一诗，尽管出现了"采桑"的字样，却是一首感时伤逝的诗歌，折花寄语，美人迟暮，诗的内容几乎与采桑毫不相干了，此诗的"采桑"仅仅为季节的象征，又或是诗人歌咏的习惯而已。其诗如下：

> 洛阳城东路，桃李生路傍。花花自相对，叶叶自相当。春风东北起，花叶正低昂。不知谁家子，提笼行采桑。纤手折其枝，花落何飘扬。请谢彼姝子，何为见损伤？高秋八九月，白露变为霜。终年会飘堕，安得久馨香？秋时自零落，春月复芬芳。何时盛年去，欢爱永相忘。吾欲竟此曲，此曲愁人肠。归来酌美酒，挟瑟上高堂。❶

而鲜活的采桑歌谣现在仍被人们传唱，比如我国朝鲜族的《采桑》歌：

> 盛阳好时节，桑林一片绿；妹子有情意，跟我采桑去。嗡嘿呀嗡嘿，呢尔沙呐好。如此良机千载难逢，只闻树下鸳鸯私语。❷

（四）采莲（拔蒲）歌曲

采莲曲的源头如果向上追溯的话，《诗经》里有些诗歌就最早地歌咏了莲花，比如《郑风·山有扶苏》里的"山有扶苏，隰有荷华"和《陈风·泽陂》一诗：

> 彼泽之陂，有蒲与荷。有美一人，伤如之何？寤寐无为，涕泗滂沱。
> 彼泽之陂，有蒲与蕳。有美一人，硕大且卷。寤寐无为，中心悁悁。
> 彼泽之陂，有蒲菡萏。有美一人，硕大且俨。寤寐无为，辗转伏枕。

诗里没有明写采莲，但很明确地把这种植物意象与所思所爱之人联系了起来，也就赋予了采莲曲爱情主题。《九章·思美人》里有："因芙蓉而为媒兮，惮褰裳而濡足。"❸这也是把芙蓉与情爱之事联系了起来。而南北朝乐府民歌《西洲曲》里则有这样的句子："开门郎不至，出门采红莲。采莲南塘秋，莲花

---

❶ （南朝·陈）徐陵：《玉台新咏笺注》，穆克宏点校，中华书局 1985 年版，第 26~27 页。
❷ 马学良：《中国民间情歌》，上海文艺出版社 1989 年版，第 45 页。
❸ （宋）洪兴祖：《楚辞补注》，中华书局 1983 年版，第 149 页。

过人头。低头弄莲子，莲子青如水。置莲怀袖中，莲心彻底红。"❶ 其中的"莲子青""莲心"为双关语，谐音"怜子情""怜心"，无疑是表达爱恋情深的。

可是仔细推敲，明确写到采莲的诗歌，最早的要属《楚辞·九歌·湘君》。诗里有："采薜荔兮水中，搴芙蓉兮木末。"这里，"搴"与上一句的"采"明显对举，应为同义的表达。王逸注曰："搴，手取也。芙蓉，荷花也。"❷ 虽然原诗句用意为反语，可是，既然在这个时代屈原能把采莲这一动作行为写到诗里用以表情达意，那么，他是明确知道"搴芙蓉"于"木末"是荒唐的，要到"水中"才可以，所以，"采莲"应该是为屈原所熟知的活动。因此，采莲曲的诞生可能要远远早于人们根据《江南》所做的推测。而《离骚》有"制芰荷以为衣兮，集芙蓉以为裳"，《招魂》说"《涉江》《采菱》，发《扬荷》些"。其中"集芙蓉以为裳"未必为写实，但或者先要"采莲"，而《招魂》中的《涉江》歌曲，或者也会有"采莲"内容，因为后世《古诗十九首》赫然就有《涉江采芙蓉》一首，其诗题"涉江"，或许正是承继《涉江》而得，故而内容上或者有承继。

而细细涵泳《陈风·泽陂》一诗，则诗中蒲草的意象是较荷花还要鲜明的，全诗三章，每章都先吟咏了蒲。如视该诗为女词的话，则蒲为女子自喻，荷的意象指向男子。这样的对应关系，在汉乐府《孔雀东南飞》里变成了蒲苇与盘石，用以喻指女子与男子。诗中刘兰芝被遣返时叮嘱焦仲卿说："君当作盘石，妾当作蒲苇，蒲苇纫如丝，盘石无转移。"而后，焦仲卿得知刘兰芝改嫁，不免愤愤然地发牢骚："贺卿得高迁！盘石方且厚，可以卒千年；蒲苇一时纫，便作旦夕间。卿当日胜贵，吾独向黄泉！"❸

再如汉乐府《塘上行》，女子以蒲自比十分明确：

> 蒲生我池中，其叶何离离。傍能行仁义，莫若妾自知。众口铄黄金，使君生别离。念君去我时，独愁常苦悲。想见君颜色，感结伤心脾。念君常苦悲，夜夜不能寐。莫以豪贤故，弃捐素所爱。莫以鱼肉贱，弃捐葱与薤。莫以麻枲贱，弃捐菅与蒯。出亦复苦愁，入亦复苦愁。边地多悲风，树木何修修。从君致独乐，延年寿千秋。

其中"蒲生我池中，其叶何离离"，"是说女主人公对丈夫深沉挚着的爱情

---

❶ 朱东润：《中国历代文学作品选》（上编第二册），上海古籍出版社 2005 年版，第 386 页。

❷ （宋）洪兴祖：《楚辞补注》，中华书局 1983 年版，第 62 页。

❸ 李春祥：《乐府诗鉴赏辞典》，中州古籍出版社 1990 年版，第 85~88 页。原题为《焦仲卿妻》。

就象质地柔韧的蒲草一样异常繁茂。表现出了对自己美好品质的高度自信"。❶

另有南朝民歌《拔蒲》二曲,见于《乐府诗集·清商曲辞·西曲歌》:

> 青蒲衔紫茸,长叶复从风。与君同舟去,拔蒲五湖中。
> 朝发桂兰渚,昼息桑榆下。与君同拔蒲,竟日不成把。❷

民歌风情,活泼生动。但拔蒲居然"竟日不成把",心思显然不在拔蒲上。这与诗经里的"采采卷耳,不盈顷筐"(《周南·卷耳》),以及"终朝采绿,不盈一匊""终朝采蓝,不盈一襜"(《小雅·采绿》)是一致的,只是《诗经》里的是"嗟我怀人",盼望爱人回家的情景,而《拔蒲》表现的则是与心上人在一起时情爱的欢愉。

(五)树喻母题

《诗经》中写到树木的诗歌不下三十首,所涉及的树木种类也十分繁多,为五十四种。❸其中可称为树喻母题的,当是着眼于树木起兴而与国家政治、宗庙社稷相关的诗歌。正如赵沛霖所言:"就现存的最古老的诗歌来看,以树木为'他物'起兴的诗,其'所咏之词'多是有关宗族乡里之思和福禄国祚观念的。前者如《诗经》中的《唐·有杕之杜》《唐·杕杜》;后者如《周南·樛木》《小雅·南山有台》。'他物'与'所咏之词'之间的这种广泛的一致性并非偶然,它们之间的关系也并非只是两种抽象的外在形式的联系,而以复杂的观念内容为其本质。这种观念内容直接渊源于原始社会的土地崇拜和有关祭社的宗教活动。"❹

《诗经》中的一些与树木相关的诗歌的确留有树木崇拜的印痕。比如《小雅·小弁》,其第三章诗曰:

> 维桑与梓,必恭敬止。靡瞻匪父,靡依匪母。不属于毛?不罹于里?天之生我,我辰安在?

---

❶ 李春祥:《乐府诗鉴赏辞典》,中州古籍出版社 1990 年版,第 38 页。

❷ (南朝·宋)郭茂倩:《乐府诗集》,中华书局 1979 年版,第 718~719 页。

❸ 此据(清)徐鼎:《毛诗名物图说》,王承略点校解说,清华大学出版社 2006 年版,第 341~428 页。

❹ 赵沛霖:《树木兴象的起源与社树崇拜》,《河北学刊》1984 年第 3 期。

为什么要对"桑与梓"恭敬有加呢？联系到"我辰安在"的无所归依之苦便可以理解，这里的"桑与梓"当是作为家乡、父母的象征而存在的。而其神圣之感，或许来自于久远的社树崇拜。对于树木的崇拜，是普遍和长期存在的，弗雷泽在《金枝》中就用大量的材料列举了世界各地对于树木崇拜的例子，这些被人们崇拜的树木，被信仰者认为是灵魂的长期或临时的住所。圣树对于人们的五谷丰登、生活幸福具有很重要的影响，可以使万物繁荣发展，五谷兴旺❶

《大雅·卷阿》里有这样的诗句："凤皇鸣矣，于彼高冈，梧桐生矣，于彼朝阳。菶菶萋萋，雝雝喈喈。"《正义》认为"此亦以凤皇兴贤者。梧桐……因凤所集，故以兴明君焉。……而言梧桐生者，喻明君出也"❷对此，姚际恒说："诗意本是高冈朝阳，梧桐生其上，而凤凰栖于梧桐之上鸣焉；今凤凰言'高冈'，梧桐言'朝阳'，互见也。"❸这样的以树喻指是显得十分高贵的，也就留下了"栽下梧桐树，引来金凤凰"的民间俗语。

而对于《诗经》中树木、君子、国家政治等之间的关系，《传》《笺》《正义》等是有着统一的整体的认识的。《小雅·巧言》："荏染柔木，君子树之。往来行言，心焉数之。"毛《传》："荏染，柔意也。柔木，椅、桐、梓、漆也。"郑《笺》云："此言君子树善木，如人心思数善言而出之。善言者，往亦可行，来亦可行，于彼亦可，于己亦可，是之谓行也。"《正义》曰："《定之方中》云'树之榛、栗、椅、桐、梓、漆'，言文公所树。是君子树之，故引彼文以解柔木也。不言榛栗，从可知。"❹

除却"栋梁之才"这样的成语，后世吟咏树木的诗歌，则渐渐由庙堂之高沦落为身世之感。典型的有楚辞之《九章·橘颂》，这里屈子还能自诩高洁，其志凌云参天。

> 后皇嘉树，橘徕服兮。
> 受命不迁，生南国兮。
> 深固难徙，更壹志兮。
> 绿叶素荣，纷其可喜兮。

---

❶ 详可参［英］詹·乔·弗雷泽：《金枝》，徐育新等译，大众文艺出版社1998年版，第九章"树神崇拜"，第166~182页。

❷ （清）阮元校刻：《十三经注疏·毛诗正义》（嘉庆刊本），中华书局2009年版，第1179页。

❸ （清）姚际恒：《诗经通论》，中华书局1958年版，第293页。

❹ （清）阮元校刻：《十三经注疏·毛诗正义》（嘉庆刊本），中华书局2009年版，第975页。

曾枝剡棘，圆果抟兮。

青黄杂糅，文章烂兮。

精色内白，类任道兮。

纷缊宜修，姱而不丑兮。

嗟尔幼志，有以异兮。

独立不迁，岂不可喜兮？

深固难徙，廓其无求兮。

苏世独立，横而不流兮。

闭心自慎，终不失过兮。

秉德无私，参天地兮。

愿岁并谢，与长友兮。

淑离不淫，梗其有理兮。

年岁虽少，可师长兮。

行比伯夷，置以为像兮。

王逸注解说："屈原自喻才德如橘树，亦异于众也。"又说："屈原自比志节如橘，亦不可移徙。""屈原见橘树根深坚固，终不可徙，则专一己志，守忠信也。"❶

而左思的《咏史诗》八首其二，则大致是凄苦的悲吟了，其诗曰：

郁郁涧底松，离离山上苗。以彼径寸茎，荫此百尺条。世胄蹑高位，英俊沈下僚。地势使之然，由来非一朝。金张藉旧业，七叶珥汉貂。冯公岂不伟，白首不见招。❷

"郁郁涧底松"在后世有很多知音，相和的诗歌都是怀才不遇的抒写。而曹子建有《桂之树行》，那个时代，关于月亮上的桂花树的神话传说应该是很盛行的，这首诗就是把桂树与"真人""来会讲仙"联系起来歌咏的：

桂之树，桂之树，桂生一何丽佳！扬朱华而翠叶，流芳布天涯。上有栖鸾，下有蟠螭。桂之树，得道之真人，咸来会讲仙，教尔服食日精。

---

❶（宋）洪兴祖：《楚辞补注》，中华书局 1983 年版，第 153 页。

❷（南朝·梁）萧统：《六臣注文选》卷二十一，四库全书文渊阁本，上海人民出版社 1999 年版。

要道甚省不烦，淡泊、无为、自然。乘蹻万里之外，去留随意所欲存。高高上际于众外，下下乃穷极地天。❶

而到了《世说新语》，有这样的记载："谢太傅问诸子侄：'子弟亦何预人事，而正欲使其佳？'诸人莫有言者，车骑答曰：'譬如芝兰玉树，欲使其生于阶庭耳。'"❷由是，"谢家玉树"之说一时新人耳目，以原本称许国家栋梁的话语来赞美自家的才俊，可见树喻崇高感的失落。但从另一个角度来看，这种说法与曹植《桂之树行》的求仙问道、慕仙羡道一样，却正是人的价值的昂扬，是对于个体生命的尊重，在某种意义上而言是非常值得肯定的价值取向！

二、突破与发展

人类文明的进程中一直有植物相伴，不离不弃，现阶段可能在生活上对它们的依赖程度降低了，但作为心灵的家园，采集文化、植物文化的渲染依然是那么美丽。有研究者指出，"随着人类文明程度和科学水平的提高，植物在人们生活中的地位已不像古代那么重要，但植物崇拜的遗风仍随处可见。譬如人们习惯性地称家乡为桑梓，一些传统节日仍少不了植物点缀，像端午节，人们要插白艾和菖蒲以避邪。现在很多国家有国花，城市有市花，这也是植物崇拜遗风的一种表现。"❸既然植物崇拜在现实生活中的长期存留是如此的真实，那么，其发展的历程就不容忽视。恰如同大江大河入海时的汹涌恣肆正来自于冰川雪原的点点滴滴，突破、超越、发展、壮大是它的必然，而一路前行，正是河流的使命。

《文心雕龙·物色》有言："写气图貌，既随物以宛转；属采附声，亦与心而徘徊。故灼灼状桃花之鲜，依依尽杨柳之貌……以少总多，情貌无遗矣。虽复思经千载，将何易夺？"❹可见刘勰对于《诗经》的推崇无以复加。在此，笔者主要选取刘勰文中点明的两种植物意象——"桃花"与"杨柳"加以考察，以印证后世诗歌在表现上的突破与发展。

---

❶《三曹诗选译》，殷义祥译注，巴蜀书社 1990 年版，第 259~260 页。
❷（南朝·宋）刘义庆：《世说新语校笺》，中华书局 1984 年版，第 82 页。
❸ 杨玲：《从〈诗经〉"草木起兴"看我国古代的植物崇拜》，《中山大学学报论丛》2004 年第 2 期。
❹ 黄霖：《文心雕龙汇评》，上海古籍出版社 2005 年版，第 150 页。

（一）桃花吟咏

刘勰所云"灼灼状桃花之鲜"者，显然指《周南·桃夭》，其诗曰：

> 桃之夭夭，灼灼其华。之子于归，宜其室家。
> 桃之夭夭，有蕡其实。之子于归，宜其家室。
> 桃之夭夭，其叶蓁蓁。之子于归，宜其家人。

方玉润"眉评"一章曰："艳绝，开千古词赋咏香奁之祖。"❶但从全诗看，不仅写了桃花，还写了桃子，也写了桃叶，总体而言，是生机蓬勃、欣欣向荣的气象。又加上是歌唱"之子于归"的婚嫁祝愿，大致是以这样特定的植物——桃——来表达这一喜气洋洋的图景的。因此，在《周南·桃夭》一诗中，桃树的形象应该是一个富有文化含义的整体，而不仅仅是"状桃花之鲜"的对于桃花的专门描述。但是，诗中桃花的意象是很鲜明的，那可能是由于人们会自然而然地由此而联想到有着桃花一样脸庞的新嫁娘！这是最直接的发展的思路，于是，我们可以看到关于唐代崔护的这个故事：

> 博陵崔护，姿质甚美，而孤洁寡合。举进士下第。清明日，独游都城南，得居人庄。一亩之宫，而花木丛萃，寂若无人。扣门久之，有女子自门隙窥之，问曰："谁耶？"护以姓字对，曰："寻春独行，酒渴求饮。"女入以杯水至，开门，设床命坐独，倚小桃斜柯伫立，而意属殊厚，妖姿媚态，绰有余妍。崔以言挑之，不对，目注者久之。崔辞去，送至门，如不胜情而入。崔亦眷盼而归，尔后绝不复至。及来岁清明日，忽思之，情不可抑，径往寻之。门墙如故，而已锁扃之。因题诗于左扉曰："去年今日此门中，人面桃花相映红。人面只今何处去，桃花依旧笑春风。"
>
> 后数日，偶至都城南，复往寻之，闻其中有哭声，扣门问之，有老父出，曰："君非崔护耶？"曰："是也。"又哭曰："君杀吾女。"崔惊起，莫知所答。老父曰："吾女笄年知书，未适人，自去年以来，常恍惚若有所失。比日与之出，及归，见左扉有字，读之，入门而病，遂绝食数日而死。吾老矣，此女所以不嫁者，将求君子以托吾身，今不幸而殒，得

---

❶ （清）方玉润：《诗经原始》，李先耕点校，中华书局1986年版，第83页。

非君杀之耶？”又特大哭，崔亦感恸，请入哭之。尚俨然在床。崔举其首，枕其股，哭而祝曰："某在斯，某在斯。"须臾开目，半日复活矣。父大喜，遂以女归之。❶

故事出自孟棨的《本事诗》，诗倒是名诗，真的流传很广，但这样的"本事"却无从可考，大约出于附会杜撰。而其中崔护题诗的第三句也有写作"人面不知何处去"❷的，据《诗人玉屑》云，则"后以其意未完，语未工，改第三句云'人面只今何处在'"❸这又是另一种版本了。其实，这样的纷争更可见这首诗的影响之大。而无论对于这个故事相信与否，"人面桃花"的成语就此象征着青春的烂漫与爱情的憧憬。所以，歌曲《在那桃花盛开的地方》里有："在那桃花盛开的地方……桃花映红了姑娘的脸庞。"而在民族的文化记忆里，这是一种温暖而又熟悉的歌唱。

然而，人无百日好，花无百日红。桃花，以及几乎所有的鲜花，都是只在一定的花期绽放，因而让人充满对于鲜花怒放的期待，然而它们又都是只在有限的花期内绽放，之后旋即枯萎、飘零，几乎无不给人以转瞬即逝的遗憾，故而让人不由不感叹"无可奈何花落去"❹！因而，桃花的意象也就会寄寓着这种感时伤逝的情怀，"林花谢了春红，太匆匆！无奈朝来寒雨晚来风！胭脂泪，相留醉，几时重！自是人生长恨水长东。"❺李煜的这首《相见欢》就是这样抒发了年华易逝、光景不再的感慨。越是美好的时光越容易逝去而让人回味不已，越是美丽的容颜越让人觉得在万般珍爱中往往"红颜薄命"，徒留伤怀难耐，嗟讶命运的不公。

而"红颜薄命"的例子，曹雪芹笔下的林黛玉可算得上典型的一个。她也与桃花有缘，在《红楼梦》第二十七回《滴翠亭杨妃戏彩蝶　埋香冢飞燕泣残红》中，黛玉葬花的所谓香冢，就是"葬桃花的去处"，而"痴倒"宝玉的"葬花歌"，简直就可以作为黛玉为自己创作的礼魂悼念歌来品读。

等他二人去远了，便把那花兜了起来，登山渡水，过树穿花，一直

❶ 《唐五代笔记小说选译》，严杰译注，巴蜀书社 1990 年版，第 203~204 页。
❷ （宋）洪迈：《万首唐人绝句》卷三十，四库全书文渊阁本，上海人民出版社 1999 年版。
❸ （宋）魏庆之：《诗人玉屑》卷八，四库全书文渊阁本，上海人民出版社 1999 年版。
❹ 语出晏殊《浣溪沙》（一曲新词酒一杯），见《宋词三百首笺注》，上强村民重编，唐圭璋笺注，上海古籍出版社 1979 年版，第 11 页。
❺ （宋）曾慥：《乐府雅词》拾遗卷下，四库全书文渊阁本，上海人民出版社 1999 年版。

奔了那日同林黛玉葬桃花的去处来。将已到了花冢，犹未转过山坡，只听山坡那边有呜咽之声，一行数落着，哭的好不伤感。宝玉心下想道："这不知是那房里的丫头，受了委曲，跑到这个地方来哭。"一面想，一面煞住脚步，听他哭道是：

花谢花飞花满天，红消香断有谁怜？
游丝软系飘春榭，落絮轻沾扑绣帘。
闺中女儿惜春暮，愁绪满怀无释处，
手把花锄出绣闺，忍踏落花来复去。
柳丝榆荚自芳菲，不管桃飘与李飞。
桃李明年能再发，明年闺中知有谁？
三月香巢已垒成，梁间燕子太无情！
明年花发虽可啄，却不道人去梁空巢也倾。
一年三百六十日，风刀霜剑严相逼，
明媚鲜妍能几时，一朝飘泊难寻觅。
花开易见落难寻，阶前闷杀葬花人，
独倚花锄泪暗洒，洒上空枝见血痕。
杜鹃无语正黄昏，荷锄归去掩重门。
青灯照壁人初睡，冷雨敲窗被未温。
怪奴底事倍伤神，半为怜春半恼春：
怜春忽至恼忽去，至又无言去不闻。
昨宵庭外悲歌发，知是花魂与鸟魂？
花魂鸟魂总难留，鸟自无言花自羞。
愿奴胁下生双翼，随花飞到天尽头。
天尽头，何处有香丘？
未若锦囊收艳骨，一抔净土掩风流。
质本洁来还洁去，强于污淖陷渠沟。
尔今死去侬收葬，未卜侬身何日丧？
侬今葬花人笑痴，他年葬侬知是谁？
试看春残花渐落，便是红颜老死时。
一朝春尽红颜老，花落人亡两不知！
宝玉听了不觉痴倒。❶

---

❶ （清）曹雪芹、高鹗：《红楼梦》，俞平伯校点，启功注，人民文学出版社 2002 年版，第 288~289 页。

　　孔尚任的《桃花扇》也有桃花与美人相对应的意味，尤其是扇子上殷红的桃花是就香君的血滴渲染而画成的，这更使得"桃花扇""桃花"成了戏剧情节发展的关键，也象征着人物命运的坎坷起伏。

　　但是，远在"人面桃花"之前，我们早就有了另一个成语"世外桃源"，这来自于陶渊明的《桃花源记并诗》。《桃花源记》中陶渊明传神地写出了桃林美景："忽逢桃花林夹岸，数百步中无杂树，芳华鲜美，落英缤纷。渔人甚异之。复前行，欲穷其林。"❶然而其《桃花源诗》却只是承接《桃花源记》而写，居然完全没有提到"桃花"，可见其主旨本就不在于歌咏桃花的美丽鲜妍。

　　　　嬴氏乱天纪，贤者避其世。黄绮之商山，伊人亦云逝。往迹浸复湮，来径遂芜废。相命肆农耕，日入从所憩。桑竹垂余荫，菽稷随时艺。春蚕取长丝，秋熟靡王税。荒路暧交通，鸡犬互鸣吠。俎豆犹古法，衣裳无新制。童孺纵行歌，班白欢游诣。草荣识节和，木衰知风厉。虽无纪历志，四时自成岁。怡然有余乐，于何劳智慧。奇踪隐五百，一朝敞神界。淳薄既异源，旋复还幽蔽。借问游方士，焉测尘嚣外。愿言蹑轻风，高举寻吾契。❷

　　诗中"贤者避其世"的情怀，"游方士""高举"的气节，在对于桃源人生活的描绘中就已经得到充分表露了。加上陶渊明高逸的名声在后世得到士人们普遍的推崇，"桃花源""桃源""世外桃源""桃源仙境"等都成了约定俗成的对于归隐、避世、高逸的文学表达。比如张旭的这首《桃花溪》，就用了《桃花源记》的典故，显得委婉含蓄而又颇有高洁之气。

　　　　隐隐飞桥隔野烟，石矶西畔问渔船。
　　　　桃花尽日随流水，洞在清溪何处边。❸

---

❶　（晋）陶渊明：《陶渊明集》，逯钦立校注，中华书局 1979 年版，第 165 页。现在较通行的文字与断句为："忽逢桃花林，夹岸数百步，中无杂树，芳草鲜美，落英缤纷。渔人甚异之。复前行，欲穷其林。"见"义务教育课程标准实验教科书"《语文》（八年级上册），人民教育出版社 2007 年版，第 163 页。

❷　（晋）陶渊明：《陶渊明集》，逯钦立校注，中华书局 1979 年版，第 167~168 页。

❸　（宋）洪迈：《万首唐人绝句》卷七十二，四库全书文渊阁本，上海人民出版社 1999 年版。题作《桃花矶》，作者署为"张颠"。

　　这样看来，桃花的意象因陶渊明之《桃花源记并诗》便有了隐逸的意味。除此之外，桃花还是"情色欲望的象征"❶，现在对于男女之事还有"桃花运""桃色事件"等说法。

　　而从民俗角度考察，桃子则被视为仙果，吃桃子可得长生，容颜不老。至今的年画上老寿星都是鹤发童颜，手里总是托着硕大的桃子。桃木也被认为具有神奇法力，用以辟邪，"总把新桃换旧符"就是这种信仰的体现，年年都要悬挂新的桃符，可见笃信至深。

　　但回归到桃花吟咏上来，到了唐伯虎，桃花则成了真正意义上的个人心志意趣的化身。他有诗《桃花坞》曰："花开烂漫满邨坞，风眼酷似桃源古；千林映日莺乱啼，万树围春燕双舞。青山寥绝无烟埃，刘郎一去不复来；此中应有避秦者，何须远去寻天台？"❷虽然用了桃源以及"刘郎"逢仙女的典故，但其归结在于"此中"，桃花坞中，也即真实的现实生活，认为无须远去寻找天台仙山，隐含此处即仙境，此处胜仙境的意蕴。这样的旷达与洒脱，在其著名的《桃花庵歌》里得到了更为充分的张扬：

　　　　桃花坞里桃花庵，桃花庵下桃花仙；桃花仙人种桃树，又摘桃花换酒钱。酒醒只在花前坐，酒醉还来花下眠；半醉半醒日复日，花落花开年复年。但愿老死花酒间，不愿鞠躬车马前；车尘马足显者事，酒盏花枝隐士缘。若将显者比隐士，一在平地一在天；若将花酒比车马，彼何碌碌我何闲。别人笑我太疯癫，我笑他人看不穿；不见五陵豪杰墓，无花无酒锄作田。❸

　　这样的歌唱，我就是桃花仙，桃花仙人就是我，这是极致的张狂，这是最本真的自我！至于唐寅是否真的看破红尘，是否完全皈依了"花"和"酒"，在此不做妄测，但其"疯癫"背后的文化承继还是很明确的。这实质上也是高逸和归隐的情怀，只不过陶渊明是清雅的思慕，以美好的理想对抗残酷的现实；而唐伯虎则是狂放的傲岸，以痛快淋漓的世俗姿态蔑视任何不合我心的规矩。

　　而文嘉有《和唐子畏韵》一诗，显见在一定程度上受了唐寅《桃花庵歌》

---

❶　渠红岩：《中国古代文学桃花题材与意象研究》，南京师范大学博士学位论文，2008年，第97~101页。

❷　（明）唐寅：《唐伯虎全集》，北京市中国书店1985年版，第12页。

❸　（明）唐寅：《唐伯虎全集》，北京市中国书店1985年版，第13页。

的影响，而值得注意的是，文嘉这首诗强调的是生死由命富贵在天，变成了地道的劝世歌：

> 我昔曾过桃花庵，庵中常遇桃花仙。吟诗写画茅茨下，留客时时费酒钱。诗成每向壁间写，酒醉常来榻上眠。春风回首今几岁，屈指经过五十年。人生万事何足问，但愿有酒常花前。世人妄想慕富贵，不知富贵多前缘。穷通得丧固有命，贫富寿夭皆由天。谁云富贵劳且忙，贫贱驱驰亦不闲。高车驷马衣服鲜，奔走红尘袜履穿。若要心闲衣食足，惟有归耕百亩田。❶

（二）折柳诗歌

刘勰所谓"依依尽杨柳之貌"者，与《小雅·采薇》相关，其诗末章曰：

> 昔我往矣，杨柳依依。今我来思，雨雪霏霏。行道迟迟，载渴载饥。我心伤悲，莫知我哀！

诗中"我"之哀愁，"我心伤悲"，或是"近乡情更怯"的心境，当此大雪纷飞的时候，回想那离家时的情景，"杨柳依依"似诉往事如烟，联系到诗中上文三次反复"曰归曰归，岁亦莫止"，"曰归曰归，心亦忧止"，"曰归曰归，岁亦阳止"，更使人感到历经千辛万苦终于回家的悲喜交集！而这种情愫的表现，是借由吟咏杨柳而传递表达出来的，那缠绵含情的柳丝在春风中微微地摇摆，恰如万千话语无从诉说的亲人。而这样的情境，一句"杨柳岸，晓风残月"便让人觉得无限蕴藉，心中的离愁别绪顿时有了寄托，仿佛那风摆杨柳就正衬托着自己最真切的千愁万绪，而依依不舍的哀怨也就有了自然而然的皈依。所以，人不是天生就能觉得离别的哀愁与悲切的，但杨柳天生就系着游子思妇的情爱，如梦如烟，是真似幻……

恰如上文分析，杨柳与离别相关，这样的文学表达正是来自《诗经》的，但尽管《小雅·采薇》之"杨柳依依"是与离别相关的意象，可诗中并没有明说折柳送别。而"折柳"一词在《诗经》中倒是出现了，可该诗显然与送别无关。"折柳"见于《齐风·东方未明》：

---

❶ （宋）文嘉：《和州诗集》，见《文氏五家集》卷九，四库全书文渊阁本，上海人民出版社1999年版。

> 东方未明，颠倒衣裳。颠之倒之，自公召之。
> 东方未晞，颠倒裳衣。倒之颠之，自公令之。
> 折柳樊圃，狂夫瞿瞿。不能辰夜，不夙则莫。

对于"折柳樊圃，狂夫瞿瞿"，毛《传》曰："折柳以为藩园，无益于禁矣。"❶ 显然，这是把"折柳樊圃"作为比兴来解释的。但是，即便是比兴，可"折柳樊圃"也不会凭空无端出现，而且，后世的《齐民要术·园篱》即有"折柳为篱之法，非无益于禁"❷。由此推测，在《诗经》的时代，"折柳"可能是用来编篱笆的真实劳作，最早无疑是具有实用功能的，而非后世仅仅用来寄寓缠绵情感。

后世吟咏杨柳的诗歌堪称洋洋大观，仅仅具体到"折柳"而言，情况也很复杂。承接这一名目而来的"折杨柳"，依据《乐府诗集》，创制在西汉前期，汉武帝时代。

> 《乐府解题》曰："汉横吹曲，二十八解，李延年造。魏、晋已来，唯传十曲：一曰《黄鹄》，二曰《陇头》，三曰《出关》，四曰《入关》，五曰《出塞》，六曰《入塞》，七曰《折杨柳》，八曰《黄覃子》，九曰《赤之扬》，十曰《望行人》。后又有《关山月》《洛阳道》《长安道》《梅花落》《紫骝马》《骢马》《雨雪》《刘生》八曲，合十八曲。"❸

然而，现存写作时代较早的《折杨柳行》却是这样的风貌：

> 默默施行违，厥罚随事来。妹喜杀龙逢，桀放于鸣条。（一解）祖伊言不用，纣头悬白旄。指鹿用为马，胡亥以丧躯。（二解）夫差临命绝，乃云负子胥。戎王纳女乐，以亡其由余。璧马祸及虢，二国俱为墟。（三解）三夫成市虎，慈母投杼趋。卞和之刖足，接舆归草庐。（四解）
>
> 西山一何高，高高殊无极。上有两仙僮，不饮亦不食。与我一丸药，光耀有五色。（一解）服药四五日，身体生羽翼。轻举乘浮云，倏忽行万

---

❶ （清）阮元校刻：《十三经注疏·毛诗正义》（嘉庆刊本），中华书局 2009 年版，第 742 页。
❷ 刘毓庆、贾培俊、张儒：《〈诗经〉百家别解考》（国风），山西古籍出版社 2002 年版，第 935 页。
❸ （南朝·宋）郭茂倩：《乐府诗集》，中华书局 1979 年版，第 311 页。

亿。浏览观四海，茫茫非所识。（二解）彭祖称七百，悠悠安可原。老聃适西戎，于今竟不还。王乔假虚辞，赤松垂空言。（三解）达人识真伪，愚夫好妄传。追念往古事，愦愦千万端。百家多迁怪，圣道我所观。（四解）❶

这属于《相和歌辞·瑟调曲》，前一首署为"古辞"，当属汉代歌曲，后一首为魏文帝曹丕之作。从内容看，前一首牢骚满腹，大约关乎国家政治，嘲讽世风日下，却又罗列典故，文辞不俗；曹丕之作则讴歌仙道服食，属于游仙歌之类。也就是说，这两首都是"名不副实"的，内容与歌名完全不相干，只不过是用"折杨柳行"的那个曲调来演唱而已。而从唐、宋、元的词牌、曲牌的情况可以知道，往往是最先的作品紧扣题目，吟咏本题、本事，经过较长时间发展才出现"文不对题"的作品。如果这样的规律适合于《折杨柳行》的话，那么，我们今天能看到的，或许根本不可能是最早期的歌谣了。

而《乐府诗集》保存有一首《攀杨枝》，属《清商曲辞》，且注解说："《古今乐录》曰：'《攀杨枝》，倚歌也。'《乐苑》曰：'《攀杨枝》，梁时作。'"古人是杨与柳不分的，这里的"攀杨枝"，也就是"攀杨柳"，也大致就可以理解为另一曲调的"折杨柳"了。其歌曰：

> 自从别君来，不复着绫罗。画眉不注口，施朱当奈何。❷

这自然是一首爱情歌谣了，属于清新婉约的儿女情长风格，是从"女为悦己者容"的反面立意的，与《诗经·卫风·伯兮》二章之"自伯之东，首如飞蓬。岂无膏沐，谁适为容"颇相类似。而北朝民歌《折杨柳歌辞》五曲，以及《折杨柳枝歌》四曲则可能比较有古朴的韵味，这九首歌里，三首提到了"杨柳"，属于本色当行的歌谣。然而总的来说，这些歌曲所反映的是广阔的社会生产生活，并不仅仅局限于离愁别恨和男欢女爱：

> 上马不捉鞭，反折杨柳枝。蹀坐吹长笛，愁杀行客儿。
> 腹中愁不乐，愿作郎马鞭。出入揽郎臂，蹀坐郎膝边。
> 放马两泉泽，忘不着连羁。担鞍逐马走，何得见马骑。

❶（南朝·宋）郭茂倩：《乐府诗集》，中华书局 1979 年版，第 547 页。
❷（南朝·宋）郭茂倩：《乐府诗集》，中华书局 1979 年版，第 717 页。

> 遥看孟津河，杨柳郁婆娑。我是虏家儿，不解汉儿歌。
> 健儿须快马，快马须健儿。跸跋黄尘下，然后别雄雌。
>
> 上马不捉鞭，反拗杨柳枝。下马吹长笛，愁杀行客儿。
> 门前一株枣，岁岁不知老。阿婆不嫁女，那得孙儿抱。
> 敕敕何力力，女子临窗织。不闻机杼声，只闻女叹息。
> 问女何所思，问女何所忆。阿婆许嫁女，今年无消息。❶

恰如桃花的意象与女子相关，杨柳的意象也常常用来比拟美女。据《唐语林》载，韩愈则是桃、柳双拥，自然，这样的事情不可能得到查证，但他的确是有这样的两首诗，不过诗人作诗未必就如此言言坐实。故事如下：

> 韩退之有二妾：一曰绛桃，一曰柳枝。皆能歌舞。初，使王庭凑，至寿阳驿，绝句云："风光欲动别长安，春半边城特地寒。不见园花兼巷柳，马头惟有月团团。"盖有所属也。柳枝后逾垣遁去，家人追获。及镇州初归，诗曰："别来杨柳街头树，摆弄春风只欲飞。还有小园桃李在，留花不放待郎归。"自是专宠绛桃矣。❷

但显然并不是所有的故事都像上文中描述的韩愈那样风雅。关汉卿有《南吕·一枝花·不伏老》，第一段告白曰："攀出墙朵朵花，折临路枝枝柳；花攀红蕊嫩，柳折翠条柔。浪子风流。凭着我折柳攀花手，直煞得花残柳败休。半生来折柳攀花，一世里眠花卧柳。"❸这即是他自诩的浪子风流。直至今日，女性轻浮，对于男女关系不检点，则被称为"柳性""水性杨花"，男子对于女色的追求叫作"寻花问柳"。而"眠花宿柳"之"花"和"柳"在这样的语境中则继而往往专指娼妓，甚至古人对于性病也有相关的专门说法：花柳病。

（三）风俗移易

自然状态的河流，没有一条的河道会是笔直的，在河水内力的作用以及气

---

❶ （南朝·宋）郭茂倩：《乐府诗集》，中华书局 1979 年版，第 369~370 页。
❷ （宋）王谠：《唐语林》卷六，四库全书文渊阁本，上海人民出版社 1999 年版。
❸ 《唐诗三百首·宋词三百首·元曲三百首》（合订注释本），孙洙、朱强村、何锐选注，巴蜀书社 2006 年版，第 459 页。

候、地质、地球自转与公转、人与动物的干预等外力作用下，河流往往会呈现出美丽的飘带模样，滋养着我们蓝色的星球。而任何一种文学与文化的发展历程也是这样，总有内在的求变的因素使得其前进忽急忽缓，总有外在的影响在进程里或进或出。从上文对于"桃花"与"杨柳"的分析也可以看出，变化是必然的、永远的，改朝换代、政治格局、文化潮流、风俗变迁等都会影响到文学的趋向。流淌出《诗经》的发源地之后，采集文化相关的诗歌在后世受到的影响是十分复杂的。从大的方面来说，道教文化的兴盛使得"松"的意象成了得道成仙、长生不老的象征，而佛教则更多地把"莲花"的意象圣洁化，使之寄寓着佛家普度众生的慈悲、庄严与佛法无边。

《诗经》、楚辞中最为习见的采草见赠、采草寄情是先秦时代人们表情达意的重要手段与特征，具有深厚的文化内涵，也体现着当时的民风民俗。然而后世采集花草的食用、使用等功能渐趋削弱，而娱乐性渐渐加强，于是，产生了"斗草"的习俗。晏殊有《破阵子·春景》写到了"斗草"，词曰：

> 燕子来时新社，梨花落后清明。池上碧苔三四点，叶底黄鹂一两声，日长飞絮轻。
> 巧笑东邻女伴，采桑径里逢迎。疑怪昨宵春梦好，元是今朝斗草赢，笑从双脸生。❶

美丽的女子斗草获胜，非常高兴，满面含笑。从词里可以看出，斗草在清明时节明媚春光里举行，是深受女子喜爱的节日活动。其实，古人诗文对于斗草多有涉及，《历代诗话》记载比较详细：

> 《荆楚岁时记》云："正月五日有斗百草之戏。王岐公夫人《合端午帖子》云：'后苑寻春趁午前，归来竞斗玉栏边。袖中独有芸香草，留与君王辟蠹虫编。'陆鲁望诗：'无多药草在南荣，合有新苗次第生。稚子不知名品上，恐随春草斗输赢。'故元遗山《论诗三十首》有云：'万古幽人在涧阿，百年孤愤竟如何。无人说与天随子，春草输赢较几多。'"
> 《中吴纪闻》云："吴王与西施尝斗百草。故刘禹锡诗：'若共吴王斗百草，不如应是欠西施。'"❷

---

❶（宋）黄升：《花庵词选》卷三，四库全书文渊阁本，上海人民出版社1999年版。
❷（清）吴景旭：《历代诗话》卷五十八，四库全书文渊阁本，上海人民出版社1999年版。

而《红楼梦》里则对于"斗草"风俗大书特书，且有"夫妻蕙""并蒂莲"之类的名目，似涉及儿女情长，又或许宝玉将斗草后的花草埋好之类的"鬼鬼祟祟使人肉麻的事"可能本当是斗草风俗的内涵所在。文段见于第六十二回《憨湘云醉眠芍药裀　呆香菱情解石榴裙》：

外面小螺和香菱、芳官、蕊官、藕官、荳官等四五个人，都满园中顽了一回，大家采了些花草来兜着，坐在花草堆中斗草。这一个说："我有观音柳。"那一个说："我有罗汉松。"那一个又说："我有君子竹。"这一个又说："我有美人蕉。"这个又说："我有星星翠。"那个又说："我有月月红。"这个又说："我有《牡丹亭》上的牡丹花。"那个又说："我有《琵琶记》里的枇杷果。"荳官便说："我有姐妹花。"众人没了，香菱便说："我有夫妻蕙。"荳官说："从没听见有个夫妻蕙。"香菱道："一箭一花为兰，一箭数花为蕙。凡蕙有两枝，上下结花者为兄弟蕙，有并头结花者为夫妻蕙。我这枝并头的，怎么不是。"荳官没的说了，便起身笑道："依你说，若是这两枝一大一小，就是老子儿子蕙了。若两枝背面开的，就是仇人蕙了。你汉子去了大半年，你想夫妻了？便扯上蕙也有夫妻，好不害羞！"香菱听了，红了脸，忙要起身拧他……

……可巧宝玉见他们斗草，也寻了些花草来凑戏，忽见众人跑了，只剩了香菱一个低头弄裙，因问："怎么散了？"香菱便说："我有一枝夫妻蕙，他们不知道，反说我诌，因此闹起来，把我的新裙子也脏了。"宝玉笑道："你有夫妻蕙，我这里倒有一枝并蒂菱。"口内说，手内却真个拈着一枝并蒂菱花，又拈了那枝夫妻蕙在手内。香菱道："什么夫妻不夫妻，并蒂不并蒂，你瞧瞧这裙子。"……香菱见宝玉蹲在地下，将方才的夫妻蕙与并蒂菱用树枝儿抠了一个坑，先抓些落花来铺垫了，将这菱蕙安放好，又将些落花来掩了，方撮土掩埋平服。香菱拉他的手，笑道："这又叫做什么？怪道人人说你惯会鬼鬼祟祟使人肉麻的事。你瞧瞧，你这手弄的泥乌苔滑的，还不快洗去。"宝玉笑着，方起身走了去洗手，香菱也自走开。❶

上述仅仅涉及采草"斗草"这一种民俗，而清明插柳、中秋折桂、重阳簪

❶ （清）曹雪芹、高鹗：《红楼梦》，俞平伯校点，启功注，人民文学出版社2002年版，第695~696页。

菊等还有很多。又加上后世士人对君子品格的追求，梅兰竹菊被誉为"四君子"，松竹梅则号为"岁寒三友"。自然，这些都不能说是直接受到了先秦采集文化相关诗歌的影响。又比如龚自珍《已亥杂诗》第五首："浩荡离愁白日斜，吟鞭东指即天涯。落红不是无情物，化作春泥更护花。"❶落红化成春泥更护花，这样机警的语句，这样醇厚的情怀，是不可能直接出自诗骚的。然而，从另一个角度来说，却也同时是必然源自于诗骚传统的。任何创新都来自于最深层的奠基，不然，岂不成了无本之木无叶之花！

所以，在这个意义上说，后世采集文化相关诗歌与《诗经》、楚辞必然有着或隐或现的渊源关系，不过，它们或许已经超越了对于植物的实用需求与崇拜信仰，而更加注重诗意的追求，人格的彰显，人性的张扬。但这种新的意义上的文化的叠加，并不能否定其原来层面上的采集文化的印痕，在某些特定的形势下，两者会水乳交融，这不仅不会泯灭各自的个性，反而会使二者都得到很好地表现。或许，这便是文学作品中采集文化长存的秘密。

总之，先秦采集文化相关诗歌以最质朴的情怀，带给我们最隽永的感动，引发了后人最炽烈的回响。即便时至今日，仍可以在大家耳熟能详的歌曲中寻觅到先秦采集文化相关诗歌的影子。如《采蘑菇的小姑娘》表现采蘑菇的欢快，令人起舞；《山丹丹开花红艳艳》以山丹丹起兴深情歌颂毛主席，热烈而又幸福；台湾民歌《兰花草》对从山中带来的兰花草"一日看三回"，一往情深而真挚执着；江苏民歌《茉莉花》有心采花而又思前想后的委婉含蓄，魅力无穷，使之获得了世界民歌的声誉；就连通俗歌曲中也哼唱着"你是我的玫瑰你是我的花，你是我的爱人是我的牵挂"，这与《陈风·东门之枌》里的"视尔如荍"和《郑风·有女同车》中的"颜如舜英"相比，只不过多了直白，少了诗意婉约而已。所以说，"《诗经》牢笼千载，衣被后世"❷，具体到采集文化相关诗歌也是如此；甚至可以说，先秦采集文化相关诗歌的流传和演变，正是这一结论的力证之一。

---

❶ （清）龚自珍：《龚自珍已亥杂诗注》，刘逸生注，中华书局1980年版，第5页。
❷ 袁行霈：《中国文学史》（第一卷），高等教育出版社2001年版，第79页。

第三节　遗音与流响——以《古诗十九首》
为中心的个案考察

一、《古诗十九首》植物意象及其文化意蕴

"《古诗十九首》，是近百年研究的'热门话题'"❶，然而，众多的研究论文却没有一篇专门论及《古诗十九首》中的植物意象。一些涉及《古诗十九首》意象研究的论文却也很少论及这一内容，如《〈古诗十九首〉的审美意象》，该文较详尽论述了《古诗十九首》中总共出现的"九种动物意象"❷却无视植物意象。而深入探究即可发现，《古诗十九首》对《诗经》及《楚辞》的植物意象有着明显的继承与发展，其植物意象有机地融入了诗歌的抒情表达，文化蕴含丰富多彩，体现了"婉转附物，怊怅切情"❸的艺术风格。

《古诗十九首》中共有《青青陵上柏》《涉江采芙蓉》《明月皎夜光》《回车驾言迈》《东城高且长》《驱车上东门》《去者日以疏》《青青河畔草》《冉冉孤生竹》《庭中有奇树》等十首诗运用了植物意象，所涉及的植物种类比较繁多。而反复涵泳，悉心揣摩，这些纷纭的植物意象可以分为四类，即时序之草：与白露、秋蝉、东风、回风等相关联的草意象；生命之树：与陵、墓、古墓等相联系的松柏、白杨；遗远芳华：采摘以遗远方所思的芙蓉、芳草、奇树之花；情爱依附：孤生竹、惠兰花和表达夫妻情深的兔丝、女萝等。

（一）时序之草

《古诗十九首》中充溢着对于年、岁、日、月、晨、夜、星、暮等的感伤，"有10首诗20处明确标示出了这类意象"❹。如此众多而又集中的标明时间，也就是一再地申明诗人们的经年漂泊、羁旅愁怀、功业难成、岁月蹉跎，而正是这种对时间的强烈关注，让人明确地感受到了诗人们的自我意识与生命

---

❶ 欧明俊：《〈古诗十九首〉百年研究之总检讨》，《社会科学研究》2009 年第 4 期。

❷ 刘迪才：《〈古诗十九首〉的审美意象》，《学术论坛》1992 年第 5 期。

❸ 周振甫：《〈文心雕龙〉选译》，中华书局 1980 年版，第 59 页。

❹ 张红运：《〈古诗十九首〉时空意象论》，《陕西师范大学学报（哲学社会科学版）》2001 年第 5 期。

体验。孔夫子有"逝者如斯夫"之叹，后人有"人生一世，草木一秋"之感，明代夏元吉的七律《登黄鹤楼》中有诗句曰："江山万古复万古，草木一秋仍一秋。崔颢有诗人少和，仲宣无事何多忧。"❶ 这正可以说是上述内容的注脚。在标明时序上，以草木，尤其是以草来反映或是暗示一年四季的变化就几乎成了《古诗十九首》的必然。具体到相关诗篇中，草的形态为"青青河畔草"（《青青河畔草》）、"白露沾野草"（《明月皎夜光》）、"将随秋草萎"（《冉冉狐生竹》）、"东风摇百草"（《回车驾言迈》）、"秋草萋已绿"（《东城高且长》）。很显然，《古诗十九首》草意象集中地标明了春和秋两个季节。春天万物萌动，繁花盛开，百草丰茂，是一个生机勃发的季节，但是，《古诗十九首》草意象并非如我们想象得那样写春天则喜气洋洋，而是正如写秋天，同样的悲伤惆怅、孤独寂寥、充满感伤。秋天的季节气氛是和失意文人的生活感情相一致的，凄清之秋更助凄凉之感，沾草之露恰是伤感清泪，树间秋蝉连同已萎秋草都是生机没落的象征。所以，秋风中瑟瑟的草儿不仅仅是诗人们的眼中实景，也不仅仅是"四时更变化"（《东城高且长》）、"时节忽复易"（《明月皎夜光》）的标尺，而是自然而然地融入了诗歌的艺术表达，具有深刻的文化蕴含。

《古诗十九首》草意象的诗篇里有描写对爱人的绵绵思念的，如《青青河畔草》："青青河畔草，郁郁园中柳。"河水悠悠生发似水柔情、幽怨缠绵，由青青之草沿着河畔绵绵远去没有尽头，进而想到天涯漂泊、远游未归的荡子，更兼郁郁柳丝，惹人闲愁，这是该诗引人入胜的艺术画面。而其中的草意象是有来历的。《楚辞·招隐士》里有："王孙游兮不归，春草生兮萋萋。"❷ 而《饮马长城窟行》表达得更为直接："青青河畔草，绵绵思远道。"❸ 而且这种春草游子的意象在后世也颇为诗人所熟知。如王维《送别》："春草年年绿，王孙归不归？"白居易《草》："远芳侵古道，晴翠接荒城。又送王孙去，萋萋满别情。"当然，《青青河畔草》中也写了"郁郁园中柳"，马茂元认为："'柳'谐'留'音，折柳寓留客之意，这大概是汉代的风俗。"❹ 但笔者以为，此处写柳，点明是"园中"之柳，应与折柳送别无关。这里摹写"郁郁园中柳"，其用意主要是与青青之草标明时序，并表现美好春光；此外可能还隐含着另一用意，即以此青青之草与郁郁葱葱的柳树象征"空床难独守"的妙龄女子的美好青春与勃勃生机。

❶ （明）夏元吉：《忠靖集》卷五，四库全书文渊阁本，上海人民出版社 1999 年版。
❷ （汉）王逸：《楚辞章句》卷十二，四库全书文渊阁本，上海人民出版社 1999 年版。
❸ （唐）李善：《文选注》卷二十七，四库全书文渊阁本，上海人民出版社 1999 年版。
❹ 马茂元：《〈古诗十九首〉初探》，陕西人民出版社 1981 年版，第 115 页。

草意象的另一个源头则直接关乎草与自我,《诗经·小雅·何草不黄》首次两章是:

> 何草不黄,何日不行?何人不将,经营四方?
> 何草不玄,何人不矜?哀我征夫,独为匪民。

这首诗以黄、玄之衰草起兴来写服役之人,诗人以草自况的意味是很明显的。而孔子认为:"君子之德风,小人之德草。草上之风,必偃。"❶这是把草与"小人"联系了起来,或许这正是后世"草民"一词的最初的思想源头。再者,残暴的统治者总是"草菅人命",愈加把人看作草儿一般。《古诗十九首》的草意象诗篇表现出了旺盛的生命力,而又充满着时光不再、功业难成的哀叹。一方面,诗里高歌"盛衰各有时,立身苦不早"(《回车驾言迈》)、"荡涤放情志,何为自结束"(《东城高且长》)!另一方面,又在慨叹"良无盘石固,虚名复何益"(《明月皎夜光》)、"四时更变化,岁暮一何速"(《东城高且长》)。很显然,流落文人、落拓士子很难做到"何不策高足,先据要路津"(《今日良宴会》),而是对宦海浮沉难以把握,对前途渺茫充满失落,对自身命运感到悲伤。这样一来,人生如草木,悲凉心自知,在《古诗十九首》作者们的眼里,草儿正是自我的写照,正是人生的象征,而这些诗篇也就由此而充盈着诗人们的生命意识,流露出深沉的感伤情怀。

(二)生命之树

《古诗十九首》中有三首诗运用了松柏、白杨的植物意象,它们是《青青陵上柏》《驱车上东门》和《去者日以疏》,诗中写到了陵、墓、死人、丘与坟等与死亡相关的事物。松柏、白杨在古代是栽植于坟头墓地的树木,很容易让人联想到死亡。《文选注》在注释"白杨何萧萧,松柏夹广路"(《驱车上东门》)一句时说:"仲长子《昌言》曰:'古之葬者,松柏、梧桐,以识其坟也。'"❷而《太平御览》记载:"《礼系》曰:'天子坟高三雉,诸侯半之,卿大夫八尺,士四尺;天子树松,诸侯树柏,大夫树杨,士树榆,尊卑差也。'"❸通过这些材料来看,古代墓地上所种树木,以松、柏和白杨最为常见。所以,《古诗十九首》中的这三首诗吟咏松柏和白杨其实就是在慨叹人生无常,表达

---

❶ (清)阮元校刻:《十三经注疏·论语注疏》(嘉庆刊本),中华书局 2009 年版,第 5439 页。
❷ (唐)李善:《文选注》卷二十九,四库全书文渊阁本,上海人民出版社 1999 年版。
❸ (宋)李昉等:《太平御览》卷五百五十七,四库全书文渊阁本,上海人民出版社 1999 年版。

世事忽忽，也体现了作者及时行乐，明知举步维艰却又希求建功立业的复杂心情。

《诗经·唐风·山有枢》是最早的以树木起兴写到死亡的诗歌，全诗三章复沓，首章如下：

> 山有枢，隰有榆。子有衣裳，弗曳弗娄。子有车马，弗驰弗驱。宛其死矣，他人是愉。

当然，《诗经》中的"山有□，隰有□"句式还在《郑风·山有扶苏》《秦风·晨风》等多首诗中出现，树木并不是与死亡固定相关的意象，但《古诗十九首》中的这种起兴的手法是与之一致的。而且，《唐风·山有枢》明显有树木百年长寿，人却且将死去的意味，也正是在这种思维模式下，《古诗十九首》的作者们不由生发出了"人生天地间，忽如远行客"（《青青陵上柏》）以及"人生忽如寄，寿无金石固"（《驱车上东门》）的虚无观念。将树木与人对比，慨叹年华易逝，物是人非，后世有"木犹如此，人何以堪"❶的典故，以之可资理解《古诗十九首》诗人们的伤感情怀。

白杨的意象，让人感到悲凉，张戒《岁寒堂诗话》里分析说："《古诗》：'白杨多悲风，萧萧愁杀人。''萧萧'两字，处处可用，惟坟墓之间，白杨悲风，尤为至切，所以为奇。"❷而在中国古代，松意象与神仙、修仙是密切相关的。曹丕《折杨柳行》有诗句云："王乔假虚词，赤松垂空言。"❸曹植《赠白马王彪》诗曰："虚无求列仙，松子久吾欺。"❹魏野《寻隐者不遇》说："寻真误入蓬莱岛，香风不动松花老。采芝何处未归来，白云满地无人扫。"❺而《古诗十九首》中也写到了"仙人王子乔"（《生年不满百》），这正是后来的曹丕所提到的神仙（即上引曹丕诗句中的"王乔"），又写到"服食求神仙，多为药所误"（《驱车上东门》），可见这不是偶然的。总体上把握这三首松柏、白杨意象的诗歌，由陵、墓、丘与坟而感到人生如客、人生如寄，加之坎坷困顿、功业难成，于是作者们转而意识到"求神仙"的虚妄，只好故作达观，

---

❶　余嘉锡：《〈世说新语〉笺疏》，上海古籍出版社 1993 年版，第 114~116 页。原文如下：桓公北征经金城，见前为琅邪时种柳皆已十围。慨然曰："木犹如此，人何以堪！"攀枝执条，泫然流泪。

❷　马茂元：《〈古诗十九首〉初探》，陕西人民出版社 1981 年版，第 96 页。

❸　（南朝·梁）沈约：《宋书》卷二十一，四库全书文渊阁本，上海人民出版社 1999 年版。

❹　（三国·魏）曹植：《曹子建集》卷五，四库全书文渊阁本，上海人民出版社 1999 年版。

❺　（清）厉鹗：《宋诗纪事》卷十，四库全书文渊阁本，上海人民出版社 1999 年版。

归于饮酒行乐，以"极宴娱心意"(《青青陵上柏》)，然而个中滋味，何人能知？甚至"思还故里闾，欲归道无因"(《去者日以疏》)，可谓悲愁心自知啊！而所有的这一切，均笼罩在松柏、白杨意象的悲凉气氛之中，在不经意间，拨动着读者的心弦，激发出读者无限的理解与同情。

(三) 遗远芳华

"采芳赠人"，《诗经》中就有反映，而"折芳寄远"在楚辞里屡见不鲜，《古诗十九首》中的《涉江采芙蓉》和《庭中有奇树》正是这一美好意象的艺术再现。《诗经·郑风·溱洧》诗曰："溱与洧，方涣涣兮。士与女，方秉蕑兮。"毛《传》认为"蕑，兰也"。又有"维士与女，伊其相谑，赠之以勺药"，毛《传》："勺药，香草。"郑《笺》说："其别，则送女以芍药，结恩情也。"❶由此可见，采芳赠人本身就有着结恩情的作用。而楚辞中，尤其是屈原的作品里有很多"采芳赠人""折芳寄远"的描写。如《离骚》："溘吾游此春宫兮，折琼枝以继佩。及荣华之未落兮，相下女之可诒。"《九歌·山鬼》："被石兰兮带杜衡，折芳馨兮遗所思。"《九歌·湘君》："采芳洲兮杜若，将以遗兮下女。"《九歌·湘夫人》："搴汀洲兮杜若，将以遗兮远者。"《古诗十九首》中的《涉江采芙蓉》描写这一内容的诗句是："涉江采芙蓉，兰泽多芳草。采之欲遗谁，所思在远道。"《庭中有奇树》则说："攀条折其荣，将以遗所思。馨香盈怀袖，路远莫致之。"两首诗中采以赠人的是"芙蓉""芳草"和"奇树"之"荣"，这与《诗经》、楚辞的表现正是一脉相承的。"亦犹诗人'籊籊竹竿，以钓于淇。岂不尔思，远莫致之'之辞，第反其义耳。前辈谓《古诗十九首》可与《三百篇》并趋'者，亦此类也。"❷

而进一步对遗远芳华的植物意象深入分析，即可发现其独特的文化意义。三种植物里，"兰泽"之"芳草"多理解为"兰"❸，而毛《传》认为"蕑"就是"兰"，这便与《溱洧》中的"蕑"联系了起来。而"奇树"概念较为模糊，似乎指代不清，但既明言其"奇"，又摹写其"绿叶""华滋""馨香盈怀袖"，可见采花人对于它的热爱。虽然自道"此物何足贵"，但这只是谦辞，这里也有以花自况的意味，花儿承载着浓浓爱意与独特风情。更为重要的是，这一"奇树"恰是生在"庭中"的，"庭中"二字看似信手拈来，实则似有深意。对于远方游子而言，家乡的山山水水、一草一木自然都会感到格外亲切，何况自家

---

❶ (清) 阮元校刻：《十三经注疏·毛诗正义》(嘉庆刊本)，中华书局 2009 年版，第 732 页。
❷ (宋) 范晞文：《对床夜语》卷一，四库全书文渊阁本，上海人民出版社 1999 年版。
❸ 马茂元：《〈古诗十九首〉初探》，陕西人民出版社 1981 年版，第 69 页。

庭院中馥郁芬芳的花树呢？王维有《杂诗》："君自故乡来，应知故乡事。来日绮窗前，寒梅着花未。"❶远在他乡尚且惦念窗前寒梅开花没有，这正可帮助我们理解游子的这种牵挂。

至于"芙蓉"意象，似乎较为复杂。"芙蓉"，也叫"芙蕖""菡萏"，即莲花、荷花。《诗经·郑风·山有扶苏》里有："山有扶苏，隰有荷华。"就此，毛《传》释为："荷华，芙蕖也。"《音义》曰："未开曰菡萏，已发曰芙蕖。"❷《诗经·陈风·泽陂》则更为明确的把这种植物意象与所思所爱之人联系了起来，全诗三章复沓，首章曰：

> 彼泽之陂，有蒲与荷。有美一人，伤如之何？寤寐无为，涕泗滂沱。

《九章·怀沙》里有："因芙蓉而为媒兮，惮褰裳而濡足。"这也是把芙蓉与情爱之事联系了起来。而南北朝乐府民歌《西洲曲》里则有这样的句子："低头弄莲子，莲子青如水。"其中的"莲子""莲心"为双关语，谐音"怜子""怜心"，是表达爱恋情深的。而且"芙蓉"也写作"夫容"❸，如果把《涉江采芙蓉》看作闺怨思妇之词，则其表达思念远方游子的深情则更能得到读者的理解和共鸣。

（四）情爱依附

《冉冉孤生竹》是《古诗十九首》中植物意象运用最为集中而突出的一首诗，16句诗中提及孤生竹、兔丝、女萝、惠兰花、秋草等5种植物。其中感叹"过时而不采"的"秋草"意象已在"时序之草"中进行了分析，而其他四种植物意象也具有较为深厚的文化蕴涵。

竹意象象征君子在《诗经》、楚辞里就已经出现，而且表达较为充分，其兴喻的重点是君子的道德情操，高风亮节。《诗经·卫风·淇奥》三章章九句，全诗如下：

> 瞻彼淇奥，绿竹猗猗。有匪君子，如切如磋，如琢如磨。瑟兮僴兮，赫兮咺兮。有匪君子，终不可谖兮。
> 瞻彼淇奥，绿竹青青。有匪君子，充耳琇莹，会弁如星。瑟兮僴兮，

---

❶ （唐）王维：《王右丞集笺注》卷十三，四库全书文渊阁本，上海人民出版社1999年版。
❷ （清）阮元校刻：《十三经注疏·毛诗正义》（嘉庆刊本），中华书局2009年版，第721页。
❸ 马茂元：《〈古诗十九首〉初探》，陕西人民出版社1981年版，第69页。

赫兮咺兮。有匪君子，终不可谖兮。

瞻彼淇奥，绿竹如箦。有匪君子，如金如锡，如圭如璧。宽兮绰兮，猗重较兮。善戏谑兮，不为虐兮。

《诗集传》说：“《序》以此诗为美武公，而今从之也。”“以绿竹始生之美盛，兴其学问自修之进益也。”“以竹之坚刚茂盛，兴其服饰之尊严，而见其德之称也。”“以竹之至盛，兴其德之成就，而又言其宽广而自如，和易而中节也。”[1] 从朱熹的分析可以看出，君子之“德”是他理解的竹意象的核心内容。而《楚辞·七谏》里有这样的句子：“便娟之修竹兮，寄生乎江潭。上葳蕤而防露兮，下泠泠而来风。孰知其不合兮，若竹柏之异心。”王逸《章句》明确指出这是：“屈原以竹自喻，言有便娟长好之竹，生于江水之潭，被蒙润泽而茂盛。”“言已德上能覆盖于君，下能庇荫于民。”“竹心空，屈原自喻志通达也；柏心实，以喻君闇塞也。”[2] 从上举两例可见，《古诗十九首》中的《冉冉孤生竹》以竹来兴喻其“君”，并且怨艾而言“君亮执高节”，明显地继承了《诗经》、楚辞的传统。而尤为值得注意的是，《楚辞·七谏》中以“柏”与“竹”“异心”的衬托对比写法，在《冉冉孤生竹》里发展为竹、兰对举，这显然是君为“孤生竹”，妾是“惠兰花”的依依情深写法。而竹、兰对举在诗歌中屡见不鲜，形成了固定的一组意象，表达的往往是幽怨、思念之情。如《乐府诗集》中的例子：“昭昭竹殿开，奕弈兰宫启（卷十二）”“色映临池竹，香浮满砌兰（卷二十七）”“绿竹夹清水，秋兰被幽崖（卷三十六）”[3] 而《冉冉孤生竹》中用兰来写女子，当属“香草美人”的传统手法，诗中伤感于“含英扬光辉”的“惠兰花”“将随秋草萎”，其“过时而不采”之“时”也就是指“轩车来何迟”，因而不免“思君令人老”。这种形象鲜明的写法，在忧愁幽思中表达出了不可遏止的强烈的青春气息，充分表现了感时伤离的幽怨之情。

如果说竹、兰属于这首诗的情爱植物意象的话，那么，兔丝、女萝便是其中具有缠绕、依附意味的植物意象了。《诗经·小雅·頍弁》里就写到了女萝。其首、次两章分别有诗句曰：“茑与女萝，施于松柏。未见君子，忧心奕奕。既见君子，庶几说怿。”“茑与女萝，施于松上。未见君子，忧心怲怲。既见君子，庶几有臧。”《诗集传》解释说：“君子、兄弟为宾者也。”“又言茑萝施于木

[1] （宋）朱熹：《诗集传》，中华书局 1958 年版，第 34~35 页。
[2] （汉）王逸：《楚辞章句》卷十三，四库全书文渊阁本，上海人民出版社 1999 年版。
[3] （南朝·宋）郭茂倩：《乐府诗集》，四库全书文渊阁本，上海人民出版社 1999 年版。

上，以比兄弟亲戚缠绵依托之意。"❶《颓弁》里把臣下依附于"君子"的关系比作茑与女萝攀援松柏，依附而生，十分鲜明生动。而《冉冉孤生竹》说"与君为新婚"是"兔丝附女萝"，也非常贴切自然，符合当时男尊女卑的社会现实，而又有夫妻相得、恩爱缠绵的意味。而兔丝、女萝到底是怎样的关系呢？古人大都以为兔丝和女萝是一物而异名，如《尔雅》《埤雅》《毛诗草木鸟兽虫鱼疏》《通志》《诗集传》《五礼通考》等均这样解释。当然，就科学分类而言，它们是两种不同的植物。兔丝，属于旋花科，蔓生植物，茎细长，略黄，夏季开淡红小花；女萝，属于地衣类植物，全体为无数细枝，状如线，长数尺。而这两种植物虽然类别不同，但其天然习性都是依附他物而生长。所以，《冉冉孤生竹》中的"兔丝附女萝"也就可以理解为像兔丝（女萝）攀援、依附"泰山阿"之竹那样，"贱妾"依附于"君"，"与君为新婚"，夫妻情深，恩爱缠绵。李白的《古意》，其兔丝、女萝意象显然出自《冉冉孤生竹》，其诗首句曰："君为女萝草，妾作兔丝花。"❷可算是"兔丝附女萝"的注脚了，诗中也说会面艰难，"各在青山崖"，与《冉冉孤生竹》中的"千里远结婚，悠悠隔山陂"正相契合。再有，被认为是李白早期作品的《白头吟》一诗里有这样的句子："兔丝固无情，随风任倾倒。谁使女萝枝，而来强萦抱？两草犹一心，人心不如草。"❸也是着意于兔丝、女萝的情爱表达。杜甫的《新婚别》开头说："兔丝附蓬麻，引蔓故不长；嫁女与征夫，不如弃路旁。"诗里是以蓬麻比拟征夫，用兔丝"附"于蓬麻来兴喻女子嫁与征夫。这里的"兔丝附蓬麻"和《冉冉孤生竹》中的"兔丝附女罗"两者的句式完全相同，其中隐含的女子依附于丈夫的意思也是完全一致的。

《古诗十九首》在中国古代诗歌发展史上具有重大的意义，刘跃进认为："相对于乐府古辞而言，古诗十九首的出现是对前者的一种否定、一种超越。这种否定与超越主要表现在抒情方式的转变上。它标志着文人诗歌已逐渐摆脱了乐府诗的影响而形成自己的特色。"❹而仅就植物意象的艺术表现而言，通过上文对《古诗十九首》植物意象的归纳组合、分析研究可以发现，《古诗十九首》的植物意象与《诗经》、楚辞里的相比，表现出了自己的特点，是对《诗经》、楚辞植物意象的继承与发展。撮其要而言之，在植物意象的选取上，《古诗十九首》既体现传统而又多有创新；在植物意象的构造上，《古诗十九首》

---

❶　（宋）朱熹：《诗集传》，上海古籍出版社 1958 年版，第 161 页。
❷　（唐）李白：《李太白文集》卷六，四库全书文渊阁本，上海人民出版社 1999 年版。
❸　《李白诗选》，复旦大学中文系古典文学教研组选注，人民文学出版社 1977 年版，第 6 页。
❹　刘跃进：《中国古代文人创作态势的形成》，《社会科学战线》1992 年第 3 期。

注重意象的组合；而尤为重要的是，在艺术表现上，《古诗十九首》植物意象融入了诗歌的抒情话语，有机构成了诗歌的意境，体现了"婉转附物，怊怅切情"的艺术风格。《古诗十九首》的作者们把满怀的相思别怨、抑郁不平和人生感伤提升为至真至纯的生命体验，并把这种主观情感灌注于具有整体氛围而又富含象征内涵的意象之中，从而把他们的心声固化成了这一首首圆浑的诗歌，从这一角度出发，深入体会《古诗十九首》的植物意象，花草动人，情采芬芳，怎不令人含英咀华，回味无穷！

二、《古诗十九首》植物意象的审美特质

《古诗十九首》的植物意象表达显然是对《诗经》、楚辞植物意象的继承与发展，但较之于《诗经》、楚辞，《古诗十九首》植物意象具有唯美化、组合化和更为情景交融的特点，体现了"婉转附物，怊怅切情"❶的审美特质。

（一）植物意象的唯美化

《古诗十九首》对于《诗经》、楚辞的"折（采）芳寄远""香草美人""春草游子"等植物意象的继承是显而易见的，但即使就这一内容，也可以看出其创新和发展。《诗经》中的花草树木意象多为起兴而设，提到树木的如《周南·樛木》《唐风·杕杜》等，还没有全篇专写树木的诗歌；《楚辞》里有《橘颂》一篇，但显然不是为"折芳寄远"而作；而《古诗十九首》中的《庭中有奇树》则既全篇围绕"奇树"这一植物意象而写，又专门指向了"折芳寄远"的表达，诗中的"奇树"意象显然不再仅仅是用以起兴而已，而是作者融注深情的自我表达。全诗句句写奇树，却又句句诉说离情别绪，一往情深深几许，颇耐人寻味：

> 庭中有奇树，绿叶发华滋。
> 攀条折其荣，将以遗所思。
> 馨香盈怀袖，路远莫致之。
> 此物何足贵，但感别经时。

又如《冉冉孤生竹》一诗在充分表现"美人迟暮"之感时，既写"将随秋

---

❶ 周振甫：《〈文心雕龙〉选译》，中华书局 1980 年版，第 59 页。

草萎"的担心，又直接表露希望适时而"采"的心愿，显得尤为蕴藉多情。而以松柏、白杨表达死亡与悲凉萧索的意象则是《诗经》楚辞中不曾出现的，在《古诗十九首》里却表现得十分充分，其中《青青陵上柏》《驱车上东门》和《去者日以疏》共三首诗运用了松柏、白杨的植物意象，诗中写到了陵、墓、死人、丘与坟等与死亡相关的事物。本当关注社会民生、奋发有为、建功立业的文人士子却如此慨叹时光不再、知遇难求、死亡迫近而难免心怀感伤，这固然是坟间墓地栽植这些树木的社会风俗的反映，更是诗作者们的创作时心态的体现，也是当时黑暗腐败、动荡不安的社会现实的折射。

　　具体到关乎植物意象的"采摘"诗而言，《古诗十九首》的创新意识表现得更为突出。《诗经》里的采摘诗印有其时代特色，就所采摘的植物来看，有可食用、使用的，如"七月食瓜，八月断壶，九月叔苴。采荼薪樗，食我农夫。"(《豳风·七月》) 有用来祭祀的，如"于以采蘩？于涧之中。于以用之？公侯之宫。"(《召南·采蘩》) 有用于纺织、染色的，见于《周南·葛覃》《小雅·采绿》等。有可作药用的，见于《周南·芣苢》《小雅·采苓》等。从中可见，《诗经》采摘诗所表现出来的采摘生活仍是当时社会生产的重要方式之一，这也就决定了《诗经》采摘诗的实用主义倾向。

　　楚辞中也多次写到了采摘植物的意象，但采摘的实用目的已经大大减退，然而却仍保留了实用的形式与意味。如离骚中就有这样的句子："朝饮木兰之坠露兮，夕餐秋菊之落英。""制芰荷以为衣兮，集芙蓉以为裳。"又如《九歌·湘夫人》中的"筑室兮水中，葺之兮荷盖。荪壁兮紫坛，匊芳椒兮盈堂。桂栋兮兰橑，辛夷楣兮药房。罔薜荔兮为帷，擗蕙櫋兮既张。白玉兮为镇，疏石兰兮为芳。芷茸兮荷屋，缭之兮杜衡。合百草兮实庭，建芳馨兮庑门。"这简直是用尽天下芳草了，虽无必然采摘以修葺厅堂的用途，但仍凭借采摘的形式表达志趣的高洁与品味的高雅。

　　《古诗十九首》中有三处涉及采摘植物的意象，《涉江采芙蓉》中的采芙蓉与芳草，《庭中有奇树》中的"攀条折其荣"以及《冉冉孤生竹》里的"过时而不采，将随秋草萎"。这三处描写采摘，都是因情而设、有感而发，完全是纯粹意义上的"采（折）芳寄远"和"美人迟暮"，已经彻底脱离了实用的要求，不含实用的目的，并非是实际采集活动的反映，而是已经有意识地把采摘意象美化、雅化、艺术化了。如《涉江采芙蓉》一诗：

　　　　涉江采芙蓉，兰泽多芳草。
　　　　采之欲遗谁，所思在远道。

> 还顾望旧乡，长路漫浩浩。
> 同心而离居，忧伤以终老。

诗中一唱而三叹，所思之人远在他乡，长路漫漫，同心离居难免忧伤终老。此情此境，采花儿无心绪，看景致怕感伤！即便采摘，且诗里明言采之也无人可赠，因而这里的采摘植物的描写完全是为了情感的宣泄而设，是唯美的意象表达。

（二）植物意象的组合化

《诗经》中表现植物意象，在一首诗里集中摹写一种植物的占绝大多数，但其手法却不显单调，主要通过重章叠句、反复咏叹来丰富意象，深化表达。如《桧风·隰有苌楚》：

> 隰有苌楚，猗傩其枝。天之沃沃，乐子之无知。
> 隰有苌楚，猗傩其华。天之沃沃，乐子之无家。
> 隰有苌楚，猗傩其实。天之沃沃，乐子之无室。

运用这一手法的诗歌还有《周南·关雎》《王风·黍离》《小雅·采薇》等。而在《唐风·山有枢》《郑风·山有扶苏》《秦风·晨风》等多首诗中有"山有×，隰有×"的句式，这表明《诗经》中确实出现了植物意象的组合，但这种组合往往是两组植物的对举，而且也是通过重章叠句反复出现的。而在楚辞里，植物意象的组合则要灵活得多。《九歌·湘夫人》中不仅"合百草兮实庭"，而且还有"白玉兮为镇"的内容，意象组合涉及了植物以外的物象。又如《九歌·山鬼》，仅二十七句，竟写到了十三种植物，其植物意象组合非常集中而突出。这充分体现了屈原"其志洁，故其称物芳"❶ 的语言个性。而在《古诗十九首》里，植物意象的组合具有了更为鲜明的特点。

《古诗十九首》中植物与植物的意象组合非常贴切自然，如"青青河畔草"与"郁郁园中柳"（《青青河畔草》）；"萧萧"的"白杨"与青青的"松柏"（《驱车上东门》）；美丽的"芙蓉"与动人的"芳草"（《涉江采芙蓉》）；"结根泰山阿"的"孤生竹"与"含英扬光辉"的"惠兰花"（《冉冉孤生竹》）。这些组合在感情基调、抒情风格上都是统一的，无不具有相得益彰之妙，增强

---

❶ （汉）司马迁：《史记》卷八十四，中华书局 1982 年版，第 2482 页。

了诗歌的艺术表现力。

《古诗十九首》中还多有植物与非植物的意象组合，例如草意象分别与"白露""秋蝉"(《明月皎夜光》)、"东风"(《回车驾言迈》)、"回风"(《东城高且长》) 等组合在一起，较好的表达了时光倏忽而逝，岁月老去而又飘摇无依的复杂感情，让人不由觉得"慷慨有余哀"(《西北有高楼》)。又如松柏、白杨意象与"陵""涧中石"(《青青陵上柏》)、"墓""广路""死人""黄泉"(《驱车上东门》)、"丘与坟""古墓"(《去者日以疏》) 等分别组合在一起，营造了阴森恐怖、悲凉萧索的气氛。

而即便是同样在一首诗里集中摹写一种植物的诗歌，《庭中有奇树》也与《诗经·桧风·隰有苌楚》的手法大不相同。在《庭中有奇树》里，"奇树"不仅仅是用以起兴的意象，"奇树"本身就是描摹抒写的主题，就诗歌内容而言，由树而人，由人而情。但稍加分析即可发现，"奇树"意象是丰满而又生动的，诗中写到了"奇树"的"绿叶发华滋"，写到了"奇树"的"条"和"荣"，写到了"奇树"之花的"馨香"。而这样高洁俊美、馨香袭人的"奇树"意象，正是对它各个方面的描绘进行组合而得来的，也就是"比类寓意，又覃及细物矣"，正如《橘颂》的写法，因而显得"情采芬芳"❶。在某种程度上，这种细致摹写、精雕细刻，确实比《诗经》的重章叠句、反复咏叹手法要成熟，显得更有表现力。

(三) 植物意象的情景交融化

《诗经》里有两处植物意象也具有"婉转附物，怊怅切情"的特色，其一是《小雅·采薇》里的："昔我往矣，杨柳依依。今我来思，雨雪霏霏。行道迟迟，载渴载饥。我心伤悲，莫知我哀。"另一处见于《小雅·出车》：

> 昔我往矣，黍稷方华。今我来思，雨雪载涂。
> ……
> 春日迟迟，卉木萋萋。仓庚喈喈，采蘩祁祁。

这两处的"昔我往矣"和"今我来思"，物候虽不同，悲切却相似。"杨柳依依"似含无限不舍的深情；而"黍稷方华"道尽了对田园故土的真挚惦念。《孔疏》解释上文所引《小雅·出车》的后四句说："言季春之日，迟迟然

---

❶　龙必锟：《〈文心雕龙〉全译》，贵州人民出版社 1992 年版，第 96 页。

阳气舒缓之时，草之与木已萋萋然茂美，仓庚喈喈然和鸣，其在野已有采蘩菜之人，祁祁然众多。"❶虽然孔颖达是在解说圣经而并非在欣赏诗歌，可还是能够从他的话语里体会到诗中作者悲凉的心境与惆怅的情怀。屈原的作品中植物意象的运用非常突出，但多是"香草——美人""香草——君子（主）""恶草——小人"的这种固定象征。宋玉的《九辩》倒是在开头就有一个简洁的植物意象运用的例子："悲哉，秋之为气也，萧瑟兮草木摇落而变衰；憭栗兮若在远行，登山临水兮送将归。"文中摹写秋风萧瑟、树叶飘零、花草枯萎的景象，又加之流落他乡，心境凄凉，这种融情于景，景中含情的悲秋意象非常感人。

而《古诗十九首》中的植物意象更为突出的表现了这种情景交融的特点。如草意象表达了思妇的绵绵幽情与游子的生命感悟；松柏、白杨意象集中反映了落魄士子的伤时感世与自我意识。而"折芳寄远"的思念和兔丝、女萝所表达的缠绵情意是非常明确的。马茂元认为，《古诗十九首》"围绕着一个共同的时代主题，所写的无非是，生活上的牢骚和不平，时代的哀愁与苦闷"，"表现这种羁旅愁怀的不是游子之歌，便是思妇之词。"❷而《古诗十九首》中的植物意象所描绘的大都是惆怅之春与萧瑟之秋，较好的继承发展了《诗经》、楚辞的传统，正与所要反映的"时代主题"相契合，深刻体现了游子思妇的"羁旅愁怀"，渲染出一种感人至切的悲凉黯淡的气氛。这也就难怪王士祯评价《古诗十九首》说："'河梁'之作，与《十九首》同一风味，皆所谓'惊心动魄，一字千金'者也。"❸南北朝时丘迟的《与陈伯之书》中有这样的名句："暮春三月，江南草长，杂花生树，群莺乱飞。"也具有这种"惊心动魄，一字千金"的力量，"故国"之思，"怆恨"之情，让人不禁心生惆怅。而陈伯之读了书信，"乃于寿阳拥兵八千归降"，❹虽可能并非全是因为这封书信，而信里这种"婉转附物，怊怅切情"的手法却无疑是非常令人难以忘怀的。

总之，通过上述分类阐释与对比分析可以发现，《古诗十九首》中各种植物意象的来龙去脉是比较清晰的，而其文化意蕴十分厚重又丰富多彩。王士祯认为"《古诗十九首》如天衣无缝"❺，这一评价并不虚妄。具体到《古诗十九首》的植物意象而言，也确实具有圆美流转、"天衣无缝"的特点。而也

---

❶ （清）阮元校刻：《十三经注疏·毛诗正义》（嘉庆刊本），中华书局 2009 年版，第 890 页。

❷ 马茂元：《〈古诗十九首〉初探》，陕西人民出版社 1981 年版，第 17~18 页。

❸ （清）郎廷槐：《师友诗传录》，四库全书文渊阁本，上海人民出版社 1999 年版。

❹ 于非：《中国古代文学作品选》（上），高等教育出版社 1988 年版，第 402~406 页。

❺ （清）郎廷槐：《师友诗传录》，四库全书文渊阁本，上海人民出版社 1999 年版。

正是由于这些特点，使得《古诗十九首》的植物意象具有了较强的艺术表现力，体现了"婉转附物，怊怅切情"的艺术风格。而实际上，关于"意象"的概念，解说纷纭，而认为意象是"融入了主观情感的客观物象，或者是借助客观物象表现出来的主观情意"❶ 的说法特别强调主观感情的重要性，这与刘勰评价《古诗十九首》"婉转附物，怊怅切情"是一致的。王国维说："诗人必有轻视外物之意，故能以奴仆命风月。又必有重视外物之意，故能与花鸟共忧乐。"❷ "以奴仆命风月"且"与花鸟共忧乐"的《古诗十九首》的作者们无疑处理好了内在情感与外物的关系，以这个标准来衡量，《古诗十九首》的植物意象恰是诗人们内心忧伤的比兴寄托，一花一叶均成韵，一草一木皆关情，完美的融入了诗歌的艺术境界。其运用的妙处，原本似盐入水中，可味觉之而不可言辨之，很有"羚羊挂角，无迹可求"的意味，着实令人赞叹！

---

❶ （南朝梁）萧统：《昭明文选》(上)，中国戏剧出版社 2002 年版，第 73 页。

❷ 王国维：《人间词话·人间词》，谭汝为校注，群言出版社 1995 年版，第 51 页。

结 语

《诗经》作品的上限，按照古文经学家《商颂》为商人所作的观点，当上推到殷商时代，近年来，随着古史研究的深入和地下文物的发掘而愈加证实了这一看法。❶ 廖师群曾专就"考古发现与《商颂》研究"这一问题进行探讨，综合各家见解，列举了"《商颂》'商诗说'的考古十证"。❷ 而杨公骥认为《诗经》中的种种起兴，均留下了有可能来自上古的生产生活的模糊印痕。他的观点是："当时使用的歌调很多是属于劳动诗的，因此周诗中的兴句（诗的前二句）大多是劳动诗的残留句。也正因为很多'兴'诗是劳动诗原句，所以草木鸟兽之名也大多保留在'兴'诗中。"❸ 如此来说，即便以今文经学家所说《商颂》为宋人所作的观点为是，即使《诗经》中最早的作品来自西周初期，《诗经》中也必然会有着一些对于上古、远古的记忆。赵沛霖即认为："《诗经》作为我国第一部诗歌总集，收录了公元前 11 世纪至公元前 6 世纪前后五百余年的诗歌作品，但它的内容却远不限于这个时间范围，而大量保存了此前社会乃至原始时代的痕迹，诸如思想观念、生活习俗、宗教礼仪等等。前代文化经过历史的筛选、转换和变异，被整合在新的文化中，成为新文化的组成部分，是常见的历史现象。宗教文化学者泰勒把这些保存下来的前代文化的产物称为文化'遗留'。从历史发展和文化性质的角度看，可以说《诗经》是保存文化'遗留'最多的典籍之一。"❹

逯钦立纂辑的"先秦诗"之"歌""谣""杂辞""诗""逸诗""古谚语"等则毫无疑问地蕴藏着远古的气息。《楚辞》中的"香草美人"来历悠远，《九歌》其"九歌"之名，一般认为即是远古祭祀歌曲的名称，同样古老的还有"九辩"。《离骚》曰："启《九辩》与《九歌》兮，夏康娱以自纵。"《天问》有曰："启棘宾商，《九辩》《九歌》。"这都是楚辞的内证，被认为是夏代既已存

❶ 袁行霈：《中国文学史》（第一卷），高等教育出版社 2001 年版，第 79~80 页。
❷ 详见廖群：《先秦两汉文学考古研究》，学习出版社 2007 年版，第 68~85 页。
❸ 杨若木：《杨公骥文集》，东北师范大学出版社 1998 年版，第 192~193 页。
❹ 赵沛霖：《现代学术文化思潮与诗经研究——二十世纪诗经研究史》，学苑出版社 2006 年版，第 230~231 页。

有的古老歌谣。故而，这些先秦诗歌的文化遗留是十分丰富的。

而对于文化遗留如此丰富的先秦诗歌，仅仅取"审美"的态度未必合适。大致而言，对于现代人来说，"审美经验是以'三D'为特征的：非功利性（disinterestedness）、超越性（detachment）、情感距离（emotional distance）。用普通的话来说，如果人们看到一件事物不是以它为手段去达到别的目的，不是为眼前私利或功利性动机，这就是审美的。即是说，他是为这东西的本身而去看，或者只是为看它的乐趣而去看"。❶ 但是用这样的标准去衡量先秦时代先民的生活体验与动情歌唱，显然会有张冠李戴之感。那样久远的时代人们未必完全没有这样"三D"的审美体验，但更多的是饥者歌其食，劳者歌其事。也就是说，对于先秦诗歌本身所具有的文学、文化的价值，以及先秦诗歌文本及其他经典的历史价值和意义，都要应予以充分重视。正是基于这种对于先秦诗歌的文学的、文化的、历史的三重认识，才能深入体会到采集、渔猎、祭祀、征战、婚嫁等这些关键词在先秦诗歌中一直具有的重要意义。如果加以区分的话，前两者是社会生产方式，那么它们就必然会对后三者，即广阔的社会生活施加或隐或显的影响。从这个意义上而言，采集生产是先秦时代的重要生产方式，采集经济在先秦时代的社会经济中占有重要地位，采集文化对于先民们的日常起居饮食乃至广阔的社会生活都有着深刻的影响，发挥着重要的作用。

而透视先秦采集诗歌，所遵循的正是上述思维的逆过程。也即通过了解先秦时代的生产力发展状况以及采集渔猎和农业产生、发展的关系，解读情采芬芳的采集文化诗歌，感受委婉动人的诗情，梳理纷繁复杂的植物意象、采集兴象，继而由此入手，考察先民们的社会生活、衣食住行；而又不仅仅止步于此，更重要的是与诗者、歌者忧喜与共，吟之咏之，悲乐同之……最终，才有望真正理解他们的情感世界，走入他们的精神家园，领略他们的文化之美。

在这一思路的指导下，对先秦时代进行了社会生活还原式的探讨，笔者认为，采集生产、采集经济、采集文化自然浸透于农业生产、农业经济、农业文化之中，尤其是在农业的产生及早期的发展等关键阶段，采集对农业的影响更为突出。采集生产、采集经济、采集文化不仅对于先秦时代先民们的衣食住行等都非常重要，在社会生活上，也仍然与祭祀、征战、宴饮、婚嫁等密切相关。

而对于先秦采集文化相关诗歌的深层精神文化探源，本书从万物有灵的思

---

❶ ［美］简·布洛克：《原始艺术哲学》，沈波、张安平译，朱立元校，上海人民出版社 1991 年版，第 152 页。

维方式、交感巫术的认知行为、生殖崇拜的信仰、祖先崇拜的信仰等方面进行了考察，认为采集文化根源于长期的采集生产历史，早已深深植根于先民们的精神家园。

书中对关乎采集的所有植物名目尽可能加以梳理，以《诗经》为例，就陆玑《毛诗草木鸟兽虫鱼疏》植物名物的内容详加探讨，并参以朱熹《诗集传》、马瑞辰《毛诗传笺通释》、方玉润《诗经原始》等，以《序》《传》《笺》《正义》为解读的基础，力争言之有据，客观、平易。总体而言，先秦采集文化相关诗歌体现出了独有的艺术特质，它们对于采集民俗文化的集中反映是这类诗歌的应有之义；而以采集花草起兴或是以花草树木意象为兴作比的尤为突出；再者，它们明显具有"宛转附物，怊怅切情"的艺术风貌；而在文学艺术的层面，还具有较突出的重章叠句的特点，其成因，可能与"音乐的制约""套语的模式"以及"意象的复合"等有关。而作为在对比中彰显自身特点的尝试，集中地进行了国风与《雅歌》，《诗经》与《万叶集》的文学与文化比较。在探讨的同时，也从这些认识出发，对《诗经》中的相关采集文化诗歌作了进一步的解读，如芳香植物、以采兴怀、生殖崇拜等方面的诗歌，无不具有烂漫的情怀与真挚的情感。

在先秦采集文化相关诗歌的承传与演变问题的认识上，探讨了上古神话、歌谣以及逸诗、《尚书》《周易》和《山海经》等各个方面与采集文化相关的内容，并就香草美人、桃花、柳、采桑、采莲等题材的流传演变加以梳理。在以《古诗十九首》植物意象为中心进行个案考察时，指出其植物意象有四个方面，即"时序之草""生命之树""遗远芳华"与"情爱依附"，而较之于《诗经》、楚辞，其审美的特质则体现在其植物意象的"唯美化""组合化"和"情景交融化"方面。而深入分析《诗经》采集文化，也自然应溯源到采集文化长河之初的先民们关于采集的集体意识或者叫作集体无意识。

然而诗无达诂，对于诗歌的解读很难达到不隔的地步。台湾学者马持盈就指出："诗是当时作者灵感的流露，语短而意味深长，含蓄而旨在言外，以我们两三千年以后的人去捉摩两三千年以前的人的飘忽迷离的灵感，谁敢说自己所刻意以求的就恰好是当时作者灵感的真谛呢？" ❶

何况草木菜蔬的情况太复杂，仅就《诗经》而言，甚至众多的学者连其中的草木菜蔬具体有多少种类也是各执己见。大学者如杨公骥也只是说，《诗经》

---

❶ 马持盈：《诗经今注今译·序》，台湾"商务印书馆" 1972 年版，第 1 页。

中的名词"关于草本植物的有一百多种"，● 让人不由深深折服于杨公骥先生的谨严。对于笔者而言，数清多少种类，弄清它们的科、属、种，实无能为也，且不敢妄为也，本书"绪论"中所举"择"与"葛藟"的例子就可见其判断之难。

又加上所研究的对象与植物的种类并不完全重合，总类概念出现多处，如《郑风·野有蔓草》出现的"蔓草"，《周南·汉广》里的"乔木""错薪"，这些自然不能计为草木种类，然而确须加以研究；又有一类植物以多个名目出现从而形成不同意象的，如桑，除了《豳风·七月》"女执懿筐，遵彼微行，爰求柔桑""以伐远扬，猗彼女桑"出现的"柔桑""女桑"，还有《卫风·氓》中出现的"桑叶"，"桑之未落，其叶沃若""桑之落矣，其黄而陨"，和"桑葚"，"于嗟鸠兮，无食桑葚"；另外，《鲁颂·泮水》也写有"桑黮"，"食我桑黮，怀我好音"，含义各个不同。而《豳风·鸱鸮》有"迨天之未阴雨，彻彼桑土，绸缪牖户"，《小雅·白华》有"樵彼桑薪，昂烘于煁"，指向的是采集桑树枝干为木材或薪柴使用。加之也有一个名目被认为是多种植物的，如《毛诗名物图说》释《邶风·谷风》《郑风·出其东门》和《周颂·良耜》中出现的"荼"分别为"苦菜""茅秀"和"蒤，陆田秽草"。❷

所有这些都增加了研究的难度，使得本书有很多草木名目没能加以探讨，或是所论不能深入，多有不尽如人意之处。不过，幸而唐宋以来的大型类书也可参看，如《艺文类聚》《太平御览》《全芳备祖》《群芳谱》《广群芳谱》以及吴其浚的重要著作《植物名实图考》等。再有就是有一些比较专业性的论文可以查阅，比如《古汉语植物命名研究》《周秦时期黄河中下游地区植被分布及其变迁》等，据杨晓燕等《粟、黍和狗尾草的淀粉粒形态比较及其在植物考古研究中的潜在意义》一文，在植物考古的方向，现在已经可以做到"淀粉粒"层级的区分。❸ 然而这些可供参考的内容终属"他人有心，予忖度之"（《小雅·巧言》），或许自以为是之得，恰是谬之千里之处。但笔者所感，《周颂·敬之》诗中有言："日就月将，学有缉熙于光明。"恰如牟应震在其《毛诗物名考》的自序里所说："诗已及而目未及者，缺以待详。如是者其足以信乎？未敢以为信也！"❹ 并且，作为反思，即便权威言之凿凿也未可轻信，或者，需要的就是

---

❶ 杨若木：《杨公骥文集》，东北师范大学出版社 1998 年版，第 188 页。
❷ （清）徐鼎：《毛诗名物图说》，王承略点校，清华大学出版社 2006 年版，第 336 页。
❸ 杨晓燕等：《粟、黍和狗尾草的淀粉粒形态比较及其在植物考古研究中的潜在意义》，《第四纪研究》2005 年第 2 期。
❹ （清）牟应震：《毛诗质疑》，袁梅校点，齐鲁书社 1991 年版，第 288 页。

要在无疑处生疑。

不过，对于《诗经》进行文学研究和文化的研究毕竟属于社会科学的范畴，而社会科学往往难以做到绝对的具有"科学性"。有学者早已指出，社会科学的阐述往往与价值观等有着密切的关系：

> 社会科学能否任何时候都是一种纯粹客观的、技术性的，或像数学那样科学，这个问题引起的争论已存在很久了……与任何提出其它社会行为一样，这种阐述与目的论、价值观和透视观之间存在着密切关系。❶

虽然自认为谈不上纯粹客观、技术性，或像数学那样科学，可笔者仍愿将本书所依据的重要事实以及所得出的主要结论重申如下：

在人类历史上曾普遍存在以采集经济为主导经济形态的漫长时期。

采集生产的历史长达二三百万年，农业的历史大约一万年。

"原始农业—过渡阶段—农业—精耕细作农业"往往是一个必然和漫长的过程。

先秦时代至少涵盖夏、商、周三代。

先秦时代的采集生产、采集经济、采集文化具有重要地位和重大意义。

先秦诗歌不仅是文学的、文化的，也同时是历史的。

先秦采集文化相关诗歌关乎先秦时代社会生产、生活的方方面面。

先秦采集文化相关诗歌上承自远古神话与歌谣，并与逸诗、《周易》等可相互发明。

先秦采集文化相关诗歌具有深厚的文化底蕴，可以从原始思维、巫术信仰、宗教崇拜等多方面加以探讨。

先秦采集文化相关诗歌具有独特的艺术魅力。

先秦采集文化相关诗歌与外国诗歌的文学、文化比较更能彰显其含蓄、婉约、不施粉黛的神韵。

先秦采集文化相关诗歌在后世的流传与演变更为异彩纷呈。

而作为补充和延伸，笔者认为，即便科学技术日新月异，不断发展，采集生产与采集经济仍将长期存在于今人和后人的生产生活当中。而退一步讲，即使采集生产与采集经济彻底消失了，但采集文化却仍有可能还保持着强大的生

---

❶ ［美］乔治·E. 马尔库斯、米开尔·M.J. 费彻尔：《作为文化批评的人类学》，王铭铭、蓝达居译，三联书店 1998 年版，第 231 页。

命力，留存在人类文明之中——或许采集生产与采集经济已经远离今天的一部分人，但采集文化就在你身边，网络时代各种信息的整合不还是首先要"采集信息"吗？这"采集"二字里蕴含的采集文化积淀是如此深厚，以至于使用这样的语言而不能觉察其存在，但正是这样的不能觉察其存在，无须觉察其存在，显示了其存在的最强大的生命力，以及必将长期存在的趋势。

　　有学者指出："近代对尚处于狩猎采集阶段民族的大量调查表明，它们之中大多数食物的主要来源是依靠采集。据有人统计，如将狩猎和采集的食物归类的话，可以发现采集性食物占 60％~80％。Horlan（1975）对世界各地原始种族的主要食物来源的统计表明：居于高纬度地区的民族，由于当地植物资源缺乏，多依靠捕鱼和狩猎为生。但居于中纬度地区的民族，由于有选择的机会，多数原始民族以植物性食物为主。如分布在北纬 44 度至南纬 44 度之间的原始民族，主要依靠采集的有 28 个，主要依靠捕鱼的为 3 个，主要依靠狩猎的只有 2 个。"❶ 这样近现代的材料就显示了采集生产长期存在的顽强生命力。

　　即便仅仅考察一下本书所论及的采摘习俗，流传至今的采摘习俗仍然生动鲜活。笔者生长生活的鲁西南一带农村，农家庭院或是后园常栽植果树，如石榴、杏树、李子、柿树、核桃、栗子树等，每当果子成熟，诚心敬意的人家，年长的当家人往往要先洗手净面，采摘向阳的成熟饱满的果子，先用以祭奉天地，之后上供给祖先神灵，然后再分给家人品尝。所有这些程序完成之后，才正式收获采摘。而且，还保留着一条重要的禁忌，那就是绝不会把所有的果子完全采摘下来，而是必定要留下"看树的果子"。而留"看树的果子"的用心，是为了来年的丰收，让果树好好结果。这里人们或许是为了私利而取悦果树，但其中也仍可体察到人与果树的平等对话：人们并不尽取果树之子，对于结实繁硕的果树也不吝赞美与感激之辞。而那些为数不多的看树果子，最终会在树上成为鸟儿们的美食，或是因为过于成熟落在地上而成为昆虫或小动物们过冬的口粮。这其中，也是有着人与自然和谐相容的意味的。

---

❶　李根蟠、崇岳、卢勋：《再论我国原始农业的起源》，《中国农史》1981 年第 1 期。

参考文献

一、著作

［1］（清）阮元校刻. 十三经注疏·毛诗正义（嘉庆刊本）[M]. 北京：中华书局，2009.

［2］《十三经注疏》整理委员会整理、李学勤主编：十三经注疏 [M]. 北京：北京大学出版社，1999.

［3］（清）王先谦. 诗三家义集疏 [M]. 北京：中华书局，1987.

［4］（汉）班固. 汉书 [M]. 北京：中华书局，1962.

［5］（清）永瑢，等. 四库全书总目（四库全书文渊阁本）[M]. 上海：上海人民出版社，1999.

［6］（清）徐鼎. 毛诗名物图说 [M]. 王承略，点校解说. 北京：清华大学出版社，2006.

［7］（清）纪昀，等. 御定渊鉴类函（四库全书文渊阁本）[M]. 上海：上海人民出版社，1999.

［8］（清）牟应震. 毛诗质疑 [M]. 袁梅，校点. 济南：齐鲁书社，1991.

［9］（清）章学诚. 文史通义 [M]. 上海：上海书店，1988.

［10］（南朝·宋）范晔. 后汉书 [M]. 北京：中华书局，1965.

［11］（清）方玉润. 诗经原始 [M]. 北京：中华书局，1986.

［12］（元）许谦. 诗集传名物钞（四库全书文渊阁本）[M]. 上海：上海人民出版社，1999.

［13］（宋）刘敬叔. 异苑（四库全书文渊阁本）[M]. 上海：上海人民出版社，1999.

［14］（宋）朱熹. 诗集传 [M]. 北京：中华书局，1958.

［15］（战国）吕不韦著，陈奇猷校释. 吕氏春秋新校释 [M]. 上海：上海古籍出版社，2002.

［16］（汉）许慎. 说文解字注 [M]. （清）段玉裁，注. 上海：上海古籍出版社，1981.

［17］（晋）干宝. 搜神记 [M]. 汪绍楹，校注. 北京：中华书局，1979.

［18］（汉）高诱. 淮南子注 [M]. 上海：上海书店，1986.

［19］（汉）桓宽. 盐铁论（四库全书文渊阁本）[M]. 上海：上海人民出版社，1999.

［20］上海师范大学古籍整理组校点. 国语 [M]. 上海：上海古籍出版社，1978.

［21］（宋）朱熹. 四书章句集注 [M]. 上海：上海古籍出版社，2006.

［22］（清）郭庆藩．庄子集释［M］．王孝鱼，点校．北京：中华书局，1961．

［23］（清）王先谦．荀子集解［M］．沈啸寰，王星贤，点校．北京：中华书局，1989．

［24］何建章注释．战国策注释［M］．北京：中华书局，1990．

［25］（明）朱橚．救荒本草（四库全书文渊阁本）［M］．上海：上海人民出版社，1999．

［26］（清）孙诒让．墨子闲诂［M］．孙启治，点校．北京：中华书局，2001．

［27］（明）王象晋．御定佩文斋广群芳谱（四库全书文渊阁本）［M］．（清）刘灏，等编．上海：上海人民出版社，1999．

［28］（汉）董仲舒．春秋繁露（四库全书文渊阁本）［M］．上海：上海人民出版社，1999．

［29］（陈）徐陵．玉台新咏笺注［M］．（清）吴兆宜，注．程琰，删补．穆克宏，点校．北京：中华书局，1985．

［30］（清）马瑞辰．毛诗传笺通释［M］．北京：中华书局，1989．

［31］（宋）黎靖德．朱子语类［M］．北京：中华书局，1986．

［32］（清）吴其浚．植物名实图考［M］．北京：商务印书馆，1957．

［33］（清）吴其浚．植物名实图考长编［M］．北京：商务印书馆，1959．

［34］（三国·吴）陆玑．毛诗草木鸟兽虫鱼疏（四库全书文渊阁本）［M］．上海：上海人民出版社，1999．

［35］（明）毛晋．毛诗陆疏广要（四库全书文渊阁本）［M］．上海：上海人民出版社，1999．

［36］（宋）朱熹．诗经集注［M］．上海：世界书局，1937．

［37］（清）王聘珍．大戴礼记解诂［M］．北京：中华书局，1983．

［38］（宋）朱熹．楚辞集注［M］．北京：中华书局，1979．

［39］（宋）洪兴祖．楚辞补注［M］．白化文，等点校．北京：中华书局，1983．

［40］（汉）班固．白虎通义（四库全书文渊阁本）［M］．上海：上海人民出版社，1999．

［41］（宋）李昉，等．太平御览（四库全书文渊阁本）［M］．上海：上海人民出版社，1999．

［42］（汉）司马迁．史记［M］．北京：中华书局，1982．

［43］（清）沈德潜．古诗源［M］．北京：中华书局，1963．

［44］（清）杜文澜．古谣谚［M］．周绍良，校点．北京：中华书局，1958．

［45］（唐）卢照邻．卢照邻集校注［M］．李云逸，校注．北京：中华书局，1998．

［46］（明）陶宗仪．说郛（四库全书文渊阁本）［M］．上海人民出版社，1999．

［47］（汉）刘向．古列女传（四库全书文渊阁本）［M］．上海人民出版社，1999．

［48］（宋）郭茂倩．乐府诗集［M］．北京：中华书局，1979．

［49］（南朝·梁）萧统．六臣注文选（四库全书文渊阁本）［M］．上海：上海人民出版社，1999．

［50］殷义祥译注．三曹诗选译［M］．巴蜀书社，1990．

［51］（南朝·宋）刘义庆．世说新语校笺［M］．徐震堮，校笺．北京：中华书局，1984．

［52］（清）方玉润 . 诗经原始 [M]. 李先耕，点校 . 北京：中华书局，1986.

［53］唐五代笔记小说选译 [M]. 严杰，译注 . 成都：巴蜀书社，1990.

［54］（宋）魏庆之 . 诗人玉屑（四库全书文渊阁本）[M]. 上海：上海人民出版社，1999.

［55］宋词三百首笺注 [M]. 上强村民，重编 . 唐圭璋，笺注 . 上海：上海古籍出版社，1979.

［56］（宋）曾慥 . 乐府雅词（四库全书文渊阁本）[M]. 上海：上海人民出版社，1999.

［57］（清）曹雪芹，高鹗 . 红楼梦 [M]. 俞平伯，校点 . 启功，注 . 北京：人民文学出版社，2002.

［58］陶渊明集 [M]. 逯钦立，校注 . 北京：中华书局，1979.

［59］（明）唐寅 . 唐伯虎全集 [M]. 北京：中国书店，1985.

［60］（宋）文嘉 . 和州诗集（四库全书文渊阁本）[M]. 上海：上海人民出版社，1999.

［61］（宋）王谠 . 唐语林（四库全书文渊阁本）[M]. 上海：上海人民出版社，1999.

［62］唐诗三百首·宋词三百首·元曲三百首 [M]. 孙洙，朱强村，何锐，选注 . 成都：巴蜀书社，2006.

［63］（清）龚自珍 . 龚自珍已亥杂诗注 [M]. 刘逸生，注 . 北京：中华书局，1980.

［64］（三国·魏）曹植 . 曹子建集（四库全书文渊阁本）[M]. 上海：上海人民出版社，1999.

［65］复旦大学中文系古典文学教研组选注 . 李白诗选 [M]. 北京：人民文学出版社，1977.

［66］（清）郎延槐 . 师友诗传录（四库全书文渊阁本）[M]. 上海：上海人民出版社，1999.

［67］（南朝·梁）萧统 . 昭明文选 [M]. 北京：中国戏剧出版社，2002.

［68］宗白华 . 中国美学史论集 [M]. 合肥：安徽教育出版社，2000.

［69］赵沛霖 . 现代学术文化思潮与诗经研究——二十世纪诗经研究史 [M]. 北京：学苑出版社，2006.

［70］梁启超 . 梁启超全集·要籍解题及其读法 [M]. 北京：北京出版社，1999.

［71］郭沫若 . 中国古代社会研究 [M]. 北京：人民出版社，1954.

［72］闻一多 . 闻一多全集（第 4 册）[M]. 北京：三联书店，1982.

［73］徐华龙 . 国风与民俗研究 [M]. 北京：中国民间文艺出版社，1988.

［74］周蒙 .《诗经》民俗文化论 [M]. 哈尔滨：黑龙江教育出版社，1994.

［75］叶舒宪 . 诗经的文化阐释 [M]. 武汉：湖北人民出版社，1994.

［76］王巍 . 诗经民俗文化阐释 [M]. 北京：商务印书馆，2004.

［77］王洲明 . 先秦两汉文化与文学 [M]. 济南：山东大学出版社，1996.

［78］廖群 . 诗经与中国文化 [M]. 北京：东方红出版社，1997.

［79］李山 . 诗经的文化精神 [M]. 北京：东方出版社，1997.

［80］樊树云 .《诗经》宗教文化探微 [M]. 天津：南开大学出版社，2001.

［81］王宗石 . 诗经分类诠释 [M]. 长沙：湖南教育出版社，2001.

［82］吕思勉 . 先秦史 [M]. 上海：上海古籍出版社，1982.

［83］陆文郁.诗草木今释 [M].天津：天津人民出版社，1957.

［84］高明干，佟玉华，刘坤.诗经植物释诂 [M].西安：三秦出版社，2003.

［85］潘富俊著，吕胜由摄影.诗经植物图鉴 [M].上海：世纪出版集团，上海书店出版社，2003.

［86］廖群.先秦两汉文学考古研究 [M].北京：学习出版社，2007.

［87］袁行霈.中国文学史（第一卷）[M].北京：高等教育出版社，2005.

［88］杨若木.杨公骥文集 [M].长春：东北师范大学出版社，1998.

［89］王先慎.韩非子集解（诸子集成本）[M].北京：中华书局，1954.

［90］李鹏程.当代西方文化研究新词典 [M].长春：吉林人民出版社，2003.

［91］陈炎.中国审美文化史 [M].济南：山东画报出版社，2000.

［92］梁漱溟.梁漱溟学术精华录 [M].北京：北京师范学院出版社，1988.

［93］夏传才.《诗经》研究史概要 [M].郑州：中州书画出版社，1982.

［94］高亨.诗经今注 [M].上海：上海古籍出版社，1980.

［95］袁梅.诗经译注 [M].济南：齐鲁书社（国风部分.1980；雅颂部分.1981）.

［96］陈子展.诗经直解 [M].上海：复旦大学出版社，1983.

［97］聂石樵.诗经新注 [M].济南：齐鲁书社，2000.

［98］杜若明.诗经 [M].北京：华夏出版社，2001.

［99］王玉哲.中华远古史 [M].上海：上海人民出版社，1999.

［100］林耀华.原始社会史 [M].北京：中华书局，1984.

［101］宋兆麟.中国风俗通史·原始社会卷 [M].上海：上海文艺出版社，2001.

［102］张维罴.中国原始社会史略 [M].兰州：兰州大学出版社，1994.

［103］宋兆麟，等.中国原始社会史 [M].北京：文物出版社，1983.

［104］夏纬瑛.《诗经》中有关农事章句的解释 [M].北京：农业出版社，1981.

［105］邓拓.中国救荒史 [M].北京：北京出版社，1998.

［106］刘继刚.中国灾害通史·先秦卷 [M].郑州：郑州大学出版社，2008.

［107］韩雪峰.辽宁民俗 [M].兰州：甘肃人民出版社，2004.

［108］周振甫.诗经选译 [M].徐名翚，编选.北京：中华书局，2005.

［109］陈文华.中国农业通史·夏商西周春秋卷 [M].北京：中国农业出版社，2007.

［110］李贞德，梁其姿.妇女与社会 [M].北京：中国大百科全书出版社，2005.

［111］杨庭硕，罗康隆，潘盛之.民族、文化与生境 [M].贵阳：贵州人民出版社，1992.

［112］游修龄.中国农业通史·原始社会卷 [M].北京：中国农业出版社，2008.

［113］李格非.汉语大字典（简编本）[M].成都：四川辞书出版社，武汉：湖北辞书出版社，2000.

［114］袁珂.山海经校注 [M].上海：上海古籍出版社，1980.

［115］朱和平.中国服饰史稿 [M].郑州：中州古籍出版社，2001.

［116］张双棣.淮南子校释 [M].北京：北京大学出版社，1997.

［117］俞为洁.中国史前植物考古——史前人文植物散论 [M].北京：社会科学文献出版社，2010.

［118］高明干.植物古汉名图考 [M].郑州：大象出版社，2006.

［119］刘长江，靳桂云，孔昭宸.植物考古：种子和果实研究 [M].北京：科学出版社，2008.

［120］吴慧.中国历代粮食亩产研究 [M].北京：农业出版社，1985.

［121］王仁湘.中国史前饮食史 [M].青岛：青岛出版社，1997.

［122］林乃燊.中国饮食文化 [M].上海：上海人民出版社，1989.

［123］邹树文.中国昆虫学史 [M].北京：科学出版社，1981.

［124］赵荣光.中国古代庶民饮食生活 [M].北京：商务印书馆国际有限公司，1997.

［125］郭沫若.中国古代社会研究 [M].北京：人民出版社，1982.

［126］丁俊清.中国居住文化 [M].上海：同济大学出版社，1997.

［127］白寿彝.中国交通史 [M].北京：团结出版社，2006.

［128］汶江.古代中国与亚非地区的海上交通 [M].成都：四川省社会科学院出版社，1989.

［129］马洪路，刘凤书.古道悠悠——中国交通考古录 [M].成都：四川教育出版社，1998.

［130］胡新生.中国古代巫术 [M].北京：人民出版社，2010.

［131］闻一多.闻一多全集（第3册）[M].武汉：湖北人民出版社，1993.

［132］吕大吉.宗教学通论新编 [M].北京：中国科学出版社，1998.

［133］赵国华.生殖崇拜文化论 [M].北京：中国社会科学出版社，1990.

［134］何星亮.中国图腾文化 [M].北京：中国社会科学出版社，1992.

［135］廖群.中国审美文化史·先秦卷 [M].济南：山东画报出版社，2000.

［136］陈重明，等.民族植物与文化 [M].南京：东南大学出版社，2004.

［137］朱新予.中国丝绸史（通论）[M].北京：纺织工业出版社，1992.

［138］马持盈.诗经今注今译 [M].台北：台湾"商务印书馆"，1972.

［139］李家声.诗经全译全评 [M].北京：华文出版社，2002.

［140］程俊英.诗经译注 [M].上海：上海古籍出版社，1985.

［141］陈文华.农业考古 [M].北京：文物出版社，2002.

［142］郭沫若.郭沫若全集·文学编（第十卷）[M].北京：人民文学出版社，1985.

［143］袁珂.山海经校译 [M].上海：上海古籍出版社，1985.

［144］陆侃如，冯沅君.中国诗史 [M].济南：山东大学出版社，2009.

［145］周策纵.古巫医与"六诗"考 [M].上海：上海古籍出版社，2009.

［146］孙作云.《诗经》与周代社会研究 [M].北京：中华书局，1966.

［147］程俊英，蒋见元.诗经注析 [M].北京：中华书局，1991.

［148］闻一多.诗经研究 [M]. 成都：巴蜀书社，2002.

［149］姚雷.芳香植物 [M]. 上海：上海教育出版社，2002.

［150］朱新予.中国丝绸史（专论）[M]. 北京：纺织工业出版社，1992.

［151］黄霖.文心雕龙汇评 [M]. 上海：上海古籍出版社，2005

［152］扬之水.诗经名物新证 [M]. 天津：天津教育出版社，2007.

［153］钱钟书.管锥编（第一册）[M]. 北京：中华书局，1979.

［154］张立新.神圣的寓意——《诗经》与《圣经》比较研究 [M]. 昆明：云南大学出版社，1999.

［155］李春祥.乐府诗鉴赏辞典 [M]. 郑州：中州古籍出版社，1990.

［156］刘信芳.孔子诗论述学 [M]. 合肥：安徽大学出版社，2003.

［157］逯钦立.先秦汉魏晋南北朝诗（上）[M]. 北京：中华书局，1983.

［158］李镜池.周易通义 [M]. 北京：中华书局，1981.

［159］袁珂，周明.中国神话资料萃编 [M]. 成都：四川省社会科学院出版社，1985.

［160］［瑞士］荣格.荣格文集 [M]. 冯川，等译.北京：改革出版社，1997.

［161］朱东润.中国历代文学作品选（上编第一册）[M]. 上海：上海古籍出版社，2005.

［162］马学良.中国民间情歌 [M]. 上海：上海文艺出版社，1989.

［163］朱东润.中国历代文学作品选（上编第二册）[M]. 上海：上海古籍出版社，2005.

［164］袁愈荌，唐莫尧.诗经全译 [M]. 贵阳：贵州人民出版，1981.

［165］刘毓庆，贾培俊，张儒.《诗经》百家别解考（国风）[M]. 太原：山西古籍出版社，2002.

［166］邓安生，等.王维诗选译 [M]. 成都：巴蜀书社，1990.

［167］马茂元.《古诗十九首》初探 [M]. 西安：陕西人民出版社，1981.

［168］余嘉锡.《世说新语》笺疏 [M]. 上海：上海古籍出版社，1993.

［169］王国维.人间词话·人间词 [M]. 谭汝为，校注.北京：群言出版社，1995.

［170］［法］格拉耐.中国古代的祭礼与歌谣 [M]. 张铭远，译.上海：上海文艺出版社，1989.

［171］［日］白川静.《诗经》的世界 [M]. 杜正胜，译.台北：台湾东大图书公司，2001.

［172］［美］戴维霍伊.阐释学与文学 [M]. 张弘，译.沈阳：春风文艺出版社，1988.

［173］［日］冈元凤.毛诗品物图考 [M]. 王承略，点校.济南：山东画报出版社，2002.

［174］［日］白川静.金文的世界：殷周社会史 [M]. 温天河，蔡哲茂，译.台北：台湾联经出版事业公司，1989.

［175］［日］白川静.中国古代文化 [M]. 加地伸行，范月娇，译.台北：台湾文津出版社，1983.

［176］［美］房龙.圣经的故事 [M]. 晏榕，译.北京：光明日报出版社，2008.

［177］人类文明史图鉴·人类的黎明 [M]. 赵沛林，译.长春：吉林人民出版社，吉林美术出版社，2000.

［178］［美］L.S. 斯塔夫里阿诺斯.全球通史——1500 年以前的世界 [M]. 吴象婴，梁赤民，

译.吴象婴,校订.上海:上海社会科学院出版社,1988.

[179][美]刘易斯·宾福德.追寻人类的过去——解释考古材料[M].陈胜前,译.上海:上海三联书店,2009.

[180][美]弗朗兹·博厄斯.原始艺术[M].金辉,译.刘乃元,校.上海:上海译文出版社,1989.

[181][苏]波克洛夫斯基.世界原始社会史[M].卢哲夫,译.上海:辛垦书店,1935.

[182][法]卢布坦.新石器时代——世界最早的农民[M].张容,译.上海:上海世纪出版集团,上海书店出版社,2001.

[183][美]尤金·N.安德森.中国食物[M].马孆,刘东,译.刘东,审校.南京:江苏人民出版社,2002.

[184][英]约翰·安东尼·乔治·罗伯茨.东食西渐:西方人眼中的中国饮食文化[M].杨东平,译.北京:当代中国出版社,2008.

[185][美]戴尔·布朗.古代中国:尘封的王朝[M].贺慧宇,译.北京:华夏出版社,南宁:广西人民出版社,2002.

[186][法]列维·布留尔.原始思维[M].丁由,译.北京:商务印书馆,1981.

[187][英]马林诺夫斯基.巫术科学宗教与神话[M].李安宅,译.北京:中国民间文艺出版社,1986.

[188][苏]А.Ю.格里戈连科.形形色色的巫术[M].吴兴勇,译.上海:上海人民出版社,1992.

[189][英]马林诺夫斯基.野蛮人的性生活[M].刘文远,等译.北京:团结出版社,1989.

[190][英]詹·乔·弗雷泽.金枝[M].徐育新,等译.北京:中国民间文艺出版社,1987.

[191][苏]叶·莫·梅列金斯基.神话的诗学[M].魏庆征,译.北京:商务印书馆,1990.

[192][德]黑格尔.美学(第三卷上册)[M].朱光潜,译,北京:商务印书馆,1979.

[193][英]艾兰.龟之谜——商代神话、祭祀、艺术和宇宙观研究[M].汪涛,译.成都:四川人民出版社,1992.

[194][澳]特纳.香料传奇:一部由诱惑产生的传奇[M].周子平,译.北京:生活·读书·新知三联书店,2007.

[195][日]大伴家持.万叶集选[M].李芒,译.北京:人民文学出版社,1998.

[196][美]王靖献.钟与鼓——《诗经》的套语及其创作方式[M].谢谦,译.成都:四川人民出版社,1990.

[197][英]史蒂芬·贝利.两性生活史[M].余世燕,译.北京:中国友谊出版公司,2007.

[198][日]大伴家持.万叶集[M].杨烈,译.长沙:湖南人民出版社,1984.

[199][日]家井真.《诗经》原意研究[M].陆越,译.南京:江苏人民出版社,2011.

[200][俄]库恩.希腊神话[M].朱志顺,译.上海:上海译文出版社,2006.

[201][德]玛丽安娜·波伊谢特.植物的象征[M].黄明嘉,俞宙明,译.长沙:湖南科学

技术出版社，2001.

［202］［英］雪莱. 雪莱抒情诗全集 [M]. 江枫，译. 长沙：湖南文艺出版社，1996.

［203］［爱尔兰］威·勃·叶芝. 丽达与天鹅 [M]. 裘小龙，译. 桂林：漓江出版社，1987.

［204］［美］简·布洛克. 原始艺术哲学 [M]. 沈波，张安平，译. 朱立元，校. 上海：上海人
民出版社，1991.

［205］［美］乔治·E. 马尔库斯，米开尔·M.J. 费彻尔. 作为文化批评的人类学 [M]. 王铭铭，
蓝达居，译. 北京：生活·读书·新知三联书店，1998.

二、期刊论文

［1］李子伟.《诗经》时代的农业文明 [J]. 贵州文史丛刊，1995（6）.

［2］冯红. 从《诗经》看周族先祖的农事活动 [J]. 学术交流，2005（5）.

［3］顾颉刚.《诗经》与渔猎文化 [J]. 中国史研究，1995（1）.

［4］王廷洽.《诗经》与渔猎文化 [J]. 中国史研究，1995（1）.

［5］黄琳斌. 周代狩猎文化述略 [J]. 文史杂志，2000（2）.

［6］钟秋.《云南物质文化·采集渔猎卷》评价 [J]. 学术探索，1999（3）.

［7］苏昕.《诗经》采摘兴象本义之考察 [J]. 社会科学辑刊，1997（1）.

［8］钟先华.《诗经》中的采摘习俗与古礼 [J]. 聊城大学学报·社会科学版，2005（3）.

［9］王志芳. 从《诗经》看商周时期的采摘习俗 [J]. 山东社会科学，2006（10）.

［10］许鹤.《诗经》情爱诗与采摘意象关系探微 [J]. 喀什师范学院学报，2007（2）.

［11］李国英.《诗经》采集婚恋诗原因探析 [J]. 湖北社会科学，2008（6）.

［12］莫玉逢.《诗经》采摘诗研究 [J]. 晋中学院学报，2008（4）.

［13］杨敏.《诗经》采摘诗之文化探究 [J]. 赤峰学院学报·汉文哲学社会科学版，2009（10）.

［14］李修松. 夏商周时期的动植物资源及森林、草场 [J]. 安徽大学学报，1998（4）.

［15］杨晓燕，夏正楷. 中国环境考古学研究综述 [J]. 地球科学进展，2001（12）.

［16］薛志强. 全新世以来中国北方的环境变迁 [J]. 昭乌达蒙族师专学报，1998（4）.

［17］李炅娥，盖瑞·克劳福德，刘莉，陈星灿. 华北地区新石器时代早期至商代的植物和
人类 [J]. 葛人，译. 南方文物，2008（1）.

［18］王子今. 秦汉时期的森林采伐与木材加工 [J]. 古今农业，1994（4）.

［19］刘毓庆.《诗经》地理生态背景之考察 [J]. 南京师范大学学报，2004（3）.

［20］萧兵. 赠遗之风 [J]. 华东师范大学学报，1981（3）.

［21］苏昕.《诗经》植物母题的文化人类学阐释 [J]. 山西大学学报，2003（10）.

［22］胡相峰，华栋.《诗经》与植物 [J]. 徐州师范大学学报，1985（2）.

［23］孟庆茹.山有扶苏，隰有荷华——《诗经》与植物 [J].长春师范学院学报，2001（4）.

［24］刘立志.二十世纪考古发现与《诗经》研究 [J].南京师范大学文学院学报，2004（6）.

［25］赵沛霖.20 世纪考古发现与《诗经》研究 [J].陕西师范大学学报，2006（7）.

［26］王治功.中国农业的起源及其经济地位问题 [J].汕头大学学报·人文社会科学版，1986（4）.

［27］杨玲.从《诗经》"草木起兴"看我国古代的植物崇拜 [J].中山大学学报论丛，2004（2）.

［28］崔明昆.论狩猎采集文化的生态适应 [J].思想战线，2002（3）.

［29］罗钰，钟秋.云南少数民族采集渔猎活动的研究意义 [J].思想战线，1997（2）.

［30］布莉华，刘传.《诗经》中的植物文化 [J].承德民族师专学报，2005（3）.

［31］孙秀华，廖群.《诗经》"葛藟"考辨 [J].船山学刊，2011（3）.

［32］解华顶，沈薇.淮河流域新石器时代采集经济的史学观察 [J].安徽农业科学，2009（5）.

［33］赵志军.有关农业起源和文明起源的植物考古学研究 [J].社会科学管理与评论，2005（2）.

［34］侯旭东.渔采狩猎与秦汉北方民众生计——兼论以农立国传统的形成与农民的普遍化 [J].历史研究，2010（5）.

［35］［日］森本和男.农耕起源论谱系（上）[J].宋小凡译.农业考古，1989（1）.

［36］李根蟠，崇岳，卢勋.再论我国原始农业的起源 [J].中国农史，1981（1）.

［37］李潘.中国栽培植物起源与发展简论 [J].农业考古，1993（1）.

［38］杨贵.对夏商周亩产量的推测 [J].中国农史，1988（2）.

［39］李清丽，乔红伟.从金文看虢国女贵族的称谓 [J].三门峡职业技术学院学报，2011（3）.

［40］谭戒甫.先周族与周族的迁徙及其社会发展 [J].文史，1979（6）.

［41］杨成.释"穮"[J].古今农业，2010（1）.

［42］陈国灿."火耕水耨"新探——兼谈六朝以前江南地区的水稻耕作技术 [J].中国农史，1999（1）.

［43］袁林."爰田（辕田）"新解 [J].中国农史，1998（3）.

［44］于省吾.商代的谷类作物 [J].东北人民大学学报，1957（1）.

［45］李福山.中国野生大豆资源的地理分布及生态分化研究 [J].中国农业科学，1993（2）.

［46］吉笃学.中国西北地区采集经济向农业经济过渡的可能动因 [J].考古与文物，2009（4）.

［47］孙秀华，杨龙.《诗经》狐意象发微 [J].甘肃理论学刊，2008（5）.

［48］王锋钧.西安地区先秦时期农业的产生与发展 [J].农业考古，2011（1）.

［49］唐云明 . 河北商代农业考古概述 [J]. 农业考古，1982（1）.

［50］张良 .《诗经》与野菜 [J]. 食品与生活，2000（2）.

［51］艾怀森 . 高黎贡山地区的采集活动及其对生物多样性保护的影响研究 [J]. 云南地理环境研究，2002（1）.

［52］李浚平 . 原始思维及其语言——艺术语言的原型探索之一 [J]. 昆明师专学报·哲学社会科学版，1991（1）.

［53］叶舒宪 . 爱情咒与"采摘"母题——《关雎》、《卷耳》、《芣苢》通观 [J]. 淮北煤炭师范学院学报，2001（10）.

［54］廖群 .《诗经》比兴中性意象的文化探源 [J]. 文史哲，1995（3）.

［55］杨树帆 . 采草习俗与献身祭神式——《诗经》原型研究之一 [J]. 西南民族学院学报·哲学社会科学版，1996（3）.

［56］刘怀荣 ."采桑"主题的文化渊源与历史演变 [J]. 文史哲，1995（2）.

［57］张连举 .《诗经》生殖崇拜论 [J]. 宝鸡文理学院学报·人文社会科学版，1996（1）.

［58］刘雨亭 . 从农耕信仰到祖先崇拜——《诗经》周人祭歌中文化流变的探源性阐释 [J]. 河北师范大学学报·社会科学版，1999（2）.

［59］黄新荣 . 中国最早的"哭嫁歌"——《诗经·王风·葛藟》[J]. 华南农业大学学报·社会科学版，2007（2）.

［60］王发松，等 . 中国葡萄属（Vitis L.）的系统研究 [J]. 热带亚热带植物学报，2000（1）.

［61］温鹏飞 . 葡萄的起源与传播 [J]. 农产品加工，2008（10）.

［62］梅琼林 . 文化本义的追溯：论诗经学民俗文化研究倾向 [J]. 社会科学动态，1998（2）.

［63］魏宏灿，王一依 . 从神圣领地到情爱禁区——桑文化发展试探 [J]. 浙江社会科学，2001（1）.

［64］周匡明 . 桑考 [J]. 农业考古，1981（1）.

［65］张亚玲 . 陕北民歌草木比兴与《诗经·国风》的相似性 [J]. 沈阳大学学报，2008（5）.

［66］赵沛霖 . 树木兴象的起源与社树崇拜 [J]. 河北学刊，1984（3）.

［67］赵敏俐 . 音乐对先秦两汉诗歌形式的影响 [J]. 社会科学战线，2002（5）.

［68］孙秀华，廖群 . 馨香的庄重与浪漫——《诗经》芳香植物解读 [J]. 理论学刊，2011（4）.

［69］徐送迎 .《诗经》与《万叶集》：美学思想的比较观照 [J]. 学术交流，1992（1）.

［70］张宝林 .《诗经》文化东渐及在《万叶集》中的文学建构 [J]. 黑龙江社会科学，2006（3）.

［71］王晓平 .《万叶集》对《诗经》的借鉴 [J]. 外国文学研究，1981（6）.

［72］吕元明 .《万叶集》与中国文学 [J]. 东北师大学报·哲学社会科学版，1987（6）.

［73］徐朔方 .《万叶集》和汉文学的渊源关系 [J]. 杭州师范学院学报，1995（5）.

［74］李雍.谈维吾尔族上古歌谣 [J]. 乌鲁木齐职业大学学报，1994（3、4）.

［75］公炎冰，魏耕原.《诗经》树喻母题的抽样考察——桑园和男女秘事 [J]. 陕西师范大学学报·哲学社会科学版，1996（2）.

［76］欧明俊.《古诗十九首》百年研究之总检讨 [J]. 社会科学研究，2009（4）.

［77］刘迪才.《古诗十九首》的审美意象 [J]. 学术论坛，1992（5）.

［78］张红运.《古诗十九首》时空意象论 [J]. 陕西师范大学学报，2001（5）.

［79］刘跃进.中国古代文人创作态势的形成 [J]. 社会科学战线，1992（3）.

［80］杨晓燕，等.粟、黍和狗尾草的淀粉粒形态比较及其在植物考古研究中的潜在意义 [J]. 第四纪研究，2005（2）.

三、学位论文

［1］杨文娟.《诗经》中的采摘意象及采摘诗研究 [D]. 山西大学，2003.

［2］孙秀华.《诗经》与采集文化 [D]. 曲阜师范大学，2009.

［3］陈波玲.先唐采摘诗歌研究 [D]. 上海师范大学，2011.

［4］谭宏姣.古汉语植物命名研究 [D]. 浙江大学，2004.

［5］王华梅.周秦时期黄河中下游地区植被分布及其变迁 [D]. 陕西师范大学，2007.

［6］齐慎.《诗经》植物与周人礼俗研究 [D]. 苏州大学，2006.

［7］胡青.《诗经》植物起兴研究 [D]. 华中师范大学，2007.

［8］邱美.《诗经》中的植物意象及其影响 [D]. 苏州大学，2008.

［9］常苏美.《诗经》中植物意象的想象方式 [D]. 华侨大学，2011.

［10］陈雪香.海岱地区新石器时代晚期至青铜时代农业稳定性考察——植物考古学个案分析 [D]. 山东大学，2007.

［11］赵敏.山东即墨北阡遗址炭化植物遗存研究 [D]. 山东大学，2009.

［12］陆景琳.《诗经》服饰研究 [D]. 台湾师范大学，1999.

［13］王锦秀.《植物名实图考》中一些百合科植物考证兼论茄子在中国的栽培起源和传播——植物考据学个例研究 [D]. 中国科学院植物研究所，2005.

［14］吕华亮.《诗经》名物与《诗经》成就 [D]. 山东大学，2008.

［15］王志芳.《诗经》中生活习俗研究——文献记载与考古发现的综合考察分析 [D]. 山东大学，2007.

［16］张虹.《诗经》生命意识及相关兴象系列初探 [D]. 西北大学，2006.

［17］李永远.《诗经》巫文化考论 [D]. 福建师范大学，2008.

［18］李康.《诗经》在美国的传播 [D]. 山东大学，2009.

［19］王建安 . 王柏《诗疑》研究 [D]. 陕西师范大学，2010.

［20］吴雨平 .《万叶集》与中国古代诗文 [D]. 苏州大学，2004.

［21］尹宁宁 .《万叶集》中前四位的花 [D]. 四川外语学院，2010.

［22］罗慧 . 英语歌曲翻译初探 [D]. 上海海事大学，2005.

［23］渠红岩 . 中国古代文学桃花题材与意象研究 [D]. 南京师范大学，2008.

［24］石志鸟 . 中国古代文学杨柳题材与意象研究 [D]. 南京师范大学，2007.

四、网络资料

［1］马树山 . 鄂伦春族风俗习惯 [EB/OL]. 鄂伦春自治旗人民政府网 .http://www.elc.gov.cn/zjelc5/html/835.html.

［2］汉典·字源字形 [EB/OL]. http://www.zdic.net/zd/zi/ZdicE9Zdic87Zdic87.html.

致谢（一）

这一程式化的内容里，表达的是我最诚挚的感激之情。

首先要感谢我的导师赵东栓先生。论文从选题、定题到资料的收集、写作、修改以及最后的定稿，无不凝聚着先生的心血。先生渊博的知识、严谨的治学态度、诲人不倦的高尚师德和朴实无华、平易近人的人格魅力无不深深地感染着我、激励着我，让我不敢有丝毫的懈怠。在此谨向恩师表示最诚挚的谢意和最崇高的敬意！

感谢研究生学习期间给过我诸多教诲和帮助的中国古代文学教研室的各位老师，感谢授课的徐振贵、任明华、李冬红、单承彬、孙永选等老师，感谢以特聘教授身份授课的刘跃进、郑杰文老师，感谢"艺术赏析"讲座的主讲张稔穰、刘新生老师，感谢研究生资料室、电子室的冰虹老师。特别感谢单承彬老师，他在一次授课时声情并茂的讲解和对《周南·苤苢》意蕴的探讨，直接触发了我对于《诗经》与采集文化的兴趣。感谢杨树增老师、李冬红老师对论文构思给予的指导。

感谢山东大学文学与新闻传播学院廖群教授审阅论文并提出增补意见。

感谢我的同窗好友，你们的青春和精彩激励我昂扬而奋发。感谢我的同门们对我的学习、生活的关心和帮助。

感谢我的朋友王金锋全家、张绍芳全家、马鸿霞全家、朱辉全家，感谢我原先的同事们，你们的帮助、支持与鼓励对我十分重要。

感谢我的岳母、大姐全家、内弟全家，感谢我的母亲、小妹全家、大哥全家，感谢我的妻子郭宏玮、女儿孙享阳。对亲人的感谢不是没有理由，而是任何写得出的文字都显得太苍白无力，不能表达我感激之情的千万分之一。

在我读研期间，向以我为荣的父亲不幸病逝，如此人生大恸，只得化为前进的动力。在此，谨将此论文献给我的父亲！

负箧阙里，荏苒三载。回首蓦然，感恩满怀。

山高水深，徘徊沉吟。何以为报，读书就道。

小子不敏，敢求彬彬。独善之意，义在天下。

岂敢端居，磨砺奋发。立身处世，报效国家。

孙秀华

2009 年 4 月

于曲园北公寓　西 5-231

致谢（二）

日居月诸，于今三年，博士研究生的经历即将成为最美好的回忆，这段岁月于我而言有着非常重要的意义。青青子衿，悠悠我心，此时此地，感慨良多，感恩满怀！

蒙廖群师不弃，收列于门墙，既觉得三生有幸，又感到莫大的压力。廖群师学而不厌，诲人不倦，让人有"望之俨然，即之也温，听其言也厉"的感觉，她对学生向来要求严格，一丝不苟。廖群师根据我读书学习的具体情况，要求我旁听她给硕士同门开的课程《先秦两汉文学专题研究》，夯实我的基础，其内容重小学，讲究传统，向经、子倾斜又兼顾史、集；又特意反复给我讲解古代文学的研究方法，由训诂、名物、考古而至文化人类学、阐释学，囊括中外古今。高山仰止，景行行止，虽不能至，然心向往之，廖群师严谨的治学之道将是我终生学习的典范。对我的教诲，廖群师用心良苦，从具体的指导来说，每次的作业都是一个独立的学术训练，但全部的作业设计又无不与我的这篇毕业论文相关，就这样，三篇作业完成后再经廖群师指点得以发表，和另外五篇"前沿讲座"一起也就大致构成了毕业论文的主体框架！仰之弥高，钻之弥坚，博我以文，约我以礼，廖群师因材施教，开阔了我的视野，提高了我的学术素养，她给我的教诲将永远激励我在今后的科研和教学道路上励精图治。

人之好我，示我周行，在论文开题、预答辩、评审和答辩等环节，山东大学的王洲明、王培元、王小舒、王平、边家珍、孙之梅、刘培、邹宗良等诸位老师，以及山东师范大学的杜贵晨教授、济南大学的郭浩帆教授、曲阜师范大学的单承彬教授等对我多有指导，使我获益匪浅，在此对各位老师表示诚挚的谢意！其中王洲明先生是中国诗经学会的副会长，作为本论文的实名评审人，王洲明老师提出了很多切中肯綮的建设性意见，给予我热忱的鼓励，他无私的教导和奖掖后进、揄扬人善的高风峻节让我十分仰慕与感激！

靡不有初，鲜克有终，现在完成的毕业论文是承接我的硕士学位论文《〈诗经〉与采集文化》而来的，因此，其中也凝结着我的硕士导师——曲阜师范大学赵东栓教授的心血。而论文的初始触发来自单承彬老师的一次授课，当时单老师讲到《诗经》中很多诗歌有与采集相关的内容，可以详加研究，写成学位论文。所以说，我的博士学位论文答辩请到单承彬老师做答辩委员会主席，也颇有意义，在某种程度上，类似于出题人验收评判学生的答卷。

感谢两位匿名评审专家，对论文多有褒扬，又点明了不足之处，于我多有教诲！

感谢李山教授、王巍教授、张祝平教授等《诗经》研究方面的专家，我参加第九届诗经学会年会提交并宣读的关于《诗经》芳香植物的论文得到诸位学者的评点，深受鼓舞。

感谢杨芳、王敏、龙凯等三位编辑老师，经他们严谨细致的校改，我的与本毕业论文相关的三篇文章顺利在《宁夏社会科学》《理论学刊》和《船山学刊》刊发。

本毕业论文前期研究得到山东大学研究生自主创新项目基金资助，获准立项为"《诗经》及采集文化"（项目编号：YZC09031），谨致谢忱！

感谢辅导员果娜老师，感谢负责研究生教务的郑丽丽老师，感谢学院办公室王永革主任等师长，她们对于我的学习生活多有帮助。感谢杨海燕、戴友夫等老师，在给本科生代课《新编中华传统文学精要》时，他们对我给予完全的信任与及时的帮助！

鸟鸣嘤嘤，求其友声，三年的时光，我的同门张永平、张艳、金美恩、张赛、李玲玲、亓琳琳、张维振、许文文、董广远，我的室友王灵垠、陈跃、汉桂民，我的同学杨秀苗、赵霞、周芳、姚金笛、马秀兰、鲁毅、张乾坤、王艳丽、李新、王美雨等对我均多有帮助，帮我排忧解难，与我一路同行，感谢你们！

感谢我的老同学，原先的同事，知心的朋友，他们热心关注我的学业，有的还给我以物质上的帮助，感谢你们！

　　焉得谖草，言树之背，养育之恩，无以回报，感谢我的母亲和岳母！

　　兄弟婚姻，无胥远矣，感谢内弟、弟妹、大哥、大嫂、小妹和玉强！除了经济上的援助外，内弟的宿舍成了我静心读书、写作论文的桃花源，哥嫂全力操持家庭、家族的事务，使我安心学业，小妹和玉强照顾我女儿的起居饮食，关心她的学业成长，使我完全没有后顾之忧，感谢你们！

　　琴瑟在御，莫不静好，感谢爱人的支持、帮助、体谅和包容，感谢爱人为我所做的一切！女儿享阳选读了文科，或是受到家庭的影响，在我心中，女儿聪慧、阳光，是我永远的骄傲与自豪！只有看到女儿健康成长与学有所成，我所经历的所有困苦、挫折、付出与努力才会在回味中变得富有意义！感谢命运，感谢有你！

孙秀华

2012 年 5 月 30 日

山东大学中心校区 2#615

致谢（三）

路曼曼兮坎坷，若飙尘兮苦辛。

从硕士论文开题至今，恰有十年了。于此，再次感谢导师廖群教授、赵东栓教授的教诲！

十年间，参加"中国诗经学会年会暨国际学术研讨会"三次，参加"屈原及楚辞学国际学术研讨会暨中国屈原学会年会"二次，均提交了论文。感谢与会学者的悉心指教。

感谢师叔马庆洲对书稿热忱而又专业的指导。

感谢责任编辑宋云、褚宏霞等诸位老师的辛勤付出，感谢你们。

虽然，仍难免雕朽木而砺铅刀。故而，本书的任何错误，我难辞其咎，都由我本人负责。

感谢韩卉书记等领导的知遇之恩。感谢周冬梅、吕娟、黄梅、袁向芬、张金富、刘大泯、谢红梅等学报编辑老师。感谢我的同事们。感谢我的学生罗利梅、李海龙、罗理伦、李娴等。感谢邓红燕等全班同学以及校报编辑同学校读书稿。

感谢亲友们的帮助、支持。

此专著献给我的母亲、妻子和女儿。感谢你们！

据说，我们的宇宙最不可思议的地方就在于它是可以被理解的。那么，当我们说有条件或无条件地爱一个人或一件事情的时候，到底意味着什么？需要怎样的条件才能爱呢？需要条件才能爱还是真的爱吗？而无条件地爱是有可能的吗？如果可能，那它还是理性的吗？所以，"爱"这个小小的宇宙，似乎也不是那么容易理解的。出不入兮往不反，惟愿爱能为心地纯洁的人增强勇气，前行无悔！

噫，秋兰兮青青，老冉冉兮将至。

噫，悲莫悲兮生别离，乐莫乐兮新相知。

噫，人之劬劳兮，辽辽未央兮。

噫，吾将荡志愉乐兮，上下而求索。

噫，烟水茫茫兮，真心在永远。

噫，来从来处来兮，去到去处去。

孙秀华

2018 年 11 月 20 日

贵州师范学院明德楼